［新］詩論・エッセイ文庫⑮

土曜美術社出版販売

戦後詩界二重構造論

――反撃の詩論Ⅱ

古賀博文

［新］詩論・エッセイ文庫15

戦後詩界二重構造論——反撃の詩論Ⅱ＊目次

Ⅰ 「岩礁」から

Ⅱ 「柵」から

Ⅲ 「詩界」「詩と思想」から

戦後詩界二重構造論

——反撃の詩論II

Ⅰ　「岩礁」から

私が考える詩の可能性と未来について

詩とはいったい何なのだろう？　詩に関する議論は不思議で、ときとしてもっとも肝心なこの論点をないがしろにしたまま言語の質とかベクトルなどといった表層的要素ばかりについて、根拠に乏しい直観的・感性的な水掛け論をくりかえしている印象を受ける。たとえば一篇の詩人論を書く場合、なぜその詩人がそのような傾向・作風の詩を書くにいたったかということをひもとこうとすれば、当人の生い立ちや時代・風潮・環境・交友範囲等を迂回しては論及しえないはずなのに、なにか洗脳を受けた盲信者のごとくに言語の質などといったものばかりを俎上に取りあげ云々する傾向がいまだ強く見受けられる。文学というのは〈人間〉を論じるものであるが、こと「詩」に関していえば、かなり長期にわたってこのような言語論中心の詩論・詩人論が展開されてきた経緯（悪しき慣行といってもよい）が横行しており、揶揄のように指摘される〈詩の衰弱・読者離れ〉といった結果を招いた因子の一つと推測される。

わが国における詩は、明治維新期の「欧米に追いつけ追い越せ」といった国家体制下の副産物として移入されてきたという側面は払拭できないものの、幸いなことにそれは古今東西の枠を超えて人間の精神活動を端的に表現するための純粋でかつ無二の様式だった。詩とはマスコミ等がどう好奇に言い募ろうとも、人間が人間としての精神活動を営みつづける限り、衰えることなどない性格のものだ。たとえば冒頭の「詩とはいったい何なのだろう?」という議論は「絵画とは?」「音楽とは?」「小説とは?」などといった議論よりももっと根深い印象を伴うのはなぜだろうか。つまり詩《ポエジー》とは人間の持つ本能の一つとして絵画・音楽・小説・彫刻・建築などすべての芸術・表現に発揮されるものであり、詩とはそのポエジーそのものを抽出し、把握しようとする行為なのである。

古来、日本には短歌や俳句、旋頭歌などといった五七調によるポエジーの表出形式があったのだが、詩がわが国に移入されてこのかたを振り返ってみた場合、詩は基本的にこの五七調の引力圏の呪縛から離脱することを企図してきたといってよい。その大きなピークはこれまでに二度ほどあった。一度目は、そもそも明治期に詩が移入されてきたとき、つまり一八八二年に詩歌の革新を意図した本邦初の詩集である『新体詩抄』が外山正一・矢田部良吉・井上哲次郎の合著によって世に問われたが、すでにその序文に井上が「夫レ明治ノ歌ハ、明治ノ歌ナルベシ、古歌ナルベカラズ、日本ノ詩ハ日本ノ詩ナルベシ、漢詩ナルベカラズ、是レ新体ノ詩ノ作ル所ナリ」とその精神のありようを明記している。二度目のピークは戦後すぐ、桑原武夫の「第二芸術」論や小野十三郎の「短歌否定論」の隆盛によるものである。小野は戦時下にあっても主体性を見失わずに時流に対峙する姿勢をよく貫き通した詩人の一人であるが、彼の『現代詩手帖』（創元手帖文庫）や『詩論』（眞善美社）にあらわされた「短歌的抒情の否定・奴隷の韻律」などといった言葉は当時、渇望された表現の土壌に広くふかく浸透していった。

　戦後五十余年、いま〈詩界〉は明らかにビッグバンの様相を呈している。特に、一九六〇年代以降、東京圏（思潮社など）を中心に語られることがほとんどだった《日本の現代詩》が、一九八〇年代末に訪れた思潮社系の詩（以下、これを中央系の詩とよぶ）の閉塞・終焉状況をきっかけとして詩界が本質的に抱えこんでいた〈中央系／非中央系〉という二重構造性をあらわにすることになり、非中央系サイドの自立意識を強くめざめさせて、既存の〈中央系／非中央系〉の垣根を越えたフェアで風通しの良い《新しい詩の価値観》を希求する蠕動に拍車をかける事態をみずから招いた。閉塞や終焉などといった世紀末的な形容で括られるのは中央系の詩にしかすぎず、かたやそれ以外の大部分の詩界では明治期以降、詩が市井の中に着実に根をはり、市民権を得るまで浸透している言祝《ことほ》ぐべき実態がある。次世紀における詩が〈非中央系側〉が温存しつづけているいまだ未分化の沃野を可能性の中核に据えて展開されていくのは、もはや疑いようのないことだろう。北海道も本州も四国も九州もない、もっといえばリアルタイムで全世界のすぐれた詩・詩論・詩人論等の成果を享受できるような〈詩界〉をつくっていきたいし、そのためのジャーナリズムを具現していかなければならないと思う。そして我々は、望めばもう少しでそれに手が届く位置まできているのである。

以下に、私が考えるこの国における詩の未来、詩の可能性などについて幾つかの項目をあげつつ、紙幅の許す限り言及してみたい。

「詩史」について

この国の詩史は幾つかの特色を有している。まずその一つは明治期以降、島崎藤村・土井晩翠・薄田泣菫・北原白秋・石川啄木・室生犀星・萩原朔太郎・佐藤春夫・高橋新吉・中原中也・宮沢賢治・三好達治などほとんどの近代詩人というのが地方出身者で占められているという事実である。これは明治期以後、農村地帯・山村地帯から離脱した人々が経済力を求めて労働者や流民となって都市部へ流入し、そこで都市文化の新しい担い手となっていった経緯とよく符合することがらである。都市部へ流入した人々は故郷で日常的に使っていた言葉を捨てて、不慣れな当地の言葉を自分の内で血肉化しなければならなかった。そうした環境下でこの国の詩は書かれ始めたのである。生来、根拠のない他郷の言葉、すなわち関東語をベースにした標準語で詩人たちは自己の内奥にわきおこってくる〈事件〉を表現せざるをえなかった。日本の詩はそうした悲劇性を内にふかく抱え込んでいる。当時、圧殺され闇に葬られた〈方言〉については、今後、詩を切り開いていく重要なエレメントと考えることができるが、そのことについてはまた後で触れたい。ここで忘れてならないことは、この国の「詩史」を語る場合、東京と故郷との間を往復しつづけた詩魂の軌跡を丁寧にフォローしていかなければならないということである。

もう一つの特色は「詩誌」を中心にして形づくられてきたということ。詩人たちは自分が所属する結社誌や同人誌に作品を寄稿し、その稔実として折節の「詩集」を編んだ。時間の経過（特に戦前について）とともに著名詩人の代表詩集によって詩史が語られるようになることはいたしかたないが、それでも「明星」「文庫」「赤と黒」「詩と詩論」「民衆」「四季」などに拠った詩人の群像は、詩史から捨象不可である。現在、まかりとおっている「戦後詩史」というのが「荒地」「列島」「櫂」「歴程」「凶区」等というように当時、東京圏に発行所を置いていた詩誌中心であるのは周知の事実だが、地方詩史においても（核となる詩誌が存在するという点で）その事情は同様である。捨象不可な詩誌として幾つか具体例をあげておこう。戦後、大阪では「きりん」「山河」「詩文化」「大阪」などに集った詩人の動きは捨象できないだろうし、岡山では「詩作」「黄薔薇」「裸足」「火片」「裸形」などは時空を交叉させながら現在へいたる重要な磁場を形成している。また、福岡では「鵬」「母音」

「ALMÉE」「沙漠」「パルナシウス」など、宮崎では「龍舌蘭」「DON」「絨毯」「花束」「白鯨」「赤道」などの詩誌の実績と存在感を忘れてはならないと実感する。このような実態をふまえて三つ目の特色として、現在、罷り通っている「詩史」というのが、広く全国各地に存在している「詩史」というものをまったく無視した形で、東京圏で一方的に作りあげられた非常に隻眼的・独善的なものであるということである。これについては戦後、『現代詩大系（1）〜（7）』『現代詩論体系　第1〜5巻』（いずれも思潮社）等による執拗な啓蒙化によって意図的・作為的にもたらされた「詩史」と断言してよい。私の推量では、東京圏／非東京圏、戦前／戦後と分けて考えた場合、それは全体の四分の一にも満たない狭隘な時空しか相手にしていないものだ。

さらに四つ目の特色として日清・日露戦争〜太平洋戦争終結までの期間内に日本は満州・朝鮮・台湾などを領有化した歴史をもつが、この間、彼の地において多くの〈日本の詩誌・詩集〉が発刊されているにもかかわらず、それらについてはまだほとんどフォローされていない、一種、空白地帯になっている現状があることである。確かに満州において一九二四〜七年にかけて安西冬衛・北川冬彦・滝口武士らによって発行された詩誌「亞」（全三五号）が、そこで展開された安西のあまりにも有名な「てふてふが一匹韃靼海峡を渡つていつた」（「春」）という一行詩に代表されるような短詩運動、新散文詩運動によって内地の詩壇へも鮮烈な影響を及ぼした史実などがあるにはあるが、あまりにもレアケースである。最近、詩誌「索」一三号（一九九七年六月）に坂井信夫が、父・坂井艶司が所属していた詩誌「満洲詩人」と、開戦前夜の時代の満州詩界をレポートしていたことが記憶にあたらしいが、この「満洲詩人」は大連市に発行所を置き、五十三名の会員を擁し、一九四一～五年のあいだに隔月刊で二三号まで出た詩誌だった。坂井信夫のペンは翼賛体制の時局下、抒情詩から戦争詩へと傾斜していく様を生々しく追跡しているが、我々にじつに多くのことを教え、考えさせてくれる。

さらに五つ目の特色（これは先の四つ目の特色を補完するものでもあるが）として太平洋戦争当時、人々の戦意を鼓舞し、人々を戦場へかりたてる一役を担った「戦争協力詩の時代」についての言及もまた、詩史の空白部分、一種のタブーとして手つかずのまま放置されているということである。空白域となっている要因としては色々考えられるが、第一には、作者自身が生前に作品集から時局に即した自作を削除し、出版社や周囲もそのことを黙認しているという〈臭いモノに蓋〉式の事実がある。小説などと違って詩や短歌・俳句といった短詩型文学はそこから食い扶持を得ることは難しく、現実問題として作者は詩作とは別の職業に就かなければやってはいけない。また短詩型になればなるほど作者とそれを批評する人間とが一致する傾向が強まってくる。言いかえれば短詩型文学に携わっている人間はそれ以外で生計をたてるすべを持っているということであり、そうであれば気のすすまないもの・嫌悪を感じるものに対した場合、筆を執らないという処世も選べたはずである。しかしながら当時、おおくの詩人たちは雑誌にラジオに（壁）新聞に、じつに多くの戦争協力詩を書いている。当時の特異な世情を知らない戦後生まれの私などが僭越と知りつつ書くのだが「あの時代は誰もが表現の自由を奪われていた不幸な時代であり、誰もがやむにやまれぬ不本意な創作を行なわざるを得なかったのだ」（坪井秀人の文章から引用）という言い訳は本当に短詩型作者に広く適用しうることだったのだろうか？　高崎隆治の労作『戦争詩歌集事典』（日本図書センター）に収録された、一九三八〜四五年の間に出版された三百三十四冊もの詩集・歌集・句集の表情にせっするたびに、これら作者たちはそれまでの自分の詩学をすすんで捨てて時局の渦中に身を投じていったのであり、そこからは捨象不可能な〈戦前〜戦中〜戦後〉の、自発的な意識の流れが透視されてくる気がして、けっして戦争協力詩は捨象が許される特異点ではなく、その作者の仕事の中から削除できるものではないという実感を払拭できない。戦争協力詩とその作者の関係はいまいちど白日のもとに掘り返され、正しい検証と位置づけが行われるべきである。あらためて戦争協力詩を書いた詩人を詰問するというのではなく、そういった仕事をした時代があったという事実を事実として遺漏なく記憶するために。すでに、そういった認識下に著された戦争協力詩研究の一例として、溝口章著『伊東静雄』（土曜美術社出版販売）をあげることができる。ここで溝口は伊東の詩集『春のいそぎ』（一九四三年）に採録された作品「春の雪」の典雅な抒情性が、彼の「大詔」（一九四二年）の露悪な精神と同じベクトル上にあるものであり、「大詔」

を極限にまで昇華させた果てに「春の雪」があるという明晰な指摘をおこない、近代知識人の思想的脆弱さを白日下にしている。

日本の「新しい、真の詩史」というのは以上のような内容を整理し、体系化して見せてくれるものに他ならない。

民衆詩派系の詩について

一九二〇年前後に北原白秋や日夏耿之介らのいわゆる芸術詩派と対立する勢力を形成した白鳥省吾・福田正夫・富田砕花・百田宗治・加藤一夫らに代表される民衆詩派の評価についてはこれまで、自然主義的な民衆讃歌および自由平等の精神の反映、詩と民衆の生活との密着に多大な功績があったなどと評されつつも、口語自由詩による饒舌さと構成力のひ弱さ、注入された思想の人道主義的退屈さ・独善性のアラなどが指摘され、つねに一ランク下に置かれてきた感がある。現在の詩の勢力図を確認したうえで、しかし私はこういった民衆詩派系の詩に対する既成の評価を見なおすべき時期に来ていると考えている。たしかに一九二五年当時、民衆詩派は、既存の芸術詩派と社会情勢の激変に乗じて台頭してきたプロレタリア詩派の双方からその欠点を攻撃されてしだいに退潮化し、立場を失っていったが、戦後五十余年を経た詩の現在を見渡した場合、プロレタリア詩派はすでに見る影もなく、思潮社系にひきつがれた芸術詩派も二十世紀の末期とともに窒息症状に息も絶えだえとなって喘いでいる。ゆいいつ小熊秀雄や金子光晴・菅原克己・関根弘・長谷川龍生などといった詩人たちにひきつがれていった民衆詩派だけが半世紀をタフに生き抜き、ふりかえれば現在書かれている詩のほとんどは民衆詩派系の詩であり、現在はそんな民衆詩派系の詩がもっとも隆盛をきわめている時代だということができる。

民衆詩派の代表選手といわれている白鳥省吾の詩を左に一篇あげておきたい。当時の農民の生活や重労働の場面、あるいは軍隊などを描写した彼の多くの作品からは現実主義的で散文的な語法を駆使する本詩派の必然性が強くつたわってくる。

夜となりゆく野を兵士が歩るいてくる、
鈍く快い無数の靴の音が流れ轟《とどろ》いてくる。

遠い街の灯は何という恋しい美しさだ、
草むらに虫がしみじみと啼《な》いて
空にはたくさんの星が瞬《また》いてゐる、
彼方に何か甘い懶《ものう》い世界が煙つてゐるが

その背嚢《はいなう》の重さは如何《どう》だろう――。

疲れきつた兵士らはたまらなく飢《う》ゑて歩む、
みんな揃つて飢ゑて勢よく歩む。
一心に汗くさい匂ひにつつまれて
無数の靴の音が流れ轟いてゆく。

（「飢」全行）

私はこれまで民衆詩派の詩が不当にマイナー視されていた理由の一つとして、米国のホイットマンへの接近といった例のように、民衆詩派がもっていたリベラルな人間解放や博愛精神などといった資質が、極端な中央集権体制を敷くことで発展を遂げてきたこの国の明治期以降の管理機構体制にそぐわず、ことあるごとに片隅へ排除されがちだった事実なども連動していると推察している。つまり民衆詩派がこれまで低い評価に甘んじてこなければならなかった理由については、けっして民衆詩派の詩が劣っているというわけではなく、この国の持つ政治や経済構造・組織体制などと密接に関連した問題だと考えられるのだ。白鳥省吾は言う。

詩と言えば難解な言葉、美麗な諧調によって、憧憬、空想、気分を歌うものとされていたのであるが、民衆詩の運動はそれを全く打破して、君等の日常生活の中に詩美を見出し、現実と現代とを愛する心を基調とし、日常の言葉に近い平明な詩句、奔放自由な韻律によって完全に詩が作り得るものとした。

（白鳥省吾著『現代詩の研究』より）

民衆詩派が出てくるまでは、いま我々が書いている日常生活詩・社会ルポ詩のたぐいは詩とは認められていなかった。白秋や耿之介、達治らのような詩ばかりだったらこの国の詩はきっと現在よりもずっとつまらないものになっていたであろう。「人道主義的な民衆讃歌」「なまぬるい自然発生的詩風」などといったステレオタイプの当派評を目にするが、しかし反定立のように、このステレオタイプの襞の中にこそ人間というものの弱さも尊さもとり込んだ、今般の隆盛を導き出した一種の普遍性を感じるのは私だけだろうか。

私は詩には、言語を用いた前衛的・実験的エクリチュールといった側面と、人間の喜怒哀楽をストレートに表出・代弁する器としての側面があると考えており、前者はこれまで「現代詩手帖」あたりが執拗に追い求めてきた路線であって、後者はたとえば短歌・俳句などと同次元の市井の感情表現の具器としてとらえることができるものだと考える。どちらが正しい詩の側面だと言うことはできない。詩の現在を云々する場合、この双面をリポートしなければ片手落ちになってしまう。これまであまりに前者ばかりに光が当たり、後者はないがしろにされ続けてきた感があるが、これまで詩が一面として追い求めてきた

〈詩の大衆化〉という一枝を考えた場合、むしろ後者こそ貢献度が高く、さらに言えば現在の詩界の実態は完全に後者が前者を凌駕さえしているのである。新しい世紀の詩界が、民衆詩派系の詩を中心に回っていくことはもはや否定しようがない事実である。

方言詩の身体性について

前々項の〈「詩史」について〉で少し触れたが、明治期以降、この国の詩は標準語で書かれることが当然といった通念が暗黙のうちに罷り通ってきた。北海道・東北の人間も、関西・中国・四国・九州の人間も数少ない例外を除いて、明治政府が半ば押しつけてきた関東語をベースとした標準語を駆使して詩や詩論を書きつづけて来たのである。ここには大陸から入ってきた漢字を使いこなし、平安時代に平仮名を、奈良時代に片仮名までも作りだし、さらには中世以後、ポルトガル語・オランダ語・英語と欧米の主要な外渉国が変わるたびに臨機応変に対応し、和製語まで生み出してきた日本人のフレキシビリティーが発揮された事例とも考えられるが、かたや全国各地で詩を書いている詩人たちの現実生活の大半を占めている〈方言〉と比較して、情緒的表現の豊かさや直情さ、血の濃さなどを考慮した場合、〈方言〉の方に軍配が上がるのは当然のことだろう。

方言詩の初期の結実の一つとして高木恭造（青森）の方言詩集『まるめろ』（一九三一年）がある。

子供等《ワラハド》エ
早《グ》ぐど寝てまれ
ほらァ！
あれア白い狼《オウガメ》ア吼えで
駆《ハ》ケで歩《ア》りてらンだド
・・まぎの隅《スマ》がら
死ンだ爺《ヂコ》ド媼《ババ》　睨めでるド
子供等《ワラハド》エ
早《グ》ぐど寝てまれ

（「吹雪《フギ》」全行）

『まるめろ』の中から北国の生活の様が彷彿とする一篇を引いた。黙読しただけでも言葉のむこうに作者の遠い祖先の声が重なって聞こえてくるような触感を持つのだから、実際に朗読で聞けばそのインパクトはいかほどだろうか。もし、これを標準語で書いたらまったく味気ないものになってしまうだろう。方言詩ゆえにルビの添記やカタカナの併用など、表記に関して、標準語との葛藤や工夫の跡がすでにここには見てとれる。ほかにも最近の例として佐々木洋一や吉田啄子・小坂太郎・西岡寿美子・門田照子・進一男などの実作例などがすぐ頭に浮かんでくる。たとえば私のような九州の人間が東北や沖縄の方言を理解することは容易なことではないかも知れないが、わが国にはこの高木恭造の例のように自国の方言を他国の人間に伝えるための表現術といったものがすでに確立しており、さらには録音機器の普及によって直《じか》に当地の詩人の詩朗読に接することが可能になっている。これらの詩の中には当地にしっかり根をおろして息づいている人間の呼吸（生活）といったものが密封されており、痩せた標準語による表現とは異なる、日本語の始源味溢れる豊穣な多様さにあらためて驚かされる。モノとカネに振り回されつづけてきた高度経済成長時代が終わり、人々の意識が自然環境の荒廃や精神面のケアなどにおのずと移ってきた今日、標準語と方言が対等なものとして認知される良き風潮が高まってきている。明治以後百余年、標準語化によって言葉の身体性が衰弱してしまった現在、方言の持つ野性と活力とが詩と言わずあらゆる言語表現に活力を注入し、再生させるカンフル剤として大きくクローズアップされてきた。川崎洋編『日本方言詩集』（思潮社）などはいちはやくそれに気づいた好例であろう。

訳詩の可能性について

明治期以降、日本の近代詩はヨーロッパの詩の開発された形式や思想、技術などを借りて出発したが、その流布に際しては堀口大學の『月下の一群』や上田敏の『海潮音』、永井荷風の『珊瑚集』などの訳詩集に都度多大な影響を受けてきた。

最近の本邦の翻訳詩の特徴は、従来のドイツ・フランス・イギリス・アメリカなどといった定番的な先進国のものばかりではなく、これまで顧みられることが少なかった発展途上国・第三世界のものが多いということである。ウォルコット（セントルシア）やミストラル（チリ）、パス（メキシコ）、艾青《アイ・チン》（中国）、金芝河《キム・ジハ》（朝鮮）、クネーネ（南アフリカ）などの名前がすぐ脳裏に浮かぶが、これらは第一・二次世界大戦の大規模殺戮を記憶し、さらには核兵器の開発以来、行きつくところまで行きついて袋小路にはまり込み疲弊感にあえいでいる西欧型文明圏（日本を含めた）が、その閉塞状況からぬけだすために、これまで自分たちが植民地として搾取の対象にしてきたアジア・アフリカ・中南米といった「世界の辺境」に残存している野性・巫術性・プリミティヴ性などの始源的なＤＮＡのちからを自己再生のエネルギーとして学習し、取り込むべく熱い視線を注いでいることと密接に連動している。

戦時下、日本が領有化した満州・朝鮮・台湾、進攻していった中国や東南アジア諸国などで書かれた詩が、現在、どこか自己批評や自重といったニュアンスをともなって本邦へ翻訳・紹介されているのは、いまだ日本に正常な浄化機能が残存している証左のように私は受けとっている。詩誌「解纜」九八号（一九九七年九月）所載の事例を左にあげておきたい。

かつてきみは　振りかざしたのだ
日章旗を結わえた銃剣を
二十歳の身で　刺し殺した相手は
きみと等しい若い中国農民だった
（中略）
獣性をまだ拭えぬ閣僚たちが
意気揚々と　靖国神社に足を踏み入れている
清めぬままの手を　教科書に伸ばし
《侵略》を《侵入》と置き換えようとする

（寧宇「楓祭」／今辻和典訳）

今後ますます発展途上国・第三世界の訳詩に接する機会が増えていくだろう。それは今はまだ先進諸国の「世界の辺境」の学習といったレベルかも知れないが、次ステップとして先進諸国も発展途上国もない「いいものはいい」といった懐広い詩の価値観の醸成につながっていくはずである。そうした相互理解の時代を経験して、本稿の導入部でも書いたような「リアルタイムで全世界のすぐれた詩・詩論・詩人論等の成果を享受できるような〈詩界〉及びジャーナリズムの実現」が達成されていくものと期待している。インターネットやEメール、自動言語翻訳システムなどといった最新ツールの普及がそういった情報の高速化・多量化をサポートしてくれるはずである。

〈ムラ社会〉とこの国の表現

『Ｎｅｗｔｏｎ　アトラス日本列島』（教育社）を総監修した物理学者・竹内均がその巻頭で日本列島の都市の特徴のひとつとして「約三百年続いた江戸時代の藩体制が変化に富んだミニチュア的多様性をはぐくんだ」と指摘していた文章をときおり思い出すが、この国の「東京信奉」「東京信仰」などとでも称すべき盲信的国民性を問題にする場合、私は日本が近代化の道を猪突猛進しはじめた明治維新よりもさらに遡って、江戸幕藩体制下、参勤交代制度などによって延々と人々の間に培われてきた江戸（中央）を中心としたヒエラルキー構造といったものを想定して考えた方がいいように感じている。竹内均の指摘にもあったように当時の藩はひとつの国であった。つまり日本という国は藩という小国群からなる連邦国家だった。江戸幕府という権力の頂点を認めつつ、それぞれの国内でも同様に中央集権的なヒエラルキー構造を内蔵していたのである。私はよく東京圏／非東京圏という括り方をするが、その構図は非東京圏のなかにも併存していることをここで再確認しておきたい。そしてこのような権力構造は武家社会だけではなく、農民や商人など庶民階層にも、権力により近い者の富と秩序を護るという暗黙の了解のために二重・三重に併存していた。最下層民はどこへ行っても尺取り虫のように低頭し、上位者のご機嫌取りをするしかなかった。ときには圧政にたまりかねた農民がみずからの命を賭して一揆などに訴えることもあったが、あくまでもレアケースである。そうした虐げられ頭を押さえこまれ続けた歴史がこの国に独自のムラ社会を形成せしめ、支配構造を決定し、上目づかいの卑屈で曖昧な価値観と表現を定着化してきたのである。

明治期に、この国がおこなった大きな政策の一つに〈中央集権化〉の徹底強化がある。それまで政都・江戸、商都・大阪、帝都・京都というように曲がりなりにも分散していた都市機能を一挙に東京へ集中させることで国家の高効率化を実現し、周知のような奇跡的と評される近代化、驚異的な経済発展を達成する一因子としたのだ。それはまず東京を富ませ、次第にそのおこぼれを周辺部へばらまく施策だったろうと考えるが、しかしそのことは富の波及効果とは別にこの国が中世いらい保有していた〈ムラ社会〉根性を増幅させてしまうという作働を招いてしまった。つまり政治でも経済でも学問でも芸術・文化でも、すべて東京の息がかかったものでなければだめなのであり、通用しないといった悪しき価値観を根づかせてしまった。また、同時にそうした意識は非中央側へ上京指向を浸透させ、自分の郷里を下位に見下すといった価値観を醸成させる温床ともなった。上京する側も、上京せずに地元に踏みとどまる側も、なしくずし的にそんな画一的な価値観の洗礼を全身に浴びてしまったのである。

現代に眼を移してみても、この中世以来のムラ社会性は都市部でも農・漁村部等でもさまざまに形を変えて残存し、いまなお人々の足枷となり続けている。減反や転作など場当たり的な施策の結果、自分たちが食べる米さえも自給できなくなった日本が農業立国だなどと考えている人間はもう一人もいないと思うが、それでも農村部では往時そのままの区長制度や祭事・共同作業等が年間予定表を埋めつくし、サラリーマン化した地区住民の障害となっている。苦虫をつぶしながら、しかし誰も改善のための提言も努力もしないのは、父祖いらいの曖昧なことなかれ主義のなにものでもない。昨年（一九九八年）七月に和歌山市の新興住宅地で「毒入りカレー事件」というのが発生したが、これは当地区住民の親睦をはかるための〈夏祭り〉に供される予定のものだった。見も知らない寄り合い所帯どうしが、故意に縁故関係を発生させようとした共同幻想の歪点といった印象を払拭できない事件であった。共同体が派生すれば当然さきほどの農村部同様、区長制度や祭事・共同作業等が生じてくる。隠居老人の慰みならばともかく、夫婦共働き、夫の単身赴任、子供たちの深夜までの塾通いなどといった核家族化した実態をかんがえてみれば、やはり旧来のムラ社会のシステムはもはや足枷でしかない。

この国の詩を含めた新しい表現というのは、この日本特有のムラ社会性を精神的に克服したところからもたらされるものだと信じている。そうしたタフさを身につけなければ、日本の詩が今後、世界の詩と伍していくことはできないだろう。ただし急いで付言しておかねばならないのは、私は各地固有のアイデンティティーまで性急に無化しなければならないと言っているのではない。現代詩の精華であるシュペルヴィエルやロルカ、ネルーダ、パス、ウォルコットなどの詩作品の特長は、いずれもかれらの故国の風俗・風習、身の回りでおこった様々な事件などに取材しながら一地域・一個人の言葉や思想の枠をつきぬけて人類の普遍的な意識へと連なる道を具現化したことだろう。そういった意味では詩学と地理学は無縁ではない。詩学のめざす究極が地理学をも超えた果てにあるとしても、そういった境地へ到達するためには詩はむしろ、まず地理学から出発しなければならないと感じる次第である。言語の質のようなものばかりを論じる思潮社系の詩論ではなく、その詩人がその詩を書かざるを得なかった環境や生い立ちなどといった個々の内奥に迫り、その内面世界にあらたに光をあてるような詩論こそ、詩文学をいきいきと再生・蘇生させるものだと確信する。

ヒエラルキー構造を笠にきて不遜に幅をきかせる東京ジャーナリズムの非は責められ

てしかるべきだが、反面、そうした構造に盲目なまま奉ってしまう方の主体性のなさも（私も含めて）情けない。

少年詩の可能性について

一九八四年から毎年刊行されている『現代少年詩集』（教育出版センター）は、全国各地で少年詩を書いている詩人たちの作品を収録したアンソロジーであり、最新の「98年版」には百十八名の参加者があり盛況を誇っている。私はこの少年詩というジャンルがこの国の詩界におもわぬレベルアップと活況をもたらしてくれるのではないかと期待を感じている。少年詩誌としては島田陽子主宰の「ぎんなん」や菊永謙方に事務局を置く「みみずく」などが脳裏に思い浮かぶ。この「みみずく」二四号（一九九六年十二月）に畑島喜久生が少年詩の定義として「〈自己表出的言語〉であり、かつ子ども（読者対象）にも分かる言葉で書く。ここが難しい」云々といった評文をよせていたことを思い出すが、『現代少年詩集98』に収録された各篇を読みながら、記憶や思想・身の回りでおこった事件などを〈核〉にして、そこに想像力・空想力等をフルに発揮し、感性を全開させつつ再構成する少年詩の意識を貴重な詩の作働だと思う。結果として、郷愁や現代批評性、うたへの漸近などの要素が日常からステップアップした形で昇華していると感じられる。少年詩は詩趣を吟醸するために有効な〈形式／スタイル／定型性〉の一種なのである。収録詩から一篇読む。

大きく口をあけて
風を　すいこむ
からだの中へ
山が　はいりこむ

大むかしから木のにおいがする
生まれ出ようとする花のにおいがする
雨をふくんだ土も
流れ落ちる水も

かたちのない生きものになって

（西田純「秋」部分）

一服の清涼剤のごとき爽快さがある。同時に生きることへの深い含蓄も。現在、日常的に書かれている詩においてこのような昇華感は残念ながら稀ではないか？　しかし昇華感がなければ詩とは呼べない。そういった意味で、私は少年詩というジャンルを有効な手法のひとつだととらえている。有馬敲や谷川俊太郎などの近年のしごとは、これらのことがらを先取りしたものだと受けとっている次第だ。

　少年詩に関連して詩の〈定型性〉のことが出てきたので、飯島耕一や日本定型詩協会などが執拗に追い求めている押韻定型詩についても、ここで少し触れておきたい。私は押韻定型詩に対して特別の学識を有する者ではなく、詩の一愛好家としての私見しか述べることはできないが、これまで日本定型詩協会誌「中庭」などで読んできた押韻定型詩の感想について言えば、その形式性（表層性）にふりまわされるあまり容易に人生の機微や思想性・リリカル性などの面で人間の内奥へ入っていけないもどかしさ（限界）があって、作者のポエジーの昂情を伝えるために必要不可欠で有効な手段として機能していない印象がある。もっと言えば、私は押韻定型詩は既存の現代詩の価値観・文脈から離れたところで、たとえば、口語自由詩／漢詩／謡詩／短歌／俳句などといった脈絡上で云々されるべきものではないかと思いはじめているが、彼らがめざすところはあくまで現代詩の一員、現代詩の可能性の一路としての存在を追求するものであろう。

　最近、読むことができた押韻定型詩では松本恭輔の押韻定型詩集『響きの逢い引き』が人間の内奥の襞を照射し、果敢に現代性へアプローチしていく意識に富んでいて注目した。一篇引く。いずれの連もＡＢＡＢの脚韻を踏んでいる。

青と白の囚人服，
片方だけのボロ靴……．
見つめる背を　風が吹く，
真夏の部屋　冷やしつつ．

それ着た人，履いた人，
ひとり残らず燃え去り，
あとには　遺骨と罪と
人間のおそろしさばかり．

裸の　痩せ衰えた
ユダヤ人らの　目のうつろ．
始末された者，五桁．
写真が語る　ガスの風呂．

明るい写真，ただひとつ

犠牲の少女　ほほえむ．
愛の日記を　とわに持つ
アンネがここで　読むポエム．
（「収容所の少女」全行）

右作は「ベルゲンベルゼンで」という副題をもつ。原作はすべて横書きである。松本には今後、日本の詩が世界へ出ていくためには、押韻性や韻律性・横書きにも耐えうる文体が不可欠との矜持があるのであろう。考えてみれば世界の多くの国の詩は押韻や韻律性を持っており、まったくの口語自由詩として思想美・言語美ばかりを追ってきた日本の現代詩の方が異端なのだ。

戦時中から終戦後にかけて、音楽性と視覚像とを追求して福永武彦や中村真一郎、加藤周一らが定型詩を試みて《マチネ・ポエティク》運動を起こした当時とは明らかに、現在の詩壇を取り巻く状況は異なってきている。様々な試行や実験が繰り返された結果として、環境がタフに成熟し、少々のことではたじろがないキャパシティーを有している。当時、彼らをもってしても〝言葉の約束ごとに追われるあまり、作品内容が貧しくなって詩的イメージとして結晶させえない〟という挫折感から逃れることはできなかったが、今回はどうだろう？　一部で現代詩の枯渇・終焉がとなえられつづけている現在、現代人の精神を盛る器として、押韻定型詩の成熟とそれによってもたらされる詩の活路もみまもっていきたい。

想像力を鍛えるということ

詩作について不可欠と感じられる事項がいくつかある。一つはその作品を読んで、詩を選んだ必然性が感じられなければならないということ。つまり、そのテーマを表現するためには小説でもエッセイでも和歌でもよかったはずであるが、詩を選んだ限り、読む者に、詩として表出せねばならなかった必然性までも判読できなければならない。

前項の少年詩で〈詩の昇華感〉ということについて触れたが、民衆詩派系といわずすべての詩は、たとえ日常性を基底としながらもそこから飛翔し、思想的にも描写的にも昇華した要素を具現化していなければならないと思う。詩とは、ただだらだらと日記の文章を行分けしただけのようなものではけっしてないのだから。あえて苦言を呈すれば現在、主流として広く書かれている民衆詩派系の詩の最大の難点は、固有の想像力・空想力・幻視性・神話性などの乏しさが目につくということだ。それら要素と作者の日常性とが融合しあい、昇華された境地こそが詩のフィールドなのだ。詩人は民衆詩の寛容なキャパシティーに甘えてばかりではすまない。想像力・空想力・幻視性・神話性等をとりもどすために、いまいちどシュールレアリズムの精神を復習するのもいいだろう。徹底的に詩朗読にこだわってみるのもいい。そこにはいつの間にか黙読詩と化してしまった詩がどこかにおき忘れてきた言魂がたたずんでいるやも知れない。さきほどの少年詩のスタイル性に着目するのも一路だ。

先の方言詩と関連して、最近よく思うことは各地におおく現存している昔話や民話のもつ想像力・空想力の豊かさと効果ということである。主人公が桃・竹・瓜・栗・水泡などから誕生し、異界や月世界・海中・地底へ帰っていく。人間が神仏や動物・植物・鉱物の言葉を理解し、また反対のコミュニケーションも成り立つ。転化・変身・転生なども思いのまま。千里の距離をまたたくまに疾駆し、天かける舟に乗り、ころも単衣で地獄の火焔山も深い海底も自由自在に旅することができる。これら異郷譚・竜宮譚・転生譚・婚姻譚・妖怪譚などは、われわれの先祖の生活観や宗教観などを端的に表現しているとともに、想像力や空想力・幻視力などのプリミティヴな始源の力を無尽蔵に内蔵していると感じられ、詩を書くに際して、われわれの貴重な回帰場所となってくれる予感がしている。そのようなフィールドを内部に構築するのも一案ではないだろうか。

おわりに

私は「現代詩」という呼称が嫌いである。少しまえまで「現代詩」といえば「戦後詩・昭和詩」を意味していた。いまだ戦後は広島・長崎、朝鮮半島、台湾、中国大陸等でくすぶりつづけているが、それら国内外の戦後も血で血を洗う戦後から、流した血の意味を考える戦後へとその意味がようよう変質しはじめている。かたや「昭和詩」は改元をきっかけに十一年前にあきらかに終焉した。この「現代」という冠詞の背景には敗戦の焦土にたたずみT・S・エリオットの「荒地」から遅れること二十五年、ようやく「荒地」的精神風土に到達した日本人の、これから欧米の詩精神を勉強していきます、謙虚に学ばせていただきます、といった青臭い意識が明らかに潜在している。しかし、戦後もはや五十余年が経過した。初心の謙虚さを忘れてはならないが、戦後の復興とともに「現代詩」を支えてきた世代も鬼籍に入ることが多くなり、いまの詩界の中心は彼らの息子や娘の世代が占め、その彼らさえ五十歳代に足を踏み込んでいる。「現代」という冠詞の有効期限はもうとうに切れているのではないだろうか。また一九七〇年代をターニングポイントとして、それまで時代を先導する〈感性の旗手〉の座にあった現代詩が、しだいに映像文化・音楽文化等へその主導権をあけわたす憂き目を見るにおよんで「現代性」の意味合いが薄れ、反対に、短歌や俳句などと同様に時々の市井の感情を盛る器としての有効性がクローズアップされ、市民権を得てきたと推察される。現代詩の「現代」という冠詞は、いい歳をして親離れができず、いつまでも尻に卵の殻をくっつけたようなイメージを惹起させるものだ。詩が「現代」という冠詞を脱ぎ捨てて、広く世界と伍して行かなければならない時代が到来している。

先にシュペルヴィエルやロルカ、ネルーダ、パス、ウォルコットなどの詩作品の特長について「故国の風俗・風習、身の回りでおこった様々な事件などに取材しながら一地域・一個人の言葉や思想の枠をつきぬけて人類の普遍的な意識へと連なる道を具現化した」と評した。つぎの新しい世紀の詩とは、そのように個々の事情を経過する中から掬いとられ〈普遍性〉へと帰納的に昇華された詩作品が、読む者の心に《感動》として訴えかける時代だと信じる。

既成のジャーナリズムに依存しない、自分たちのための望まれる詩界ジャーナリズムの具現について触れる余裕がなくなってしまったが、現在、この国であまた発行されている詩誌に私はその役割を期待している。誌名をあげれば切りがないが「海潮」「柵」「貝の火」「COAL・SACK」「岩礁」「想像」「潮流詩派」「舟」「楽市」などからはすでに、従来の作品集のレベルを越えて、国際性やローカル性、埋もれた詩・詩人・詩史の発掘といった自分たち独自の主張を積極的に押し出していこうとする意識が判読できる。燻り続けている戦後処理問題や第三世界の詩のＤＮＡの移植などについて、既成ジャーナリズムがそのことに取り組む体力も食指も有していないのであれば、詩誌がやるしかない。受皿はどこかに必要なのだ。詩誌とはリアルタイムで詩を取り巻く現在を映し出す多面鏡である。この詩誌を意識的に発展・展開させることで、我々はアップツーデイトなジャーナリズムを手中にすることができるはずである。

今後の詩の未来とその可能性について、試案（私案）を列記しただけの域を出ない文章になってしまった気がしている。しかしこれらヒントの中から、まぢかに迫った次世紀の詩の新しい可能性が萌芽してくるのは確実なような予感がしている。

〔文中表記以外の参考文献〕
・「國文學」一九九六年十一月号（學燈社）
・日本詩人全集32『明治・大正詩集』（新潮社）
・「別冊太陽」〈近代詩百年〉一九七八年秋（平凡社）
・有馬敲著『非公用語圏詩人の手記』（編集工房ノア）

「詩史」の行間から垣間見える百年余の流れ

二十一世紀を目前に控えて、私たちはいま百年はおろか千年の時間域をも俯瞰できる特異点に偶然位置している訳だが、日本の近・現代詩の百年余の相貌に関して日頃の思いを文章にするチャンスを与えてもらい、あらためて感じることは、我々が何気なく扱っている「日本の詩史」というものがずいぶんと一方的に割愛・省略されたものであり、それをそのまま鵜呑みにしてしまうととても痩せた貧弱な印象に囚われてしまうということである。

一九〇〇年創刊の「明星」による星菫派ロマンティシズム～北原白秋・三木露風らの象徴主義～福士幸次郎らの自然主義～「白樺」派による人道主義～福田正夫・白鳥省吾らによる民衆詩派～アナキズム・ダダイズム～未来派～「詩と詩論」～プロレタリア詩運動～「四季」派～「荒地」「列島」～シュールレアリズム……と、ここ一世紀ほどの間におこった通説として列記されることが多い様々な詩運動・イズム等を振り返るにつけ、日本の詩というのが、明治維新の欧米諸国に追いつけ追い越せといったスローガンのもと、物資・技術などの舶来ものに付随した〈副産物〉であったことを顧みるとき、私はここに払拭しようのない、一種の稚拙さ・拙速さを覚えずにはいられない。

明治期以来、百年余にわたる日本の詩史を、欧米の五～六百年にわたる詩史、つまり――十四～十六世紀のルネッサンス以後、十七世紀にまでおよぶ古典主義の時代を経て、十八世紀のフランスの啓蒙文学およびドイツの「疾風怒濤の時代」、十九世紀前半のロマン主義、十九世紀後半に華咲く高踏派・象徴派、二十世紀初頭のダダイズムやシュールレアリズム、それと併存した表現主義・新即物主義・未来派・イマジズム――の縮図であるなどと評することはとてもできないのであり、日本の詩はこれら欧米詩にこめられた歴史的背景や主義主張を汲みとることなく技巧やスタイルばかりを猿まねした無思想で厚顔なマイナーチェンジの繰り返しにすぎないのではないか。一例として、一九一八年の第一次世界大戦終結後、欧米はいちはやくT・S・エリオットの『荒地』（一九二二年）的戦後詩空間へ到達しているのに、そのころ日本は植民地を所有する帝国主義国へのしあがり、資本主義の上昇期のまっただなかにあり、「荒地」的心情などからはいまだほど遠かった。

ボードレールやヴェルレーヌ、マラルメなどが生まれ育った時代背景や思潮などを無視したまま、言葉遊びや語法の追求などといった表層的な自慰行為をくりかえし、それこそが詩人的営為だと取り違えた書き手たちを容認してしまうさもしさにもつながってしまっている。詩は文学であり、文学は〈人間〉を論じるものであれば「どうして今、こんな詩がこの書き手によって書かれたのか?」といった問いかけがあって然るべきなのに、その視点が救いがたく欠けている。

(1)『新体詩抄』以前

ひとまず遡れるだけ遡ってみたい。日本の近代詩は一八八二(明治十五)年に外山正一・矢田部良吉・井上哲次郎の合著による『新体詩抄』から始まるというのが定説であり、それ以前には「新体詩」の体裁をもった詩というのはまるで皆無であったといったような印象が強いが、じつはそうではない。あまりに早すぎる一例として、江戸時代中期の与謝蕪村には「北寿老仙をいたむ」(一七四五年)という追悼詩がある。

君あしたに去《い》ぬゆふべのこゝろ千々《ちぢ》に
何ぞはるかなる
君をおもふて岡《をか》のべに行《ゆき》つ遊ぶ
をかのべ何ぞかくかなしき

蒲英《たんぽぽ》の黄に薺《なづな》のしろう咲《さき》たる
見る人ぞなき

北寿とは、下総結城の酒造家だった早見晋我の別号である。冒頭六行を引用したが、まったくの近代詩を思わせる詠嘆に年長の友を喪った蕪村の悲嘆がストレートに偲ばれる。

また、江戸時代の国学者・中島広足は長崎へ赴いた際、日記のなかに独詩「やよひのうた」の翻訳（一八二三年）を残しており、かの勝海舟も「思ひやつれし君」というオランダ語の賛美歌の翻訳（一八六二年）を残している。一八七三（明治六）年キリシタン解禁によって次々と刊行された賛美歌集や、『小学唱歌集初編』（一八八一〜四年）も本来の布教や教育という当初目的以外に、はからずも清新な詩的感興を接する者に与えることとなり、文学的に生硬蕪雑という評価が多かった『新体詩抄』に勝る作品も少なくない。これらの事例について、「あくまで偶然の所産であり、新たな詩形式を目的として作られたものではなく、過渡的時代の産物である」といった評があるが、外山正一が海舟の「思ひやつれし君」に対して「人に先立ち数十年の昔既に新体詩を作らるゝの挙あらん」と言及しているように、『新体詩抄』は突然現われたものではなく、このような素地の上に成立したものであることは押さえておきたい。

(2) 口語自由詩を求めて

わが国の口語自由詩は、一九〇七(明治四十)年九月に川路柳虹が詩誌「詩人」第四号に発表した「塵溜」「覇王樹の実」「愛」(二篇)の四篇を始まりとするのが定説である。しかし、これだけでは口語自由詩が突然誕生したような印象をまた与えてしまう。明治末期に隆起してきた現実主義的傾向は、その社会主義思潮の部分で児玉花外に『社会主義詩集』(一九〇三年)を書かせ、かたや自然主義文学運動は反作用的に「スバル」「屋上庭園」「三田文学」「新思潮(第二次)」などに拠った耽美派や、「白樺」に拠った理想派などを招来した。一九〇七年になって森川葵村が「言文一致詩」を提唱し、人見東明(圓吉)が「口語詩」という呼称を初めて用いた。新しい時代を表現するには文語の限界性は明らかだった。そのような経緯の果てに川路柳虹の口語詩の試作が現れたのだ。

詩といえば文語・雅語・美文調で書かれるのが当然といった常識を打ち破り、それまでの詩では絶対とりあげることがなかった題材、「臭い塵溜」や「芥のくさみ」といった従来の美意識では到底受け入れられないものを作品化しようとした口語自由詩が、文語全盛期の日本で書かれた意義ははかり知れず大きい。それは文語から口語へ、七五調を基調とした定型詩から自由詩へ、と近代詩の分岐点となるものであり革命であった。当然、賛否両論がまきおこったが、「塵溜」が発表された翌年には相馬御風の「痩犬」や三木露風の「暗い扉」などが相次いで書かれ、以降、日本の近代詩は口語自由詩の流れが大きな比重を占めていく。大正デモクラシーの波にのって民衆詩派が起きるに及んで、このウェーブは方法論として明確に認識され、位置づけられる。民衆詩派は饒舌による散慢さや、思想の人道主義的退屈さ、独善性などの指摘にさらされ、既存の芸術詩派と、社会情勢の激変に乗じて台頭してきたプロレタリア詩派の双方からその欠点を攻撃されてしだいに退潮して、立場を失っていったが、民衆詩派〜「赤と黒」〜ダダイズム〜プロレタリア詩運動、あるいは当時の萩原朔太郎・室生犀星・山村暮鳥らの諸作品のなかに口語自由詩は時代のニーズを反映する書法としてしっかり血肉化され、その流れは営々と現代にいたるまで太い命脈を伝えていることは言わずもがなのことである。

この口語自由詩から派生して、必然的に延長線上にくる一枝として方言詩に触れておきたい。現在、我々が通常、詩作に用いる言葉というのは明治政府が半ば強制的に押しつけてきた東京語をベースとする標準語である。しかし全国には東北弁・関西弁・四国弁・九州弁・沖縄弁などがあるように「我々が日常的に用いている言葉は方言ではないか、そうであれば口語詩は方言で書くべきである」という自覚をもって書かれた作例が方言詩であり、この思潮は分散化という新しい詩的価値観を抱卵している。方言詩の歴史は福士幸次郎や高木恭造・一戸謙三といった東北勢を始点とするが、いまや小坂太郎・吉田啄子・田中国男・飯島和子・島田陽子・西岡寿美子・増田耕三・門田照子・進一男・川満信一といったようにすでに全国規模へ拡大している。島田陽子が詩誌「柵」一六一号で「現在は方言見直しの過渡期である。方言に対する意識が過剰なため、かえって両者を際立たせてしまうようなところがある。方言とか共通語とか殊更意識しなくなったら、両者は自然に混在して豊かな日本語を構成しているのかもしれない」と言及しているが、私も、期待をもって今後の方言詩の展開を見ていきたい。

(3)〈外地〉に置きざりにされた詩

一八七六年の日韓修好条規によって朝鮮を開国させて以来、日本は絶えず朝鮮へ進出しつづけ、日清戦争によって清国を、日露戦争によってロシアを退けて以後は、その独占的地位を決定的にした。下関条約（一八九五年）によって清国から台湾の譲渡を、ポーツマス条約（一九〇五年）によって北緯五〇度以南の樺太島および旅順・大連の譲渡を受けた。そして一九一〇（明治四十三）年の日韓併合条約によって、朝鮮に関するいっさいの統治権を獲得するにいたった。一九三一年九月、日本軍は中国東北地方（満州）の権利を確保するために、列車爆破事件を発端に中国東北地方全域へと侵略を拡大した。東北地方を占領した日本軍は翌年三月、清朝最後の皇帝溥儀を執政にすえた日本の傀儡政権である「満州国」をつくり上げた。一九三四年、満州国は帝政を敷き、溥儀が初代皇帝となった。

詩誌「亞」は一九二四年十一月、安西冬衛を中心に北川冬彦・富田充・城所英一らによってその大連で創刊された。ほぼ月刊態勢をつらぬき二七年十二月までで三五号を刊行した。二四号から尾形亀之助が、三三号からは三好達治が参加している。当時、大連に在住していた安西や滝口武士らは「外地にあって日本と切り離されたイマジズム運動によって、短詩運動を提唱した。これら新詩運動は、人道主義や社会性を重視した大正末期に風穴を開ける結果となって、〈詩と詩論〉のアヴァンギャルド運動へと発展していった」（中村不二夫）といった評言のように、あの安西冬衛の「春」（てふてふが一匹韃靼海峡を渡って行った）に代表されるごとく、外地にあってもっとも内地詩壇へ影響を及ぼした詩誌といえよう。また「銅鑼」は一九二五年四月、中国広東で当時、中国嶺南大学の学生だった草野心平の編集発行により創刊された詩誌であり、同人は黄瀛・原理充雄・劉燧元・富田彰の五人。その後の主な参加メンバーを列記すると、三号から坂本遼・高橋新吉、四号から宮沢賢治、七号から岡本潤・小野十三郎・尾形亀之助、八号から萩原恭次郎、九号からは壺井繁治、一一号からは三野混沌などが参加している。多彩な同人を誇る「銅鑼」だが、なかでも「農民詩人の坂本遼と三野混沌を世に送り、宮沢賢治の詩才を発掘した功績は大である」（天彦五男）といった評価が、高橋夏男らの地道な研究によってようやく日の目を浴びつつある。

ほかにも大連市には一九四一年に創刊された井上麟二・川島豊敏・藤原定・古川賢一郎らの「満洲詩人」があり、創刊号に掲げた「文芸文化に対する新鮮な詩精神の作興」というスローガンとともに〈第二の日本〉で脈々と詩いつづけられた精神史は検証され、語り継がれていかねばならないと感じる。これらは〈外地〉で発行された詩誌の一例に過ぎない。

おなじく時代はさかのぼるが、沖縄は一九四五年以後、一九七二年の本土復帰まで米国統治下にあったが、その間にも「詩・現実」「ベロニカ」「地軸」「南西詩人」等の詩誌に岡本定勝・神谷毅・宮城英定・高良松一・前泊繁夫らが土地を奪われ、基地を抱え、極東最大の「アメリカの浮沈空母」といったつねに生命の危険と背中あわせの役割を担わされつづけなければならない過酷な条件下にあって〈叫び〉としての詩を紡ぎ出してきた。このような情況は一九五三年に日本復帰した奄美や、一九六八年に返還された小笠原諸島においても同様だ。これらの〈空白域〉にも機会あるごとにフォローアップの作業を加えていかねばならないと感じる。

（4）詩人の戦争責任

一九四一年、太平洋戦争が勃発した。そのときの大部分の詩人たちの狂奔、熱中、軽躁ぶりはなんら庶民と変わることはなかった。いや、詩という表現方法を持っているぶん詩人たちは自覚的に「報国」を合言葉に集結した。そこには、国家の劣悪な情報操作や体制的足枷が仕組まれていることにも気づかず、結果的に無謀な作戦によって犬死するしかない戦場へ、国民を鼓舞して送り出す片棒を担いでしまった。

高村光太郎の最初の戦争詩集『大いなる日に』が出版されたのは一九四二年である。この詩集は、その後数多く書かれることになる戦争詩の発端に位置している。「国威の高揚とともに高村のナショナリズムも協賛の道をたどった。国威の行くところ、国の戦意受容の方途の中で愛国心を合理化して受け入れた高村は、戦後、詩人のあるべき姿を逸脱したとして非難され、福島の山荘に隠退した」（西岡光秋）という文章が〈戦中の国民詩人〉の顚末を伝えている。罪悪感は高村本人にもっとも自覚され、よって蟄居という形をとったといえる。しかし高村の例に限らず、大戦中に書かれた『辻詩集』（一九四三年）や『大東亜』（一九四四年）、その他おびただしい戦争協力詩歌集（詩・短歌・俳句）に目を通すたびに「これらの作者たちは、既存の自分の詩学をすすんで放棄し、時局の渦中に身を挺していったのだ」という印象を払拭できない。伊東静雄も三好達治も尾崎喜八も西条八十も佐藤春夫もみんな当時は戦争協力詩を書いたのであり、それらは現在、全集などから巧妙に割愛されるケースが多いが、そんな時代があり、自発的な賛意が詩人側にあったという事実がある限り、けっして戦争協力詩は見過ごされてすむものではない。わずか半世紀ほど前にそのような時代があり、その結果としていかに一個の人間が分裂し、自己解体したかという事実は次世代へ伝えられなければならないと思う。ただし一九五七年生まれの私の場合、個人的心情として、戦後のひと頃のように詩人の戦争責任を追及するぞという意識からはもはや遠い。当時の特異な時代環境を経験したこともない私に、詩人の戦争責任を追及する資格などないとも思う。詩誌「想像」八六～八七号で羽生康二が、村野四郎や江間章子らが当時書いた戦争協力詩について触れながら詩人の戦争責任について論及しているが、八七号のつぎの部分が、私と意思を同じくするので左記しておきたい。

　この問題でわたしが重要だと思うのは、「書いた」ということそのものよりも、「のちになって自分が書いた戦争協力詩にどう対処したか」である。十五年戦争期の状況を考えれば、戦争協力詩を一篇も書かずに切り抜けるのはかなりむずかしかっただろう、ということは理解できる。が、強制されたにせよ追いこまれて書いたにせよ、書いたという事実は消せない。そのことに対しては責任がある。

（「『春への招待』の詩人・江間章子」）

(5)「戦後詩」雑感

あまりにも戦後詩は「荒地（第二次）」（一九四七年創刊）と「列島」（一九五〇年創刊）という二誌をキックにして語られてきた感が強いが、最近、戦後もっともはやく創刊された詩誌が北九州の「鵬」（一九四五年十一月）であり、そのメンバーだった岡田芳彦や出海渓也らの活動が「列島」の呼び水となった経緯などと関連づける形でようやく正当に評価されるようになった。また、同年十二月には奈良で日高てる・右原厖らの「爐」が産声をあげ、翌年には京都で臼井喜之介・大木実・小高根二郎らの「詩風土」や、市川市で福田律郎・瀬木次郎・秋谷豊・小野連司らの「純粋詩」がといったように、全国で雨後の筍のように相次いで詩誌が創刊されている。ほかにも「新日本文学」や「コスモス」（いずれも一九四六年創刊）、「日本未来派」や「母音」（いずれも一九四七年創刊）、「龍」（一九四八年創刊）、「地球」や「時間（第二次）」（いずれも一九五〇年創刊）、「三角帽子」（一九五一年創刊）など挙げだしたらきりがないが、肝腎なことは、かつてこれら詩誌に拠った書き手たちが「荒地」「列島」ばかりを偏重した現代詩史に疑問を感じ始め、ようやく自分たちの詩業について積極的に発言しはじめたと感じられることであり、そういった点ではいま「日本の詩史」は大きな洗い出しを迫られていると言える。

戦後詩史の特徴の一つとしてあらためて感じるのは「総合（商業）詩誌の時代」だった

ということだ。詩運動やイズムといったとらえ方をすれば、ビート・ジェネレーション、オーラル派、女性詩の台頭、散文詩の隆盛、定型論争、国際化などが挙げられようが、それらの大半があいつぐ総合（商業）詩誌の刊行という項目の幕間に埋もれてしまう印象がある。一九四七年に「詩学」が創刊され、一九五六年に「ユリイカ（第一次）」が、一九五九年に「現代詩手帖」が、一九六〇年に「無限」が、一九六三年に「詩人会議」が、一九六六年に「詩芸術」が、一九七二年に「詩と思想」が、一九八三年に「ラ・メール」が創刊といったぐあいに全国規模の総合（商業）詩誌が、それまでサークル誌・同人誌などによってセクトを囲っていた詩的価値観に、外部から圧力を加える結果となり、因習やしがらみといった閉塞的な環境を打ち壊すことにつながった。しかし反面、詩人たちが、総合（商業）詩誌にどれだけ回数多く登場するかを競い、その頻度等で詩人としての優劣が決まり、結果的に総合（商業）詩誌に登場するために、その詩誌の好みに合致した作品を書くようになってしまうといった弊害も顕在化した時代だった。

たしかに戦前も「明星」や「民衆」「赤と黒」「コギト」「四季」などといった比較的規模の大きい詩誌・文芸誌があったが、そこには編集者の詩人・作家としての確固たる顔があった気がする。与謝野鉄幹や福田正夫・岡本潤・壺井繁治・萩原恭次郎・田中克己・保田與重郎・堀辰雄・丸山薫などは編集発行者というよりも、個人的に表現したい内的マグマがあって、それを端的に託すための手段として詩誌・文芸誌を創刊したのであるが、戦後、総合（商業）詩誌の出版に携わった顔ぶれを見ると、最初は詩を書いていたものの次第に詩筆から遠ざかり、出版人に落ち着いた者や、詩才の他に編集発行の才覚があった者が自然のなりゆきで編集発行に専従していくといった経緯が見えてくる。

（6）もう一つの詩の系脈

松永伍一著『日本農民詩史』上中下巻全五冊（一九七〇年完結）は、一九三〇年生まれの著者が三十歳代のほとんどの時間を費やしてまとめた五千枚もの大著である。明治元（一八六八）年から昭和四十四（一九六九）年までの百年の時間域に書かれた農民詩・農民詩集が時代背景や著者の論考とともに系譜だって詳述されているが、この著作で松永がとった詩史観は、既存の東京中心のこざっぱりした詩史観とはまったく異質の、九州（福岡県大木町）の農家に生まれ育ち、全国を放浪した果てに得た独自の経験則と観察眼とにもとづくもの。一九六七年に出た上巻の「はしがき」に、本著について彼はこのように記している。

私は農民の血をうけ、詩を書いてきた人間であり、二十七年間村に住み百姓もしてきた体験を内攻していく過程で、日本の農民詩の系脈にさぐりを入れる決心をしたのである。（中略）これは「墓掘り」の仕事ではないか、というおもいにかられたとき、しかし私は地中の無言の詩を「鉱脈」と見ることができた。（中略）私がこの日本農民詩史を書こうとしたのは、単なる無名詩人たちへの鎮魂歌をつづるためではなかった。むしろ、表現しようにも表現のすべを知らずに死んでいった無数の日本農民の内部世界を代弁し、告発することにあったというのが正確であるかも知れない。（中略）この方法は「詩を通じた農民の思想史」という裏の意味を強く抽き出すことになったかも知れない。

合計二千六百ページを超える全三巻五分冊の全貌などどう要約しても伝えきれるものではないが、主項目を掻い摘んで列挙しただけでも大塚甲山～「民衆」～プロレタリア詩運動～渋谷定輔～竹村浩～農民小唄～アナキズム～重農主義芸術運動～『新興農民詩集』～「農民詩人」～ナップ派～猪狩満直～更科源蔵～真壁仁～坂本遼～三野混沌～『日本農民詩集』～農民民謡運動～錦米次郎～日本農民文学会～井上俊夫～黒田喜夫～「民族詩人」～岡崎純～風山瑕生～斎藤庸一～小坂太郎……といった具合に、独自の論点から原稿が書き起こされている。さらに、北海道から奄美大島までを広く視野に取り込んで「関東の各地で」「東北の詩山脈」「東海・北陸から」「西日本展望」「岩手の農民詩」「山形の農民詩」「群馬の農民詩」「三重の農民詩」という章だてからも想像がつくように漏れなく各地の農民詩の実態をフォローアップし、そこから全体的に隆起してくる「詩観」を造成しようという意思が感じられる。そこにはまさしく近代日本の隆興と繁栄の陰で、公的に搾取され続け、犠牲を強いられねばならなかった農民・民衆たちの〈叫び〉が谺している。

前述の松永伍一とはタイプも経歴もまるで異なっているが小海永二の詩人・編集者・オーガナイザーとしての資質も、この国の詩界に新しい価値観を導入するものと感じている。一九六五年に彼の編著によって世に出た『日本の名詩』（大和書房）は彼が三十四歳のときの仕事だが、ここには明治・大正・昭和（戦前・戦後）の詩人の作品が収録されており、たとえば「昭和（戦後）」の収録詩人名を見ると鮎川信夫・田村隆一・中桐雅夫・北村太郎・三好豊一郎などの定番詩人にまじって、押切順三・天野忠・真壁仁・井上俊夫・片瀬博子、安永稔和・笹原常与・角田清文など、地方にあって優れた作品を発表していた実力ある詩人たちが平等に採られている。これは明治維新以来、中央集権体制のもと高度経済成長期をただがむしゃらに驀進しつづけていた当時の日本の世情等からして特筆に値することのように感じられる。一九八六年の編著『郷土の名詩（東日本篇・西日本篇）』（大和書房）もその方向性をさらに強調したものだと評することができる。小海の資質・性向について考えるとき、いつも脳裏を離れない一文がある。『詩人の生き方』（土曜美術社出版販売）のなかに、彼が自分の資質について触れた次のような箇所がある。

わたしは大国よりは小国に、先進国よりは発展途上国に、より一般的に言えば大きいものよりは小さいものに（そしてまた、中心よりは周辺ないし辺境に、多数派よりは少数派に）共感を寄せ、時に損と知りつつ肩入れしたがるメンタリティーがあり（以下略）（「小国の文化・小国の詩」）

私はここに彼の隠れた〈真実〉を嗅ぎ分ける本能と、公平な価値観、広域的視座の所有を感じる。このメンタリティーが埋もれた詩人たちや忘れられた詩人たちを発掘し、ひいては「これはわたしの持論だが、全国の地方詩史がすべてそろって初めて、真の意味での日本詩史（全国的な目配りの上に立つ綜合的なそれ）の書かれうる条件が、ようやく整うことになる」といった遠大な理念に、彼を駆り立ててきたのだと感じている。

(7) 在日の人々の詩から見えてくる地平

〈在日〉という存在は当時、軍国主義のもとに植民地支配を推し進めた日本が作りだしたものであるが、現在では七十〜八十万人が日本に居住している。最近は詩集や詩誌等においても、在日の人々の作品に接することがとみに多くなってきた。崔華國のH氏賞受賞（一九八五年）や、梁石日《ヤン・ソギル》の山本周五郎賞（一九九八年）、宋敏鎬《ソン・ミンホ》の中原中也賞（同年）など在日の書き手たちによる活躍が目立つ。今年（二〇〇〇年）、詩集『ＴＡＩＷＡＮ』で第五〇回Ｈ氏賞を受賞した龍秀美も、台湾人を父親にもつという在日の環境のなかで育っている。戦後五十五年を経て、価値観の多様化、既成表現の枯渇化などという事情と相俟って、在日の人々の表現が、そこから垣間見えてくる異質の地平・歴史等とともに、ここにきてようやく日本固有の価値観として認知されたといった印象さえ覚える。

私は長い間、彼ら在日の人々が書く詩文について、避けがたく惹かれつつもそれを的確に表現する形容句にめぐり会えなかったが、今般やっとそれに出会えた気がしている。それは大阪のもず工房から今年四月に出版された『金時鐘の詩　もう一つの日本語』という本の副題となっている〈もう一つの日本語〉という言葉だ。本著は在日する朝鮮の詩人・金《キム・》時鐘《シジョン》の第六詩集『化石の夏』をとりあげ、昨年六月二十六日に開催された「言葉のある場所／『化石の夏』を読むために」と銘うった梁石日・鵜飼哲・瀧克則・細見和之をパネラーにすえたシンポジウムでの発言と、当日の金時鐘の講演等を中心にまとめられた一冊である。「もう一つの日本語」という認識と、そこからもたらされる新視界とがこのシンポジウムを企画し、本著を編集した野口豊子によって、次のように明確に補足されている。

不幸な必然から異国語を表現手段とせざるを得なかった氏の日本語は、「もう一つの日本語」であると言えるだろう。（中略）今回のシンポジウムは「もう一つの日本語」を世界的な視野から見つめ直す試みとして、企画された。つまり、亡命、流浪の中で、異国語で表現活動を続けている世界の作家、詩人たちをも視野に取り込んだところからのディスカッションを通じて、金時鐘の「もう一つの日本語」を見つめ直す試みでもあるのだ。（中略）私たちが「もう一つの日本語」を身内に持つことで、世界が変わる、と予感している。シンポジウムの会場に足を運ぶことで、自身が母国語であると信じている言葉の中に「もう一つの日本語」を見つける作業の第一歩が始まる、そう確信している。

右記はシンポジウムに際して野口がまとめた項目から、拙稿に関係ある部分を私が抜粋したものである。「金時鐘にとって日本語は植民地人として肉体に刷り込まれた敵性の言葉である。その敵性の言葉を表現手段にしている矛盾に引き裂かれているのだが、その引き裂かれた深刻の闇からこみあげてくるもう一つの日本語がある。（中略）逆説的にいえば在日朝鮮人の自己表現は日本語でなければ証明できない言葉なのである」という梁石日の言葉も、同じ在日という立場からよく金時鐘の詩の所在を物語っている。また、細見和之は「金時鐘の日本語」をユダヤ人の両親を殺戮した敵の言葉であるドイツ語を終生、表現手段とした「パウル・ツェランのドイツ語」と並置して「いま、金時鐘の表現を世界的な視野で見つめる作業が、ぼくらにはぜひとも必要だ」と発言している。同じ認識が野口豊子にもあり、彼女は本著を「〈もう一つの日本語を身内に持つ〉という作業は紛れもなく、私たちの二十一世紀の仕事の一つだ」という言葉で結んでいる。

私は疲弊や終焉、萎靡などといった形容句で評されることが多い現代詩が再生していく要素として、たとえばこのような在日の人々が書いた作品をいかに受容し、体内にとりこんでいけるかといったことがバロメーターの一つになると思っている。この〈在日〉という問題を引き延ばしていくと沖縄問題やアイヌ問題という事項に必ずぶつかる。先住民族や少数民族、辺境の民などが書いた詩が、既成の詩に新たなエネルギーを注入してくれる要素として注視されているのは世界的な詩の傾向であるが、それらの最も新しい国内の研究の成果として石原武著『遠いうた　マイノリティの詩学』（詩画工房）を読んだ。副題が示す通りアメリカの黒人詩、キューバの詩、フィリピンの詩、ネイティヴ・ハワイアンの詩、アメリカ・インディアンの詩、オーストラリア原住民の詩など、世界の少数民族の詩が取り上げられていて、従来のいわゆる欧米詩では味わうことができなかった詩の魅力が、そこから広がるプリミティヴな可能性とともに語られている。著者自身、当地に吹く薫風に触れてこの記述を楽しいんでいる様が伝わってくる。もはや「世界の詩」を英・米・仏・独などの先進国ばかりで語ることは不可であり、二十世紀半ばから次第に確実な潮流として隆起してきた第三世界や辺境域で書かれた詩といかに併置して考察や論評を行っていくかということが重要なスタンスである。そのことがひいては終焉や退潮化などと揶揄されるわが国を含めた先進諸国の詩を励起させ、再生させていくことに繋がっていくのだということを記して、本稿の結びとしたい。

〔文中表記以外の参考文献〕

・日本詩人クラブ編『「日本の詩」一〇〇年』（土曜美術社出版販売）
・日本詩人クラブ編『《現代詩》の50年』（邑書林）
・新潮十一月臨時増刊「日本の詩101年　一八九〇〜二〇〇〇」（新潮社）
・「別冊太陽」〈近代詩人百人〉一九七八年秋（平凡社）
・菅原克己編『詩の辞典』（飯塚書店）
・池田清編／太平洋戦争研究会著『図説・太平洋戦争』（河出書房新社）
・中井清美著／制作集団Q編『沖縄ＴＯＤＡＹ』（拓植書房）
・小海永二編『世界の名詩』（大和書房）
・尾形仂校注『蕪村俳句集』（岩波書店）

八〇年代という詩の分岐点・分水嶺

五〇年代や六〇年代・七〇年代といった十年間ごとに区画して整序する理解の仕方にどれほどの意味があるのか分からないが、それでもこと日本の詩界において一九八〇年代というのは一つの分岐点・分水嶺として特徴的に記録される十年間になるのではないかと常々感じている。

敗戦から一九七〇年代頃までの詩というのは概括すれば、個人的経験を通じてすくい取られた思想や感慨等を、練りに練った修辞・メタファー等で武装し、ハイ・テンションな固有の詩境へと一気に止揚して開示するような作品が多かった。詩の書き手の多くが好むと好まざるとに関わりなく、虚無感や無力感・険しい日々の暮らしに噴まれながらも〈戦争の生き残り〉としての責任感や目的意識に駆られつつ詩を書いていた。それは幾つかの例外を除いて、無骨に凝り固まりがちな《男の詩》の時代だったと評することができる。

一つの示例として、一九五一年に設けられた日本現代詩人会のH氏賞の受賞者と受賞詩集を第一回から一九八〇年の第三〇回までざっと眺めてみよう。殿内芳樹『断層』・長島三芳『黒い果実』・上林猷夫『都市幻想』・櫻井勝美『ボタンについて』・黒田三郎『ひとりの女に』・鳥見迅彦『けものみち』・井上俊夫『野にかかる虹』・金井直『飢渇』・富岡多恵子『返禮』・吉岡実『僧侶』・黒田喜夫『不安と遊撃』・石川逸子『狼・私たち』・風山瑕生『大地の一隅』・高良留美子『場所』・石原吉郎『サンチョ・パンサの帰郷』・澤村光博『火の分析』・入沢康夫『季節についての試論』・三木卓『東京午前三時』・村上昭夫『動物哀歌』・鈴木志郎康『罐製同棲または陥穽への逃走』・石垣りん『表札など』・犬塚堯『南極』・知念榮喜『みやらび』・白石かずこ『聖なる淫者の季節』・粒来哲蔵『孤島記』・一丸章『天鼓』・郷原宏『カナンまで』・清水哲男『水甕座の水』・荒川洋治『水駅』・小長谷清実『小航海26』・大野新『家』・松下育男『肴』・一色真理『純粋病』と、三十三名の受賞者（五七年・六八年・六九年は二人受賞）の内、女性はわずかに五名を数えるのみである。さらに付言しておきたいことは、根深い〈戦後意識〉に絡めとられつつもビートジェネレーションの律動にのって自己の性を初めて陽光のもとに解放した白石かずこを除き、富岡も石川も高良も石垣も、自己および日常を内省的に受けとめる抒情精神と、思想的で知的な言語意識といった戦後詩的スタンスにどっぷりと浸かり込んでいると判読できることだ。

とりあえずイントロとして、一九七〇年代頃までの詩の特徴について感じるところを概述したが、それではこれに対して八〇年代の詩についてはどう言及することが可能なのか。特徴的な項目をいくつか列挙しながら、以下に論述してみたい。

(1) 女性詩の台頭

七〇年代の後半頃から文化教室・文化サークル・カルチャーセンターなどと呼ばれる各種機関を足がかりにして、文芸的ノウハウを身につけた多くの女性の詩の書き手たちが詩誌にも進出してくるようになった。いや、この動きは例えば高田敏子が一九六〇年三月から朝日新聞夕刊・家庭欄に〈誰にでもわかる平易な詩〉を毎週連載し、全国の読者からの反響・要望に応えるかたちで一九六六年一月に会員組織の詩誌として「野火」を創刊したが、そのあたりからすでに蠕動化していたものと言うことができるかも知れない（「野火」は二十三年後の八九年に高田の病死によって終刊）。あるいは、石垣りんの『私の前にある鍋とお釜と燃える火と』『表札など』、茨木のり子の『見えない配達夫』『鎮魂歌』、新川和江の『比喩でなく』『土へのオード13』などといったいずれも一九二〇年代生まれの詩人による五〇〜七〇年代に出版された〈男社会のなかにあって、女性であることを逆手に取り、自己の位置を鮮明に示した詩群〉がジワジワと浸透していった結果と見ることもできるだろう。青木はるみなどは小野十三郎が主宰していた大阪文学学校を当初足場にして出てきたと言えるし、また江島その美や柳生じゅん子・竹内美智子らは長らく高田敏子の「野火」の会員だった経歴を持つ。

さらに八〇年代というのは、男性と女性との対立および封建社会に根ざした不平等の是正意識から出発し、男性社会に対して女性による女性解放運動という色彩が強かったウーマン・リブが、男女間の法律的・政治的・経済的不平等を廃止して、両性を共通の人間性として等置しようとし、同時に、子を育てる自由、母権の確立、恋愛および結婚の自由の確立などのより具体的で幅広い女性尊重・男女同権主義について男性と女性がともに考えるフェミニズム運動として進展し、浸透してきた時代であった。そのような時流を背景に七〇年代後半あたりから新しい女性の詩の書き手が大量に生まれようとしていたのだ。たとえば、青木はるみ詩集『ダイバーズクラブ』(七八年)、伊藤比呂美詩集『草木の空』(七八年)・『姫』(七九年)、井坂洋子詩集『朝礼』(七九年)など。彼女たちは日常生活やセックスなどを従来の慣例やモラルにとらわれない大胆で新鮮かつしなやかな表現で描写し、注目を集めた。と同時に、瞬く間に詩人の数を増加させ「日本の歴史上、これほど同時期に詩人が存在した時代はない」という評価とも揶揄とも受け取れる言葉が聞かれる情況を招いた。

ムスメのニホン語は上達しました

ムスメのニホン語は上達するばかりです
ひたすら記憶に拘泥しているハハにたいし
ムスメときたらまあじょうずに
新鮮な三年目をニホン語で描写します
そのつど押しよせるハハの感動
ハハの生理ハハの欲求ハハの欲望
目ざましい発達をとげたムスメは
もはやりっぱな
虐待される子になりえます
殺されてたまるかよと
ムスメはハハをニホン語で突き刺します
なめるんじゃないよと
ハハはムスメをニホン語で殴りたおします
ムスメにはイモウトがいます
この子はまだニホン語がしゃべれません
この子はハハとアネの
ニホン語による虐殺と殺戮を

日夜観察し
自分もニホン語でぶちのめしたいといきごんでいます
（伊藤比呂美「意気込み」全行）

当情況の代表格はやはりこの伊藤比呂美であろう。従来の規範等にとらわれることなく自分の性を、性交という行為を、結婚・妊娠・出産・育児を自己の感性を武器に自由奔放に書きまくった。書法も改行詩の中にいきなり散文詩を挿入したり、散文そのものだったりと様々である。高学歴と高い就業能力を有し、自分が社会的存在でありたいと欲する女性にとって、時として自分の〈産む性／子宮感覚〉が煩わしくもあり、うっとうしくも感じられることがあるはずであるが、伊藤はあくまで自分の子宮部分でものごとを考えようとする。さらに興味深いことは、彼女の子宮感覚は母性などといった普遍的脈絡に属するものでは決してなく、あくまで女としての自己中心的な欲求に貫かれていることだ。「ポーランド一触即発」という当時の東欧諸国の政変を題材にした詩があるが、これは一見、与謝野晶子の「君死にたまふことなかれ」のような触感を読む者に抱かせつつも、反戦や世界の将来などに思いを馳せるといった内実ではなく、あくまで甘える対象・セックスの対象として長期出張中の夫の安否を気にしているといった次元のものである。彼女はつねに本音で語ろうとする。ストレートに、奔放に語るあまり『テリトリー論』『テリトリー論2』などでは勢いスキャンダラスな印象を増幅してしまった感があるが、それだけ言動が徹底していたということの証左でもあろう。ほかに榊原淳子・白石公子・岩崎迪子・筏丸けいこ・相場きぬ子などもこういった類似項で括ることができる。

一九八三年、新川和江・吉原幸子の共同編集による女性の詩の書き手を主対象とした総合詩誌「ラ・メール」が創刊された。「ラ・メール」は「ラ・メールの会」という組織制を採り、全国の女性詩人に発信するというスタンスの特徴性を有していた。鈴木ユリイカや高塚かず子・国峰照子らがこの詩誌から出た。

直情的な話法による女性詩人の活躍や道徳観の変化、フェミニズム運動の盛りあがりなどに刺激を受けて、かつてなかったほどの全国的規模で、詩が多様なテーマ・書法で書かれるようになった。以上のようなことを踏まえて見た場合、一九八〇年代に入ってからの女性詩の台頭は、それまでの男性詩人中心だった詩界の質と風景を刷新したということができるだろう。それらの詩群は現在、〈生活抒情派〉という呼称で呼ばれることが多い。生活抒情派はたしかに現在も詩界の一支柱をなしており、詩の大衆化という意味ではおおいに一役かったのだが、しかし実態としては玉石混淆であり、詩の一種の拡散・弛緩状況を助長する一因となったのも、また事実である。日記をただ改行して書いたような稚拙な詩、意味不明の錯乱をきたしたような独善的メタファーの詩などが横行している一面は払拭できない。

「なぜ、このような情況を招いたのか」という問題については、先ほどのフェミニズム運動に連動した事象としてとらえることができるほか、この後も記述する幾つかの八〇年代の詩界の特徴とも共通することがらであるが、戦後三十五年が経ち、高度経済成長（結局はバブル経済の破綻によって息の根を止められるのであるが）によってもたらされた衣食住の充足感と、島国特有の隔絶性によって他国との摩擦や緊張等を直接感じなくても済むことに起因した平和に対する一種の麻痺感、封建的な家族制度の崩壊、個人主義の深化などがあげられよう。この間にも東西冷戦の終結、東ドイツの国境開放、ベルリンの壁の消滅（八九年）、民族自決主義を掲げた東欧各国の変革、東西ドイツの統一（九〇年）、社会主義国・ソ連邦の解体（九一年）、ＥＣ経済圏の出現（九二年）などといったコペルニクス的な激変につながっていく綻びはソ連のゴルバチョフ大統領が推し進めるペレストロイカ政策等を軸として海の向こうで拡がっていた訳であり、また酸性雨による森林の大規模な枯渇やオゾンホールの拡大、地球温暖化に起因した異常気象現象の露現などといった諸問題が世界各地で徐々に顕著化しはじめていた。自分の想像力によって、このさき生起してくるであろう様々な〈事件〉を予言し、警鐘を鳴らすのも詩人の重要な役割だったはずであるが、この時期の〈生活抒情派〉の作風はそうしたポジションから最も遠く、世間知らずに開き直り、孤立化し、享楽を貪るものだと批難されても仕方がない一面がある。

一例として八七年のブロッキー（ソ連）、九〇年のパス（メキシコ）、九二年のウォルコット（セントルシア）、九五年のヒーニー（アイルランド）、九六年のシンボルスカ（ポーランド）といったように八〇年代後半から九〇年代にかけて、ノーベル文学賞を各国の詩人が断続して受賞したという特記がある。彼らは自分の身の回りに生起した〈事件〉や、故国の歴史や風俗・風習等に取材し、それら個人的で固有の事象を人類に共通な普遍性へと止揚する道を示した。いずれも八〇年代までの情況変化等を自作に織り込んで、予言性と示唆に満ちた優れた詩業へと昇華させている。ノーベル賞ばかりが価値観の全てでもないが、当時の日本の詩の一部分がそのような状況からずいぶんかけ離れた位相にあったことは否めない。それは稚拙、堕落、淫行、放蕩、幼児返り、言葉遊びなどと揶揄されても仕方のない一面性を帯びていた。

(2) 詩の国際化

一九八〇年に詩誌「地球」は創刊三十周年の記念行事として、日本で初めての国際詩人会議を東京で開催し、成功させた。十一月二十四日から二十七日までの四日間、東京の東條会館ホールを主会場に開催された当会議にはアメリカを代表するビート詩人ケネス・レクスロスをはじめ、イギリス・フランス・ドイツ・スペイン・アルゼンチン・オーストラリア・フィリピン・インド・タイ・インドネシア・韓国・台湾・香港など世界十五カ国から六十八名の海外詩人が参加した。日本の詩人は約三百名、それに一般の文芸愛好者をふくめて延べ千六百人が全国各地から参席した。会議の主な推進役となったのは秋谷豊をはじめ新川和江・犬塚堯・斎藤庸一・石原武・田村さと子・小柳玲子・宮本むつみ・大石規子、高市順一郎・本田和也など詩誌「地球」同人たちであった。それぞれの国の言葉で、語り、読み、理解するという試みを通して、東洋／西洋といったカテゴリーを越えていかに〈全体〉としての世界をとらえきれるか……。この時ほど日本の詩人たちに海外詩が明瞭に意識され、自分たちが島国で書いている詩を客観的に見る機会はなかったのではないだろうか。この会議が発端となって『アジア現代詩集』の刊行が企画され、第一集は日本、第二集は台湾、第三集は韓国といったように各国持ち回りで刊行される希有な稔実をみた。このアンソロジーの編集委員は韓国の具常・金光林、台湾の陳千武・白萩、日本の秋谷豊・高橋喜久晴の六名であり、翻訳は、石原武・金光林・陳千武らが中心となって担当した。インド・ネパール・バングラデシュ・タイ・フィリピン・マレーシア・シンガポール・香港など各国の代表的詩人が延べにして三百人以上参加し、それぞれを韓国語・中国語・英語・日本語の四カ国語で対訳するという徹底ぶりであった。

また、一九八四年十一月三日から六日まで、東京のダイヤモンド・ホテルを主会場に第一回アジア詩人会議が開催され、韓国から具常・趙炳華・文徳守をはじめ約三十五名の詩人が参加した。韓国の現代詩人たちがこれだけそろって来日したことは日本の詩史上かつてないことである。他にも、インド・フィリピン・タイ・インドネシア・マレーシア・シンガポール・香港・台湾といったアジア諸国を中心に、アメリカ・イギリス・カナダ・アルゼンチン・パラグアイなど十五カ国の詩人たち、百三十五名が集まった。日本からは三百六十名が参加して、東の文明と西の文明についての対話と理解を促進し、アジアの詩魂ひいては人間精神の普遍的所在を確認しあった。

これら会議の経験と実績が一九九六年八月の第一六回世界詩人会議日本大会（前橋）の盛会へと結実していくのであるが、これらの国際交流の特徴は、影響力の大きいジャーナリズム誌や強力なスポンサー等の協賛によって実現したのではなく、「地球」という一詩誌の「捨て石」覚悟の尽力と、多数の詩人たちのボランティアによって具現されたという点にある。「地球」を主宰する秋谷豊の広い見識と卓見の賜物であろう。一九五〇年四月に秋谷を編集発行人に、ネオ・ロマンチシズムを唱え戦後抒情詩の運動をめざして創刊された「地球」は、当初、一九三〇年代のイギリスのニュー・ロマンチシズムの運動を念頭に置いていたが、近年の当誌の運動はまさに誌名のごとく世界的視座に立ったものであり、特に近隣アジア諸国の再発見といった観点で特筆すべきものだ。

こういった国際感覚の表われは「地球」に限らず、現在、「核」「岩礁」「柵」「ほすあび」「quel」「ネフド」「海潮」「ＰＯ」「舟」「潮流詩派」「解纜」など多数の誌面で確認することが可能である。詩界の国際化という点で、日本は商業誌よりも一般詩誌の方が一歩も二歩も先んじている。いや、交通網や情報網の発達等によって各人の価値観やものの考え方が多様化・分散化している現状を分りつつも、旧来型の中央集権的な商業路線しか採りえない在京の商業詩誌のフットワークの悪さはもはや救いようがない。日本の商業詩誌はいまどき〈戦後×年〉などといった企画をうったとしても採算に合わないという理由から取りあおうともしないが、日本が爪跡として残した〈戦後〉は朝鮮半島・中国大陸・台湾・東南アジア諸国における詩士の中でいまだに燻り続けている。商業誌に〈戦後〉に言及する気力も体力も残っていないのであれば、全国の詩誌が〈戦後〉を引き受けるほかない。どこかに受皿は必要なのだ。

また、この頃発行された訳詩集をあらためて眺めてみると印堂哲郎訳『ヌサンタマラ詩抄』(八〇年)や片岡弘次訳『ふぁいず詩集』(八一年)、木島始訳詩集『異国のふるさと』(同年)、中庚林・李時英編『いまこそ詩人よ――韓国17人新作詩集』(八四年)、登坂雅志訳編『ブラックアフリカ詩集』(八七年)、財部鳥子らの共訳編『億万のかがやく太陽――中国現代詩集』(八八年)、大倉純一郎訳編『スオミの詩・フィンランド現代詩選集』(同年)、茨木のり子訳編『韓国現代詩選』(九〇年)などといったアンソロジーの他、是永駿の訳になる『北島《ペイ・ダオ》詩集』(八八年)・『芒克《マン・ク》詩集』(九〇年)といった個人詩集、八九年からは秋吉久紀夫訳編による「現代中国の詩人」シリーズの刊行開始(第一回は『馮至詩集』)など、それまで余り本気で接せられているとは言い難かった国々の訳詩集が次々と陽の目を見た。それまで訳詩といえば米・英・仏・独などの欧米先進諸国のものがほとんどだった訳であるが、この頃からアジアやアフリカ、中南米などといった発展途上国・第三世界と呼ばれる国々の訳詩が多数出版されるようになってきた。このことは閉塞状況や終焉状況などと内外から揶揄され、疲弊感に噴まれてきた〈詩〉が、これら国々が長年、先進諸国から搾取・掠奪などの凌辱を受けつつも頑として保持しつづけてきた野性や巫術性・演舞性・口承物語等といったプリミティヴな要素に、自らの新たな活路を見出して急速に近づいていったことを明示している。秋吉久紀夫の訳編業などは戦中から戦後にかけて、さらに文化大革命という厳しい条件下にあって、全ての作品が破棄され、焼却されて、詩筆を折らされ、重労働を強いられつづけた中国詩人の不遇な境遇を知るにおよんで火がついた正義感といった印象を抱かせるものであり、北島や芒克といった詩誌「今天」に拠った〈中国朦朧詩〉以前の中国詩人の相貌を初めて明らかにした仕事だったと言えるものだ。

ともかく八〇年代の詩界の特徴の一項として詩の国際化があげられ、詩の国際化は詩界に旧来の狭い価値観にとらわれないアップツーデイトな視座をもたらし、先の〈生活抒情派〉の拡散・弛緩状況を戒める役目を発揮したと評価できる。

（3）在日詩人の発見

本誌「岩礁」一〇五号所載の小稿「「詩史」の行間から垣間見える百余年の流れ」のなかでも在日の人々が日本語で書いた詩について触れたが、その特異な価値観が認知され、詩の潮流としてはっきりと姿を現わしたのは一九八五年に崔華國が詩集『猫談議』で第三五回H氏賞を受賞してからだったと感じている。崔は一九一五年に韓国慶尚北道慶州市に生まれ、若い頃から日本と朝鮮の間を往復しつつ、長期間にわたる日本での生活のなかから日本語による優れて個性的な詩作品を書きつづけた。彼の詩集を出版順に列記すると七八年に第一詩集『輪廻の江』（韓国語）、八〇年に第二詩集『驢馬の鼻唄』（日本語）、八四年に第三詩集『猫談議』（日本語）、八八年に第四詩集『ピーターとG』（日本語）というように、必然と偶然の結果だろうが八〇年代にぴったりと照準があっていくことに気づく。また、同じく在日の詩人である金時鐘《キム・シジョン》も七八年に第四詩集『猪飼野詩集』、八三年に第五詩集『光州詩片』を出版したことと並行して、『クレメンタインの歌』（八〇年）・『「在日」のはざまで』（八六年）といった自己の出自にかかわる重要な内容をもったエッセイ集を出版しており、戦後三十五年を経た八〇年代というものが、彼ら在日の詩人たちに明確な里程標として意識されていた事実をうかがい知ることができる。

私は常々、彼ら在日の人々が自己表現のために書き残した日本語を《もう一つの日本語》

として受領することは、我々日本の詩表現の幅を広げることにつながると感じている。当時、軍国主義のもとに植民地支配を推し進めた日本がつくりだした〈在日〉の人々の存在を再認識することは、そこから広がってくる異なった価値観や風土性・歴史観など、この国のなかに異なった視野が併存しているというまったく新しいグローバルな認識につながる筋道をはらむものだと言える。

壮大なアメリカ大陸のハイウエーを
ごきぶりが這うようメイド・イン・ジャパンの
スモールカーがほぼ埋めっちまいやがった
右にちょろちょろ左にちょろちょろ
これじゃハイウエーどころかチョロウエーだ
この光景を天邪鬼のバーナード・ショーが見たら
ショウがねえと嘯くか
〝総身に知恵が回りかね〟チョロに負け
なあんて駄洒落の一つも飛ばすか
なんて風景が一段とケチ臭くなった

（崔華國「メイド・イン考」）

崔の詩を読んであらためて気づくことは、彼の意識がすでに日本VS.朝鮮、当時の日本の軍国主義・帝国主義、在日、南北分断などといった狭義の事象や問題点等にとらわれずに、もっと広義の存在意識たろうとしていると判読できることだ。自分の人生に決定的な影響を及ぼし、美しい故郷を蹂躙した忌々しい日本の蛮行の記憶は決して消去できるものではないだろう。しかしその〈恩讐の過去〉を超克したところに立脚して、崔の認識は中国に米国に、ヨーロッパ諸国などに全世界を駈けめぐって人類が安らかに息づくことができる場所を探し求めているかのようだ。

細見和之は野口豊子編『金時鐘の詩　もう一つの日本語』の中で、同じ在日の詩人・金時鐘の詩（＝日本語）に対して、ユダヤ人の両親を殺戮した敵の言葉であるドイツ語を終生、表現手段として用いつづけた「パウル・ツェランのドイツ語」と並置して、「いま、金時鐘の表現を世界的な視野で見つめる作業が、ぼくらにはぜひとも必要だ」と発言しているが、そうした世界観が抱卵された時代として、八〇年代は記録される意義をもっている。

金時鐘の『光州詩片』からも一篇引いておきたい。「日本語の自然な順接に抗う、折れ釘で引っ掻いたような違和感をつねにただよわせているあの文体――。そこでは〈テニヲハ〉にいたるまで、〈日本語〉が魔術的なまでに脱臼されている」（細見和之）と評される《もう一つの日本語》を、日本が彼らに強いてきた半世紀もの苦渋の慟哭とともに噛みしめてもらえればと思う。

はためいている
白地の輓章がひと流れ
霜枯れの曇天をかきたてて鳴っている。
はたはたと身をよじらせては
中空をきりりり
しぼりあげる声もかぎりとのたうっている。
くねっては跳ね
しわってはうねって
はたいている。
打ちつけている。
いつ果てるともない悲憤のうずきを
天空にさらしてはためいている。

どれほど流される時があれば
時節は吹かれてなびいていくのか。
日ましに眼底で

ほつれているのは記憶のふるえだ。
無数のほそげを網膜に絡ませて
毛さきから眼窩から
虚無を逆巻いて延びてゆくのだ。
究めえない距離の深さを
時が、時が、髪ふり乱してたなびいていく。
もはや視てとる何物もない眼に
誰が上げたか輓章ひとつ
はたはたと
天涯の一点をよじらせて鳴っている。

（「ほつれ」全行）

（4）定型詩への再接近

飯島耕一が現代詩の文体に関して「オジヤのようなもので、そこには何を入れてもよい。もともとが日本の現代詩の〈文体〉は、ヨーロッパの詩の容器に、短歌の心、俳句の眼をはじめとして、漢詩人の気魄、狂歌人の戯れ、小唄、端唄、梁塵秘抄、とりわけ賛美歌、何でもかんでもとり入れたものであり、さらに新時代の風俗でも、理論でも概念でも（とくにマルクス主義、モダニズム）、何でもとりこむことができるのである。（中略）しかし悲しいかな、オジヤにはすっきりとした形がない」と発言し、現代詩に「文体」の必要性を提言したのは一九七七年のことであった。飯島著『定型論争』（九一年）にそのことを記した「いま詩の〈文体〉はどうなっているのか」が収録されている。また「中央公論」一九八六年十一月号にも「そろそろ詩にも定型が必要なのではないか」という短文を寄せていて、そこにも「わたしもまた厳密な形式にも韻律法にもよらない詩を書いてきたが、他方つねに形式と定型を気にしてきたことは確かである。何か定型がほしいという気分はいつも底のほうにあった」と書いている。以降、八七〜九一年にかけて彼は「定型」に関する発言を新聞・雑誌などに重ねていく。だが、これら諸々の発言や、彼の俳諧への接近や定型詩の詩作等をふりかえって気づかされることは飯島自身、定型詩ということに関して文体に言及したり、行数にこだわったり、韻律を指摘したりするなど、その概念自体を明確に把握しておらず、ターゲットを絞り切っていなかったということだ。私は八六年当時、「中央公論」の文章を読んで「飯島の定型への欲求は、自身の長年の詩作によって生じた一種の倦み・中だれ・スランプに起因したものであり、本来、飯島個人の問題であるものをさも大仰に詩界全体の問題として持ち出したもの」という醒めた目で見ていた。たしかに飯島はこの時期、『ラテン・アメリカの小太陽』『四旬節なきカルナヴァル』『虹の喜劇』など従来の書法によった詩集と並行して、失笑をかいつつも『猫と桃』『さえずりきこう』などの定型詩集に収録されることになる定型作品群を書いている。しかしながら『虹の喜劇』（八八年）の冒頭には「突然肛門部に激痛を覚え、その手術にはじまって思いがけなく、十五年ぶりに再びウツ状態に落ち込んだ。（中略）これらが詩であるかどうかはわからない。多分詩ではない別のものだろう」云々と作者自身が記すように、これはまったく琴線が疲弊・萎靡しきった〈日記をただ改行して書いた詩〉の範疇を出ない文字どおり痛々しい一冊であり、この時期彼自身、心身ともになんらかの突破口を必要としていたことをおのずと立証している。

肛門の肛の字は
虹に似ている
虹の思い出

悲劇的に死んだ人がいて
おれはこのていたらくだ
虹の喜劇

（『虹の喜劇』から「ちょっとした手術」部分）

しかし、このような飯島の定型への傾斜に対して九鬼周造著「日本詩の押韻」（一九三一年）等を主な拠り所とする稲葉三千男・梅本健三・松本恭輔といった詩人たちが賛同する形で、とりあえず押韻（それも主に脚韻）定型詩を当面の方向性として位置づけ、日本語による押韻定型詩を推進する日本定型詩協会を設立し、詩誌「中庭」を一九九一年に創刊した。だが、ごく幾つかの例外を除いて、彼らが提唱する押韻定型詩の理念と、実作として示された押韻詩のレベル差の乖離はずいぶんと大きく、「稚拙！」とか「形式に振り回されている」「心の陰影を描き出していない」「やはり日本語に押韻は不向きである」などなど大方の不評をかいつづけたのも事実であった。

この頃、飯島耕一がどんな定型詩を書いていたのか一例として左記しておきたい。本作などは作者の追慕の情が定型の骨組みを侵蝕している読感があって、鬼気迫るテンションが却って一篇の詩としては成功していると思われる。はじめの三行は、吉岡実詩集『夏の宴』から引用されている。

「美しい日本の夏
もっとも光を受け入れやすい
水泡《みなわ》！」

夏の突然の来訪を思わせる　眩ゆい
人の輪
詩人の　なきがらを　囲んで
真昼の
頬の「液体」

「薬玉」「ムーンドロップ」
なぜ　あのように　円い物
を愛したのか

乳房

悲しみで　定型は　みだれ
脚韻は　しだれる
死の床で　彼は横顔をみせて
詩を　褒めてくれて

ありがとう　と　言ったのだ
（「さえずりきこう　七月」全行）

たしかに欧米詩などを原詩で読むと、いやポップスの歌詞でさえ常識のように押韻（脚韻）を踏まえて書かれており、世界的に見ても日本のような無韻自由詩をもっぱらとする国の方が稀であり、多くの国の詩は押韻を踏まえて書かれていることを思うにつけ、これは表音文字と表意文字（漢字という）を主とする差異や構文の違いなどに起因したもの……といった感慨に囚われてしまう。だが、言葉が内蔵する深遠な意味性と快い脚韻をあわせもった定型詩があるに越したことはない。試作のくりかえしの中からそんな詩脈が姿を現わせば、日本の詩がそれだけ奥行と味わいを獲得することにもつながるだろう。新しい実作者の誕生や読者の獲得につながる可能性もある。また、押韻定型詩を探究する過程で海外の詩に目が行き、必然的に広い視野が養われるのも好ましい。さらに前出の一九七七年の飯島の文章にもすでに触れられていたように、この定型論争が、文語から口語へ移ってきた日本の近現代詩史や、長歌や短歌・俳句などの日本古来の言語の制度性、欧米等の押韻定型詩と日本の無韻自由詩の比較検証などといった洗い出し・点検を、この時期におこなったという副次的効果は評価できる。

その後、飯島は自分たちが設立した日本定型詩協会を早々と脱会し、ふたたび無韻自由詩の世界へ戻っていったが、日本定型詩協会も「中庭」も、引き続き活動をつづけている。日本定型詩協会のメンバーも再三「中庭」誌上で自認しているように、いまだ押韻定型詩は日本の詩界にあってその有効性や可能性等について認知を受けたとは言い難い。ひとえに協会員をはじめ実作者各人の試行の継続が必要とされるところであるが、現時点で一つだけ自明なことを言っておけば、戦時中から戦後にかけての〈マチネ・ポエティク〉運動から半世紀を隔てて、日本の新しい定型詩の探究が再び始まったという意味においても、八〇年代は記憶される。

（5）詩界ビッグバンへの動き

詩集『ふ』（八〇年）にて第三一回H氏賞を受賞したねじめ正一と、それ以後、『下駄履き寸劇』（八一年）・『脳膜メンマ』（八三年）・『これからのねじめ民芸店ヒント』（同年）・『いきなり、愛の実況放送』（八五年）といったドタバタ劇風な散文詩を書き散らし、詩界に劇画的な騒乱情況を巻きおこしたと評されているねじめ正一との間には実像／虚像といった一八〇度もの位相差がある。

自分のやさしさに

自分で噎せながら
若年にゆるんだ手だんを　どうしようもなく
巻きつけているから
抱こうとするあの女の手前でさえも
明日も今日もカーブしている
このままでは妻にも
あの女にも逃げられてしまうよ
井の頭公園
孤独なマラソンランナーが笑いながら
いっぱいあつまっている

（「ふ」）

大脳皮質の去来蓋開けて脳膜メンマにびゅうびゅう充電するや　髪の毛逆立ち黒光り頭顔ボッキにドゥ・ワップと　絶縁装置にお嬢さんの花柄ピンクのシャワーキャップを頭にかぶり　ずどーんずどーんとお嬢さんの性器にかまし入れれば　頭振る饗宴ぎどぎどに致し　動かし　突き上げ　耳の穴からどーっと脳味噌射精するに至るや至るに至ればもう気絶していても結構なのですから

（「脳膜メンマ」）

『ふ』から『下駄履き寸劇』への転向をあえて肯定的に見れば、既存の詩的言語や価値観を破壊し、言葉本来のパワーを復活させ、言葉による形而上空間を現出せしめたいという止むに止まれぬ強い衝動にかられての発露だったとも受けとれよう。しかし劇画的で下町的な時空設定や、性欲と食欲とに支配されて気忙しく動きまわるキャラクターたちはたちまちワンパターンの壁につきあたり、消費され、それはねじめ本人にも自分自身の限界と意識されていったと推察しうる。そんな彼が自己の活路として辿り当たったものが、東京・高円寺の乾物屋の息子として生まれ育った自分の実体験を下町情緒をまじえて描き出す小説の世界であり、位相的に『ふ』に相通じるものであったことは、おのずと〈文学〉の本質を教える象徴的なことだと私には感じられる。この、ねじめのような詩が盛んに東京から全国へ向けて発信されつづけるにおよんで誰の眼にもこの国の一部の詩界の萎靡・退廃感は明らかになった。伊藤比呂美はともかくとして、ねじめ正一の詩に〈詩の未来〉を感じる者など皆無に等しかった。

ここに一九九二年に出版された中沢新一のエッセイ集『ケルビムのぶどう酒』がある。このなかで中沢は現代詩に関して、次のような衝撃的な分析を行っている。

それはヨーロッパでは、モダニズムが形成された十九世紀後半にかたちをなしはじめ、二十世紀の二〇年代に表現のひとつのピークをむかえ、さらに六〇年代にほぼその可能性を出し切り、七〇年代にはすでに陳腐化にむかい、八〇年代の終わりに確実にサイクルを閉じた、ひとつの運動であった。（「この完璧の鈴をふれ」）

急いで付言すれば、本著巻末には「本書は一九八七年から一九九二年までに、新聞、雑誌、パンフレット等のメディアに発表された文章をもとに作られた」とあり、実際このエッセイが書かれたのは一九九二年よりももっと早い時期だったことが分かる。その後も、三浦雅士が一九九三年秋の「三田文学」三五号にて、ある詩のシンポジウムの前夜に谷川俊太郎、高橋睦郎、佐々木幹郎、伊藤比呂美、夏石番矢、辻仁成などといった参加メンバーが懇親会の席上で、つい漏らした次のような本音をレポートして話題になった。

かつて現代詩と言われていたものがあった。いまや滅んだ。（中略）もう、現代詩は終わったんだ。それを確認するために書いているようなもんだよ。（中略）もちろん、詩が終わったわけじゃない。現代詩が終わっただけだ。（「現代詩の終焉」）

難解とか退廃とか、自分たちで好き勝手に詩を捏ねくり回し、あらぬ方向へ追いつめておきながら、使い捨てライターのように「現代詩はもう終わった」などと言うのもずいぶんといい気なものだと思うが、そんな彼らのヒロイックな閉塞感・終末感の嘆息もひとつだけ真実をつかんでいる。「もちろん、詩が終わったわけじゃない」と。

ここまで八〇年代の詩界について論述してきてあらためて言えることは、七〇年代頃まで続いた《男の詩の時代》までは、この国の詩界にはまだ中央系／非中央系という区分記号を用いて語る必要性はさほど見あたらないということである。もちろん明治維新期に、薩摩・長州を中心とした明治政府は国の近代化を推し進めるために、それまで政都（江戸）・商都（大阪）・帝都（京都）・蘭都（長崎）などと曲がりなりにも分権化して存在していた都市機能を東京へ一極集中させ、一元管理して効率化を図ったことや、さらに遡れば二百五十六年もの間続いた江戸時代、全国に二百六十を数えた藩という国のミニチュアがこの狭い島国に存在し、それぞれ固有の文化や伝統を発達させながら、それらを参勤交代という制度を軸に江戸（中央）から財政的・権力的・意識的にコントロールした史実などからして、この国には根深い中央信奉・中央礼賛の意識が脈うっていることは紛れもない事実である。先述したことと重複して申し訳ないが、日本の詩の特色の一つとして、島崎藤村・土井晩翠・薄田泣菫・北原白秋・石川啄木・室生犀星・萩原朔太郎・佐藤春夫・中原中也・宮沢賢治など多くの近代詩人が地方出身者で占められているという事実がある。このことは明治期以後、農・山・漁村地帯から離脱した人々が経済力を求めて労働者や流民となって都市部へ流入し、そこで都市文化の新しい担い手となっていった経緯とよく符合することがらである。一九五九年に創刊された「現代詩手帖」が、そんなこの国特有の中央集権構造をうまく内部に取り込んで〈中央詩壇ジャーナリズム〉を形成し、たくみに非中央系の詩を外野へ追いやり、一方的に自己権威づけを行って価値体系化し、商業路線にのったというようなことはあったが、それでも中央系の詩と非中央系の詩の内実（質）に、まだ大きな差はなかったのだと言うことができる。

しかし八〇年代に入っての女性詩の台頭と、それに連動した詩の玉石混淆化・矮小化が顕在化し、問題視されるようになり、また、断末魔にも似たねじめ正一の隠語・淫語の連呼などによって、詩の価値観の多様化・流動化が顕著になりはじめた。マスコミなどが中央系の現代詩の閉塞・終焉・萎靡現象をおもしろおかしく報道し、「現代詩手帖」などもそれに拍車をかけるような姿勢をとり、あたかも日本全国の詩界で等しくそのような疾患が同時進行しているような受けとられ方をするような風潮が顕現化しだした。

底浅な理解によって、日本の詩の本流と短絡的に解されてきた東京ジャーナリズム主導の詩界というものが、じつは前述のようにこの国の中央集権構造に巧みにのっかかって人為的・商業的に造り出された根も葉もない詩界であって、この国にはそれとは別に各地に定住しつつ、当地の風土と密接な関係を持ちながら優れた詩を紡ぎだす、いわば根っこのある詩界というものが併存している。つまり、この国の詩界は一種の二重構造を呈しているのだ。八〇年代に訪れた中央系の詩の閉塞・終焉状況を契機として、この国の詩界が本質的に抱え込んでいたそんな二重構造性があらわになり、非中央系の自立意識を強くめざめさせ、「なるほど中央系の詩は危篤状態かも知れないが、俺たちの詩は違うんだ。一緒にしないでくれ!」というスタンスを鮮明に打ち出すようになってきた。非中央系の詩に対して足枷のように存在していた既存の中央系/非中央系のハードルを越えたフェアで風通しの良い詩の価値観を希求する事態を、中央系みずからが招いたと言える。

一つの証例として、七〇年代後半あたりから全国各地で当地の「詩史」の編纂・出版の点数が急増するという事実がある。横田重明著『愛媛の詩史』(七七年)、金丸桝一著『宮崎の詩・戦後篇』(七九年)、富田正一著『名寄地方詩史』(八四年)、仲程昌徳著『沖縄近代詩史研究』(八六年)、東延江著『北海道関係詩年表』(同年)、黒田達也著『西日本戦後詩史』(八七年)、天野隆一編『京都詩壇百年』(八八年)、静岡県詩人会編『年表・静岡県の詩の歴史一四〇年』(八九年)、大城貞俊著『沖縄戦後詩史』(同年)、有馬敲・伊藤公成編『年表・京都現代詩史』(九一年)などおおくの「詩史」が陽の目を見た背景には〈中央あって地方なし〉と言わんばかりの中央主導の詩のあり方に疑問を感じ、自分たちの身近なところで中央に比肩しうる優れた詩人があまたいたことを自らの手で再評価し、今後の自分たちの指標の一つにして行こうとする決意が脈うっていると感じられる。

また、一九八六年に出版された小海永二編『郷土の名詩(東日本篇・西日本篇)』は、全国の地理的・歴史的差異を基軸として北海道・東北・関東Ⅰ・関東Ⅱ・東京・中部・北陸・近畿Ⅰ・近畿Ⅱ・中国・四国・九州・沖縄の十三地域に分け、各地の詩人、詩論家などの多大な協力のもとに編纂されたアンソロジーであるが、広大な裾野を有する各地の詩界のなかに珠玉の詩脈の在処を認めつづけてきた小海の価値観と、それに賛同した各地の詩の書き手たちの熱意と、時流の隆起とが、タイムリーに合致して世に出た著書と評することができよう。

ジャーナリズム等が異口同音に閉塞状況や終焉状況を指摘し、自らもそれを認める発言を繰り返した訳であるから、中央系の詩が衰退し、出口の見えない窮状に息も絶え絶えなのは確かだった。そんな窮状は、現在まで尾を引いている。しかし問題は、そのことがあたかも全国共通の疾患でもあるかのような報道が繰り返され、なんの疑いもなく巷へ発信されたことである。それまで身内同士の論争やゴシップ等でのうのうと収入を稼いでいた「現代詩手帖」は、今度も安直に従来の路線で対処すれば良いと考えていたはずである。しかし非中央系の詩は、もう中央系の詩などなくても自分たちの詩観のみでやっていけるだけの体力と情報網を持つに至っていた。この時点で、明らかに「手帖」は非中央系の詩の現在をあまく見誤ったし、みくびっていた。持てる可能性の全てを出しつくし、行きつくところまで行きついた中央系の詩は、いまや非中央系と連携することでしかその未来を語れない窮地に陥っているのではないか？　そんな非中央系の詩の反撃がはじまり、たとえば長いあいだ「荒地」「列島」の二誌によって語られることがほとんどだったこの国の戦後詩史に対して「日本未来派」「龍」「地球」「時間」等といった戦後まもなく活動を開始した詩誌から異議申し立てが提出され、従来の東京圏偏重型の小ざっぱりした「詩史」ではなく、もっと広範な、全国規模の視界を通底させた「詩史」の模索など、各方面で詩史・詩観の見直しの動きが本格化するのは九〇年代に入ってからだが、そんな詩界ビッグバンへの火種が八〇年代に発生したことをここに明記しておきたい。

＊

以上、八〇年代の詩について、日頃から感じていたことを記述させてもらった。

二十一世紀がはじまったが、全国各地に在住している詩に関連ある人々が距離や時間に関係なく、リアルタイムですぐれた詩や詩論を享受できることが二十一世紀の詩界の特長の一つにならなければならないし、当然そうなっていくだろう。善し悪しはべつにして、中央系／非中央系という境界や偏見等はどんどん薄まっていくはずである。いま我々に最も必要なのは、既存の中央系の詩の権威や価値観におもねることのない、自分たちの手による詩の価値観、新しい詩のジャーナリズムの創出だと痛感している。

本稿中に引用した中沢新一の〈詩のサイクル〉観を援用すると、日本における近代詩が定説どおり一八八二（明治十五）年に上梓された『新体詩抄』から始まり、中央集権構造にのっかかった詩界が一九八〇年末には空中分解し、失墜してしまったとすれば、今回の（最初の）中央系の詩のサイクルはたまさか百余年の命脈を保ったことになる。九〇年代以降、しばらくの空白期間を置いて、ふたたび始まるであろう次の（中央系の）詩のサイクルはきっと中央系も非中央系もない、個人的な〈事件〉を人類共通の普遍的な事象にまで昇華して見せた〈人間〉中心の文学としての詩であろうし、また、そうあって欲しいと思う。

前の百余年で経験した実験や試行、イズムや流派などの功罪を、それに費やした時間と労力を無駄にしたくない。たしかに日本の詩は明治維新期の物資や技術などの舶来物に付随して渡来した副産物という側面は否めないものの、それは幸いなことに人間の本能の一つであるポエジーを丸々移植して投影することのできる無二の表現手段であった。人間が人間としての精神活動を営む限り、決して滅びることなどないものであった。

私自身の出来事をふりかえってみれば、拙著『新しい詩の時代の到来』（九九年）に収録することになる同題名の評論を、当時所属していた福岡の詩誌に連載しだしたのは九四年だったが、この、いつまでも東京（中央）主導の詩界のあり方に疑問と異義を唱え、もっとフェアで風通しの良い詩界を希求し、そのためには旧来の自分たちの詩の価値観から脱皮する必要があることを主張した論稿に対して、所属誌内部からも、地元・福岡詩壇からも多くの反発の声があがった。私は次第に所属誌上から締め出されるかたちになり、結果的に他誌に発表の場を求めざるを得なくなった。幸いにもこんな私の主張を肯定的に見ていてくださっていた方々が九州以外に多くあった。しかしこの一件を通じて、私は「現代詩手帖」ベッタリの、微かに「手帖」との脈絡《コネクション》を有していることをひけらかして幅をきかせる地方詩壇の権威のさもしい実相というものをあらためて垣間見る思いがした。あえて私が留守にしている昼間をねらって、家人に対して「最近の古賀が書くものはおかしいから、あなたがよく原稿内容等を監視するように！」などと脅迫めいた匿名電話をかけてきた詩人もいたのである。彼らにとって、自分の身辺から「手帖」に反旗を翻す人間が出たことじたい体面が悪く不都合と思われたのであろう。だが肝腎なことは、この事実が私の身辺にのみの特殊な事件ではなく、全国の詩界の縮図であり、おそらくどこででも発生しうることだと感じられたことである。こんな嫌な思いを、私よりも若い世代に二度とさせたくない。その後の日本の詩界が徐々に、前述した国際化や詩界ビッグバンなどを経過して私が望んだ方向に進みつつあると実感できることは幸いなことだ。これは一種の必然的な自浄作用かも知れない。

今後とも自分の理念を信じ、来《きた》る新しい詩の時代のために、ことあるごとに詩論を展開していく気概こそが重要なのだとあらためて感じている。

〔文中表記以外の参考文献〕
・詩誌「地球」一一八号（一九九七年六月）
・「現代詩手帖」一九九〇年十二月号
・日本詩人クラブ編『「日本の詩」一〇〇年』

新たなサイクルに向けた詩の蠕動
——九〇年代の詩界について

大井康暢　「岩礁」一〇六号に寄せてもらった「八〇年代という詩の分岐点・分水嶺」は良かったよ。僕などが気づいていなかった事象まで、よく目配りされていてさ。

古賀　有り難うございます。執筆依頼をもらってから締切日まであまり時間的余裕がなかったこともあって少々心配でしたが、そういって頂いてホッとしました。

大井　あなたは謙虚だねぇ。あれだけのことを書く人がどうしてそんなに謙虚でいられるのかと思ってしまうよ。詩人なんていうのは自己主張の固まりみたいなものでしょう。

古賀　私は自分のことを理解して下さる方に対しては謙虚なんです。反対に、自分に対して異を唱える人がいればとことん反発しますが……。

大井　ところで八〇年代の詩について書いたんだから、次の一〇七号に九〇年代の詩について書いてみませんか？ 東西冷戦の終結や阪神・淡路大震災、オウム真理教禍といった事件、あるいはインターネットの普及などそれなりの変化は見られた十年だったと思うけど。

古賀 そう来るんじゃないかと思っていました。でも、九〇年代の詩界は「八〇年代という詩の分岐点・分水嶺」で触れた幾つかの項目がおおむねそのまま引き継がれていったという印象が強くて、世相が賑やかだった割りにはそれほど大きなトピックスはなかった気がしているんです。もし、書いたとしてもスカスカの十年間といった読感になるんじゃないですか？

大井 そのスカスカの実態を知りたいんだよ。とにかく、九〇年代の詩について書いてみて。

今年（二〇〇一年）一月のことなのでもはや仔細は思い出せないが、おおよそ右記のようなやりとりが電話口であって、私の今号の原稿がある。

本誌「岩礁」一〇六号に寄稿させてもらった「八〇年代という詩の分岐点・分水嶺」は（1）女性詩の台頭 （2）詩の国際化 （3）在日詩人の発見 （4）定型詩への再接近（5）詩界ビッグバンへの動き といった各章に区分して私が日頃から感じている事項を論述させてもらったものだったが、これから言及しようとする九〇年代は、いまの会話部分でも触れたようにそれらの項目がそのまま引き継がれ、拡散していった印象がやはり強い。さらに九〇年代といえばまだ「詩史」の一ページに納まる性格のものではなく、現在の詩界に密着したホットな時間域であり、必然的に時評的筆触になるだろうことをご了承いただきたい。

（1）新旧勢力のせめぎあい

さきほどの五項目の内、特に「(5)詩界ビッグバンへの動き」に関連して、三浦雄士が「三田文学」三五号（一九九三年秋）にレポートした「現代詩の終焉」について触れたのだったが、この一件に象徴されるごとく谷川俊太郎、高橋睦郎、佐々木幹郎、伊藤比呂美、夏石番矢、辻仁成らのあいつぐ〈敗北宣言〉にさらされてさすがの中央系詩壇の牙城である「現代詩手帖」も万策尽きた感があり、以後、特集もモダニズムや四季派、ビートジェネレーションなど、過去の実績の読み直しが多くなった。さらに鮎川信夫（八六年没）、吉岡実（九〇年没）、北村太郎（九二年没）、田村隆一（九八年没）といったように思潮社がそれまで収入の頼みとしてきた〈戦後詩壇を代表するカリスマ的詩人〉たちの相次ぐ他界にともなって体力的にも疲弊してきた感は否めない。そんな停滞感を払拭するためにか、思潮社は自らがぶちあげた〈日本の最高詩府〉という暖簾を守るべくなりふり構わぬ態度に出ることが往々にして目につくようになったと感じられる。その最たる例が「新日本文学」九六年九月号に発表された思潮社社主・小田久郎の「「列島」――その編集的側面」であろう。ここには小田の〈死人に口なし〉的流儀の偽証が弁述されている。しゃべらされた詩人は鮎川信夫。鮎川は生前、小田に「「列島」なんて当時は読んでもいなかったし、気にもしていなかった」と何度となく語ったそうである。それを受けて「「列島」が、「荒地」とともに戦後詩を二分するグループとして評価される風潮が蔓延するようになったことに、鮎川は異をとなえたくて仕方がなかったのだと思う」という小田の私見があわせて示されている。どうも小田は「戦後詩史」上に「荒地」のみを中心とした価値体系を定着化させたいらしく、そのためには〈荒地／列島〉という常の併記が目障りであり、「列島」を抹消したかったらしい。これに対して「列島」四号～終刊までの発行人だった木島始らが生証人としてまっこうからその偽証性に反論し、そのことが導火線となって木島始編『列島詩人集』（九七年）という、かつて「列島」に集った詩人たちのなかから四十九人の作品を編んだアンソロジーまで編出して対抗したのだった。木島の小田に対する不信と憤怒が「新日本文学」九六年十二月号に掲載された「出版社主、小田久郎氏への公開の手紙」という木島の文章によく表われているので、一部左記しておく。

鮎川信夫は、「列島」終刊後二年もたたないうちに創立された現代詩の会の委員長になったとき、「列島」での批判を受けているのもかかわらず『関根弘を支持するためです』と言明して、わたしを驚かせたのです。この鮎川の関根弘支持表明は、小田さん、あなたにも伝えて、あなたも肯定しました。

また、「列島」創刊にかかわった出海渓也も詩誌「柵」一二四号（九七年四月）で「小田久郎の「列島」批判への反論」という評文のなかで「彼（小田）は「列島」が「荒地」とともに戦後詩を二分する、と評価するような風潮がよほど気に入らぬものと思える。そして八ページにわたるこのエッセイのほとんどが、「列島」そのものの批判というより関根弘批判に終始しているといえる。（中略）関根弘が死んで二年、なぜ生前の関根にぶっつけなかったのか」と小田の猪口才なやり方に憤懣をぶちまけている。あえて探偵推理まがいの記述をさせてもらえば、小田久郎は関根弘の生前に関根批判をする気など全くなかったのであり、関根の死後、満を持して鮎川の亡霊に都合の良い証言をさせることで、小田は自分に都合が良いように現代詩史を改竄することを目論んだのだといえる。多くの詩人たちが「荒地」「列島」のみで日本の現代詩史を語ることなどできないと気づきはじめているこの時期に……。まったく甘く見られていたものだと思う、我々は。と、同時に思潮社社主・小田久郎も地に墜ちた。あらためて、もうこんなところに日本の詩を任せてはいられないと痛感した詩人も多くいたのではないだろうか。

　このような思潮社の高慢な体質は「手帖」の編集発行が小田久郎から小田康之へ代がわりしても変わらないようで、最近の例として詩誌「ガーネット」三〇号（二〇〇〇年四月）で高階杞一が、自分が送稿した依頼原稿を不実きわまりない方法で没にされたことに対する怒りを「「現代詩手帖」への公開質問状　どうして届かないんだろう?」として告発した一件が記憶に新しい。思潮社をめぐるこのようなトラブルは、同社の一種高慢な態度と、同社を取り巻く衆目が目覚めない限り今後も続発することだろう。その高階の「現代詩手帖」一月号に掲載予定だった原稿に目を通すと「本誌「現代詩手帖」と土曜美術社の「詩と思想」は詩壇における二大宗派とも言える。前者は「荒地」の流れをくみ、後者は「列島」の流れをくんでいる」云々という一文があり、私などは「「詩と思想」を現在の詩壇における二大勢力と認めたような文章を思潮社がわざわざ載せるはずがないし、また、「荒地」路線を指向する思潮社が、いまさら「列島」を併置したような文章を採用するはずがない」などと直ちに察しがつく。たしかに高階の見識は正しく詩壇の現状を把握していると言える。しかし、思潮社側にすれば、そのことは事実に蓋をしてでも否認しなければならない〈社是〉のようなものであるのだ。

　ここで九〇年代の詩界の一項としていま誌名が出てきた「詩と思想」に触れておきたい。「詩と思想」は一九七二年十月に井出則雄・村岡空・澤村光博・西一知・寺門仁・相沢史郎・

笹木利忠を発行同人として創刊されている。彼らは自己資金を出しあって土曜社を設立し、新たな総合詩誌「詩と思想」を創刊した。そこには「荒地」に傾斜しがちな「現代詩手帖」中心の詩界に一石を投じ、流動化を促すという目的があったようだが、直接的に「現代詩手帖」を批判することはせずに「列島」や「現代詩」の内容を受け継ぐことで独自の存在性を主張する方向性を模索したといえる。七五年一月にいったん終刊し、七九年一月に笹木利忠が発行人になって第二次「詩と思想」が創刊されているが、ここでも総体的にリアリズム・社会派の内容を重んじる姿勢が継承された。ただ、依然として「現代詩手帖」が日本の詩壇を一極集中的に席巻するという構図に変化はなかったといえる。

「詩と思想」が日本の詩界において、旧来の東京中心（「現代詩手帖」中心）の詩的価値観や権威主義に対して対抗馬たるべき自覚と運動を開始したのは新たに小海永二を編集長に迎えた一九八九年四月号からである。小海のプランニングにより全国の主だった詩人を編集参与とした編集委員会が組織され、「「現代詩手帖」を基軸とした中央集権的な詩壇の現状に対し、各地域の詩人を活性化させることで、評価の多元化というモチーフを提示する」（中村不二夫）という主旨に向かって、手探りの試行錯誤を今日まで続けてきている。これは「列島」が採っていた〈地方委員〉制の現代版といった感触を覚えるものだ。このような詩界の改革、詩観の是正といった困難な内実を伴った運動は小海永二というすぐれたオーガナイザーの存在なくしては実現不可能だった。土曜社はその後、土曜美術社、土曜美術社出版販売と社名を変更しながらも「日本現代詩文庫（第一期・第二期）」「世界現代詩文庫」「21世紀詩人叢書」「叢書新世代の詩人たち」「現代詩人論叢書」「詩と思想詩人集」等と次々に新企画を打ち出し、その存在感を強めてきた。賛否はもちろんあるだろう。しかし一九八〇年代に火がついた新しい詩の価値観、もっと風通しの良いフェアな詩界を希求した詩界ビッグバン（詩界再編成）の全国的な動きは、この「詩と思想」に大きな力を賦活されながら進展してきた一面があることは相違ない。

（2）エポック・メイキングな出来事

一九九一年に宮崎の杉谷昭人が詩集『人間の生活――続・宮崎の地名――』（一九九〇年）で第四一回H氏賞を受賞したことは、九〇年代以後の詩の幕開けを告げ、新しい価値観を模索していた詩界において象徴的な出来事だったと記憶している。

杉谷の第四詩集にあたる本集は第三詩集『宮崎の地名』（八五年）の続編にあたるが、そこに収録された作品名すべてが「上《そら》」「垣《かき》の内《うち》」「雲雀山《ひばりやま》」「狩底《かりぞこ》」「礫土《され》」「赤谷《あかだに》」「小春《こばる》」「二又《ふたまた》」「児洗《こあらい》」といったように宮崎県下に実在する地名になっており、つまり〈地名〉という固有名詞に深くしみ込んだ名もない人間たちの逸史をみずからが地霊のような存在となって物語ることを意図した連作であった。杉谷のこの試みはその後も『村の歴史——続々・宮崎の地名——』（九四年）、『耕す人びと——宮崎の地名・完——』（九七年）と執拗に繰り返されていく。

もう冬も近い
耕す仕事は終わったのだが
耕すべきものは残っているかもしれぬ
この山道の行きつくところ
村びとだけがのぼる狭い険しい峠
そこをそらという
（「上《そら》」部分）

この杉谷の「宮崎の地名」連作の意義をより鮮明にするために、しばらく私なりの近・現代文明論を左記することをお許し願いたい。
十六〜十九世紀にかけての世界史の概要は、科学技術を武器としたヨーロッパ文明がかたっぱしから世界中のほかの文明を征服し、植民地化していった時代だったといえる。発達した航海術と強力な火力とによって、スペイン、オランダ、大英帝国などの近代西欧諸国は同時代に併存していたアラブ文明もインディオ文明をも蹂躙し、自己の価値観と生産性のみを基準にうむをいわさぬ隷属化を行っていった。つまり、近代ヨーロッパ文明の特徴は〈力〉の文明だったといえる。一馬力にも満たないマンパワーを千倍・万倍にも増幅して取り出し、活用する技術をいちはやく確立したのである。その〈力〉の文明がマホメットのドグマもヒンズー文化の誇りもインカ帝国の純真な宇宙観も、ことごとく踏みにじっていった。好むと好まざるとにかかわりなくヨーロッパ文明以外の文明世界は、この〈力〉の前に屈し、それを取り込まざるを得なかった。それは〈力〉の侵略を受け、欧米列強国の属領になることを意味していた。〈力〉の侵略から自国の主権を守るためには、たとえば明治維新当時の日本のように、ある程度意識的にその〈力〉を取り入れ対峙する姿勢を表明するしかなかったのである。

しかし、二十世紀に入ってベルトコンベア方式の流れ作業による人間性の疎外や産業廃棄物による地球規模の環境汚染・破壊などヨーロッパ文明のはらむ矛盾点が次々と露呈し、特に原水爆の出現以来、〈力〉の文明は明らかに行きづまりの表情をあらわにしている。自分たちが生み出し、生活の基盤としてきた〈力の原理〉が使途しだいでは実は根こそぎ自分たちの生活をも無に帰してしまう危険性をはらんだものであるというジレンマからくる苦悩と閉塞感に、ヨーロッパ文明はもうずいぶん長い間直面している。

この事実を受けて、イギリスの歴史家トインビーは「ヨーロッパ文明は一見世界を征服したかに見えるが、実は大きな弱点を持っている。つまり、世界を征服したのはたかだか物質文明・科学文明という側面にすぎず、そこには「〈精神的原理〉が欠如している」と非常に興味深い指摘を行っている。世界征服を果たした〈力＝テクノロジー〉の原理と、これまで等閑にされてきた精神的原理との乖離の存在が、それを穴埋めできない融通性の欠落が、ヨーロッパ文明のウィークポイントの一つになっていて、いずれ征服を受けた各地の文明が〈力〉のノウハウを摂取した後、異質で窮屈きわまりない〈力〉のコントロールから独立すべく精神性の地盤から息を吹き返してくる。抑圧を受け、征服され続けてきた各文明諸国の、精神的地盤に根ざした反撃が開始される。それが二十世紀後半以降の世界の状況となろう、というものであった。

振り返ってみれば、アメリカは地球を何度でも破壊できるほどの膨大な量の核兵器を保有しながらついにその〈最終兵器〉を使用できないままベトナム戦争で敗北を喫し、また目と鼻の先に浮かぶキューバの社会主義化に手をこまねくしかなかった。さらに、世界で初めて〈社会主義〉を掲げたソビエト連邦という壮大な実験場は慢性的な経済破綻に陥り、起死回生を図ったペレストロイカによって民族独立という墓穴を掘り、解体したのである。それでは日本はどうだろうか？　ミニ東京化と過疎化、バブル経済とその後遺症、メガ失業と低就職率、犯罪の低年齢化と凶悪化、世界一高い物価、ウナギ登りの家賃、多国籍化に伴う複雑な人間関係、人口のドーナッツ化現象など、これらはいずれも「〈力〉の征服には限界がある」と予言したトインビーの言葉が的中した症例という気がする。現在、わが国の大多数の人々の興味が高度経済成長期のような寝食を忘れた勤労の果ての、がむしゃらなGDPの獲得などではなく、価値観の多様化に伴う余暇の有効活用やメンタル面のケアであるのは、まさしくトインビーの指摘する「精神的地盤の再生」と符合するものだと感じられる。

ここで文学（詩）について、そうした見方を適用してみたい。ノーベル文学賞を例にとれば、二十世紀とともに創設された本賞は、これまで世界文学の少数派に属する〈辺境の国〉の作家・詩人たちに贈られてきた傾向が強くみられる。タゴール（インド）、ミストラル（チリ）、ラクスネス（アイスランド）、アストゥリアス（グァテマラ）、ゴーディマ（南アフリカ）、パス（メキシコ）、ウォルコット（セントルシア）などの名前がすぐ脳裏に浮かぶ。ノーベル賞を選考し授与するのは西欧諸国に属するスウェーデン王立アカデミーである。これ一つとってみても閉塞感に喘いでいるヨーロッパの〈力〉の文明がアジアやラテン・アメリカ、アフリカといったこれまで彼らが世界の〈辺境〉とみなして搾取や差別をくりかえしてきた〈地方〉の持つ野性・巫術性・想像力などに逆に注目し、みずからの再生へのエネルギー源として学ぼうとしている事情がうかがい知れるようである。そして、この実情は当初、英・仏・独・米などの開発された詩学に、形式・比喩法・思想など多くのことを学んだ日本の口語自由詩においてもけっして無縁ではない。

「ジャーナリズム等で云々される（中央系の）現代詩という表現形式は、最初のサイクル（百余年間）をボードレール以降、一九八〇年代末までで閉じ、一九九〇年代以後は次の詩のサイクルが派生してくるまでのブリッジ的期間にあたっている」というのが私の持論の一つなのであるが、そういった意味で前述の杉谷昭人のH氏賞受賞は、新しい詩の時代の到来、新しい詩の具体的あり方を先駆的に示したエポック・メイキングな出来事として私の記憶に刻印されている。つまり杉谷のH氏賞受賞に際して、私の脳裏には、ようやく日本の詩壇もそうしたトインビーの予言的状況を痛感し、ローカルゆえに無窮で桃源郷のような杉谷作品に一活路を見出したという印象を抱いたのであった。当時、一部のマスコミ評にみられたように、杉谷作品に対して「感覚の鈍さ」「凡庸性」「後退性」等を指摘するのは自由である。たとえば横木徳久の「無冠の帝王――詩集月評」（「現代詩手帖」九一年七月号）と、杉谷昭人の「批評は万能なのか――横木徳久氏へ」（「現代詩手帖」九一年八月号）の応酬のように……。視点を変えればそうした見方もできる詩集なのだ。だが、既述したように時代には詩集『人間の生活』を受け入れる機が熟していた。詩壇全体が本能的に一つの詩の時代の終焉を、「現代詩」という表現形式の閉塞状況を察知していたのだといって良い。「宮崎の地名」シリーズは、そういった意味でまさにそれまでの詩の時代の一区画が終わり、今皆がつぎの新しいサイクルの詩を模索し始めていた端緒に絶妙のタイミングで現われ、今後の詩の可能性を具体的に暗示したエポック的な連作だったということが言える。H氏賞は、その後三年間、本多寿（宮崎）、以倉紘平（兵庫）、高塚かず子（長崎）と中央系以外の詩人たちに授与されつづけたが、そのことははからずも私に詩壇の疲弊感、閉塞感、危機感が案の定、おもいのほか根深いことを証明してくれたのであった。
　また先ほど例示した横木と杉谷の応酬においても、「現代詩手帖」という中央の沽券を笠にきたような横木の横柄な物言いに対して、地方在住の杉谷がまっこうからその理不尽さ、不遜さを論破したという点で、詩評においても中央／非中央の幻惑を払拭し、新しい詩の時代の到来を実感させてくれる出来事であった。その杉谷の文章の一部を左に引用しておく。

大体、現代詩の読者が、ひとりの批評家の意見や時評で一冊の詩集や一人の詩人に対する評価や考えをあっさり変えてしまうほどに愚かでしょうか。横木氏がいかに有能な批評家であろうと、できることはひとつの見方や判断を提示することだけであって、それ以下でもそれ以上でもないのです。「世間一般に多大な誤解を与えることになるから、『人間の生活』を否定されるというだけなら別に大したことではありませんが、現代詩の読者より一段高いところに立って、自分が作品の優劣をすべて判断するがごとき態度は、批評家にとってもっとも忌むべきでしょう。（中略）横木氏は私や宗氏の受賞（注・一九九一年に第二四回日本詩人クラブ賞を受賞した宗昇詩集『くにざかいの歌』のこと）を批判しながら、その制度上の問題点や選考委員会のあり方や、選考委員個々人の判断については、賢明にも言及することを避けておられます。（中略）「横木氏は、賞の選考委員や主催団体からの反論をおそれて、受賞者にすべての責任を押しつけた」と批評されても致し方のないことになるでしょう。

判断の基軸がずれた横木のような相手に対して何をいっても虚しいのだが、高慢な物いに口を噤んできた結果として、現在のような中央／非中央の不当な主従関係があるのだとしたら、とにかく発言すること。そんな戒めをあらためて胸に刻する一件ではあった。

例えば秋吉久紀夫（北九州市）訳編「現代中国の詩人」シリーズ（全十巻）の刊行や片瀬博子（福岡市）の『現代イスラエル詩選集』等の訳編、真辺博章（丸亀市）のオクタビオ・パス作品の訳出、有馬敲（京都市）の『非公用語圏詩人の手記』や『替歌研究』等といった独自の価値観に根ざした研究、福中都生子（大阪市）編著『子供たちに贈る二十一世紀への証言』（全十五集）など、挙げだしたらきりがないが、旧来であれば話題にさえ上ることがなかった地方在住の詩人たちの真摯な仕事が、全国レベルで云々される機会が増えてきたことはまことに喜ばしい。すでに小説の世界では芥川賞・直木賞受賞作家などが地方在住のまま存分に才筆を振るう環境が備わっているが、詩界も遅ればせながら漸くそういった素地が整いつつある気がしている。

(3) 境界線のあいまい化

私は前号一〇六号において、日本の詩界には「この国の中央集権構造に巧みにのっかかって人為的・商業的に造り出された根も葉もない東京ジャーナリズム主導の詩界」と「それとは別に各地に定住しつつ当地の風土と密接な関係を持ちながら優れた詩を紡ぎ出す根っこのある詩界」というものが併存していて、一種の二重構造になっていると述べたが、八〇年代につづく九〇年代の詩界がますますもってその様相を強めるに至り、さらに前者と後者の関係が、明らかに、従来の力関係から逆転状況を示してきていると感じている。

その具体的例として川崎洋編『日本方言詩集』(九八年)と、現代詩文庫159『村上昭夫詩集』(九九年)といういずれも思潮社から出版され、現在もロングセラーをつづけている二冊を例に言及したい。

前者は川崎洋が寄贈や購入によって蒐集した戦前から九〇年代にかけて発刊された九十三冊の方言詩集(一部のみが方言詩のものを含む)を、東北、関東・中部、近畿、中国、四国、九州・沖縄という六エリアに区分して九十三篇を収録している。左記の「あとがきに代えて」という川崎の文章が方言詩の現状を的確にとらえているが、川崎自身、太平洋戦争中、東京から父の郷里である九州・筑後地方へ疎開し、中学二年の春から七年間滞在し、筑後方言の中で暮らした体験を有しており、このあたりで各地の方言に対する理解力とキャパシティーが養われたものと察せられる。

収録の詩をあらためて通読して、通り一遍のアンソロジーにはない圧倒感のようなものを感じた。それは方言で書かれた詩が帯びる感情の根から立ちのぼる肉声に揺さぶられたということであろう。（中略）八〇年代に入ると急カーブで（注、方言詩集の）刊行数が伸びていることがわかる。（中略）自然環境が破壊され、方言詩の精神土壌も荒地と化しつつある。方言詩集の刊行の伸びはそうした時代相にノウを表明する存念と深くかかわり合っている気がしてならない。（中略）そもそも明治政府の性急な標準語普及対策はあまりにも早計だった。東京の言葉も方言である。それを日本語唯一の基礎ないしは典拠とするのではなく、各地の方言を大きく日本語としてとらえ、そのなかから歳月をかけて取捨選択し、練り上げ熟成させ磨きをかけていくべきだった。（中略）ともあれ日本詩史のなかで方言詩はこれまでのような補助椅子的な特別席でなく、正当な定席を要求している。

川崎洋が指摘しているように、八〇年代に入ってからの方言詩の多産化は、ひとえに各地のアイデンティティーの高まり、各地の経済力・情報網の充実などの隆起現象と連動した必然的な発露だったといった印象がある。

また、村上昭夫は、一九二七年一月に岩手県東磐井郡大東町（現・一関市）に生まれ、戦後、結核を発病し、入院治療・サナトリウム生活を断続的に強いられている条件下にあって村野四郎に師事し、宮沢賢治の影響を受け、一九六七年（四十歳）に上梓した第一詩集『動物哀歌』で土井晩翠賞とH氏賞（鈴木志郎康詩集『罐製同棲又は陥穽への逃走』と同時受賞）を受賞したが、翌一九六八年十月に肺結核とその合併症のために四十一歳で惜しくも他界している。『動物哀歌』は療養費など多大な出費のために、それまで詩集発行の勧誘等があっても断わらざるをえなかった村上の二十年にわたる詩業の総決算とでもいうべきものであり、百九十四篇を追込み・二段組でびっしりと収録した一冊であった。今回の「現代詩文庫159」はその全篇を収録している。

この二冊とも、従来の思潮社の東京圏中心の言語派路線から言えば例外的・試験的な発行だったと言えようが、しかしこの二つの例外が大きな反響を呼んだこと、好収益を同社へもたらしたことを現在の詩観の多様化した実情と結びつけて、従来の「荒地」絶対主義、言語派優先主義等といった〈社是〉の見直しに関して、しっかりと再検討すべきではないだろうか。もはや中央系／非中央系といった旧来の境界線は明確に引けなくなってきており、そんな単純線では整序不可能なほどにこの国の詩界は狭く、かつ複雑化してきている。

非中央圏の隆起ということに関連して言及しておきたいことは、各地方自治体が主催する詩人賞のことである。諫早市の「伊東静雄賞」（九〇年創設）、久留米市の「丸山豊記念現代詩賞」（九一年創設）、小諸市の「小諸・藤村文学賞」（九二年創設）、前橋市の「萩原朔太郎賞」（九三年創設）、豊橋市の「丸山薫賞」（九四年創設）、山口市の「中原中也賞」（九五年創設）、笠岡市の「木山捷平文学賞」（九六年創設）といったように、短歌や俳句に比べて明らかに浸透度といった点で見劣りすると思われる詩に関して、自分の郷土にちなんだ詩人名を冠した詩人賞が、九〇年代に入ってあいついで新設された。この事象の背景に、手軽な文化都市イメージ作りといった打算的側面があることは否めないものの、うがった物言いをすれば、詩というものがそれだけ市民権を得た証左という見方もできる訳であり、これもやはり当年代の詩界の特徴の一項には相違ない。

また、一九九五年一月十七日未明に発生した阪神・淡路大震災は、一瞬にして六千四百名を超える人々の生命を奪ったが、この天災を契機として、たかとう匡子詩集『神戸・一月一七日未明』（九五年）や同『ユンボの爪』（九七年）、直原弘道詩集『断層地帯』（九九年）、安水稔和詩集『生きているということ』（同年）などといった個人詩集が出版されたほか、『詩集・阪神淡路大震災』第一集（九五年）、第二集（九六年）、第三集（九七年）というアンソロジーが陽の目を見たことが特筆される。それも第一集は、被災後わずか三カ月目の四月十七日に初版が発行されるという超スピードぶりであり、いまさらながらにその行動力には驚かされる。

それまでにも雲仙普賢岳噴火や北海道南西沖地震、オウム真理教による地下鉄サリン事件など、まるで世紀末に符合したような天災・人災が多発しており、世の中の閉塞感や絶望感に拍車をかけていた一面はあった。そこにまた追い討ちをかけるように阪神淡路大震災が発生したわけであるが、私は本アンソロジーが生まれた背後に、それまで相次いでいた天災・人災に対する各人のフラストレーションまでもが投影されているように感じられる。雲仙普賢岳噴火や北海道南西沖地震、オウム真理教禍などは個々の「詞華集」を生まなかったが、それがこの阪神淡路大震災を契機についに爆発し、結実したのだと……。だが、そう考えるのも被災当事者ではない私のおもいすごしかも知れない。次のような詩に対するとき、私はあらためて被災者の悲痛さの前に時空を超えて沈黙するしかないし、いまも震災の深い傷から立ち上がれずに後遺症に苦しんでいる人々が多くいることにあらためて思いがいく。

木偶になってしまった男　が
ひとり
啜り泣いている
コンクリート・ブロック塀　と
門柱　が　折り重なっていて

その領域を
ビニールの紐　と　伝言板が結界していた
「この中へ入らないでください
父さんと母さんが眠っているから……」

（『第三集』から／伊勢田史郎「傾斜地の時」）

当時、この『詩集・阪神淡路大震災』に関する書評等を読んでいて特徴的に思われることが何点かあった。一つは避難所生活や仮設住宅での暮らしを通して、それを第二次世界大戦時のアウシュヴィッツやヒロシマ・ナガサキの悲劇などにまで思念（イメージ）を馳せた詩人たちが少なからずいたということである。そしてそのような状況下で自分が〈詩文を書く〉ということをかつてなかったほど真摯に見つめ直し、重くしぶる筆を遅々と進めつつも作品を紡ぎ出し、結果的によりダイナミックで深淵な表現のスケールを獲得するに至った経緯が判読できることである。また「現代詩が持たざるを得なかった難解性を越えて平明性を獲得した」という伊勢田史郎の評言のように、明治期以降百余年（＝戦後五十余年）を経て、現在もっともストレートかつリアルタイムに人々の情調にフィットする詩のスタイルというものがいったいどんなものなのかということを明示したということが言える。詩とは人間の精神活動に密着した〈感動〉という本能の賜物だが、本集はそんな回帰すべき原点を具体的に示している。そして、それが神戸・大阪といった地方で速やかに、完璧に行われたことが特筆的なのだ。私などは本例を通して、地方の逞しさ、成熟度合いをまざまざと実感した一人である。この詩集は社会的に文学的に、時代の生々しい証言の書として末長く残るだろう。それにしてもなんと莫大な代償を払ったことか……。

(4) 少年少女詩の世界へ

島田陽子著『金子みすゞへの旅』(編集工房ノア)が出版されたのは一九九五年であった。周知のように金子みすゞは一九〇三年に山口県大津郡仙崎村(現・長門市)に生まれた童謡詩人であるが、二十歳からの五年間に五百篇余りの童謡を書き、一九三〇年、二十六歳で三歳の一人娘を残して自死した。死後ながらく埋もれていたが、一九八四年に童謡・童話作家である矢崎節夫の努力によって『金子みすゞ全集』(JULA出版局)が陽の目を見た。しかし、見えないものを見、まったく反対の立場から対象を観るその柔軟な想像力や発想力、あらゆるものの存在を肯定する本然的優しさ、瑞々しい発見に満ちた表現等が注目され、一種の〈金子みすゞブーム〉とでも評すべき現象が全国各地で見受けられるようになったのは、この島田著が出版された九五年以後のことであり、島田陽子は金子詩の清新さが混沌とした現代に広くアピールすることを予見していたとも言える。矢崎・島田両氏に格別の感慨を与え、金子みすゞ再発見のきっかけとなった作品「大漁」を左記しておく。

朝焼小焼《あさやけこやけ》だ
大漁《たいりょう》だ
大羽鰮《おおばいわし》の
大漁だ。

浜《はま》は祭《まつり》の
ようだけれど
海のなかでは
何万《なんまん》の
鰮《いわし》のとむらい
するだろう。
（全行）

この「大漁」について、島田は自著に「詩は見えないものを見なければならない。みすゞは浜の賑わいの向こう、朝焼けの海の中を見ている。来る日も来る日も仲間を大量に失ってゆく魚の悲しみを見ている。それが〈鰮のとむらい〉というイメージを引き出したのだが、私はこの〈鰮のとむらい〉という言葉にとらわれたのだった。〈とむらい〉という言葉は現在はあまり使われない。また〈鰮〉という字もめったに見ない。日常から遠い二つの言葉が私の目と耳に与えたものは、異界じみた妖しさであり、それが持つ不思議なひびきであった」と記している。大阪万国博覧会のテーマ・ソング「世界の国からこんにちは」の作詞者でもある島田は現在、詩と童謡誌「ぎんなん」を主宰（このほかに通常の詩誌「叢生」の発行人でもある）している。彼女には童謡のほかに大阪弁による方言詩、さらには少年少女詩の実作、さらにはそれらに言及したエッセイなども数多い。前項（3）で川崎洋編『日本方言詩集』に触れたが、島田詩の現在は〈方言詩＋童謡＋少年少女詩〉の地平にまで闊達に到達していると評することができる。

一九九七年に出版された彼女の選詩集『うち知ってんねん』（教育出版）から「おんなの子のマーチ」（冒頭部）を引いておく。この作品はもともとは童謡集『ほんまにほんま』（八〇年）のなかに収められていたものである。

きかいに　つようて
げんきが　よくて
スピードずきな　おんなの子やで
うちのゆめは　パイロットや

ジャンボジェット機　うごかしたいねん
おんなの子かて　やれるねん
やったら　なんでも　やれるねん

童謡詩がもつ押韻性やリズム性、また少年少女詩がもつ言葉の初源的パワーなどといった要素は、閉塞や終焉などといった形容句で窒息状態にまで呪縛されていた詩に対し、それを突破して行くための糸口としてとらえることが可能であり、先の「ぎんなん」をはじめ他にも「みみずく」（東京）、「海さち山さち」（鹿児島）、「まんなか」（三重）など少年少女詩誌が現在、あまた発行されている。また一九八四年から毎年刊行されている『現代少年詩集』は毎回、執筆者が百名をこえる盛況ぶりであり、それらの詩人たちによる「少年少女詩集」の出版点数も数多い。また、少年少女詩とはその言葉のとおり〈大人によって書かれた子供が読んでも分かる平易な詩〉のことだが、そこに内蔵された作者の自己表出機能が、子供にも分かるという制約性と重畳して純粋なポエジーをつかみとり、表出することを可能にしていると言える。それは思想や観念・技術などにばかり囚われることが多かった現代詩がいつの間にかどこかに置き忘れてきてしまったものである。少年少女たちの興味を詩へ向かわせる働きとあわせて、少年少女詩の可能性は大きいと言えよう。『現代少年詩集98』から中島和子の「ナマケモノの時間」（全行）を読みたい。本作の詩としての新しさ、清新さに共鳴してもらえたら嬉しい。

ナマケモノが
大きな果実のように　ぶらさがっている
起きているのか　眠っているのか
顔を天に向けて
特別あつらえの時間の底に
とろりと　しずんでいる

ナマケモノは
ときどきうすい目をあけて　空をながめる
風のにおいや　しめりぐあいを確かめる
ほんの少し動いて　ほんの少し食べて
それから　考えごとをする
けっこう忙しいのである

人間は

ナマケモノの　本当の名前を知らない
尋ねたこともない

ナマケモノは
人間がつけた名前の意味を知らないけれど
――そんなこと　どうでもいいや
と　いう顔で
ナマケモノだけの時間の海を
ゆうゆうと　漂っている

(5) 全国組織レベルの動き

毎年末に送付されてくる「日本現代詩人会会員名簿」を手にとって思うことは、どうして当名簿はいつも「東京都」から始まるのだろうか、ということである。東京都、関東六県、中部地区、関西地区、中国地区、九州地区、沖縄地区、四国地区、東北地区、北海道地区、海外という配列順はいかにも東京(江戸)をヒエラルキーの頂点に据え、その後、東海道、山陽道、奥州街道、蝦夷といった中世以来の呪縛のごとき土地の序列観を安直に踏襲したものにすぎないではないかという嘆息を覚えてしまうものであり、ひいては一九五〇年一月に現代詩人会（六〇年に改組して日本現代詩人会と改名）として結成された当会のもつ容易に払拭しがたい旧体質と価値観を、そのまま体現しているような気持ちにさせられてしまう。実際、この名簿は使いづらく、いつも巻末の五十音順の人名索引から当たらねばならない。そんな会であるが、一九九五年の理事会において新たにゼミナール西日本担当を新設し、青木はるみが初代理事に就任した。以後、それまで東京圏の域を出ることがなかった当会ゼミや集会・大会が、頻繁に西日本の各地で開催されるようになったことは、賛否両論あるにしても〈進展〉の一つと評価して良いのではないだろうか。九六年三月から九七年四月までに催された第一～四回までは青木の居住テリトリーである奈良県の範囲を出ることがなかったが、九七年の理事会で三井葉子が二人目の担当理事に就任して以来、九八年は広島（三月）と福井（九月）、九九年は宮崎（五月）と神戸（十月）、二〇〇〇年は四日市（五月）といったぐあいに、各地に会場を移しながら当地の詩人たちとの交流や、詩の存在のＰＲに一役かったのである。私自身、広島大会に参加したが、広島という人類史上初の被爆都市での大会だというのに、そのことにはまったく無関係に「現代詩の再生はなるか」という、東京圏で繰り返されてきたゼミの補習のようなテーマはおおいに疑問だったし、大会を成功させるために奔走する地元詩人たちを良いことに、費用は出さず注文ばかり繰り返す現実があったことは否めない（その後、広島からの陳情が実り、詩人会から費用の補塡がなされたと聞き及んでいるが……）。私は広島で懲りて、以後のゼミには出席していないが、私のような会員は他にもいるのではないだろうか？　九百名を超す会員を抱え、東京圏在住の会員ばかりに役員の重責が輪番的にまわってくる体制にも問題がある気がする。これほど電話やファックス、パソコン通信等が普及した時代だ。旧来の会議形式ばかりではなく、広く各地の意見を取り込むことができ、都度の状況変化にリアルタイムで即応可能な、もっと合理的で現代的な事務処理の仕方がある気がしてならない。

もう一つの団体である日本詩人クラブも一九五〇年に発足し、二〇〇〇年で五十周年を迎えた。当クラブは初代理事長・西条八十の「詩と詩学の活動を通じて日本文化の進歩に寄与し、更にそれを通じて詩の国際的交流を促して世界平和の確立に貢献しようとすることの会の目的……」という当初の就任挨拶に端的にあらわれているように、狭い日本詩壇における活動のみを企図するのではなく、戦争体験を踏まえて海容な博愛的精神をかかげ、海外にまで視野を広げようとしているのが特徴といえる。

日本詩人クラブは一九九七年七月に日本の戦後詩を広く俯瞰した『《現代詩》の50年』を出版し、次に二〇〇〇年八月に当クラブ創立五十周年記念事業の一つとして、先の『《現代詩》の50年』を継ぐものとして、明治期以後、日本に詩という表現形態が移入されて以来をフォローアップした『「日本の詩」一〇〇年』を出版した。両著とも内容的には各種論評、座談会（鼎談）、日本代表詩誌選、日本代表詩人選、詩史年表、詩集賞一覧といったように相似した部分が多く、明らかにこの二冊は意図的に同ベクトルを羅針している。『《現代詩》の50年』の巻頭に掲げられた石原武の「はじめに」が、これら二冊の精神を表弁していると思われるので左記する。

本書は詩をある種詩壇の中の中央集権システムから解放しようとする試みである。「現代詩の五十年」は、詩壇という権威が詩を凌辱しようとしてきた歴史ともいえる。勿論、詩は意のままになる程やわではない。世界の村々の人の声に詩の主体は営々と生きている。ただ、それら多様な言葉が詩壇らしきものの手で、十把一からげの競りに掛けられ、あとは御用詩人の跳梁を許すだけという状況はつねにある。（中略）従って、内容はこれまでの詩壇的な常識を覆し、実証的な資料にもとづいて修正を迫った論集である。とくに「決定版　年表　現代詩の五十年」は、詩の本来あるべき評価によって、消されていた詩の光芒が蘇り、日本の詩のこの半世紀の新しい地図がようやく出来上がったと自負している。また一二三に及ぶ詩誌の再評価も、同様な文脈から重点的に企画されたものである。

そもそも日本詩人クラブという組織全体が考えようによっては詩壇的権威だと評する

ことができようが、その日本詩人クラブが、日本国内にもっと別の大きな詩壇的権威の存在を認め、対峙していく姿勢を打ち出していることが興味深い。私はこの『《現代詩》の50年』が陽の目を見たことを歓迎していることを自ら表明したうえで、以下の論述を行うべきだと思う。

この石原の言葉に示されているように、本書に収録された「創刊年順戦後主要一二三詩誌解題」や「決定版年表＝現代詩の50年」を見ると、この国の戦後詩界が、従来の「荒地」「列島」の二誌に集約されてきた詩史・詩観というものがすこぶる狭視野で極端なものだということがおのずと納得されてくる。たしかに青年時代に惨酷な戦争体験をし、暗澹《あんたん》とした戦後経験を経るなかから極度におのれの思想を凝縮させ、苛烈な人間存在の意味を詩的エコールにまで高めた「荒地」と、政治意識と芸術意識の統一を理論の中心にすえ、この統一手法としてシュールレアリズムを援用し、集団制作の観点から全国のサークル誌詩を現代詩へ押し上げる活動までを実践した「列島」は、戦後詩界において大きな影響力を持っていたし、この二つのグループに集まった詩人たちが戦後詩に大きな実績を示した事実は認めるものの、しかしやはりそればかりでは余りに平板的・単眼的すぎる見方のように思われてしまう。そんな見方を続ける限り、ネオ・ロマンチシズムを提唱し、戦後抒情詩の隆起を企図して創刊された「地球」や、左翼リアリズムや人生派の日常性に飽き足らず、現実を凝視し、現実と対決し、現実をたぐりよせ、そこに現代神話の創造とでも評すべき新しい現実を創造するネオ・ロマンチシズムを標榜した「時間」や、敗北と荒廃を前にして、戦後的状況に新しい社会主義的秩序の確立をめざし、それを抒情によって予言しようとした「母音」等といった多くの詩誌やそこに集った多数の詩人たちの存在を捨象してしまう危険性を孕んでいる。たとえば『《現代詩》の50年』に対する例の横木徳久の言及が、そのヒステリックさとともに、この国のさもしい詩観の一端を端的に表している。

この『《現代詩》の50年』における心情下劣な政治性には許しがたいものがある。(中略)ここでは日本詩人クラブに所属する会員たちがジャーナリズムから見放され、蔑ろにされてきたことに対するルサンチマンばかりが際立っている。そもそも自分たちの作品の拙劣さを棚上げにして、認めてもらえないことを詩壇ジャーナリズムのせいにするのは人間として醜い。(中略)そして愚のさいたるものは、故意に捏造された「決定版年表」という代物である、(中略)戦後詩に多大な影響を与えた重要な詩集と、名前すら聞いたことのない同人誌レベルの三流詩集が等価に並ぶというきわめて奇妙な「年表」に出来上がっている。邪な政治性を孕む中途半端な実証主義が、いかに歪んだ詩史を捏造するのか容易にみてとれる。(「異本のパトス」／「現代詩手帖」一九九七年十月号)

この故意の曲解めいた文章には、思潮社路線の詩的価値観しか持ち合わせていない人間の思考回路とその限界が、そのままそっくり投影されている。この種の人間の頭のなかには中央系／非中央系もなく〈中央系の詩界〉しか存在していない。中央系（思潮社）の商業ベースの詩の価値観が全国大にそのまま通用すると安直に信じきっている。私なども日本の詩界が二重構造になっていることなど認めずに済むならそれにこしたことはないと思うが、実際はそうはいかないのである。彼の狭い視野や勉強不足を非難するのは簡単だが、どことなくＴＶゲームに明け暮れている少年たちが自家中毒に陥って非現実と現実の境界を見失ってしまうことに相似しているし、オウム真理教にのめりこんでいった多くの若者たちの姿までオーバーラップしてきて、いまさらに問題の根は深いと感じられてくる。

ともかく本稿（1）で触れた「詩と思想」とともに、この日本詩人クラブの運動も、「手帖」一本ヤリだった詩壇的価値観の牙城に新たな一矢を報いる役目を果たしつつあることを明記しておきたい。

（6）おわりに

さて、ここまで私が考える九〇年代の詩界について記述してきたが、何やら中央系と非中央系、旧勢力と新勢力のせめぎ合いばかりといったような内ゲバ的読後感を覚えた方が多かったのではないかと思う。冒頭で言った「スカスカの十年間」という形容句は、こうした私感に起因しているが、一九八〇年代末までにおける中央系の詩界の疲弊・閉塞・終焉状況を受けて火がついた〈詩界ビッグバン〉の動きは、九〇年代という時間域を舞台に、中央系／非中央系の二重構造を基軸に詩界再編・整序というベクトルを模索しつづけ、現在もその流動は続いていると言える。

九〇年代の数少ない明るいニュースとして、一九九四年度ノーベル文学賞が作家・大江健三郎に授与されたということがある。このニュースに接して、私は次のように考えた。つまり、欧米諸国の「世界の辺境」が所有している〈始原的な力〉についての学習、〈始原的な力〉の輸血はまだ続いている。大江の受賞は一九六八年の川端康成の受賞のときとはやや性格が違う。川端の場合は戦後きわめて短期間の内に目ざましい復興を遂げた日本（という辺境）への関心がバックにあったが、今回の大江の受賞の背景には、唯一の被爆国（という辺境）としての超克、さらには障害者をもつ家族（という辺境）としての超克などに対する関心があった。つまり核世界を生きぬく文学としての、障害者との共棲を具現した文学としての評価なのだと。大江の著述を現象として見た場合、彼自身詩は書かないまでも、例えば『新しい人よ眼ざめよ』の場合のブレイクや、『燃えあがる緑の木』の場合のイェーツといったぐあいに詩の一節に多大な触発や啓示を受け、それを導入することによってしばしば筆を起こしている。それらの詩は障害を持つ子息との共棲を描く場合でも、その記述を単なる家族小説にとどまらない普遍的・神話的な物語の領域へと昇華させる一つの装置として機能しており、そんな大江の詩との交感の有様等からしても彼が言葉（言語）に激しく感応する資質を有する文学者であることは明白である（たとえば『ヒロシマ・ノート』と表記しながら『沖縄ノート』を『オキナワ・ノート』と突き離して表記できなかった感性からも伺えるように、それは例えばレジスタンス詩人の心根に近いものに感じられる）。ここに文学の原形としての詩の発効の現場を如実に垣間見る思いがして大変興味深い。それは私に詩の始原的な力、今後の可能性を強く示唆してくれるものであった。

二十一世紀における詩の展望

　これまで一九八〇年代、九〇年代とこの国の詩界を振り返ってきて、ホップ・ステップ・ジャンプのノリで今回の「二十一世紀における詩の展望」へ行き着くことは一種筋の通った流れなのかも知れないが、それにしても今回執筆依頼をもらった本テーマはどこか現状認識の果てのSF論に似たところがあって、それだけ執筆者の見識を問われるものであり、正直言って避けて通れるものならば通りたい気持ちがあった。しかし、おそらく残りの人生の約半分をこの二十一世紀で過ごすことになるであろう詩の書き手の一人として、ある程度の羅針をもって霧中へ歩を進めるに越したことはないと考え直し、自分なりの考察をくわえてみることにした。論法的には自分の足元を再チェックすることで立ち上がってくる事象に対して、時間軸をできるだけ前方遠くへ引き伸ばして考えていくほかないだろう。つまり二十世紀全般を振り返りつつ、そこから次世紀を推察するしかないと考える。

　二十世紀はよく言われるごとく、欧米列強の帝国主義に依拠する植民地化政策に起因した二度の世界大戦に代表されるように、まさしく戦争と紛争に明け暮れた世紀だった。第二次世界大戦終結後も米ソを中心とした冷戦構造がながく世界の隅々までを支配し、朝鮮戦争、中東戦争、キューバ危機、ベトナム戦争、チェコ事件、光州事件、天安門事件、クルド人弾圧、湾岸戦争、ボスニア紛争などといったように冷戦体制下の代理戦争、利害関係の対立、主義主張の相違、民族紛争、宗教戦争といった按配に常時、地球上のどこかで三十～四十の大小の国際的な戦争や内戦・内紛が継続中といった状態がつづいてきたし、現在もつづいている。原水爆、中性子爆弾、毒ガス、細菌兵器、ミサイル、ステルス機、軍事偵察衛星等というように兵器は殺傷能力と精確性を飛躍的に進歩させ、その結果として砲火の対象を兵員以外へ拡大・無差別化し、ジェノサイドの色合いを強め、戦闘と無関係なはずの婦女子の死傷者および無辜の難民等を大量発生させている。

また二十世紀は科学文明の発達においても、これまでの世紀と比較して格段の進歩を見せた百年であった。工業生産における作業過程の手工業から機械作業への移行、すなわち工業経営形態のマニュファクチュアリングから工場制度への発展という産業革命が最初に展開されたのは十八世紀半ばのイギリスであった。その他のヨーロッパ諸国やアメリカ・日本などにおける産業革命は、イギリスよりも随分遅れて十九世紀半ばから末期にかけてであった。産業革命以前と以後とで特徴的に異なることは、それまで移動手段や農耕作業を牛馬の力に依存し、木材や石炭で火を確保し、ローソクやランプに暗闇の灯りを求め、遠隔地との連絡はもっぱら書簡でという古代～中世と何ら変わりのない生活レベルを営々とつづけてきた人類が、電灯や電信電話・ラジオ・テレビ・自動車・飛行機・ロケット・ロボット・コンピューターなどといったように人間の身体能力を補完する画期的と評せる発明・発見・開発に矢継ぎ早に成功し、有史以来、かつて経験したことがなかったような生活様式とレベルへ到達するに至ったことだ。そういった意味で二十世紀はかってなかったほど人間の大脳がダイナミックに活性化を遂げた百年だったと断言できる。

さて、そうした二十世紀における詩文学に関して世界的視野で概括した文章として、私は「今世紀の詩は、第一次世界大戦を間にはさんで各国に起こった新詩運動によって大きく特色づけられる」という文章ではじまる小海永二編『世界の名詩』（大和書房）に併録された編者の「解説」を引用することが多い。「第一次世界大戦を間にはさんで」とは、オーストリア皇太子の暗殺を端緒として一九一四年に勃発した第一次世界大戦が一八年に終結するまでの時間域を指しているが、その間にトリスタン・ツァラが提唱したダダイズム運動がヨーロッパとアメリカで興り、フロイトの代表的著書『精神分析学入門』が刊行されるなどしている。この時間域以後の詩的情況を端的に総括した文章として以下、小海の言葉をさらに左記する。

フランスでは、象徴主義の系譜を継ぐヴァレリー、クローデル、ジャムらとほぼ同時期の、アポリネール、ジャコブ、リヴェルディ、コクトーらの新詩風を受けて、第一次世界大戦直後の不安の時代に、トリスタン・ツァラの主唱したダダイズムと、ブルトン、スーポー、エリュアール、アラゴンらによるシュルレアリスムとが起こり、後者の運動の中から、デスノス、アルトー、シャール、プレヴェールら多くの詩人が出た。この運動はまた、前世紀の埋もれた偉大な詩人ネルヴァルとロートレアモンを再発見する。ドイツでは、フランス象徴主義の影響を受けたゲオルグとリルケが深い内面の抒情を歌った後、一〇年代〜二〇年代に、トラークル、ベンらの表現主義、ブレヒト、ケスナーらの新即物主義が起こる。イタリアではマリネッティらの未来派の運動が、ロシアではマヤコフスキーらのロシア未来派の運動が、アメリカでもパウンドらのイマジズムその他の新詩運動が起こる。イギリスではやや事情が異なるが、三〇年代に、オーデン、スペンダー、C・D・ルイスらによって、『荒地』の詩人T・S・エリオットに代表される二〇年代の文学に対抗して、社会の危機に直接対決しようとする新文学運動が企てられた。もちろん以上のような運動の外にあって、流派の枠に収められない詩人も多い。フランスのサン・ジョン・ペルス、シュペルヴィエル、ミショー、ドイツのヘッセ、カロッサ、イタリアのウンガレッティ、クワジーモド、モンターレ、ソヴィエトのエセーニン、パステルナーク、トワルドフスキー・エフトシエンコ、アメリカのサンドバーグ、フロスト、ウィリアムズ、カミングス、イギリスのイエーツ、D・H・ロレンス、ディラン・トマス、スペインのヒメーネス、ガルシア・ロルカ、チリのパブロ・ネルーダ、キューバのニコラス・ギジェンらが、そうした重要な詩人なのである。

小海の文脈は主に二十世紀前半に焦点を合わせたものであり、また本アンソロジーが上梓されたのは一九八四年であって、それ以後に出現し、確立された詩の流派や運動、詩人たちはおのずとフォローアップの度合いが薄いことになる。たとえばアメリカ詩であれば、オルソンやクリーリー、ダンカンらのブラック・マウンテン詩派、ギンズバーグやスナイダーらのビートジェネレーションなどは五〇年代以降明確な詩の潮流として捨象できないし、中国の文化大革命終焉以後にあらわれた文芸誌「今天」に拠った北島、芒克、舒婷、顧城らの朦朧詩なども忘れることができない。さらに流派や運動の外にあった詩人としてメキシコのパス、セントルシアのウォルコット、チリのミストラル、韓国の金芝河など挙げたらきりがない気がする。だが小海の評文は目配りの広さと公平性において、当時にあって、その後の詩界に対する不可欠な態度と価値観とを先取りしていてたいへん示唆的なものである。

かなり大雑把な把握の仕方ではあるが、二十世紀の実相と詩文学に関して以上のような概括をおこなったうえで、二十一世紀の詩に関して気にかかる事項について、以下、列記してみたい。

(1) 小さくなる地球

世界人口の推移をふりかえってみると、西暦一七〇〇年が約六億二千万人、一八〇〇年が九億一千万人、一九〇〇年が十六億一千万人というように前の百年と比べて一・五〜一・八倍程度の伸びを示してきた。しかし二十世紀に入って世界人口の総計はさらに著しい伸びを示すようになってきており、一九四〇年には二十一億七千万人、一九六〇年には三十億一千万人といった具合に右肩あがりに増え、二十世紀末にはついに六十億人を突破した。最低限の衣食住を満たしながら地球が養うことができると言われている人口はせいぜい五十億人程度であるので、このペースで人口増加をつづければ、間もなく世界各地で様々な〈生きるための紛争〉が深刻さの度合いを増すことは、火を見るよりも明らかである。この〈人口の爆発現象〉で問題なのは、その影響がまず発展途上国の貧困層や難民など、全世界の八〜九割を占める人々の暮らしを直撃することである。衣食住を満足に実現できず、就学の機会もないまま、極低賃金の児重労働者として、また無頼のストリートチルドレンとして、今日・明日の命脈をつなぐことに齷齪《あくせく》している子供たちの数はそれこそはかり知れない……。

世界の人口は、いったいこれからどういう経過をたどるのであろうか？　それは各国の、現時点での経済発達のレベルや生活様式の差異によってまちまちの発射台にあると評すことができようが、産業革命以後の欧米の人口推移を参照しつつ長期的展望に立てば、経済の発達・拡大や、近代的工業化の普及に伴って生活様式が向上するにつれて、旧来の多産多死的な段階を脱し、ある時点を境にして低死亡率・低出生率の段階へと急速に移行するということが言えるだろう。この後には人口の安定期が訪れ、次段階として人口の減退期が訪れる。第二次世界大戦後の日本のように、やがて韓国も中国も東欧もインドも南米諸国もアフリカ諸国もある程度概括的に言えば、遅かれ早かれこの〈増加～安定～減少〉の経緯をたどることは十分推量されることである。

かたや、人間の生活様式の変化にともなって熱エネルギーや機械動力といった形で石油や石炭など化石燃料の消費量が急増し、それに比例して二酸化炭素などの温暖化ガスの発生量が増加し、地球の温暖化現象が各地に砂漠化や旱魃、洪水、海面上昇、熱帯雨林や珊瑚礁の消滅、極地の氷解などといった環境破壊をもたらし始めている現状はよく見聞きすることである。また、長らく地球環境の安定化をつかさどってきたといわれる深層海流の潮流を、この地球温暖化が衰えさせ、いずれ深刻な気象変化をもたらすという指摘もされている。このまま温暖化が進めば、百年後には平均温度が最大五・八度、海面が最大八十八センチ上昇するとの警告がある。ほかにも南極のオゾン・ホールの拡大や、酸性雨による森林の白骨化など、その被害のレポートは深刻さを増す一途である。

これらの人口爆発や地球環境破壊といった事象を列記しながらあらためて気づくことは、遠く離れた地球上のローカルな異変がニュースとしていながらにして日本の隅々にまで瞬時に入ってくることである。一九九一年の湾岸戦争時におけるハイテク戦の戦況を我々はテレビの画面を通じて逐一見ることができたし、ゴルバチョフの登場〜ベルリンの壁の崩壊〜東西ドイツの統合〜ソ連邦崩壊という歴史的出来事を目のあたりにしたのも、ついこの前のことである。アメリカ大リーグでの日本人野球選手の活躍の様を毎日リアルタイムで楽しむことができるし、パソコン・ネットワークによってニューヨークやEU等の株式市場を昼夜を問わずトレンド分析することだって可能だ。そういった意味で地球はずいぶん小さくなった。

一九六一年にソ連はガガーリンの乗った有人宇宙船ヴォストーク1号を打ち上げ、人類最初の宇宙飛行に成功した。また一九六九年に米国のアポロ11号が月面着陸に成功し、人類は初めて地球以外の天体に降り立った。それら宇宙開発競争の背景には米ソの冷戦構造があったにせよ、宇宙から送られてくる碧く輝く地球の姿は人類に〈地球人類〉という共通認識を植えつけるエフェクトとしてはたらいた。今後、火星や木星探査が進み、もしもそこに地球外生命等が発見された場合（バクテリア類ならきっといそうな気がする……）、人類は新たな次段階の認識へ到達することになるだろうし、それらが人間の詩精神を揺さぶらないはずがない。

インターネットは職場や自宅にいながらにして全世界と瞬時に膨大な量の情報のやりとりができ、今後、ビジネスや研究活動・日常生活・趣味・遊興などに非常に有益に寄与する可能性を有するツールである。いまのところ画面の階層構造や、スクロール表示など使い勝手の点で改善すべき余地が多いが、いずれ技術的に克服されるはずである。大容量・超高速通信回線網の普及によって利用者の数が増せば、それだけ利用料金も下がることになる。一九九五年以降、驚異的な伸びを示しているわが国のインターネット利用者数は、二〇〇〇年末現在で五人に一人の割合にまで急増しており、おそらく二十一世紀初頭には現在のテレビや電話とおなじくらいに日常的な情報インフラになることが予想される。

現在、わが国において開設されている詩関連のインターネットのホームページは約四千（内実は詩、ポエム、広告コピー風といったように玉石混淆であるが……）と言われているが、十～三十歳代を中心に今後ますます拡大していくものと推測される。さらに自動翻訳ソフトを利用することによって英語・ドイツ語・フランス語・スペイン語・中国語などの異なった言語圏との情報アクセスもいま以上に可能となってくるであろう。いまのところまだ立ち読み、覗き見といったレベルのＩＴ（情報技術）だが、今後さらに人間の感性や情操に沿ったハードやソフトが開発され、充実していくことで、いっそうの成熟化が達せられることは間違いない。詩も自宅にいながらにして全世界の詩人や詩誌、詩関連の団体等と直接意思疎通をはかることができるようになり、リアルタイムで全世界のすぐれた詩集や詩論、詩のイヴェントなどの情報に接することができるようになるだろう。同時にそのとき、従来の詩書や詩誌等は大部分がペーパーレス化を実現し、電子ネット上へ表現領域を移行していくことになると推測される。本の装丁や量感等をいつくしむ旧来のアナログ的な心情は残るだろうが、例えば音楽媒体として長らく主役の座にあったレコードが、その利便性と高音質ゆえに一九八二年のCDプレーヤーの発売以後、瞬く間にコンパクト・ディスクにとってかわられたように、文芸作品・文芸的情報の大部分も収納スペースや持ち運びやすさ・流通速度などの点で格段すぐれているCD－ROMや電子ネットでもって受け渡しされ、最低限の必要部分のみを印刷・複写して利用するという形態が主流になってくると推察される。著作権や版権等といった付帯事項をどう確立していくかが、今後解決すべき問題としてクローズアップされてくるだろう。

先に引用した小海永二の文章を読み返してみてあらためて感じることは、ダダイズムやシュールレアリズム等といった運動に代表されたごとく、二十世紀の詩文学は終始、〇〇主義や〇〇派・〇〇運動といったようなカテゴリー先行の形態で蠕動してきた印象がある。私は戦火に追われたあまたの人々の悲痛さと同等に、そのようなイズムや試行に心血を注いできた過去百年間の真摯な人間の、時間とエネルギーを無駄にしたくない。文学というのは、究極的には〈人間〉を主題にして展開されるものだと常々思っているが、二十一世紀の詩はそんなイズム・運動を経過し、ようやく詩が〈人間〉という主題に向かって書かれるようになるのではないかということを、個人的希望を込めて考えている。換言すれば、二十世紀を費やして創られたイズムという器に、やっと〈人間〉という内実が精華として盛られる時代になるのではないか……。さらに期待を込めて言うならば、小海の文章の後半に〈運動の外にあって、流派の枠に収められない詩人〉として括られたような詩人の時代になるのではないか。彼らは自分の故国の風景・風俗風習・歴史・伝説伝承や、身の回りに起こった〈事件〉などに取材し、それを人類共通の普遍性へまで高めて表現する道を示した詩人たちである。

(2) 精神的地盤の再生

グローバリゼーションの進展にともなって、今後ますます英語の重要性が増してくることが想像される。そう考える幾つかの理由がある。ただちに脳裏に浮かぶ一つめの理由は、その開発過程を反映して、パソコン・ネットワークにおける公用語が英語だと断言して良い状況があるからだ。二つめの理由として、十九世紀初頭にまで遡っていわゆる〈太陽が沈むことなき大英帝国〉の世界観があった史実。三つめとして、ドイツ語・フランス語・ラテン語・ギリシア語・イタリア語・スペイン語・オランダ語など、多くの言語から語彙を借用して成長してきた英語のコスモポリタン性および構文や語形変化が比較的簡単という特長等があげられる。しかし現在、地球上で話されている言語は六千〜七千程度と言われており、その多くが　①移住者による土地の収奪　②災害、病気、虐殺などによる人口の減少　③強制移住　④差別社会や経済的抑圧　⑤同化・混血化政策　⑥英語などの主要言語中心の教育やマスメディアの浸透　⑦文字を持たない口承言語　などの諸要因によって消滅の危機に直面しているいわゆる〈危機言語〉である。

国連公用語と称せられる英語、フランス語、ロシア語、中国語、スペイン語、アラビア語などのほか、比較的話し手の数が多いベンガル語、ヒンディー語、ポルトガル語、日本語、ドイツ語といった言語も数的には世界中の言語の内のわずか一パーセント程度を占めているにすぎず、大部分の言語は僅少の話し手によって話されているにすぎないのが現実である。前述したように、それらの多くは消滅の危機に瀕している〈危機言語〉であって、例えばオーストラリアの先住民族であるアボリジニの場合、十八世紀にイギリス人によって植民地化が開始された当時はまだ同地内で約二百五十の言語が話されていた。しかし、現在では百ほどにまで減り、しかも主に高齢者を中心に話されるだけになっている。また、ソロモン諸島で話されているアスンボア語、ブマ語、リリオ語、タナンビル語といった言語はすでに話し手の数が二十~八十人しか現存しておらず、そのうち子供の話し手は総数の四分の一~五分の一にすぎない。さらにいえば現在、六千~七千の言語のうち半分はすでに子供の話し手がおらず、そのために生き残るであろう言語は全体の五パーセントほどであり、残りは早晩消滅する運命にあると予測されている。

言語は、その民族の生活・文化と深くかかわってきたものであるだけに、消滅は大きな意味を持つ。我々は遺跡や文化財など、目に見える遺産については関心を払い、保護なども行ったりするが、言語は目に見えないものであるだけにそういった関心の外に置かれがちのようである。しかし言語はその民族の〈精神の肉体〉と言えるものであり、詩人たちはミューズに仕える者の本能として「詩をおろそかにする民族は滅亡する」などと機会あるごとに奏上したりする。詩は言語で語られ、表記されるものである。ポエジーというものが人間特有の本能に属するものであり、詩とはそのポエジーを丸ごと鷲づかみにして提出する行為であるだけに、言語と詩は密接な関係にあり、言語の窮状は切実だと言える。

たとえば一九一〇年の日韓併合条約によって朝鮮半島に関するいっさいの統治権を得た日本は、朝鮮の人々の生来の名前と言語を一方的に剝奪したが、前述のような事象を考えれば、それは朝鮮の人々の存在理由のいっさいを否定する行為に他ならなかった。また、日本のれっきとした先住民族であるアイヌ民族は現在、わずかに一万数千人を数えるのみであるが、彼らの多くは現在すでに日本語しか話せず、表面上は日本人となんら変わらない生活を送っている。しかし彼らがふとしたきっかけで自己のアイデンティティーに目覚め、意識してアイヌ語を学び、発声したとき漏らす大方の感想は「言葉から先祖たちの魂がたちのぼり、自分の身体にのりうつってくるようだ」云々といったことだ。

様々な言語を保存することは、この地球上に多様な生活観や価値観・スタイル等の存在を認め、共存するための博愛的キャパシティを養うことにつながる。

二〇〇〇年六月に出版された石原武著『遠いうた　マイノリティの詩学』は、マイノリティという副題が示す通りアメリカの黒人詩、キューバの詩、フィリピンの詩、ネイティヴ・ハワイアンの詩、アメリカ・インディアンの詩、オーストラリア原住民の詩など、世界の少数民族の詩が数多く取り上げられていて、従来のいわゆる欧米詩では味わうことができない詩の魅力が語られており、深く記憶に残る一冊であった。著者のペンは辺境や未開などと概括される地域で書かれた詩が内包している人間の本能から発せられた驚きや恐れ、諸々の未分化の感情要素に対し、対象と同等の位置にまで下りていって驚きや恐れを共有し、共感する視座に貫かれている。それは一段高いところから断定をくりかえす大方の批評家や分析者のそれとはずいぶん異質なものだ。決して物質的・経済的に豊かではなく、侵略や経済制裁・独裁政権等という環境的不遇下にある彼らの詩がかえって生気に満ち溢れていて、それを紹介する著者のペンも、実に生き生きと軽妙なフットワークを実感させる。著者自身が、世界の〈辺境〉に吹く詩の薫風に触れていちばんこの記述を楽しんでいる様子が伝わってくる。巻頭の「まえがき」に記された「地方的であるということは、中央集権的にある種の権威らしきものに同化しない態度である」という一文に、著者の新たな信念と希望とが託されている。

もはや「世界の詩」を英・米・仏・独などの先進国ばかりで語ることは不可能であり、二十世紀半ばから次第に確実な潮流として隆起してきた第三世界や辺境域で書かれた詩といかに並置して考察や論評を加えていくかということが、真にアップツーデイトで重要な仕事であって、そのことがひいては萎靡し、退潮化してしまったと揶揄されている先進諸国の詩を励起させ、再生させることにもつながっていくと考える。一九九〇年代の詩界について言及した本誌一〇七号所載の拙稿「新たなサイクルに向けた詩の蠕動」でも触れたように、特に原水爆の出現以来、欧米の〈力〉の文明は明らかに行きづまりの表情をあらわにしており、自分たちが開発した〈力〉によっていつか自分たちが滅ぼされるのではないかという自滅への仮想シナリオから受ける苦悩と閉塞感に喘ぎつづけている。現代人の大多数の興味が、高度経済成長時期のような寝食を忘れた勤労の果てのGDPの獲得などではなく、個々の価値観の多様化にともなう余暇の有効活用やメンタル面のケアであることは前号でも触れたが、これはまさに英国の歴史家A・J・トインビーが指摘した「精神的地盤の再生」と符合する事柄である。二十一世紀の詩文学は、一度は征服を受けた各地の文明が〈力〉のノウハウを摂取した後、窮屈な〈力〉のコントロールから独立すべく精神性の地盤から息を吹き返してくる動きがますます顕著になってくるだろう。都市と辺境、〈力〉と精神性の共棲関係がいっそう闊達に進展してくるようになると考えられる。その生成過程のなかからタフでバイタリティーに溢れる新しい詩が書かれていく予感がする。

石原著にはそのためのヒントが、著者の旅程とともに数多くレポートされているが、努めて世界の少数派の詩へ目を向けようとするその態度は極めて貴重だ。「七〇年代にはすでに陳腐化にむかい、八〇年代の終わりに確実にサイクルを閉じた」(中沢新一)詩は、世界の辺境や少数派の詩がいまも保有しつづけている野性や巫術性などの未分化の要素を取り込むことでしか、再生のためのエネルギーを得ることができない瀬戸際に立たされている。未分化の環境だからこそ〈言葉＝それに宿る言霊〉が重要な役割を担っているのだと感じられ、また各地のネイティヴがおかれている、失われていく民族および口承文学のルーツ等といった立場が、日本におけるアイヌ民族の現状等によく似ていると感じられた次第だ。

アイヌ民族をはじめ世界各地の先住民族は、自分たちを取り囲む環境の変化に順応しながら、今後ともしたたかに自己のアイデンティティーを保有しつつ、命脈を保ちつづけていくのではないかと考えている(もちろん血脈を潰えさせてしまう民族も多いと思うが……)。この私観は、世界の先住民族を取り囲んでいる社会的環境や価値観等も半世紀前に比べればそれでもずいぶんと成熟してきており、先住民族の人権も経済も独自の価値体系等も相応に認められ、保障されるようになってきている情況に起因している。

石原著中、南米最南端のフェゴ諸島のヤーガン族やナオ族に取材した「唄の初め」は人間にとっての〈詩の誕生〉を繙く視点が通底していてスリリングでさえあった。本稿の（1）に関連づけて、このような辺境で書かれた詩や、それらを論じた詩論の新作がパソコン・ネットワークによって瞬時に全世界へ流布していく時代が、そう遠くない将来、訪れようとしていることを付言しておきたい。ごく一部を左記しておく。

かれらの唄はおしなべて短く、踊りにも、狩猟にも、祭にも、繰り返し歌われる。これはマゼラン海峡の遠い辺境に長く孤立して生きてきたヤーガン族の特異な状況ではなく、唄の初めは、このような意味のない音声の調子であったというバラウの仮説は、アプリオリなこととして納得できそうな気がする。

現在、小説の世界では芥川賞・直木賞などの受賞作家が日本各地に在住のまま才筆をふるっている現実があるが、その小説の世界でも一九六〇～七〇年代ぐらいまではやはり東京偏重であった。作家としてペンで身を立てようと思えば、地方から上京していかざるをえない情況が厳としてあった。しかし、高度経済成長がピークに達した頃から人々の価値観の多様化が急速に進み、日本や世界のローカルな伝統や風俗・風習が人々の関心を集めるようになり、それと並行して小説の主題や価値観も戦後意識や資本、民主主義、市民感情といったそれまでどちらかといえば画一的・既成的だったものから、たとえば沖縄や在日問題、古代史、怪談・SF・エログロ等といった異種・異質なものが好まれ、注目を浴びるようになってきた。

マイナーな文化や価値観等を主題にしてメジャーな文学賞をとった作家は、必然的にローカル・エリア圏で執筆し続けることになる。東京の出版社とのコミュニケーションは電話やファックスがあれば十分可能だ。小説界の現状況はインフラとしての通信手段の発達・充実と連動している。こういった状況が、今後しだいに詩界へも波及してくることは十分考えられ、そのとき『新体詩抄』（一八八二年）以後、日本の詩界を陰に陽に支配してきた〈中央集権性〉のヒエラルキー構造が崩れ去り、各地が固有のアイデンティティーに依拠して、対等に詩を語り、詩を発信する新しい詩の時代が訪れることになる。もはや札幌で、富山で、高知で、宮崎で、那覇で〈詩の公器〉が編集発行されても少しも不思議ではないのである。そのようになった時、自分たちの存在を主張し、身体的（声帯的）差異を強調する意味・目的で方言が再び着目され、いま以上に〈方言詩〉が多く書かれて行くようになっても面白いと感じる。メディアやツールの成熟によってもっともっと日本列島が狭くなれば、現在の関東弁をベースとした標準語のなかに、各地の方言が入り込み、新しい標準語として流通していくことだっておおいに考えられることであろう。

日本列島の主島が巨大トンネルや巨大橋によってすべてつながり、新幹線や飛行機などによって飛躍的に物理的乖離が縮まり、通信手段の発達に伴って人々の感情・心理的距離感もずいぶんと縮まった。人間の識見や価値観等といったもののみが、いつまでも旧来の狭い視野の価値体系にとらわれつづけている気がして仕方がない。距離や時間に無関係に、全国各地、いや世界各地に在住している詩に関連ある人々がリアルタイムですぐれた詩や詩論を享受できることが二十一世紀の詩の特長にならなければならないし、当然そうなっていくだろう。善し悪しは別にして〈中央系〉と〈非中央系〉という詩界の境界・偏見等はだんだん薄まっていくはずである。

(3) アジアの隆盛

今年（二〇〇一年）四月に放映されたNHKスペシャル「知られざる大自然・北方四島」は第二次世界大戦後、日本とロシア（ソ連邦）の間で帰属に関して法的・政治的・歴史的な多方面から争点となり続けており、実質的にいまなお渡航の自由が閉ざされている択捉島・国後島・色丹島・歯舞諸島の現在の表情を伝える貴重な番組だったが、とくに印象に残ったことは人の手つかずのままに残る豊かな自然の姿であった。「アイヌ・モシリ」とはアイヌ語で「人間（アイヌ）の大地（モシリ）」という意味があり、かつてアイヌの人々が和人の存在など気にかけることなく狩猟や漁撈・採取のために自由に往来し、駈けまわった北海道（さらに歴史を遡れば東日本一帯も含まれるが）を意味しているのだが、サケの大群が河口からさかのぼり、ヒグマが悠然と姿をあらわし、海岸でラッコやアザラシの群れが遊泳するというありし日のアイヌ・モシリの姿が広がっていて感慨深かった。同時に、それら動植物の生態系を残された貴重な自然として手厚く保護しているロシア（ソ連邦）政府の姿勢を目のあたりにして大変好ましく感じられたが、もし北方領土がずっと日本の治政下にあったなら、これほど豊かな大自然が開発や汚染・荒廃等と無関係に存続しえただろうかという思いにかられて少々複雑な気持ちになった。

日本に未解決のまま燻りつづけている国際問題を例示する糸口としてNHK特番を取り上げたが、ほかの例として韓国との間で戦後、領有権問題が派生している竹島（島根県隠岐郡五箇村に属する総面積二十三町歩余の岩島。韓国名は独島）や、中国との間で一九七〇年以後、大陸棚の海底質源開発をめぐる利権とともに領有問題が浮上してきた尖閣諸島（沖縄県八重山諸島西表島の北約一六〇キロメートルにある小島群。石垣市に属する）など、隣国との領土問題というのはなにも北方四島に限ったことではない。

世界には主義や宗教、人権、民族などの違いによって多様な国家・組織が併存しており、常に世界のどこかで国際的か、内部的かの相違こそあれ戦争や紛争が起っている。例えば世界の火薬庫と呼ばれるバルカン半島は一九八〇～九〇年代に入ってもルーマニアのチャウシェスク政権崩壊（八九年）、ユーゴ連邦の崩壊に続くボスニア紛争（九二年）と流血事件が絶えない惨状下にある。また一九四八年のイスラエル建国以後、中東地域は宗教観と利害関係とが複雑にからみあい混迷の度合いを深め、断続的に戦乱の地と化し、第一～四次中東戦争を経ていまなおゴラン高原の占領封鎖、パレスチナ建国問題の摩擦など、二十一世紀へもちこされた火種は少なくない。さらにアメリカの歴史は人種差別、特に黒人差別の歴史と密接な関係にあるが、今もことあるごとに露骨に表面化してくる黒人のデモや暴動の憤怒と、それを強大な武力でもって制圧しようとする当局との摩擦は、米国社会に不気味な負のエネルギーを潜伏せしめている。

ほかにも二十一世紀の展望に立った場合、日本の周辺地域で不穏なマグマとして実感されるものがある。たとえば、香港や上海など旧植民地を再び取り込んだ中国の〈一国二制度〉のジレンマ、台湾海峡を挟んだ中国と台湾の軋轢、主義を異にする南北朝鮮の交流、島嶼と血縁からもたらされるフィリピンの政情不安、東ティモールを先鞭とする各属領のインドネシアからの独立運動の活発化など……。

二十世紀前半までは欧米列強の植民地的色彩が強かった東南アジア諸国だが、二十世紀末までに知的蓄積や経済活動のノウハウ等をインフラ的に摂取したこれら諸国が、豊富な労働力と低い賃金水準とを原資にして本格的に世界市場へ参入し、存在感を強めてくるのは時間の問題であろう。長引く構造不況に象徴されるように、すでに日本一国がアジア経済を代表して独占する時代は過去のものとなった。二十一世紀の世界市場はアフリカや南米、中近東にさきがけて有望なグローバル経済圏として東南アジアの隆起が台風の目となる世紀になると推察される。特に、十二億人という世界一の人口（豊富な労働力）を抱える中国と、血族と経済の利害という共通認識に立つ朝鮮半島（南・北朝鮮）とは二十一世紀の要石としての存在感を一層顕著にしてくると考えられる。

これら近隣諸国といかに平和裡に共存していくかが、今後の日本にとって最重要課題の一つであるが、これら近隣の国々との交流を考える際に避けて通れないハードルがある。それは、強制連行や従軍慰安婦などに代表される戦後処理の問題である。最近でも日本の教科書検定に対して、韓国や中国からするどいクレームが突きつけられたが、海洋で隔離された島国ゆえに想像が及ばないでは済まされないほど、いまだ海外では日本がしかけた〈戦後〉がリアルタイムで燻りつづけていることを忘れてはならない。国内では昭和の終焉、もしくは戦後五十年を節目にしてマスコミ等でも〈戦後〉が積極的に取りざたされる気運がいちどきに萎えてしまった感があるが、いまだ海外の思潮がそんな日本の風潮を許さない情況であるのであれば受皿はどこかに必要なのである。幸いにも日本の詩界には、そんな良心・良識を保有しつづけているカオスがある。それは、たとえば石川逸子が編集発行している個人詩誌「ヒロシマ・ナガサキを考える」や、犬塚昭夫が世話人を務める〈核戦争に反対する関西文学者の会〉から発行されている『反戦反核平和詩歌句集』、福中都生子が主宰していた平和問題研究会、その福中が二〇〇一年から新設した「現代詩・平和賞」、みずからの被爆経験を踏まえ長崎原爆の実相を訴えつづける山田かん、個人詩誌「詩＋α」をとおして核兵器を問いつづけている広島の松尾静明、全国組織のネットワークを有する詩人会議、プロレタリア文学の潮流を汲む新日本文学会などがすぐ脳裏に浮かぶ。

詩人の平和運動に関する叙述がつづいたが、じつは書きながら隣国・韓国の詩事情を思っていた。韓国では朝鮮戦争や軍事独裁政権・民主化闘争などといった過酷な現実に対して身の危険も顧みず、詩人がオピニオンリーダーとして民衆の声を作品の中で代弁してきた歴史があり、それゆえ日本では考えられぬ数の詩の愛読者が存在しているという事実がある。詩を言葉の芸術として、政治や社会的・日常的要素から遠ざける傾向が依然としてわが国では根強いが、思想と行動と表現とが一致したときにこそ詩は広く迎え入れられるという事実を韓国の詩事情は物語っており、二十一世紀の日本の詩のあり方に関して有力な警鐘とヒントを教示してくれていると思われる。近年、日本でもようやく〈在日〉の存在が見直されて、歴史的な理解と価値観の共有化が促進されるようになったが、朝鮮海峡（対馬海峡）を挟んで一衣帯水の隣国である南北朝鮮といかに文化的（詩歌的）交流をはかっていくかが、日本の詩界に少なからぬ影響力を及ぼしていくと考えられる。
また、一衣帯水の隣国という意味では沖縄県（与那国島）とわずか一〇〇キロメートル余りしか海域を隔てていない台湾との関係も、下関条約（一八九五年）によって清国から譲渡を受けて以来、日本が敗戦まで統治したという史実、および中国との間で独立か帰属かで激しく揺れ動いている現在の政局等を踏まえつつ、交流を行っていく必要がある。

さらに一九七六年の文化大革命終焉以後、中国では一九七八年十一月の民主化運動〈北京の春〉後の十二月から、地下文芸雑誌「今天」が北島や芒克、黄鋭《ホアン・ルイ》らによって創刊され、中国詩史上もっとも難解といわれる〈朦朧詩〉が注目を集め、いまもその熱波が日本でも吹きつづいている感がある。「かれらはみな、文革の時期、大学も閉鎖され、家を離れ辺境の土地で、あるいは農村や工場で紅衛兵として、小地主や、修正主義者や、知識分子を摘発しては、三角帽子を被せて引き摺りまわしていた。信頼するひとの指示のままに跳梁していた世代であった。だからかれらの作品には、前世代に対する徹底した不信感が、全編に色濃く滲み出ている。（中略）かれらにはもはや頼るべき国家も民族も、内部で消滅していて、ただ自己のみが最後の砦と化した感がある」（秋吉久紀夫）と評される彼ら〈朦朧詩〉の書き手たちも、一九八九年六月の第二次天安門事件以前に多くがオランダやニュージーランド、イギリスなど国外へ流亡したままである。しかし、一九八〇年代にはいって、文革をまったく経験しなかった、いわゆる〈第三代〉と自称する詩人たちが数多く登場してきた。また大量の女性詩人が八〇年代以後、堰切って現れてきたことなども特記される。豊富で有能な労働力や驚異的な経済成長率、市場としての潜在的魅力などを背景に、中国が狭隘な日本経済を凌駕する日もけっして遠いことではない気がする。そんな中国の隆起と連動する形で、かれら八〇年以後に登場してきた詩人たちの言動と詩が世界レベルで注目され、評価されていく可能性は計り知れず大きい。

(4) 多国籍化のなかでの個性

二〇〇一年、山口市が主催する第六回中原中也賞が東京在住のアメリカ人、アーサー・ビナード(Arthur Binard)詩集『釣り上げては』(思潮社)に贈られるというニュースに接して、私は、ようやく日本の詩界も日本人であるとか、日本国籍を有しているとかいった表面上の体裁等にとらわれることなく、日本語で書かれた詩作品であれば許容し、受領する価値観へ到達したか……という感想を抱いた。

現在(二〇〇一年)、ビナードは三十三歳、日本に住んで十一年、うち二年間は早稲田大学大学院の研究生として中世和歌を学んでいる。日本語で詩を書き始めたのは三十歳の時からで、十二歳の時に飛行機事故で他界した父親の記憶をテーマに詩作を試みたことが日本語で詩を書くきっかけだったという。同賞の選考委員の一人である中村稔が贈呈式で「正確な日本語で、ユーモアもあって、新鮮なリリシズムがある」と述べ、おなじく選考委員である佐々木幹郎は雑誌「ユリイカ」(二〇〇一年四月号)で彼を「日本語人」と評している。

私は本誌一〇六号所載の小稿「八〇年代という詩の分岐点・分水嶺」で、八〇年代という詩界の特色の一つとして「在日詩人の発見」という項目を挙げて論述したが、こうした日本語で書かれた詩であれば積極的に受賞の対象として取り上げ、評価するという詩界の気風は、じつは一九八五年に崔華國が詩集『猫談議』で第三五回H氏賞を受賞した頃から顕在化したものだと感じている。また、先ほどの佐々木幹郎の「日本語人」という評語は、たとえば在日朝鮮詩人・金時鐘を論じた野口豊子編『金時鐘　もう一つの日本語』(もず工房・二〇〇〇年四月)の副題である〈もう一つの日本語〉にあい通じるものだと解される。

もしかすると「日本語人」や「もう一つの日本語」までを評価対象とする現段階というものは、これから叙述する日本の多国籍化を踏まえた場合、日本国内で書かれたあらゆる言語・人種・民族による詩を等しく評価するという次段階への一ステップにすぎないのかも知れないが、とりあえず日本の詩界の認識はここまできたといえる。

今稿は詩作品の引用ができていない。左にアーサー・ビナード詩集『釣り上げては』から表題作(冒頭部)を引いておきたい。

父はよく　小さいぼくを連れてきたものだ
ミシガン州　オーサブル川のほとりの
この釣り小屋へ。
そして或るとき　コーヒーカップも
ゴムの胴長も　折りたたみ式簡易ベッドもみな
父の形見となった

カップというのは　いつか欠ける。
古くなったゴムは　いくらエポキシで修理しても
どこからか水が沁み入るようになり、
簡易ベッドのミシミシきしむ音も年々大きく
寝返りを打てば起こされてしまうほどに。
ものは少しずつ姿を消し　記憶も
いっしょに持ち去られて行くのか。

ところで、日本の少子化現象が取りざたされることが多くなった。毎年、五月五日の

〈こどもの日〉を前に総務庁から発表される日本の十五歳未満の子供の数は、二〇〇一年は前年よりも二十四万人少ない一千八百三十四万人で、一九八二年から二十年連続で減少しつづけており、一九二〇年から始まった国勢調査史上、最低を更新した。総人口に占める子供の割合も一四パーセントと二十七年連続で下がり、いっそうの少子化の進展を裏づけている。女性の結婚年齢の上昇とともに、女性が産む子供の数も平均一・三人まで低下してきているのだから致し方のないことか……。こうしたことを反映してここ数年、日本の総人口も横這い状態をつづけており、今後も増えることはなく、むしろ漸減していくだろうということが欧米諸国のトレンド実勢を見てもいえる。一国の年間予算の三分の一を借金で賄うという、普通の企業であればとっくの昔に倒産している収支状況から容易に脱却できないこの国の財務体質は絶望的だが、これらの莫大なツケ、高齢化社会に対する負担が、減少の一途をたどる自分たちの子供の双肩に重くのしかかることを考えたとき、現在かたくななまでに門戸を閉ざしている外国人就労希望者に対しても早晩受け入れを表明し、好むと好まざるとにかかわりなくオランダやスウェーデン、ノルウェーなどのように労働や納税といった義務を分担してもらえるような制度を確立し、移行して行かねば国家としての運営が立ち行かない状況に陥ってしまうことは自明である。

そういう状況になった際、当然のように日本は多国籍化していく。さらに婚姻や帰化などによって多民族化していく。一九八六年当時、中曽根首相の「日本は単一民族国家……」

発言があったことを思い出す。その認識下には明らかに朝鮮、中国、台湾、東南アジア諸国などに根を持つ人々の存在を無視した不遜で無知なエゴが剝き出しにされていたのだったが、これからの日本はいま以上に多くの人種・民族の人々とこの列島の内外で共存して行かなければならないことは明らかであり、確固としたポリシーとバックボーンをもって様々な言語・価値観・風俗習慣などに対応していく必要が生じてくる。そのような状況下で、人間の本能の表出である〈詩〉も書かれていく訳であるが、私はむしろこの国に容易に〈詩〉が根づかない一面が、この多国籍化・多民族化によってダイナミックに活性化されていくような予感がしている。そのような無国籍化のカオスの中から新芽を吹いてくる詩は、ちまちまとした四畳半的な身辺雑記詩や、時間潰しの言葉遊びの詩などではなく、価値観も思想も経歴も隔たった隣人・知人へ呼び掛け、意思を通わせることができる懐広い詩だと考える。

(5) 詩は滅びるか？

在京の商業詩界についていえば現代詩の最後のあがき・呻き・断末魔といった印象を伴ったねじめ正一のドタバタ劇風、露悪な散文詩も、一九八〇年代後半にはすっかり影をひそめ、八〇年代末頃から囁かれだし、しだいに声高になっていったのが例の「現代詩の終焉」ということであった。

幸いにも経済力や交通手段・情報網などの発達に支えられ、全国各地の見識ある詩人たちのなかから「中央系の詩は終焉を迎えたかもしれないが、自分たちの詩は違うんだ。一緒にしないでくれ！」という声があがり、反発心を招来し、もともと日本の詩界が内蔵していた〈この国の中央集権構造に巧みにのって人為的・商業的につくり出された詩界VS.各地に定住しつつ当地の風土等と密接な関係を持ちながら詩を紡ぎだす詩界〉という二重構造性をあらわにし、後者のアイデンティティーに火をつける事態をまねいた。

二十一世紀の詩界は、さきほどの二重構造性の内の後者が前者と肩をならべ、さらには後者が二十世紀における前者の功罪を検証し、叱咤し、海容する位置関係へと推移していくものと考えられる。それはともかくとして、前者も空疎な市場価値観等に考えなしに呼応した人間の底浅さ・虚しさを投影した結果の〈詩〉であるとは言える訳であって、そのあたりから自然と「詩とは何か？」「今後も詩は生き残っていくのか？」という究極的な懐疑が派生してくる。

「二十一世紀にも詩は生き残っていくのだろうか？」という疑問を考察するにあたっては、先に「詩とはいったい何なのだろう？」という疑問について考える必要があると思われる。詩とはいったい何か？　この命題は先にも書いたことがあるが、たとえば「絵画とは？」「小説とは？」「写真とは？」「演劇とは？」「音楽とは？」といった議論よりもずっと根深いもののようにいつも私には感じられるのだ。
「詩とは何か？」という命題についてはそれこそ星の数ほどの見解が存在すると思うが、現在でももっとも私の気持ちにフィットする文章として、拙著『新しい詩の時代の到来』（一九九九年）からの引用で恐縮なのだが、菅原克己編『詩の辞典』（飯塚書店）のなかの「詩」の項文に、私見を補完して書いた文章を左に引用しておきたい。

人類は誕生以来数十万年の歴史をもつといわれているが、原始民族の狩猟や労働のなかで言葉が発生し、それはしだいに「人間どうしの交流・伝達の機能」と、「労働の伴奏、戦意の鼓舞、未知なるものへの畏怖（祈り）、願望、呪いなど」に分かれた。後者のリズムをもって訴えかけてゆく昇華された言葉が〈詩〉の最初のものであると考えられる。従って、これは言葉以前の、器物をリズムをもってうち合わせたり、何やら掛け声めいた言葉ならぬ言葉で拍子をとったりする労働の際の合いの手ともつながるものであるから、言葉の発生よりもさらに先に存在したものだといえる。つまり〈詩〉は言葉を越えたもの、言葉以前の「感動」と直接につながるものなのであり、すなわち〈詩もしくは詩的なもの〉は言葉以外の絵画や彫刻や写真や建築などにも脈うっていることになる。この〈原始の詩〉が持つものは、たとえばご飯を腹いっぱい食べたいとか、意中の異性と睦みあいたいなどといった願望達成のための訴え・祈りと同じレベルのものであり、いまだ現代社会においても人間の感情の根底にある。いや、それは人間が人間としての精神運動を続けるかぎり〈詩〉として発露しつづける因果なものなのである。

現在では詩は小説、戯曲、批評などとならぶ文学上の形式の一つとみられているが、以上からもわかるとおり、〈詩〉は最も純粋で最も古い精神運動の様式であり、すべての文学の母胎となったものである。

日本の〈詩〉は明治期の「欧米に追いつけ、追い越せ」といった物資・技術等の輸入の副産物だった側面は払拭できないが、しかしそれは幸いなことに、右の文章からも分かるようにポエジーという人間固有の〈本能〉を文字として掴み出すための無二の手段だった。詩は人間が生き残るかぎり滅びることはないもの——そんな概括を、本稿の最後に記しても良いのではないだろうか。

蛇足ながら私は〈現代詩〉という呼称について、どこかうさんくさいものを感じている。なぜ〈詩〉ではなくて〈現代詩〉なのか?

現代において書かれる詩という定義であれば、ほんらい〈戦後詩/昭和詩/二十世紀詩〉等と区分されるべき詩作品をいまだ「現代詩アンソロジー」などとして収録したがるこの国の詩界の通例は筋が通らないのではないか?

私にはじつは、この〈現代〉という冠詞がいまだ戦後の〈発展途上〉という甘えや照れを隠匿させたもののように思われて仕方がないのである。欧米に遅れること二十五年、戦後ようやくT・S・エリオットの「荒地」的精神風土に到達し、マッカーサーには「日本は十二歳の少年だ……」などと揶揄されながら、これから本格的に民主主義や平和思想、欧米詩の思想やテクニック等を学んでいきます、といった青臭い自戒が端緒にこもったことがらではなかったのか?

「現代詩＝戦後詩・昭和詩」などという安直な公式でくくれる時代はとうに過ぎた。詩が「現代」などという卵の殻のような隠れ蓑を脱ぎ捨てて裸で立ち、世界の詩と伍していかなければならない時代が、すでに訪れている。

〔文中表記以外の参考文献〕
・世界現代詩文庫20　秋吉久紀夫編訳『精選中国現代詩集』(土曜美術社出版販売)
・読売新聞　二〇〇〇年十二月三十一日
・佐賀新聞　二〇〇一年二月十八日

Ⅱ 「柵」から

わが街、福岡に現代詩の老人ホームができる？

A　北川透・山本哲也の共同編集で一九九六年九月に創刊された詩誌「九」は現在、一三号まで出ている訳だけれど、創刊号の編集後記で山本哲也が「隔月刊で五年間、二五号まで出す」と記していて、ちょうど折り返し点を回った付近に当たるんだね。二年間で一三号まで出ればそれなりの批評の対象にはなると思うんだけど、どうですか？

B　同人誌でありながら極めて商業詩誌を模していて、これまでの同人誌とは根っこが違うという気はするね。つまり、これまでの詩誌というのは「書きたいものがあるから出す」というスタンスが大半だったと思うけれども、本誌のスタンスはいうなれば「出したいから出す」という意識先行型であって「出すために作品が書かれ」ている。こんな詩誌をよく具現したという気もするが、これもきっと両編集人の存在によるところが大なんだろうなぁ。

C　商業詩誌を模しているという評があったけれど、俺なんかつまるところ「現代詩手帖」の九州出張所といった印象しか覚えないな！　冷めた目で見ると内容・企画・編集方法など、大半が「手帖」の踏襲であり、何も目新しい点はないいんじゃないか。
B　出張所なら本社である「現代詩手帖」を敵に回したりはしないと思うが、しかし創刊号から北川透が連載しているエッセイ「ニュートンの死」は野村喜和夫や城戸朱理・守中高明・永原孝道・野沢啓など、現在「現代詩手帖」で論陣を張っている若手・中堅を相手に、それこそ歯に衣着せぬ論争を展開しているじゃないか。
A　そうだよね。北川透の偏見のない物言いについては、俺もそれなりに評価できると思う。彼は愛知で詩誌「あんかるわ」を出していた頃から比較的〈中央／地方〉の境界を意識せずに活動してきた書き手だけれど、下関に転居してきた後も彼の詩への基本的スタンスは変わっていないんじゃないかな。「九」での批評の激しさは、そうした彼の詩観の良識（良心）が「手帖」詩人たちの尊大な物言いに対して詰問という形で噴出してきたものだと感じている。「九」で今いちばん生き生きとしているのが北川だよ。
C　そうだろうか。たしかに今までローカル・エリアの詩誌がこれほど面とむかって「手帖」系の詩人たちに対してラディカルな叛意を示したことはなく、それはそれで十分評価できることだと俺も感じるけれども、それとてやはり彼が俎上にとりあげる詩・詩人・詩脈等が従来の〈思潮社〉主導のカテゴリー内に限定されていて、ややもすると思潮社のペースに絡め取られて結託していってしまう危険なベクトルを内在させていると言わざるをえない気がする。現に今回の論争が契機となって「現代詩手帖」一九九八年三月号から北川透／瀬尾育生の対談っていうのが断続的に始まったりしているじゃないか。

B　身内どうしの論争の応酬で衆目を集めるやり方は、思潮社の常套手段みたいなものではあるからなぁ。

C　「現代詩手帖」っていうのは本当に、ある意味で保守的・排他的なんだよ。一例として、あの雑誌の奥付には毎号「新人作品募集」の項目があって「新鮮な詩人・批評家の登場を期待します」ってうたってあるけど、詩はともかくとして、詩論等の投稿がきっかけになって「手帖」の常客になったローカル圏の書き手が幾人いるだろう？　「手帖」サイドの内心はきっとこうだ。戦後五十年かけて自分たちが築いてきた《中央詩壇》に安易に田舎の詩人が上がり込んできて、雄弁をふるってもらっては困るんだよ。〈中央〉はいつの世も周辺部から奉られていなければならない。それが彼らの市場原理を支えるシステム論なんだ。「手帖」は、この国の中央集権体制という権威構造を笠にきてあそこまで成り上がった訳だし、そんな自社経営路線を否定するような論評を許容するはずはない。しかし現在の詩界の動きが自分たちの価値観ばかりで束ねられない複雑な様相を呈してきていることを先方も承知していて、北川透にしても、たまたま下関という地方都市にくだっていた彼にうまくとりついて、体裁を繕うため利用しているという風に感じられてくるな。

B　視点を変えれば確かに「手帖」を否定するような論評こそ、いま真に現実的で、待望される詩の批評の一つなのかも知れない。ここ十〜二十年ほど、あまりに「手帖」は終末とか閉塞などといった言葉で詩を語りすぎた気がする。現在の詩の潮流には「言語至上主義派」と「生活派・社会派」といった二つの大きな意識があると思うけれど、勢力的には明らかに後者の方が圧倒的だし、ある意味で普遍的だし、その現象は「手帖」の方法論ではもはや説明がつかないものだ。

A　冒頭から北川透に関連した意見が多いけれど、もう一人のヘッド・山本哲也について何かありませんか？

C　おとなしいな。彼ってこんなにおとなしかったっけ？

B　六号から始まった〈招待作品〉、七号から始まった〈投稿作品〉等の企画も「九」なりに詩のオープン化を企図した意欲の表れらしいけれど、そのぶん裏方の仕事量はたいへんだろうな。ほとんどの実務は彼中心で回ってるみたいだし……。山本にとって、煩雑な編集・発行業務の大半を請負いながら「九」を出しつづける意義って何だろう。新人の育成？　若手からの触発？　純粋に詩を書き、詩誌を出すという原点回帰？　まさか山本ほどの書き手が、いまさら北川透の知名度に依存したとも思わないけれども……。

C　たしかに二年前、この詩誌が北川透と山本哲也の共同編集で発行されると聞いたとき、だれもが二人の個性のぶつかり合いといったものを想像したと思うし、北川があれほどの論陣を張るのであれば山本にももっとラディカルな発言を期待したくなるよね。毎号、詩一篇と編集後記ぐらいじゃ、物足りないよ。北川に遠慮しているのかな？
A　ところで、北川・山本にはC君が言う〈「手帖」の東京出張所〉を運営していく必然が、経歴等からしてまだあると認定するとして、それじゃ、この詩誌に参加した九州・山口在住のメンバーについてはどう言及できるんだろうか？
B　きっといろんな理由や期待、目的や野心をもって参加したんだと思うよ。それはそれでいいんだけれど、ちょっと気になるのは彼らの四十〜五十歳という年齢とキャリアだ。一〇号所載のエッセイで渡辺玄英が紹介しているが、本誌には同人と定期購読者、それに一部の贈呈者にのみ配布される「九通信」なるB４判一枚（両面コピー）のチラシが併刊されているんだが、このチラシたるや、ワイワイガヤガヤまるで学生にもどったような、合コンの乗りなんだ。好みの問題かも知れないが「他愛ない」「くだらない」と思うのは勝手だろう。もし俺が定期購読者だったらもっとましなオマケがほしいと思うよ！　俺がいいたいのは、四十〜五十歳代というのは人間が自分の残りの半生を賭けて追い求めていくテーマに向かって始動するけっこう大事な時期だっていうこと。こういう話が嫌いな人は耳を塞いでもらっててていいけれど、そんな時期にいい歳して、自己解体もどきの〈お遊び〉に熱中する連中の気が知れないってことは痛感するな。これじゃ、現実逃避だ……。
A　全員とは言わないが、彼らにはそんな、自分の半生を賭けて追い求めるようなテーマなんてないんじゃないのか？　そんな傾向はいまの彼らだけじゃないけれども……。

B　「九」に参加したことによって新たな詩観を得たとか、詩境の飛躍が判読できるとかいうのであればいいけれど、正直言って「九」以前の方がずっと個性的で存在感があって良い仕事をしていた気がする同人はいるよ。

C　俺はさ、現在の、全国大の詩界の潮流っていうのが、戦後、思潮社などがまき散らした災禍を取り払い、閉塞・終焉状況などといった言葉で揶揄されつづけてきた詩に対する負のイメージから脱却し、いかに別の可能性を探っていくかという部分に明らかに傾いていると常々感じているんだけれども、そんな時期に、福岡に発行所を構える、福岡の詩人を中心とした「九」のようなシロモノを考えたとき、これは時代のベクトルを見誤ったとんでもない時代錯誤の愚挙じゃないかと思えてくるんだ。たとえば余計なお世話かも知れないけれど、かつて「九」メンバーだったことが今後彼らの経歴上すごいマイナス評価となるような、ね。そんな「九」を必要以上に持ちあげる一部の人間が福岡にいることも恥ずかしい現実だ。

A　手厳しいな。でも、この「九」っていう誌名の由来が、また曖昧ないんだ。創刊号で山本哲也は、当誌の由来について「九〇年代の〈九〉か、九州の〈九〉か、ひとつ足りない〈九〉か」なんて書いているけれど、明らかに二十一世紀にまたがることを念頭に発足した詩誌が後向きの〈九〉というのもおかしい気がするし、北川透・長谷部奈美江という山口県のメンバーがいるのに〈九州〉というのもないだろう。実はここには山本らのひた隠しにした気持ちが隠されているじゃないだろうか？

Ｃ　なんだか面白くなってきたな。いったいどんな？

Ａ　つまり〈九〉は九州の〈九〉には相違ないと思うんだが、発行所が置かれ、メンバーの大半が在住している福岡をクローズ・アップさせる意図があったのではないか、と。

Ｂ　いや、すでに「九」が実質的に、福岡を中心とした詩誌だということは誰が見ても異論など差しはさむ余地のない事実さ。そのうち「九」が、現在の福岡を代表する詩誌にまつりあげられたりしてね……。

Ｃ　それは冗談じゃなくて十分にありうる話だと思うな。東京圏から見て福岡っていうのは、これまで途中に名古屋・大阪・岡山・広島などがあってスクリーンがかかった状態になっていた一種の処女地なんだよ。「九」はそんな土地に初めて打たれた「手帖」のパイルなんだ。これから福岡に対して東京圏の侵食が始まるやも知れない。

Ｂ　うーん。長い目で見た場合、それは明らかに詩史上の汚点じゃないのか？　思潮社なんていうすでに一時代の役目を終えてしまったような〈沽券〉の老後を、なぜいま福岡が押しつけられて、看なくちゃいけないんだ？

Ｃ　あっはっはっ（笑）。福岡に現代詩の老人ホームができるっていうことか？　老人ホームを茶化しちゃいけないけどさ！

Ｂ　いつまでもこんなことしてると、振り返って、本当に福岡は全国の愚弄・嘲笑の的になるんじゃないか？　こんな危惧を感じるのは俺だけだろうか？
Ａ　大丈夫。福岡にも、県外にも、その辺の事情がちゃんとわかってる詩人たちは大勢いるよ。でも、しっかりしなきゃいけないってことは確かだけれど！　これで終ります。

＊＊

鈴木比佐雄の個人詩誌「COAL・SACK」三一号には、ぜひ紹介しておきたい評論や講演録などが掲載されている。巻頭には一九八九年六月に不慮の事故で惜しくも他界した宮崎の詩人・本多利通を偲んで毎年開催されている「卯の花忌」に寄せて、宮崎県延岡市・夕刊デイリー新聞に一九九八年六月一日〜五日に掲載された鈴木の評文「〈光線の屈折〉を見た詩人たち」が再録されている。本多利通、嵯峨信之、富松良夫、金丸桝一などの詩人たちに触れる中から、宮崎の詩が有している普遍的な魅力を浚渫している。なかでも私が特に注目したのは、渡辺修三とともに現在の宮崎詩の源泉の一つと評される富松良夫に対する言及であった。富松は一九〇三年に生まれ、六歳のときに脊髄カリエスに罹り、以後一九五四年に亡くなるまで病身を抱えて生きた詩人だったが「富松良夫の詩には青く澄みきった天上を見つめる視線で、地上の人間の苦悩や事物の本来的なものを眺める高貴さがある。（中略）そこには健康な人間が見失っている、はるかな自然への憧憬と深い魂の疼きが息づいている」といった評言には、不自由な身体にかこわれた富松の内面深くまで下りていき、同一化を果たそうとする蠕動が感じられ、鈴木の資質をよく物語っている。本稿には、鈴木と〈宮崎の詩〉の現在の接点が、嵯峨信之との交流に源を発することが告げられている。「表層的には穏和ですが、嵯峨さん同様に宮崎の詩人たちの深層的というか内面には、激しい〈ほのほ〉が燃え盛っているのではないですか」と、嵯峨の遺影に語りかける鈴木の言葉は印象的だ。

続く浜田知章の「宮崎の詩人に関する若干の感想――本多利通にふれて」は六月六日に延岡市社会福祉センターで行われた第五回「卯の花忌」記念講演録であるが、一九二〇年生まれで、敗戦後、詩誌「山河」を発行し、「列島」に参加した詩人の型破りで実直で、脳梗塞を患ったという全身を、アンテナと化し〈対象〉の本質を鋭くとらえてかかる講演内容を嬉しく読んだ。権力とか権威とかに一切媚びることをせず、歯に衣着せぬ物言いの中に、なんとも言えず優しい人間的な慈眼が垣間見えて、時代の現実感のなかから自己を鍛えてきた〈年輪〉が伝わってくる。当日の会場の興奮の様が目に浮かぶようだった。当日の浜田の言葉に、詩人や詩誌が向かうベクトルを類別する言葉として〈中央思考と原郷思考〉というものがあって注目した。ここには彼の《真実の詩を追求する》純粋・無垢な理論と感情がこもっている。さらに巻末には鈴木の連載評論「戦後詩と内在批評」が掲載されているが、今回は「新日本文学」一九九六年九月号所載の小田久郎の「「列島」――その編集的側面」に端を発し、小田久郎という欺瞞に満ちた対象をラディカルに糾弾する内容であり、最近の彼の論稿中で、最も主張の筋が通っていて強いインパクトとともに読んだ。

　木島始がなぜいま『列島詩人集』を編んだか、共に戦後詩を切り開いてきた詩人たちへの鎮魂の思いとその正当な評価が不当に汚されて、改竄されることに憤怒したのだろう。（中略）小田久郎は戦後の詩人たちが無償で切り開いた膨大な詩的成果や名誉と功績を、「荒地」中心の片寄った思潮社の独占物にしようとしているのではないか。何か小田久郎の心の奥底に詩人評価など自分の口先でどうにでもなるという寒々とした冷酷さと傲慢さを感じる。

　千葉県という東京圏に住する詩人にとって、この種の発言がいかに自分の立場を危うくするものかは想像に難くない。だが、こういった言論が積み重なって既成詩壇の浄化・再生が果たされていくのだ。鈴木にとって、これはどうしても書いておかねばならなかった論稿だった。この鈴木の論稿に対して「現代詩手帖」十月号・詩誌月評で倉橋健一が「どうして鈴木はこんなふうな党派型の文章家になってしまったのだろう」と書いているが、ここには明らかに倉橋の、見え透く作為が働いている。なぜなら鈴木は党派型の文章家に転向などしたのではなく、今回、自分の信条をもっとも適切に表現するために敢えて方法的に、党派的な文型を採ったにすぎないことぐらいすぐ読者には分かるからだ。大阪在住の倉橋は、自分の現在の詩的立場を守るための方便として、既成の詩壇に対して歯に衣着せぬ発言と、それを擁護する発言とを繰り返し、その振幅内で動いているにすぎないのではないか。「思潮社」主導の枠組みから脱しようにも脱しきれない既成の評価観論者がここにもいるのではないか。そう倉橋には言いたいし、鈴木には、現在の持論を自信をもって貫いていって欲しいと強く思った。

詩の向こう岸へ「スッケンギョーできゃー渡れ！」

詩誌「九」は毎号、同人特集を組んでいるが、一八号は宮崎在住の恒村史郎の番だった。その特集〈恒村史郎　往復書簡〉のなか、山本哲也と恒村史郎との間で交わされた書簡中に今年（一九九九年）五月八日に宮崎市で開かれた日本現代詩人会主催「西日本ゼミナール宮崎集会」の当日配布されたパンフレット内容について触れている箇所があり注目した。そのパンフレットのはじめには統一主題「詩の魅力、言葉の魅力」のもと、次のような地元実行委員会の宣言文が掲載されている。

「詩は滅びた」「詩の再生は可能か」など、なぜこのように否定的、懐疑的な言葉がまかり通っているのでしょう。詩を愛する者、言葉の魅力にとりつかれている者こそが、詩を書いているはずなのに――そのような素朴な疑問から、この統一主題は生まれました。自分にとっての「詩の魅力　言葉の魅力」を語り合いましょう。

当日、ゼミナールの午前中は川崎洋が「方言詩の魅力——その自作朗読テープを聴きながら」と題する講演をおこない、午後からはその講演を受けて参加者全員が第一〜三分散会にわかれ、熱っぽいやりとりが続いたという。

「という」と書いたとおり、私は個人的所用と、昨年三月に広島市で開催された「同ゼミナール・広島大会」に参加した折の「詩の再生は可能か」と題された大会の《東京でやっているゼミナールの内容をそのまま地方都市へ持ってきただけで、わざわざ被爆都市・広島でおこなう理由など何一つ見当らなかった》記憶等が重なって、以来、当ゼミに対してパスをつづけていることをお断りしておく。「九」の〈往復書簡〉で、この「宣言文」の取り上げ方は次のとおり。必要箇所のみを左に引用する。

(1) このあいだは、新聞の記事、ファックスで送っていただきありがとうございました。日本現代詩人会の西日本ゼミナール宮崎集会の内容にふれた「漂点」欄の、あの記事で、わたしのアンテナにひっかかったのは、記事のなかに引用されていた集会パンフレットの文章でした。(中略) こういう文章を読むと、こちらがトンデモナイ誤読をしているのじゃないかという気にさえなります。詩を書くものは、詩に対する否定的、あるいは懐疑的な思いをもつべきではない、この文章の筆者はそういっていま

す。（山本哲也）
（2）日本現代詩人会の西日本ゼミナール宮崎集会の中身については省きますが、それにしても驚かされるのは、この集会のコンセプトになったであろうパンフレットの文章です。（中略）ここには何かとんでもない認識の欠落が、水と油のように決してクロスしない思考の閉域があるように思います。（恒村史郎）

これから推察すれば、山本も当集会には不参加であり、パンフの宣言文については宮崎日日新聞の文化部次長・山口俊郎が五月十七日付で書いた当紙「漂点」欄を、恒村からファックスしてもらって初めて知ったということになる。当日の「漂点」欄は「方言詩の魅力とは」と題し、原稿用紙約四枚半のスペース全てを当集会の報告にあてている。プログラム紹介、川崎洋の講演の様子、分散会での討議の印象等が前半でレポートされ、後半は山口俊郎の方言詩を取巻く状況、方言詩を含めた詩の可能性についての私見が述べられ、最後に次のように締め括られている。

だが、方言（詩）は現代の詩人自らが捨てたのである。言葉のボーダーレス化が進む現在、日本語自体が世界の中のローカルであってみれば、言語状況を細かく輪切りする方法に未来があるとは思えない。詩を若い世代につなぐためにも、である。詩人にとって言葉の魅力とは、外的な方法上の問題より、その深い危機の内側から新しい言葉を立ち上げることにしかないはずだ。

イントロが長くなってしまったが、以上の資料へ言及することで詩の現状の一端に触れることが可能な気がするので、私なりに感じたことを述べさせてもらう。

まず冒頭の「宣言文」についてであるが、たしかに文面だけ取ればやや一面的すぎる感が残るが「西日本ゼミナール」という詩祭気分を考慮に入れればいちいち反応して咎めだてする必要などないのではないか？　そのていどの度量もないから詩を見限るような発言が後を絶たない。むしろ、どうして今このようなマニフェストが書かれたのか、その背景を考えれば、詩の最前線にいる山本哲也ほどの書き手であれば容易に察しがつくのではないか。「詩を書くものは、詩に対する否定的、あるいは懐疑的な思いをもつべきではない、この文章の筆者はそういっている」というのは、いかにもヒステリックで故意な曲解だ。このマニフェストは宮崎県在住の現代詩人会員八名の討議を経たものであり、そのような詩人たちが「詩を書くものは、詩に対する否定的、あるいは懐疑的な思いをもつべきではない」等と安直に考えるはずがないではないか。否定的・懐疑的な思いを昇華した果てに、このマニフェストは採択されているのだ。要するに、彼らは、中央系の詩の衰退と、自分達の詩を一緒にするな。違うぞ、と言っているのだ。自分の立場・都合に添わせるために（中央系寄りの）山本は「漂点」にかこつけて、あえて悪意ともいえる短絡的で強引な読みをおこなったとしか思われない。

ここで一つの事実を付記しておきたい。宮崎日日新聞文化部次長・山口俊郎とは、恒村史郎（ペンネーム）その人である。その事実を踏まえて「漂点」の文章を読み返してみると、後半になればなるほど詩に対して悲観的・否定的な記述になり、それに伴って山口俊郎から恒村史郎へ表情が豹変していくような触感を覚えてしまうのは私だけか？

また「日本現代詩人会の西日本ゼミナール宮崎集会の中身については省きますが……」といった恒村の言葉もいくら書簡とは言え、当初から公開されることを前提として叙述された文章だということを考えれば、集会に参加しなかった読者も当稿を読む訳であり、説明不足・無責任といった誹りは免れないのではないか？　これなどからも、自分たちの一派に都合の良いように情報を操作する意識が臭ってくる。さらに「漂点」の「方言（詩）は現代の詩人自らが捨てたのである」といった記述も強い違和感を覚えるものだ。方言詩は青森の福士幸次郎（一八八九〜一九四六）あたりを始点として全国各地でずっと書かれ続けてきた事実がある。その成果は川崎洋編『日本方言詩集』等を見れば一目瞭然であろう。山口俊郎（恒村史郎）の発言は〈マスコミナイズされた詩〉ばかりを見てきた人間の感想にすぎない。それに「方言（詩）は現代の詩人自らが捨てた」という発言も正確さを欠いて周囲に誤解を招くものだ。明治期以来、捨てることを一方的に決めたのは中央であって、富国強兵・殖産興業といったスローガンをちらつかせて捨てることを強要し、捨てたことに疑義を感じる余地さえ許さなかった史実は捨象するべからざるものである。

第一・二次世界大戦の無差別大量虐殺の実態や原水爆による地球規模の破壊力などを見るにつけ、欧米諸国の疲弊感とジレンマの苦悩は深まる一方だ。今世紀初頭を風靡したダダイズムやシュールレアリズム等といった様々なイズムもそんな閉塞感を超克するための陣痛だったと振り返ることができる。それは現代文明がどこかに置き忘れてきた、野性や巫術といった人間の本能的パワーへ回帰するための運動だった。『新体詩抄』以来百十七年、戦後五十四年。可能性のすべてを出し切り、先の見えない閉塞・萎靡のトンネルにはまり込んだと言われる〈中央系の詩〉は、これまで自分たちが蔑ろにしてきたローカル圏の詩と連携していくことでしかもはや活路を見出すことができない訳であり、その具体的可能性の一策として昨今の《方言詩の復権》もあると私は分析している。

恒村は〈言葉の魅力〉について「深い危機の内側から新しい言葉を立ち上げることにしかないはずだ」と「漂点」を結んでいるが、私に言わせればこの結びは最後まで中央系／非中央系における詩の問題点を未整理に混同させたまま、何一つ具体例を示さず無責任に対岸から詰問ばかりをおこなうものである。私が代わりに言って差しあげよう。「新しい言葉」とは、理論や修辞・ファッションなど小手先の技巧ばかりに囚われない、作者の履歴や身体性・内面そのものから発せられた詭弁・嘘言のないもののことだと。しかし、それは既成の中央系の詩にはもう望めないものだと。

前山光則編『淵上毛錢詩集』（石風社）には方言詩が九篇採録されている。毛錢の方言詩は、前出の川崎洋編『日本方言詩集』にもなぜか収録されていないので、ぜひ紹介しておきたい。淵上毛錢は一九一五年に熊本県水俣に生まれ、二十歳で結核性股関節炎を発病し、以来、臥床から離れられない不自由な生活を送る中、アイロニーとユーモアを含んだどこかアウトロー的スケールの抒情味溢れる作品を発表しつづけた。俳句の短詩型による象徴精神や山之口貘などからの影響を色濃く蔵しながら、同時代にあったモダニズム詩や「四季」派とは一線を画す詩風を示した。一九五〇年・三十五歳で没。稚味を漂わせた短詩など、少年詩のパイオニアとしても評価できる詩人である。

ここん橋ば　通っときゃ
俺云うて通れ
そってなからんば
通らせん　通らせん
そげん　云わんちよかろうがない
ネッケば　かますで　通らせろ

ネッケじゃ　嫌ちゃ
好かんとかい
フン　おかしゅうして　のさん
主　ことわらんち　どげんあろう
主が　通らせんち
なんたろん　なんたろん　ま
こげん　橋しゃ
スッケンギョーで　きゃー渡れ
スッケンギョーで　きゃー渡れ

（「とおせんぼ」全行）

〔注〕
そってなからんば　　そうでないならば
ネッケば　かますで　　肉桂を食べさせるから
おかしゅうして　のさん　　おかしくてたまらない
主　ことわらんち　どげんあろう　　あなたに断らなくても　どういうことはあろうか
なんたろん　　何も気にしない
スッケンギョー　　片足跳び
きゃー渡れ　　渡ってしまえ。「きゃー」は強調の接頭語

「隅の席」に座っていれば何かが保証される時代は終わった

このところ宮城県栗原郡栗駒町に住む佐々木洋一の記述に接する機会が多い。当方が、彼が書いたものにこれまで以上に注意を向けているという一方的な理由によるものだが、一九五二年生まれの彼が、これまでほとんど生まれ故郷を離れることなしに周知のような独特の詩境を琢磨し、批評精神を鍛えてきたということに特に興味を覚える。少々オーバーな表現だが、もしかするとこれは日本の表現史上かなり稀で画期的事例かも知れない。最近、接することができた彼のいくつかの文章をまず左記しておきたいと思う。

平成十二年四月から介護保険制度が開始になるが、私が棲んでいる地域などは高齢化率が二五%を超え、老人だらけなので、この制度の利用者もかなりの数になるものと思われる。町の中心部は、商店が店を閉め、買物は大手スーパーのある郊外にでかけているのが現状である。（中略）そんな過疎地域の経済に一番効果を及ぼしているのはなんだろうか。不謹慎といわれるかもしれないが、死、である。四人に一人が老人という地域では、日常茶飯事として、老人が死を迎える。一人が死ぬことによって、どれだけ経済への波及効果があるか。まず、葬儀屋が葬式を頼まれる。花屋が花を頼まれる。香典返しにお茶屋がお茶を。葬式準備の手伝いの人の精進料理、豆腐、こんにゃく、油揚げなど（中略）田舎における死は、相当の経済効果をもたらすのである。（中略）老人の死とは皆を活性化させ、しあわせにすることではないか。

（「死」という活性化／詩誌「方」一〇九号）

東北においても部落差別という問題はあるのだろうが、あまり耳にしたことがない。（中略）東北全体が貧しかったこと。気候風土が厳しくて、互いに助け合わなければならなかったこと。身分制が徹底されなかったこと。など、憶測に過ぎないが、考えられる。しかし、個人的には、村八分など、村全体が生き抜くため、そこから外れた人は差別されてきたように思う。また、知的障害者などを持つ家族は、そのことで差別されないように、その存在をひたすら隠し続けてきたのが実態である。仏教の差別は、許されないものがある、と著者は語っている。墓地の位置や戒名のひどさには信じられないものがある。現実においても、死後の戒名が金や地位によって差別されるという相変わらずの実態がある。

（今月の一冊／通信誌「ＡＣＴ」一九七号）

後者は中山英一著『被差別部落の暮らしから』（朝日新聞社）についての書評の一部である。

人間がつくる社会というものは古今東西を問わず一人の王、一個の組織、特定の都市などといったものを頂点に据えて、そこから裾広がる階層的なヒエラルキー構造から容易に脱皮できないものだ。人間の権力への執着や、利己的な富を得るための確率論的な施策等といった事情が絡んでいると推察されるが、これらは朝廷や幕府などといった権力の集中を生んできた日本にもそのまますっぽりとあてはまることだ。特に江戸幕府以後、この国に二百六十年以上も定着しつづけた幕藩体制という国の中の国のミニチュアを領有しあうシステムが、複雑に細分化された政治・思想・慣習等に幾重の足枷を発生させることとなり、日本人の表現や態度に、多層に屈折した陰を落とすことにつながったといえる。一八六七年の王政復古令を受けて誕生した明治政府が急務とした政策も、版籍奉還・廃藩置県の施例などのような、なりふり構わぬ天皇政府への全権の集中化でまずあった。それによって副次的にもたらされたものは何か？　それは首府としての東京に対する信仰・盲信とでも評すべき価値観の台頭である。産業にせよ、学問にせよ、文化・芸術にせよ、すべて東京の息がかかったものでなければダメであり、無価値に等しいとする理不尽な思潮の蔓延であった。国民の多くが上京して富や名声を得ることを望み、また地方に残る者は上京した者を羨み、地方に居残った自分を一ランク低い者と自認してしまうという悪しき価値観に囚われ、嘖まれつづける結果を招いたのである。
そうした慣習がいったいどんなモラルを生み出したのか。「燎原」一一一号の岡たすくの詩がそのことをシニカルに語っている。

わたしは／会議のときも／講演を聴くときも／ずっと後ろの隅の席を選ぶ／司会者や講師の／目に届きにくい位置／出席者の肩を楯にできる／空間が落ち着くのだ／／他人様より先に／決してしゃしゃり出ないこと／人後に落ちて一隅を守る／物言いの肝要は／言わざることと心得る／育った田舎の風習が／身についたせいかも知れぬ／／錐先はいつも内に向けて／薄い血も　溜息も／漏らさず囲いつづけ／馬鹿さ加減を保ってはきたが／気がつけば／反骨の血糊が干涸びている／／隅の席のほうが／よく聞こえる声もある／よく見える風景もある／日蔭に蹲る負け犬に似た男／ふいに見えてくる自分が／無性にいとおしくなったりする
（「隅の席」全行）

ここに描出されているものは、この国にはびこる〈ムラ社会〉精神の典型だ。こういったレベルの低さを自覚して一つひとつ打破していく意識の果てに、詩を含めた新しいこの国の表現があると信じる。岡はあえて自虐的に書くことと引き替えに、この国の悪しき因習や甘えの構造を浚渫し、異議申し立てをしているのである。作者のアイロニー、反骨精神を本作品から読み取るべきであろう。

　前後するが、冒頭で私が佐々木洋一の筆業に注目するのも、そういった〈ムラ社会〉に根をおろしつづけながら、むしろ〈ムラ社会〉に居座ることでアップツーデイトな現代文明批評の眼（精神）を保持しつづける彼の存在の希少さである。彼は〈ムラ社会〉からの束縛も、監視やしがらみも無縁なように見える。いや、きっとそれらの障害は佐々木にも感じられているのであろうが、障害に押し潰されずに自分の夢を追う生来の向日性のバイタリティーが彼には備わっている。現代詩と童謡詩と寓詩とをミックスしたような詩風、「ささやか」という意味の方言「ササヤンカ」に自分のユートピアの夢を託した個人誌「ササヤンカの村」の発行、「樹の村」を意味する創語にフォークロア的私見を重ねた詩集『キムラ』の出版など、一貫して独自の詩趣を伸張することに傾注してきたのが彼の詩境だ。

　キムラはふるさとの呼び名です／耳をあてるとこーんこーんと響くものがあり／せせらぎにこだまが映るところです／はずれの小さな御堂にはキムラの分身が祭られ／そばには玉茎もどきも祭られています／揺れと出産はキムラのみなもと／毎日お参りしては祈るのです／キムラは時々木もれびにあたり／一帯を揺らします／キムラはホッとした時昏から零れる／はるかな吐息です／はるかむかしからあったのですが／しばし忘れ去られていたのです／キムラ／キムラ／キムラ／茸採りに出かけ

た爺さんが茸下で覚え／孫につたえたのです／キムラはふるさとの隠れた息づきです

（「キムラ」全行）

宮沢賢治を想起させる童話的世界を基調とし、現実と幻想・空想の狭間に身を置きつつ、次第に境界線が融然とするなかから出現するアルカディアの姿。一見ナンセンスの衣装をまとったような佐々木詩の詩風にはきっと好き嫌いの意見が併存することと思うが、同時に有無も言わさず読者を固有の詩界へ引き込んでいってしまう強い磁力を蔵している。そう感じることは、現代詩の限界を破っていこうとする意志的試行への共感に他ならない。ササヤンカ村や子栗鼠のコリカリ等の創語が多数、複数の詩集に登場してくるが、このことから、既刊詩集は作者にとって大きな一つの連作の環を形成していることが自ずと理解されてくる。『星々』（一九八〇年）あたりからメルヘン調の中に人生の箴言性や優しい慈眼のようなものが出始め、また『さりらりら』（一九八四年）ではメルヘンから日常の場へ、初めて意識が軟着陸を果たしている。マルチな詩人。そして彼は日本のヒエラルキーの重圧を超克し、東京圏も非東京圏もない広汎な表現の声帯域を有した希有な書き手（批評家）の一人だということができる。

三百ページをこす詩と思想編集委員会編『詩と思想詩人集 1999』のページをめくって

いて永井力の作品（左記）が目にとまった。永井は一九四七年生まれ、茨城県水戸市で農業を営んでいる詩人である。

外国からの輸入に頼るこの国、この国民の構造が、農村を破滅の淵へと追いこんでいる。環境破壊による異常気象が、作物の成育に悪影響を与え、暗い奈落の底へと沈めようとしている。いくら汗を流して働いても働いても価格は安くなるばかりで、収入は限られている。後継者がいない。二十年以上も減反政策で苦しめてきた政府は、農民をごまかすだけ。田は荒れてゆくばかり。どうしようか。休耕二年目の田は草ぼうぼうとはえて、北風にさらされている。（中略）日本、沈んでゆく日本。そのときこそだ。私たちの緑の苗がそよ風に波打つのは。

（「沈む農村」）

いっこうに改善の兆しも見えず、逼迫度ばかりを強めてくる日々の暮らしぶり。役に立たない後手後手の施策ばかりを押しつけてくる政府。がんじがらめの現実に対する苛立ちが沸騰点にまで達している。グローバルな市場経済主義の荒波をかぶっているのは日本の農家も決して例外ではない。いつまでも旧来の事なかれ主義、日和見主義では通用しない。中世以来の農耕制度の枠組みが崩れ去り、半農半サラが普通となってしまった農村部において、万事を協同で済まそうとする旧システムの遺制の弊害が突出しはじめている。

リフレッシュのための土・日曜日は清掃奉仕や土木作業等の苦役にすべて奪われ、楽しみにしていた家族旅行も諦めねばならず、区長ともなれば会社の休暇を全部取ってもまだ足りない有様なのである。そこまでして尽くす価値・意義が〈ムラ〉にまだあるというのか？　もうたくさんだ！「隅の席」に腰掛けてさえいれば何かが保証されていた時代はすでに終わったのである。黙っていては何もはじまらないし、むしろ不利な役回りばかりを押しつけられてしまうのがオチだ。誰かが省力化・縮小化・効率化への口火を切らねばいけない時なのである。そうした意識を持つ中から日本の〈ムラ〉の将来は切り拓かれ、嫌悪感で鳥肌がたつような事なかれ主義的表現レベルから脱することが可能なのだ。永井力の作品の結びの言葉は、そんな前途にむかっての決意であり、祈りであり、自分自身を奮い立たせる戒めに他ならない。

そしてこの〈ムラ〉根性が、決して農村部に限定されるものではないことが、この国が抱える次の問題ではあるが……。

隆盛の様を示す少年少女詩、その必然性と可能性

「すけっちぶっく」は一九五九年生まれの洋画家であり、詩人である垣花恵子の郷里・沖縄県平良市にある個人美術館〈恵子美術館〉から発行されている毎号二百ページ前後の機関誌である。彼女は一九八六年に沖縄県展に初入選したのを手始めに、八八年にフィナール国際美術展選考委員会賞、九〇年にりゅうせき美術展入賞、九二年に美術文化展に初入選し、以降、同展を中心に出展をつづけ奨励賞や努力賞を連続受賞し、九七年には会員に推挙されるといったように着実に実績を積みあげてきている若手画家である。また一方、八八年には詩作品「予感」にて〈詩人会議新人賞〉を受賞し、八九年に出版した詩集『再生への意志』にて〈沖縄タイムス芸術選奨・奨励賞〉を受賞した詩人でもある。「すけっちぶっく」はそんな彼女の絵画・文学歴を反映して、美術館に関する記事のほか、芸術に関するエッセイや詩・短歌・俳句などの文学特集、沖縄・宮古諸島の歴史や民俗学などの紹介に多くのページを割いていて独特の磁場を形成している。最新の三号では「男性詩人

特集」として上手宰・川満信一・佐々木洋一・武藤功・小嶺幸男・山形衛が作品を寄せている。しかしこの独特の磁場という形容は、垣花恵子の絵画自身にこそもっとも当てはまるものである。文章で視覚的なものを紹介することほど難しいものはないが、当誌創刊号で作曲家・浅川春男は彼女の絵に対する印象を次のように書いている。

彼女の作品の前に立つと、先ずスケールの大きい大胆な構図と個性的な色彩に加え、時空を超えた表現の深さに圧倒させられ、即座に脳裏に焼き付いてしまうのである。そして、内にはバッハのマタイ受難曲やダンテの神曲を、それに恵心僧都《えしんそうず》の往生要集に記された厭離穢土《おんりえど》を連想させ、金輪際の淵で閻魔の魂までも抉《えぐ》り出し、心の深層に潜む人の業《カルマ》が奈落の底に突き落とされて行くのを思い知らされるのである。

涙が出ないという難病のため、五分に一回の頻度で目薬をささねばならないというハンディキャップを背負って描かれる彼女の絵は、死者と生者、老いと誕生、彼岸と此岸、夢と現実等をないまぜにしたシュールな画風であるが、それをかつての沖縄戦の酸鼻極まる惨劇や、その後の本土復帰運動の苦悩などと安直に結びつけて理解しようとするのは間違いである。彼女の絵はそれらを経過して、さらに深い人間の生命の源泉を普遍的に描き出すものだ。〈宮古・沖縄・本土と世代を結ぶ〉という副題を付された当誌は二号、三号と美術館を訪れた小学生・中学生・高校生の「絵の感想文」を載せている。これは美術館に置かれたノートに生徒たちが任意に書いた寄書きを編集して掲載したものである。二〜三紹介してみよう。

けいこさん！　わたしは、けいこびじゅつかんにきてたのしいです！　友だちにいじめられても、けいこびじゅつかんにきたらたのしいことがいっぱい！　絵をかいたり、作文をかいたり、とってもたのしいです！

久高幸野（平一小三年生）

私は、初めてこの美術館を訪れるけど、またこんどもたくさんの友達を連れて来たいと思った。今まで、宮古では見られないような本当の絵が見れて、とっても嬉しかったです。

伊良部聖子（平良中・新三年生）

私は恵子美術館に来たのは初めてで、道を通るときいつも入ってみたいと思っていました。今日入ってみてスゴイと思った。それは全ての絵がイメージでかかれていたからです。思ったまま、イメージしたままでかかれているから、絵がうごき出そうでスゴイ。

仲間千代乃（農林高一年生）

恵子美術館に寄せられた子供たちの多くの感想に接していると、彼らがそこに〈島〉の外部に広がる未知の世界へつながる回路をも見ているといった気がしてくる。垣花恵子の才能は、そんな郷里の彼らに願ってもないチャンスを与える場となっている。いずれ彼らはその外部を経験し、出帆と回帰を繰り返すなかから固有のテリトリーを見つけて行かなければならない。

田中国男の個人詩誌「はだしの街」二二号は「今、なぜ高校生の詩なのか」を特集している。これは高校教師である田中の二学期後半〜三学期における国語表現（創作学習）の記録である。机上に置かれた「透明なガラスコップの中の水」をひたすら見つめ、脳裏に浮かんだイメージを用紙に詩として記し、冊子にまとめ、さらにめいめいの感想文を書くことを生徒におこなった記録である。授業に詩作を導入し、実践した貴重なドキュメントとして読んだが、なんの変哲もない「コップの中の水」を見つめるなかから大学受験や校則、将来に対する漠然とした不安等といった閉塞状況に取り巻かれた生徒たちの内部に、いまだ瑞々しい感受性や抒情性といった琴線の野性が脈うっていることを発見した驚きがここには綴られている。

ガラスという名の／透明な囲いの中から／出たい　出たいと／叫んでいる水たち／／勉水たちは知っているのか／囲いから出たとたん／蒸発して消えてしまうことを／／勉

強や親から／逃げたいと叫んでいる／私たちが逃げたらどうなるのだろう／／このコップの中の水で在り続けることで／辛うじて私たちで在り続けるのだろうか

芦原正子

水に入ったコップの上には／なにか巨大なものがあるようで／なにかが落ちてきそうで／それが私の夢や希望のようで／／いっぱいいっぱいいっぱい溢れ出して／いっぱいいっぱい溢れ出して／／それが私の夢や希望のようで

安井恵美

生徒たちの多くに、コップの中の水が、現実にぎりぎりと拘束されている自分自身として捉えられているが、そこに注入された想像力の斥力はやはり逞しい。どこか臨床実験にも似た作働を感じるが、とりわけ私にとって印象的だったのは、著者がこれら〈臨床実験〉を詳細報告するのみで、性急に整序することをいたるところで回避している点であり、図らずも生徒たちから突きつけられたカオスを前に、われわれ読者と、問題をあえて未整理のまま建設的に共有するために、当誌が編まれていると感じられる点である。田中は言う。

マニュアル化している功利的な教育環境を高見から今さら憂慮してみても始まらない。生徒と教師（私）との、いや、大人である私との「ことば」の距離感をどう言えばいいのだろう。生徒たちと今日、このようにありつづける時間を、そして、このようにしか生徒たちに向き合えなくなった教師（私）、大人である私との時間をどうとらえたらいいのだろう。

〈合評会の当日――教室風景から〉

生徒と教師の意識がどこまでいっても平行線という教育現場の苦悩、社会の縮図としての教室の在り方への憂い等にまで果てしなく問いが発せられている。著者が今回、教室から発信した問いはラディカルでかつ無辺だ。ただ生徒たちに潜在している純粋な琴線に触れ得た著者が、そこに自らの心の潤いを見出していることが希少な救いだと感じられた。日本の急速な右傾化が周辺諸国へ懸念と波紋とを誘引している昨今、生徒たちを乗せたこの国はいったいどこへ向かおうとしているのだろうか？

畑島喜久夫著『少年詩とは何か』（国土社）は、ながねん小学校教師として児童詩教育に携わってきた著者が近年、いろんな雑誌等へ書いてきた童詩・少年詩・児童詩についての論稿をまとめた一冊である。私は、個人的に〈少年少女詩〉が公正だと思うのでそう表記させていただく。少年少女詩とは著者の定義を借りれば「おとなが子供に向けて書いた詩」のこと。ジャンル的に確立する以前の童詩・童謡と呼ばれていた頃から、これらの詩群が保有している純粋なポエジーの発露性は、稚拙さ等とは別次元で、詩人たちに執着の対象としてとらえられてきたことがうかがえる。著者は少年少女詩発生の歴史を次のように要約してみせる。

『赤い鳥』以前にも「少年詩」と目されるものがないではなかった。また事実「少年詩」という呼称もあった。しかし、学的な意味での歴史的な経緯はさしおき、わたしたちがいま通常いう、文学的な価値表現としての「少年詩」は、白秋以後と考えてよかろう。それは「童謡」との混融の中から出発していて、その「童謡」と「少年詩」が分化して捉えられるようになったのは、時代もずっと下ってからである。白秋のいう、芸術的な香気を備えた、おとなの創作による子どものための詩は、『赤い鳥』以降、さらに細かくいえば、童謡運動誌『チチノキ』終刊以後と考えてよい。白秋直系の「赤い鳥童謡会」の若い童謡詩人たちによって始められたのである。

（『赤い鳥』における少年詩の未分化性）

この一文のとおり、本著では他にも『新体詩抄』、「小学唱歌」、有本芳水、「少年倶楽部」、少国民詩、聖戦礼賛詩といった切り口から少年少女詩が論述される。さらに著者は少年少女詩を取り巻く現状を「わたしはいま、少年詩は〝高原状態〟が続いているとみている。ここでいう高原状態とは、まど・みちお、阪田寛夫をピークとする詩的水準が、一定のバランスを保って、安定的に持続していることを意味している」と言及する。たしかに現在、隆盛の様を示している少年少女詩には、そうなる必然の理が感じられ、多くの詩人たちがその理に感応し、突き動かされているといった触感をもつ。少年少女詩には、次世代を担う世代と詩を取り結ぶパイプ役としての可能性が期待でき、さらに疲弊し萎靡状態に喘いでいると揶揄され続けている現代詩に新たな活力を注入する〈形而上の定型〉の一種だと言えるのだ。少年少女詩を過小評価してはならない。

「すてむ」一四号に川島洋が「『まど・みちお詩集』を読む」と題して「ぞうさん」「一ねんせいになったら」「ドロップスのうた」などの名作童謡の作詞者であるまど・みちおの詩群に触れて、少年少女詩の持つ可能性にまで言及したエッセイを寄せているので最後に紹介しておきたい。

現代の詩の書き方から言えば、素朴すぎ、幼く、古臭い方法にちがいない。しかしこうしたまどの素朴なアニミズムが、僕にはとても新鮮に感じられる。(中略)まず世界が(外部が)あり、言葉や個の内面は世界に包まれたごく小さな領分でしかない、という基本認識がまど・みちおにはある。それはたぶん、僕たちが幼児から子供へと成長してゆく過程で自然に身につけた認識でもあるだろう。その認識があってはじめて、僕たちはときおり外部あるいは指向対象と言語記号との幸福なカップリングを発見することもできるのだ。

在日という欠落部分をちゃんと補わなければならない

木津川昭夫の反戦詩集『セントエルモの火』に収録されている「届かない手紙」は十五年戦争の時期、日本が朝鮮に対して行った強制連行の事実に取材した作品である。

丁嶺道さん
あなたは昔　北海道の赤平町にいましたね
朝鮮総督府の強制連行で
二十歳のとき北海道へ来たのですね
それは昭和十四年のことで
国家総動員令に名をかりた
あなた達の父祖伝来の土地の収奪でした
（中略）

あなたは間もなく女郎屋へ連れていかれましたね
そこで呑めない酒をのまされ
売られてきた貧農の娘を抱かされました
朝眼を覚ますと　法外もない借金を背負わされていました
驚いて泣きじゃくるあなたを
職安の木っ葉役人がつきそって
サハリンの三菱炭鉱の監視つきタコ部屋に入れました

明治期以後、富国強兵策に基づく繁栄のための必要悪として日本は近隣諸国の人々に対し、多大の犠牲と服従を強いてきたといえる。植民地政策の一環として多くの朝鮮人を不当に連行し、炭坑などの危険な現場で生命の保証もない奴隷以下の酷使をつづけてきた。現在、在日と呼ばれる人々の大多数は当時、労働力として無理やり日本にひっぱって来られた人々であり、日本の施政の被害者である。法律に指紋押捺や強制収容などを明記し、彼らを国籍上差別し、基本的人権などないがしろにしたまま自由を剝奪してきた。祖国にも帰れない、日本にいても民族的偏見と差別、極貧の生活から一生抜け出すことができない絶望感が、これまで幾度、凄惨な結末へ彼らをおとしいれてきたか知れない。半世紀以上も前の戦争の傷跡が〈在日〉というかたちでいまも残存していることを忘れてはならない。「朝鮮人でありながら、日本語で考え、日本人としてふるまい、日本人として生きていかなければ生活できない、それでいてたえず朝鮮人であることを意識せざるをえない、胃の痛くなるような屈辱と不条理」（いいだもも／武谷ゆうぞう）のなかで生きてこなければならなかった在日外国人の九〇パーセントを占める在日朝鮮人。七十万人とも八十万人とも言われる彼らにとって、日常的に突きつけられるさまざまな差別を通じて、戦後の疼痛はいまなお繰り返されていると言えよう。これは世界史的に見ても特異な〈難民〉の例ではないだろうか。

　山本周五郎賞を受賞した梁石日やH氏賞の崔華國、中原中也賞の宋敏鎬などの突出した文章表現例から私などがわずかに言えることは、彼らが内奥に重く深く抱えこまざるをえなかった断層と苦渋の文学が、いまやっと日本の固有なテーマおよび表現として蕾を開かせはじめたといったような実感として伝わってくることである。

　このようなことをあらためて考えたのは一九四三年生まれの李美子《イミジャ》の第一詩集『遥かな土手』を読む機会を得たからである。二十五篇を収録するが、いずれの作品も作者が経験してきた在日ゆえの記憶や感情などが懇寧に整序されていて、しっとりとした人肌の温もりを感じさせるまでに昇華されている。自分の置かれた現実に軸足をおいたリアリズム詩なのだが、こんなにも抒情の潤いを含み、庶民の感情をすくった作品集に私は久しぶりに出会った気がした。在日のテーマに寄り添いつつ、そこから人間の普遍的な感情へ帰納的に止揚がなされている。しかし、こんな風に考えてしまうのも、在日の人々の苦悩等を直接知らない私の傲りなのかも知れないが。

集落は　ゆがんだ顔をみせ
いっそうかたくなに河川敷にへばりつく
灰色の屋根の密集が片足を水に突っ込んだまま
片方で砂地を引っ掻いている

多摩川はゆっくり蛇行する
対岸の白い高層住宅が
大きな空間のなかに佇んでいる
バスの乗客の眼は
蒼い空　はるかな流れに引き寄せられ
土手下のいじましい家いえに
だれひとり気づかない

(「土手下朝鮮」)

土手。それは東京都足立区に生まれ、現在、多摩市に住む彼女にとって多摩川の土手から見える風景だ。界隈での出来事が、どこか懐かしさを漂わせ、人情味を湛えた物語の触感をともなっている。たとえば「街」と題した詩の中の「きき手をとるたびに肩が傾ぐ／鍋が焼け　急須の水を吹きかける／母の背から音たて／白い湯気が／静かな部屋にたちのぼった／／うたたねをした街は／大きな背伸びをひとつして／ふとん屋の店先で目を覚ました／／お客さん来ませんように」といったようなフレーズが私は好きだ。子供の頃、ごく日常的に見かけていた情景のような気がするのだが、これは今も私を取り巻いている北部九州という環境が地理的・歴史的に朝鮮半島に近いゆえなのか。在日朝鮮人の人々は東京に大阪に広島に福岡に、全国各地にひろがっている。私の周辺にも仕出し屋や焼肉屋・石炭商などを営む在日の人々がかつていたが、彼らはいまどうしているのだろうか。そういえば長く記憶の脈絡が途切れたままである。作者にしか書けない、人真似ではない、凝縮性のなかに豊かな詩趣をたたえた一冊だった。

「舟」九八号の崔龍源（青梅市）の詩「エレジー」は日本人と朝鮮人の血を受け継いだ詩人の、狂おしいほどにやり場のない喪失感・虚無感を朝鮮人である亡父への挽歌として表象した五十八行だった。在日二世・三世といった呼称があるが、そういった束ね方というのは、実はいつまでも彼らを閉じこめて差別する足枷にほかならないのではないか。一部を左記する。

遺失物係の青年のように
ぼくは父を捜して歩く
未来に　父が笑う日のあることを
信じて　異邦人のように無力なぼくを
突き刺す一条の光　ひかりのあるうちは
壊さなければならない　「猿の様な
狐の様な　鬼玉の様な　茶碗のかけらの様な
日本人」の血　「日本の憂愁《トスカ》」を
あゝ日本人と朝鮮人の血と
どちらが苦しくて　しょっぱいか

一九四八年生まれの龍秀美（福岡市）の詩集『ＴＡＩＷＡＮ』も台湾人の父と日本人の母を持つ詩人の十四年ぶりの第二詩集である。龍の父はいまから六十数年前に台湾から留学生として来日し、敗戦の混乱のなかで帰国のきっかけを失ったまま日本で家庭を営んできた人である。日清戦争の後から第二次世界大戦が終わるまでの約半世紀、日本は中国から台湾の割譲を受けて統治していた事実がある。つまり龍の父は当時「日本人」だったのだ。龍の父たちの世代は、当時、日本人として台湾から戦地へも赴いた人々である。龍は「夢の地としての日本」というあとがきに代えたエピローグで、すでに台湾語を忘れ果ててしまった父を「日本国籍もなく、さりとて、とっくに変容してしまって実体の分からない台湾人の意識を持ちようもない」と評しているが、本集に収録された二十二篇を通じて、その娘である彼女にも、日本にも台湾にもピッタリ同化できない宙ぶらりんのアイデンティティーといったものを強く感じてしまった。前半はまだ両親からの聞き書きや記憶などを素地にした観念世界の描写だが、後半、法事のために実際に台湾を初訪し、そこに暮らす従姉妹という血族の現実に接するに及んで詩人のコンプレックスがピークに達している感がある。「指紋」という作品が巻頭を飾っているが、本作品には二つの祖国を持った人間の戸惑いや悲しみといった背後に永年、在日の人々を苦悩させてきた（過去の歴史的経緯をまったく無視した、彼らのプライドを剝奪する）「指紋押捺制度」が批判されていると読める。しかし、このような批評性を書きながらも彼女特有の言葉遣いの柔らかさ・丸味といったものがあり、さらに全篇を濃密な台湾の亜熱帯の風土性がおおっていて魅力的である。

わたしは父にたずねる
ドウシテ五十年間ナニモシャベラナイノ？
そうして母にも
ドウシテ五十年間ナニモキカナイノ？

かつて日本だった
甘藷のかたちした島のことを
かれらは驚いてわたしをみつめる
（中略）
語らない父は語らないことによって
聞かない母は聞かないことによって
何かを守っていたのだろうか
五十年間の沈黙によって守られねばならないものとは
（「包む」部分）

龍は、この十五年ほどの間にポツポツと書きためた作品を本集に収めたという。彼女の第一詩集『花象譚』は宝石箱や万華鏡を愛でるような耽美主義的一冊だったことを思えば、この転向は大きい。しかし台湾は彼女が書くということにこだわり続ける限り、いつかは正面から取り組み、乗り越えねばならない必然的ハードルだった。彼女の成熟と誠実さをそこに確認する思いがした。

現在まかりとおっている日本の詩史には明らかに欠落した部分が幾つかある。地方詩壇のこと、かつて日本が「日本」として領有した満州・朝鮮・台湾等での詩の動き、一九七二年の日本復帰まで四半世紀に亘る米軍施政下の沖縄で書かれた詩のこと、アイヌの人々の詩などだが、在日の人々によって書かれた日本語の詩の位置づけについても、今後考えていかねばならない項目である。かつて福中都生子と犬塚昭夫が編纂した『座談・関西戦後詩史（大阪篇）』（一九七五年）中に「在日朝鮮人と文学」という一章が設けられていて、金時鐘・鄭仁・高亨天を招いて詩誌「ヂンダレ」「カリオン」などの活動実績にスポットライトを当てた企画があったことを思い出すが、こうした良識と先見性とに裏うちされたフェアな作業を今後も継続して行っていかねばならないと強く感じる。それは、そうした時代をつくってきた我々の責任であるし、日本と当国をコンペアすることによって、おのずと日本の詩を狭地からひきずりだすことにも繋《つな》がるはずである。

詩と詩論は詩界をまわす不可分な両輪である

詩と詩論は詩界をまわす不可分な両輪である。おそらくは詩が先行して発生し、詩論がその後を追ったものと推察されるが、それはたとえば原始狩猟民の一人が獲物を首尾よくしとめた喜びをあらわす鬨の声をその昂情とともに初めてあげた瞬間に、すでに詩論は隣に派生していた類のものである。文芸は小説、詩、短歌・俳句と短くなればなるほど作者と評者が一致してくる傾向が見受けられるが、ともかくも詩界の活性化をうながすためにももっと様々な切り口の詩論・詩人論が書かれるべきだと思っている。

八木憲爾著『涙した神たち』（東京新聞出版局）は一九三四年十月に、三好達治・堀辰雄らと詩誌「四季」（第二次）を創刊した丸山薫について、前半は萩原朔太郎・室生犀星・桑原武夫・尾崎士郎らとの交友の様や、大木実・田中冬二・安西冬衛・岩瀬正雄など彼を取り巻いた詩人たちの知られざる一面を紹介し、後半は丸山の生い立ちから死までを豊富なエピソードを絡めて綴っており、興味深い資料の一冊となっている。著者は一九二三年生まれ、丸山薫が通った学校の後輩であるとともに、一九六七年十二月に丸山・神保光太郎・田中冬二らとともに「四季」（第四次）を復刊し、以後七年間「四季の会」を主宰した。また詩書中心の出版社・潮流社の社主でもある。書名はもちろん丸山が四十二歳（一九四二年）の時に上梓した詩集『涙した神』から採られており、おのずと丸山の詩魂に捧げる著者の敬意を表弁している。私にとって丸山薫という詩人は「四季」（第二次）創刊に関わったという以上に、堀辰雄（一九五三年没）や三好達治（一九六四年没）の没後、戦後になって堀が復刊を試みた「四季」（第三次）終刊後、二十年目の一九六七年に第四次「四季」をあらためて立ち上げた事実において大きな存在性をもっている。

「四季」は日本の近代・現代詩史上、一時期を画したと評される詩誌だが、太平洋戦争期をまたがる起伏の激しい時空間を背景に発行されつづけたこと、たび重なる終刊・復刊、そこに集まった詩才たちの多彩な表情などと相俟って、容易に概括できない表情をもった詩誌でもある。短歌や俳句といった日本の伝統詩を源流とする精神と、西洋の象徴詩的精神との合流によってもたらされた瑞々しく知的な抒情性が、軍事色を強める一途だった当時にあっても頑なにその詩風を堅持したこと。同じ時代に併存した極端な日本主義的傾向や浪漫主義思潮の台頭といった気運なども一部体内に摂り込みつつ、さらに確実な詩脈となっていった印象を伴うこと。戦後、第四次「四季」が終刊すると前後したタイミングで全国各地に、その詩風を継承する詩誌・結社が複数形成されたことなど、幾つかの興味深い特色を有している。そこには日本人独特の嗜好や価値観・生理感覚にクロスする必然があるものと感じられる。

第四次「四季」が終刊したのは一九七五年だったが、それ以前から「四季」の詩風を愛する人々によって「四季」派の系譜をひきつぐ独自の詩誌創刊の動きが全国で始まっていた。たとえば一九七〇年には東北で「朔」が、一九七四年には大阪で「季」が、一九七五年には東京で「詩」（のち「東京四季」に改名）がといったように。これは現代詩史上、きわめて稀な詩の流布例だといえる。私はここに、戦前に「四季」の清新なポエジーと出会い、青春期を、過酷な戦時下を、「四季」の抒情精神とともに生き抜いてきたひとしおの感慨・情念が底流している気がする。当時、「四季」の抒情詩は彼らの暗澹《あんたん》たる氷薄な現実をあえかに、だが確実に支えていたのだ。日本人の心情をとらえて離さない「四季」派の魅力の秘密というものがある気がする。短歌には五七調による定型の抒情性があり、俳句にはさらに季語・季題といった日本人独特の花鳥風月の止揚方法がある。現在、あまた書かれている口語自由詩の中で「四季」の詩風というのはそれら短歌・俳句にもっとも近い要素を蔵しているといえる。「四季」派の詩風は、すでに詩作する際の一種のフォーマットだと評することができ、その筆致や雰囲気、楽器や絵画・風景などの小道具を援用することで手堅く一篇の詩を書きあげることができる性質のものなのである。ただし急いで付言しておかねばならないが、たしかに「四季」は多彩で錚々たる詩人たちの活躍によって詩の普及・大衆化という面に多大な功績があった。しかし詩を甘美（感傷）に流れやすく平板的なものにしたという一面も併せもっていたという自戒をつねに忘れてはならないだろう。そこで、たとえば杉山平一や圓子哲雄らが自作のなかに自分が経営する会社の破産や愛するわが子の夭折等といった事実を赤裸々に挿入することで、従来の「四季」派の詩風にリアリズムの手法をインパクトとして注入させることとなり、「四季」派の限界を打ち破っていったと評価される作例などは見逃せない。このように、常に一点に安住することを良しとしない自己革新の意志を忘れたくない。

高橋夏男著『流星群の詩人たち』（林道舎）は「草野（心平）のネットワークの中に地方の詩人たちを位置づけてみるのを主たるねらいとした。日本の各地に草野の詩的ネットワークが散在する、そんな大きな草野の存在に光を当てるひとつの試みである」と「あとがき」に記されているが、現在、著者が継続して取り組んでいる坂本遼の評伝を書く作業の副次的成果といえる一冊だ。書名は草野が自分の詩壇交友のエピソードを綴った『私の中の流星群』（一九七五年）にちなんでいる。一九二〇〜三〇年代という日本が次第に軍事色を強めてくる時節に草野心平・坂本遼・原理充雄など、主に当時、中国の嶺南大学の学生だった草野が主宰した詩誌「銅鑼」に集った若い詩人群をフォローアップした、近畿圏を中心にした詩史の試みとして読んだ。その詩人の生い立ちや時代背景等についてよく取材の眼が行き届いており、作品に込められた主張と作者の身体性が懇切に描かれている。特に本著では僅か二十五歳で獄死した原理充雄《げんりみちお》（一九〇七〜三二）に多くのページが割かれていて、故人に表象させた著者のメッセージが伝わってくる気がする。原理が草野・坂本という二詩友と袂を分かって、より実践的・ラディカルな思潮へ進んで行かざるを得なかった内奥にせまった「友情と文学への訣別」という一文は特に出色で印象深かった。一部を左記する。

学校へやってもらえなかった原理が、みずからの生活現実の実感に加えて、「知」や「思想」から社会に目覚めていったのに対して、坂本は学び知った「知」を包み込むことによって無知の現実に直結し、一体化しようとした。「思想」を持って現実に相渉ったかどうか、その二人の差は大きかったのである。

またページが前後するが、自らの生業を踏まえた果ての「穀物と何の変わりがあろうか」という坂本遼の自作への自覚は、私の日頃の怠惰と照らし合わせてハッとさせられるものがあった。当時の彼らの広範な交流域がじつに丁寧に取材されている。論述中に神戸下町で露天商を営んでいた詩人・林喜芳（一九〇八〜九四）を記録したたかとう匡子著『地べたから視る』（編集工房ノア）等と呼応する件りがあったりするが、総じて播摂地方に隠れた詩史を記すエネルギーの潜熱が感じられて嬉しく感じられた。

金丸桝一著『詩の魅力／詩への道』（鉱脈社）は、一九五四〜九九年の期間にわたって書かれた大小百八十の論稿を収録した七百三十ページもの大冊である。ほぼ半世紀にわたって宮崎という〈地方〉で詩を書き、詩を愛し、詩に携わってきた証左としての多くの叙述は、東京圏にいたのでは決して感得不可能な、広範で多様で得難い視点が内蔵されており、自ずとアップツーデイトで優れた現代詩論集になっている。この半世紀の間に現代詩が経験してきた位相や価値観等の変遷がまるで読者の眼前に大河の蛇行の様を彷彿させるごとく、この七百三十ページに刻まれている。彼の詩論の根底には〈人間の実存〉が核としてあって、他者への共感や不審等を経過した果ての人間への信頼感が基本事項としてある。朴訥に他者を信じ、他者から裏切られることが多い現実にあって、時おり実感しうる他者からのあえかな親愛の情。それが今日まで著者を生かし、詩の世界に身を置かせ、詩を書かせてきた原動力であろう。詩を言葉の質やベクトル等といった表層のみでとらえるのではなく、その詩を書かざるを得なかった人間のサイドから肉迫し、考察を加えていくのが彼のペンの特質だと感じるが、その背景には「連載コラム〈視点〉」や「日録・いつも夕暮に」等に実直に綴られた、父親のはっきりしない自分の出生のことや、ダウン症候群をわずらう次男のことなどを抜きにしては考えられない気がする。強靭なヒューマニズムの存在および人間への傾注が金丸詩論のいちばんの特色であろう。必然的に、これまで詩作品からしか読み知ることができなかった、この書き手の作品の質について、生い立ちや経歴などといった断面から理解し、確認することができる。詩が文学であり、文学が人を論じるものであれば、この帰結は当然だろう。著者の対象にたいする理解の深さ、スタンスの海容さなどあらためて感心させられる。また、つねに「詩とは?　詩人とは?」と問い続けてやまない真摯さも、心から詩を愛し、詩神に向かって全身全霊を捧げてダイビングしていく印象とともに深く心にのこる。室生犀星や嵯峨信之・ドブロリューボフなどの言葉が繰り返し引用される箇所があるが、なかでも一九四六年生まれの一色真理の「詩人とは態度に他ならない」等といった主張が、一九二七年生まれの著者にラディカルな翳を及ぼしている事実に接して興味を覚える。これなど著者の偏見のなさ・実直さの証左でもあろう。

人間はこの地上に住むものなのである。どうしようもなくこの地上に在るようにして在るものなのである。まさに在るとしか言いようがなくてである。ほろびはほろびだ。また、どうしようもなくほろびる形象として人間はこの世にあるものなのである。けれど、私たちは、それぞれにそいつを証しするために人間として生きるのでもあろう。

（「私的な死・無限時空のなかの」）

また、私事であるが、ページを重ねていくうちに神戸雄一（一九〇二〜五四）、嵯峨信之（一九〇二～九七)、渡辺修三(一九〇三～七八)、富松良夫(一九〇三～五四)、黒木清次(一九一六～八八)、本多利通(一九三二～八九)といった宮崎に出自がある詩人たちを並べて論じることで〈「荒地」や「列島」等といった当時、東京に発行所を置いていた詩誌を起点として、東京圏での出来事ばかりを語って罷り通っているこの国の現在の「詩史」に、東京圏と非東京圏の間を往還しつづけるなかから詩を紡ぎ出してきた詩才達をフォローアップした、本邦における「真の詩史」へ一歩漸近する具体的ヒント〉を得た気がした次第である。

一九九〇年以後のページに入ると、第四二回H氏賞を受賞した本多寿詩集『果樹園』に起因した例の盗作・剽窃問題に関する考察が出てくるが、じつは私はこれまで本件に関して敢えて語らないスタンスをとってきた。しかしせっかくの機会であるから、遅ればせながら今日は思うところを少々書かせてもらおうと思う。

私は正直言って『果樹園』(一九九一年)に対して、まだ肯定も否定も表明する気にはなれない。しかし、本多が一九九三年六月まで発行していた「火盗」という詩誌名は意味深である。〈火〉とは彼の初期連作詩篇「馬・たまふる」に登場する愛馬を焼死させた落雷の閃光であり、衣服に延焼してかけがえのない父親を焼死させた焚火の炎であり、消防士であった兄・利通が望楼から監視しつづけた業火であり、さらに詩人としての詩魂・エスプリ・ポエジーの源泉等もあわせて表意する特別の意味をもった言葉である。彼はそれを「盗む」と宣言している。他者の著述物を読んでいて、その一節・一句が心にかかり、幾度も反芻している内にいったいそれが他者が書いたものなのか、自分が書いたものなのか判然としなくなってしまうといった一種の麻痺感覚は私にも理解できる気はする。「火盗」という言葉からして当時、彼の内奥にそんな自分の性向や資質を肯定する意識が存在したであろうことは間違いないことと思われる。あわせて、当時の詩界にはそのような行為を必要悪視する言動等も確かにあった。しかし一般的にはやはり賛同を得ることの難しい心的現象ではないか。それは例えば『Ambarvalia』や『サフラン摘み』で西脇順三郎や吉岡実などが、引用によって自己表現の沃野を豊饒に切り拓いていったと評される詩的ベクトルとは異質の邪《よこしま》な感じを払拭できない、苛立たしい印象をずっと引きずるものだ。私は『果樹園』の次に発行された彼の詩集『火の柩』（一九九三年）を、そんな「引用論争」の渦中にあった彼が自分の生来の詩質の正統性を主張する意図も込めて、基本的部分で、「引用」抜きで全身全霊を注いで書きあげた作品集だと直感しているが、詩行や詩句の一つ一つを検証して証明する作業は容易なことではない。「引用論争」以後、本多のうちにあった「火盗」を正当化する心的作働は終息していると思っているのだが……。そういった点からすると、現在の彼についてはともかく、当時の彼の詩業に対して、私は概ね否定的な立場の人間かも知れない。山本哲也・松原新一・今駒泰成・鈴木比佐雄等による様々な切り口の賛否論がすでにあるが、結論は容易に出そうにない。世の中には容易に結論が出るような事象ばかりではないというのも、また詮ない一実相かも知れない。

ふたたび金丸著に話を戻そう。ページをめくるほどに、これほど一人の著者（詩人）の思考・思想が全体的な身体感覚をもって横溢した著述物も珍しいのではないかという実感を抱く。我々も、つねに人間を第一義におく著者の詩精神を忘れることなく「詩への道（詩道）」を歩んで行きたいものだとあらためて感じた次第である。そういった初心（基本的態度）を思い返させてくれる好著である。

生活と詩をつなぐ「野火」の精神が次世紀へ手渡すもの

前々回の五月号本欄で、一九七〇〜七五年頃にかけて詩誌「四季」の詩風を愛する人々によって「四季」派の系譜をひきつぐ独自の詩誌が各地にあいついで創刊されたことについて触れた。詩誌「四季」（第四次）は一九六七年に丸山薫が中心になって復刊し、一九七五年に終刊しているが、その前後に「朔」（一九七〇年・東北）、「季」（一九七四年・大阪）、「詩（のちに「東京四季」に改名）」（一九七五年・東京）といったぐあいに「四季」の衛星誌が誕生している。これは「四季」の詩の魅力が日本の隅々にまで伝播・浸透した結果と評価してよいものであり、近・現代詩史上、きわめて稀な流布例だと言えると、私は述べた。

しかし、これはずっと以前から気づいていたことであるが、詩風も、詩作に向かう群像もずいぶん異なっているものの、一つの詩風・詩派が全国規模にまで拡大し、現在も継承され、命脈をたもっているという点において故・高田敏子（一九一四〜八九年）が主宰した詩誌「野火」と「四季」とはよく似ている。さらに「野火」のような庶民層に支持され、詩作するエネルギーを掘り起こし、うったえる力を顕現した詩脈というのは、こんご詩が延命していくことを考える際、いま一度押さえておくべき大切な鉱脈だという気がする。

ひさしぶりに『高田敏子詩集』（花神社）を書棚から取り出して再読してみる。彼女は〈お母さん詩人〉や〈台所詩人〉といった形容付きで呼ばれることが多いが、それは一九六〇年から朝日新聞夕刊・家庭欄に毎週連載され、のちに『月曜日の詩集』（一九六二年）・『続・月曜日の詩集』（一九六三年）・『にちよう日／母と子の詩集』（一九六六年）といった詩集に収録される〈誰にでもわかる平易な詩〉によるものだろう。それは一九二〇年前後に誕生した〈民衆詩派〉の系譜上でとらえることも可能だろうが、彼女の場合、〈詩と生活を結ぶ〉という目的意識が明確なぶん極めて特徴的である。私は、女の生理感覚のようなものを基軸にポエジーをさりげなく化粧させ、色香のスリル味を発散させる転機になった一九六七年の詩集『藤』を特に注目している。せっかくなので『月曜日の詩集』と『藤』から一篇ずつ引いておこう。

少女よ
あなたの隣には　だれもいない
けれど　私には見えるのです

旅装をといたばかりの「秋」が
あなたのスケッチブックをのぞいているのが……

そして
あなたのハミングの
「赤トンボ」をききながら
ここにしばらく休んでいるのが……

（『月曜日の詩集』から「林のなか」全行）

ひとは　私を抱きながら
呼んだ
私の名ではない　別の　知らない人の名を

知らない人の名に答えながら　私は
遠いはるかな村を思っていた
そこには　まだ生まれないまえの私がいて
杏の花を見上げていた

ひとは　いっそう強く私を抱きながら
また　知らない人の名を呼んだ

（『藤』から「別の名」冒頭部分）

久冨純江著『母の手』（光芒社）は「詩人・高田敏子との日々」という副題が示すとおり、高田の長女として一九三五年に旧満州ハルビンで生まれた著者によって書かれた、曽祖母・祖母・母・自身と女四代の生き様をフラグメント形式で辿りつつ、詩人である母と、母から娘への情愛にあふれた日々をいとおしむ心情が、懇切に綴られた一冊である。

文学的教養とは縁遠かった生い立ち、父親の突然の死が発端となって心に巣くった〈死や家出への誘惑〉が同人雑誌「こゝろ」に詩を寄稿することで薄まっていったこと、満州や台湾など外地での感情的すれ違いが多かった夫との生活、引き揚げ後、洋裁で細々と生計を立てたこと、長田恒雄を中心としたモダニズム詩グループ「コットン」に入って現代詩を書き始めたことなど、詩人・高田敏子誕生の秘話がふんだんに披瀝されていて願ってもない好資料となっている。その詩歴のなかで大きなエポックとなったのは、ひとつには前述したように一九六〇年三月から朝日新聞に連載した〈誰にでもわかる平易な詩〉の、当時とすればかなりユニークで斬新な仕事であり、いま一つは一九六六年一月に彼女が主宰となって創刊し、一九八九年五月に彼女が癌によって死去し、当月に発行された一四一号をもって終刊した詩誌「野火」の発行であろう。
日本詩人クラブ編『《現代詩》の50年』(邑書林・一九九七年)の「創刊年順戦後主要一二三詩誌解題」で、江島その美が「野火」について解説しているので一部を左記させてもらう。彼女自身、創刊から終刊まで二十三年間当誌の同人だった経歴を有している。

一九六〇年三月から約三年間、毎週一回朝日新聞家庭面に連載した高田敏子の詩に、全国の読者からの反響が高まり、要望に応え、会員組織の詩誌として、一九六六年一月に創刊。二十三年間、渋滞や欠号もなく隔月刊。常時約八百名が所属。発行所は東京都新宿区高田馬場の野火の会。一九八九年の高田敏子の死去により、一四一号で終刊。創刊時の編集を赤間太郎が応援し、表紙・カットを童画作家の若山憲が一貫して飾る。安西均、伊藤桂一、鈴木亨、後に菊地貞三が加わり、終刊までを手伝った。(中略)「生活と詩をつなぐ野火の会」の精神のもと「野火」は、詩を書く喜び同様に詩を読む喜びも、特に、全国の家庭夫人を中心に広げた。終刊まで多数の愛読会員が所属したことは、貴重。その精神を継ぐ会員達による同人詩誌十六誌が、現在も各地で、伊藤、鈴木、菊地の応援や指導を受け独自の活動を続ける。

二十三年余りつづいた「野火」の活動の様を振返るとき、江島の指摘にもある通り、この安西・伊藤・鈴木・菊地の四氏の創刊時からの一貫した支援は大きな推進力になってきたと感じる。集会やゼミナール等で彼らは「野火」の立場にたって指導や講話などを行った。著者も彼らのことを「野火の用心棒／応援団」と表現している。

江島からの音信によれば二〇〇〇年三月現在で（彼女が知り得る範囲で）、「たちばな」（川崎市）、「かもめ」（市川市）、「砧」（相模原市・武蔵野市）、「燦」（品川区）、「野ばら」（八王子市）、「よこはま野火」（横浜市）、「紫翠」（高崎市）、「金沢野火」（金沢市）、「妙高」（松本市）、「山毛欅」（五所川原市）、「時計台」（水戸市）、「宮崎野火」（宮崎市）、「ベル・セゾン」（姫路市）、「風花」（仙台市）といった詩誌が「野火」の精神を継承し、「野火」終刊前後から全国各地で発行されているとのこと。このことは冒頭ふれた「四季」と比較しても、より広範で草の根的生命力を感じさせるものであることは否定できない。明治期以後、多くの曲折を経ながら詩が辿り着いた結実の一つがここにあり、それはもっとも個々人の生活に寄り添う態形を企図した詩脈であるといえよう。高田敏子が他界してすでに十一年。残念ながら近年廃刊になった詩誌もあるようだが、それにしてもこの持続力は特筆に値する。彼女のような詩を書こうとする場合、自己の生活に深く根をおろす決心と、自己の生活を俯瞰する達観の眼がなくては実現不可能である。故人の遺志を引き継いでサークルの指導に当たっている「野火の用心棒／応援団」の尽力の賜物といえるかも知れない。また、江島からの音信には「「野火」は誰でも入会できる〈会員制〉でしたから、この精神の引き継ぎもあって多くが

〈発行所〉ではなくて、〈世話人〉または〈当番世話人（担当世話人）〉制を採っています」との添え書きもあった。高田は詩を書くことによって〈死や家出への誘惑〉を克服した自分の体験談や、詩を書くことで幅と深まりを増した自分の親交範囲や人間としての奥行等を例示しながら、詩作を広めていった。体当たりの体《てい》で詩作に、「野火」の発行に邁進したのが彼女の生前だった。久冨著の最後の部分は、一九八九年五月二十日から五月二十七日午後二時二十分の臨終までの入院の様を記録した日記形式のドキュメンタリーになっている。これを読むと、体調不調・苦痛といった言い知れぬ不安の中で、それでも最後まで詩と「野火」のことが脳裏から離れない、詩人・母・人間として毅然としたなかに情愛篤い態度を貫いた彼女の姿がレポートされている。

最後に「野火」の精神を引き継ぐ詩誌の中から、一篇を紹介して本稿を終ろうと思う。「野ばら」二一六号から峯尾玲子の作品を読む。なお、鮭立《さけだち》とは福島県大沼郡金山町にある集落名である。

ゆるやかな斜面の道には
雪椿の花が咲いている
山すそのゆうの中
里を見渡すことのできる岩盤に

いくつも仏が彫られている

大昔　この里に流れる川には
秋になると
たくさんの鮭が帰り
競って川をのぼるさまは
まるで鮭が立ちあがっているようだった

山深い村をくりかえし襲う鉄砲水　大飢饉　疫病
祈ることしか残されていなかった村人たちの念じる声を
磨崖仏は受けとめてきたのだ
風化して見えづらくなった仏の顔は
ゆがんでいたり　頬のふくらみが微かにわかる

ふりむくと
見下ろす里は水墨画だ
修験者の仏を彫る音がとけこみ

一帯は
墨の匂い立つような香りがする

（「鮭立の磨崖仏」全行）

朗読詩は〈話し言葉〉で表現されなければならない

各地で詩朗読が盛んにおこなわれている。詩祭や詩の大会・イベントなどには必ずといってよいほど詩の朗読コーナーが設けられていて自作・他作に限らず、希望者を募れば抽選にしなければならないほど朗読の希望者が多いと聞く。この盛況ぶりについて、詩の疲弊や閉塞状況からの脱皮への期待感の表れなどといった理解の仕方をした文章に間々出会うことがあるが、個人的にはそれほど大それた意味合いではなく、詩集やアンソロジーなどの活字による詩の供給の他に、肉声による詩の供給という現時点でまだ新鮮味のある形態へのニーズが高まっているのだといった程度の認識で良いのではないかと思っている。

いま私が詩朗読に関連して強く実感していることがらは、一九〇七（明治四〇）年に川路柳虹の「塵溜」他三篇の詩によって産声をあげて以来、民衆詩派・「赤と黒」・プロレタリア詩、あるいは朔太郎・犀星・暮鳥などの諸作品として今日まで続いてきた口語自由詩というものが、結局は関東語をベースとした標準語による表記という〈新しい文語の詩〉という確認への失望感である。少し前に「詩人の声　The Voices Of Poets, 1997」（ミッドナイトプレス）というCDが出たことがあり、そこには大岡信・吉増剛造・正津勉・佐々木幹郎・谷川俊太郎・川崎洋の自作詩朗読が収録されていた。たとえ、吉増剛造が女性のエキゾチックな歌唱をバックに祝詞《のりと》的な朗読をおこなっても、正津勉が場末の退廃感・倦怠感を演出すべく故意にぶっきらぼうな朗読に徹しても、佐々木幹郎が地声を強調したアクの強い硬質の発声をおこなっても（まして佐々木の場合、生来の関西弁の抑揚が被いがたく出てきて逆にそのことが強調されてしまうのだが）、所詮それらはさっき言った関東語をベースにした標準語による〈新しい文語の詩〉に過ぎないという認識に帰着してしまうものだ。作者自身の肉声が思い入れとともに記録されているという資料的意義を除けば、加藤剛や日下武史・石坂浩二などの俳優が宮沢賢治や中原中也・北原白秋・三好達治・高村光太郎らの詩を朗読したものと五十歩百歩のものである。

　楠かつのり著『詩のボクシング　声の力』（東京書籍）は一九九八年十月十日に東京・本郷のバリオホールでおこなわれたねじめ正一と谷川俊太郎との詩のボクシング「朗読による世界ライト級王座決定戦」のドキュメントと、著者が提唱する「音声詩」に関する詩論・対談集からなる一冊だが、付録として添えられていた当試合を収録したCDを聞くと両選手とも既成の自作（なかには一ラウンド三分という持ち時間におさめるために書き直したものもあるだろうし、最終の第十ラウンドは即興詩によるバトルであるが）を緩急・抑揚をつけて読むという所作をくりかえすばかりであり、やはり関東語をベースとした標準語による〈新しい文語の詩〉の足枷から抜け出せないという諦観に支配されたものだった。もちろん日本朗読ボクシング協会代表をみずからつとめる著者の主張は書名（副題）にもあるように、これまで活字によって黙読されることを当然視されていた戦後詩・現代詩に肉声という要素を導入することが、萎靡感に満ち満ちていると揶揄されている彼らの詩に新しいパワーとベクトルを啓示するという要素はたしかにあると感じつつも、個人的にはおおいに不満なのである。つまり楠の提言は、詩を活字から肉声のステージ上へひきずりだす次元にとどまっており、次ステップで直面するはずの「本当の口語とは？」という疑問に答えていない。CDを聞くと、もっとも聴衆の中へ入り込んでいると感じられるものが、両選手の詩作品じたいより、朗読に入るまでに両者が舌鋒を交わすイントロ部分だというのも皮肉ではなく、正直に象徴的なことだと感じた次第であった。しかしこの場合、両選手とも出生が東京都であるということからして、まだ書き言葉と話し言葉が比較的「言文一致」している例として救われている。本著中に記述されている「印刷された詩集の中の詩は、音楽でいう楽譜に近いものだと思うようになった」という谷川の見解は、関東語をベースにすればよい彼のラッキーさを明示しているにすぎない。

この、詩に〈肉声の力〉を復権させようとするムーブメントを考えたとき、テキストは標準語であるものの、しかし相当レベルに到達した一例として漉林座を主宰し、苫土節詩語りと称して小ホールや大道で自作詩や宮沢賢治・中原中也などの作品を津軽三味線をもって弾き語っている田川紀久雄や彼と趣意をともにしている坂井のぶこらの存在があろう。じつは私は、詩語が孕む言魂に共鳴する田川ほどの覡的資質が、なぜ出自である新潟県の言葉を顧みようとせず、強制的に与えられた言葉である標準語でのみ語ろうとするのか、正直いって理解できない。いや宮沢賢治や中原中也の魂に寄り添おうとすればするほど、花巻弁や山口弁は不可欠な実体として顕在化してくるはずではないのか……。ほかの事例として、前出の吉増剛造もジャンルとしての詩朗読の確立を目指して苦闘している一人と評してよい。また分野は異なるものの歌人・福島泰樹の「絶叫コンサート」などもこの範疇でとらえることができるだろう。

笠井嗣夫著『声の在り処―反＝朗読論の試み』（虚数情報資料室）は詩朗読が盛況な現状にあえて反詩朗読論集として疑義を呈した一冊である。戦争中に詩人たちがラジオ等を通じて戦争協力詩をさかんに朗読したこと。「詩歌翼賛」第二輯『常盤木』に収録された白秋の詩「お祭」中の「わっしょい、わっしょい」という繰り返しに秘められた行軍リズム同調への指摘。「廃墟を国民に見せないように隠蔽する」ために発せられた昭和天皇の玉音放送の〈声〉の儀礼性。東大紛争時下、知の価値体系に特権的に君臨した丸山眞男の弊害などの事例について詳述しつつ、非常に深淵かつラディカルな考証を重ねて刺戟的であり、領かされる。私は特に「共同体の質とはまったく相いれない質をもつことばの生成状態こそが、私の考えている〈詩〉なのである」という彼の指摘や、西脇順三郎の詩や那珂太郎の詩集『音楽』などに触れながら、全ての詩作品が朗読に向いている訳ではなく黙読されることを本望とする作品もあり、その必然を無視して全てを声に置換することは避けるべきという彼の主張に賛同する。笠井は西脇の「宝石の眠り」という詩の鮮烈な美しさと、それを朗読した西脇本人のボソボソとした単調なレコードの声との啞然とするほどの落差を例示している。

永遠の／果てしない野に／夢みる／睡蓮よ／現在に／めざめるな／宝石の限りない／眠りのように

（「宝石の眠り」全行）

先ほどの笠井著のなかに有馬敲に触れた箇所があるが、私も彼について忘れずに触れておかねばならないと感じるのは、有馬が一九六〇年代後半〜七〇年代にかけて京都の喫茶店「ほんやら洞」を拠点に片桐ユズル・中山容らとともに詩朗読をさかんに行い、また岡林信康・北山修・高石友也・高田渡・友部正人らの関西フォークソング運動の台頭と連動した形で〈オーラル派〉と称される詩の全国的規模の潮流を導出した事実である。彼らの運動はテキスト化された詩を肉声として取り戻す試みだったと評することができるが、私が注目するのは彼らが標準語による詩（詞）に縛られつつも、自分たちの生来の言葉である関西・京都弁にみずからのアイデンティティーを再発見し、そのことをアピールする作品を相応に発表している点である。

一九七三年の発足以来、これまでに三百回以上の例会を持ち、北海道から沖縄までの全国規模の会員組織へと育っている〈詩を朗読する詩人の会「風」〉の『あんそろじー風Ⅵ』（竹林館）に収録された九十一名の作品を読んで、しかしながら残念に感じられたことは、ここに収録されたおそらく朗読されることを前提に書かれたはずの作品のほとんどが無自覚なまま標準語で書かれていることであった。唯一、高知県から参加している増田耕三の作品のみが方言で書かれていて、作者の身体・日常性と緊密にクロスすることを企図していると感じられた。一部を左記する。

Mさん、七子峠であのときわたしら休んだがやったねえ。高知を出るがん、うんと遅うなったけん。七子峠にさしかかったころにはもうとっぷりと日が暮れちょったがやった。Mさんは車のトランクのなかの土産袋を開けて花火を取り出しち、ライターで火を点けたがやった。わたしとMさんとは、仲のええ兄妹みたいにうずくまって、ぱちぱちと爆ぜる花火を見たがやったねえ。わたし今も七子峠のそばを通るたんびに思うがよ。なし、わたしとMさんとは別れちしもうたがやろうかと、くりかえしくりかえし思うがよ。人生は花火みたいなもんやけん。男と女の間も花火みたいなもんやけん。

（「七子峠」）

アイヌ語・琉球語・朝鮮語・中国語・モンゴル語など、先住民族と渡来民族との言語が多層化してできたのが日本語の起源であり、江戸時代の幕藩体制下の国のミニチュア化がより複雑で、固有の話し言葉＝方言を全国各地に発達させた。テレビやラジオ等のメディアの発達がこの方言の壁を稀薄にし、いずれ日本国中すべてが標準語圏になってしまうという指摘等に間々接することがあるが、私は決してそうは思わない。従来使われてきた方言が次第に姿を消し、小学生や中学生たちがテレビ等から盛んに放射される〈乱れた言葉〉に汚染されているといった問題がとり沙汰されるが、そんな現状にあっても子供たちは学校や塾などで仲間たちと好き勝手に言葉を切り崩しては構築し、まるで合い言葉のように自分たち固有の語圏をつくり出している。それは新しい方言の種だろう。また私の九歳になる息子は「そがんいうても（そんなことを言っても）」とか「そいばってん（しかし）」などの旧来の福岡弁を日常当然のように使っているし、友達もみんな使っているという。私たちの日常口語が方言である限り、我々の口語自由詩は方言で表現されなければならない。そして話し言葉である方言は本来、無文字を前提としている。無文字だから知的レベルが低いという考えは、例えば文字を持たなかったアイヌ民族に七〜八百年もの間伝承されてきたユーカラが、その海洋や天上にまで亘って繰り広げられる壮大な物語性によってギリシアのイリアス、オデュッセイア、ローマのエネイド、インドのマハー・バーラタやラーマーヤナ、フィンランドのカレワラとともに世界の五大叙事詩の一つに数えられている事例から言っても絶対にあてはまらない。

私は標準語のもつ抽象能力・書き言葉としての長所までも否定するつもりはないが、標準語の合理性・無籍化等によって詩が陥ってしまったマンネリズムや閉塞性等から再度活力を取り戻す衝迫力の一つとして方言の有効性を、特に詩朗読における方言の必然性を提言しておきたい。最後に朗読詩の名作として片岡文雄（高知）の「山鬼」の冒頭を引いておく。

山鬼というものがおったといいますのう／それはほんとのことですろう／たれかのさぶしいすがたとおもいまするが／そんなら／山鬼とはたれのたましいですろうか

九州に住む私が北海道やアイヌについて考えるということ

高知の西岡寿美子が大崎二郎と一九六三年から隔月刊で発行している詩誌「二人」は、四国霊場八十八カ所の地らしく、ひとり旅の遍路の笠に書きつける「同行二人」（ほとけ様とふたりづれという意味）から採られている。その「二人」に西岡が二一五号（一九九八年十月）から連載している「北地のこと」は一九二九～三五年の間、高知から開拓農民として北海道釧路の原野へ入植した父母に連れられて過ごした当時の記憶を綴ったエッセイである。わずか三～五歳の頃についての叙述とはいえ、西岡の記憶力とそれを蘇らせる筆力には感嘆する。三歳の夏に二つちがいの兄が振り下ろした鍬に誤って打たれ、現在も前頭部に残る傷跡とともに、いまなお強烈なインパクトを放ち続けているものなのだろう。

本連載には当時の入植者たちの、酷寒の厳しい環境下で、貧しく、しかし逞しく生きていた人々の様が綴られていて興味ぶかいが、高知にあって個性的な優れた詩業を積み重ねている彼女の心奥の原風景に、広大な北海道の地平線が沈澱している意味をあらためて考えさせられる。

黒のアッシ（アイヌ織りの丈夫な上着）に、同じく黒の目出帽、半長靴、手袋。猟銃を斜め掛けした父と、同様に武装した年頃も似通った男たちの自警団は、近い北の薪炭備林ではなく、東へ、それはヒグマの本拠、奥知れぬ原生林の方向へと、馬首をぐいと絞って出発する。

（「北地のこと(3)」）

後に知った所によれば、冷害とガス（濃霧）の常襲地帯、収穫皆無の年さえある荒蕪地だったそうである。割り当てられた土地は広くても、土質の悪い火山灰土の上、未開地や防風林にはヒグマが徘徊し、農場荒らしにもやってくるといったヒグマの領土だった所である。

山形だの島根だのと呼んでいたのは、出身地別に入植者を纏めたものだろう。我が家の四戸（三戸しかなかった）は高知。しかし、中の一戸は早くもどこかへ移って行き空き家となっていたのも、怺え性のない県民性とばかりは言えない。生きるにはいかにも苛酷な土地だったようである。

（「北地のこと(4)」）

私が住む九州から北海道を見ると、それはやはり距離的・歴史的に交流が密だったとは言い難い面は否めない。反面、だからこそ惹きつけられる土地柄でもある。戦後五十五年を経過し、日本列島の主島が巨大橋やトンネルなどですべてつながり、情報が電話やファックス、インターネット等で瞬時に膨大にやりとり可能になった現在、私には人間の既成概念・先入観といったものがいまだもっとも閉鎖的・自閉的なままである気がしてならない。「詩界」と言えども、江戸時代の参勤交代制度等によって延々と培われてきたと推察される中央指向丸出しのムラ社会的隷属性から、いまだ脱皮しきれていない狭い世界という気がして仕方がない。ただし、これは決して各地の独自性・アイデンティティー等を否定していっているわけではない。小説界を例にとれば、私の住んでいる北部九州には高樹のぶ子・村田喜代子・白石一郎・杉本章子・古川薫など多くの芥川賞・直木賞作家が在郷のまま精力的に筆を執っており、そんな流布形態がすでに確立している。詩壇もH氏賞などが地方の詩人に決まる機会が増えてはきたがまだまだもの足りない。北海道も本州も四国も九州もない、もっと言えばリアルタイムで全世界のすぐれた詩・詩論・詩人等の成果を享受できるような「詩界」をつくっていきたいし、行かねばならないと思う。そんな私の気持ちを掻きたててくれるのは、古今東西を問わず不断に詩を書き、詩を愛する人間の心根にほかならない。

「青芽」（旭川市）は一九五一年に創刊（さらに前身の「学窓」は一九四六年に創刊）された詩誌であるが、最新の五一八号の森内伝の作品が北海道の風土を透過して、広範に全世界へ思いを馳せる蠕動が感じられて心に残った。一部を左記する。

樹のたぐい少ない
冷帯林の針葉樹は
奈落の化身として
光の傍で横たわっている

たぐい多い樹の
アマゾン川流域の原始林は
誇らしげにゆったり
空を扇いでいる

母なる川ガンジスの流れは
ひとつの下流の
東の出会いに
神髄な音信をもって
おじけづくこともなく

湾に注がれていく（「光の情景」）

森内の詩が心にひっかかった理由には実はもう一つあって、「原始林」という言葉がアイヌの詩人・森竹竹市（一九〇二～七六）の生前唯一の詩集『若きアイヌの詩集・原始林』（一九三七年 白老ピリカ詩社）を私に想起させてくれたからだ。森竹はアイヌとして初めて詩の形式で、自分の内奥を表現した詩人の一人である。その作風は、当時、日本全体が挙国一致的に軍国体制へ傾いていった時期であったにもかかわらず、同族の儀式や風俗・伝統等に取材した、アイヌに対する誇りと情愛、民族復興の抑えがたい潜熱を抱えた詩篇である。せっかくなので『原始林』から一篇引いておきたい。

メノコの口辺や
手甲の刺青は次第に減じ
漆黒なるアイヌの頬髯は
時代と共に薄らいで
其の容貌はかわりゆく
雑婚――
混血――

同化――
これをしも滅亡と云うなら
私は民族の滅亡の
一日も早からん事を希う

（「アイヌの血」冒頭部）

「希う」とあるが、本当は滅亡などしたくないのだ。しかし「滅亡した方がいい」と思うしかないほど、アイヌを取り巻く現実は過酷を極めていた。

本誌一六〇号の「在日という欠落部分をちゃんと補わなければならない」で私は在日の人々が書いた日本語の詩に関して言及したが、それ以来、その延長上に来るものとして〈アイヌの人々が日本語で書いた詩〉という概念がかたときも私の脳裏から離れなくなってしまった。現在、この国に通説的にまかりとおっている「詩史」には無神経に欠落させられたままの幾つかの項目が、やっぱりある。例えば、地方詩壇のこと、かつて日本が「日本」として領有した満州け・朝鮮・台湾などにおける詩の動向、一九七二年の日本復帰まで四半世紀にわたる米軍施政下の沖縄で書かれた詩のこと、在日の人々によって書かれた日本語の詩のことなどであるが、理屈的にはアイヌの人々によって書かれた日本語の詩についても同様に考えていかねばならない項目であると考えられる。在日やアイヌの人々の詩をないがしろにするという精神は、中央詩壇あって地方詩壇なしといった状況を長い間、黙認してきたこの国の歴史・風土と密接に連動した事項としてとらえることが可能だ。明治以後（いや、アイヌについては七世紀半ばの大化改新以降、中央集権的な施政基盤を確立した大和朝廷による東北侵略の開始にまで遡るが）、日本は自国の繁栄のために大和民族以外を執拗に差別し、搾取や犠牲を強いてきた歴史を有するが、そんな被支配的立場にあった彼らによって書かれた詩について正当に評価し、ポジションを互認し合うことは、そういった時代をつくってきた（現在、詩に携わっている）我々の責任であるし、それがひいては日本の詩を疲弊の窮地から引きずり出すことにもつながると考える。

千島列島・樺太・北海道・東北などにあって、狩猟・採集・漁獲を行いながら暮らしていた先住民族であるアイヌに対して、いかに長年に亘って和人が搾取し、虐待し、種族根絶を画策してきたかは新谷行著『アイヌ民族抵抗史』（三一書房）などにこと詳しいが、その結果として現在、アイヌの人口はわずか一万数千人を数えるにすぎない。在日の人々の人口が七〜八十万人、沖縄県の人口が百三十万人近い今日、アイヌ民族の少なさは驚くばかりだ。

大阪府守口市の下前幸一から送ってもらった「詩のちらし」（二〇〇〇年四月二日）に唐突にアイヌの現代詩人・戸塚美波子の詩集『一九七三年ある日ある時に』（一九八一年　創映出版）から二篇が紹介されていて驚いた。下前は詩誌「遊撃」の長谷川修児からこの詩集を送ってもらって読み、ショックを受けたと記している。せっかくなので下前が引用しているなから一篇を左記する。

アイヌ　そうだ私はアイヌ　アイヌだものあの町にいても幸せになれそうもない
バスに乗っても町を歩いてもデパートにはいっても駅に行っても私をみつめる目が
ある　いやな目が　おとなの目こどもの目　見るなバカにするなふざけるな　見せ
物じゃないんだ　私はいつも心の中でそう叫んでいた　そしてだれもいないどっか
へ行ってしまいたかった

（「そこに潮騒があった」部分）

彼女は一九四八年に釧路に近いアイヌ漁民の町・白糠町に生まれ、中学卒業後、阿寒、釧路、札幌などで民芸品の店員や民宿のアルバイトをしながら詩や文章を書き始めた。一九七八年にカメラマンだった兄がアイヌであること等を苦に自死。本集は実兄の自死によって揺り動かされ、火がついたアイデンティティーが成さしめた一冊であり、アイヌを差別し、虐待してきた歴史がいかに今も一人のアイヌ女性を苦しめ続けているかという事実がヒリヒリと伝わってくるものだ。ここには修辞や詩語云々以前に詩という形式でなければ表出不可能だった衝迫のマグマが蠢いている。本集には兄を失った一九七八年からさかのぼって七年間に書かれた十五篇が収録されている。「私はアイヌだから、アイヌのことしか書けないし、アイヌが好きだから、アイヌをイジめるシャモを許せなくて、詩を書いてきた」という「あとがき」の一節が印象的に胸に刺さる。ここに出て来るシャモとは、アイヌ語で和人（日本人）の意。

日本語で書かれたアイヌ民族の詩文学の調査は今後とも続けていきたいと思っている。また自然とともに生き、外界と調和しながら生きた先住民としてのアイヌの伝統的な処世術・価値観等が、現代社会の再生に有効不可欠な要素であることなどについては、また別途、言及の機会を持ちたいと思っている。

隔離された条件下から放たれる「魂の癒し」という主題

昨年（一九九九年）末に発行された現代詩文庫159『村上昭夫詩集』（思潮社）の売れ行きが好調だそうだ。村上は一九二七年一月に岩手県東磐井郡大東町（現・一関市）に生まれ、戦後、結核を発病し、入院治療・サナトリウム生活を断続的に強いられる条件下にあって村野四郎に師事し、宮沢賢治の影響を受け、一九六七年（四十歳）に上梓した第一詩集『動物哀歌』で土井晩翠賞とH氏賞（鈴木志郎康詩集『罐製同棲又は陥穽への逃走』と同時受賞）を受賞したが、翌・一九六八年十月に肺結核とその合併症のために四十一歳で惜しくも他界している。『動物哀歌』は療養費など多大な出費のために、それまで詩集発行の勧誘等があっても断わらざるを得なかった村上の二十年にわたる詩業の総決算とでもいうべきものであり、百九十四篇を後追い・二段組でびっしりと収録した一冊であった。今回の「現代詩文庫」はその全篇を収録している。

また一九九八年七月に発行された川崎洋編『日本方言詩集』（思潮社）もロングセラーを

記録しているという。この二詩集の売れ行きの好調さは「現代詩手帖」等でも報告されており、これらの報に接して私などは「思潮社も「荒地」など特定の詩脈ばかりを偏重した意固地な経営路線を早くあらためて、「荒地」も「列島」も、言語派も社会派もない、もっと広範な価値観をすなおに認めれば良いのに。その方が収益があがりもするのに……」などとつい思ってしまった。『村上昭夫詩集』も『日本方言詩集』も従来の思潮社の路線から言えば例外的・試験的な発行だったと推察されるが、しかしこの二つの例外が大きな反響を呼んだこと、相応の収益をもたらしたことを、現在の詩観の多様化等と結びつけて思潮社はしっかりと再考すべきではないか。

　詩誌「ガーネット」三〇号で、高階杞一が「現代詩手帖」編集部から寄稿依頼を受け、投函し、その原稿が納得の行かない経緯のまま〈没〉にされたことに対して、その「掲載予定だった原稿」を当誌に掲載し、「手帖」編集部に対して公開質問状をつきつけているが、私は「手帖」の不誠実極まりない態度に対する高階の憤りや苛立ちがよく分かると同時に、「手帖」がなぜ彼の原稿を〈没〉にしたのか、その理由も手にとるように分かる気がした。端的にいって高階の原稿中に「本誌「現代詩手帖」と土曜美術社の「詩と思想」は詩壇における二大宗派ともいえる……」といった件《くだ》りがなかったら当稿は多分、採用になったはずである。思潮社のマネージメントとしては「現代詩手帖」こそが本邦詩壇における最高勢力・権威なのであって、それを周囲にアピールしつづけることで自社の経営を成り立たせているわけであり、「詩と思想」などと対等に比肩されては困る訳である。そういった文章を「手帖」に載せることは、いままで「手帖」こそ最高の詩府と信じて疑わなかった人々にわざわざ「詩と思想」の実勢を認めさせてしまうことになる。これは詩壇の実情がたとえどうあろうと、事実を曲げてでも押し通さねばならない、思潮社側の至上方針であり、社是みたいなものなのだ。また「前者は〈荒地〉の流れをくみ、後者は〈列島〉の流れをくんでいる」という〈荒地〉と〈列島〉を対等に俯瞰した高階の一節についても〈荒地〉至上の商業路線を敷いている思潮社にとっては、自社の目論みが徹底されていないことを確認する意味で面白くない部分だったと推察できる。こういった特異な指標をもった一出版社に戦後、長いあいだ牛耳られてきた日本の詩界の価値観やシステム等がおかしいのは当然であり、我々はもう余り「手帖」等のコマーシャリズムに振り回されずに、自らの信じる詩の価値観を貫いていきたいものである。

冒頭で村上昭夫について触れたが、彼の詩を肺結核療養によるサナトリウム生活の中から紡ぎ出された詩としてとらえた場合、ほかにも日本の詩の系譜のなかに一つの興味深い環境や身体的条件下で書かれた詩群の存在に気づく。さっきのサナトリウムもそうだが、たとえば全国に十一カ所あった国立ライ療養所で書かれた詩というものがある。その系譜の頂点として、詩集『記憶の川で』で第二九回高見順賞を受賞した塔和子などを位置づけることができると思う。彼女は一九二九年に愛媛県に生まれ、一九四四年にライ（ハンセン氏）病を発病し、回復後も後遺症のため療養所にとどまる生活を続けるなかから人生の淵を静観する多くの優れた詩篇を紡ぎ出してきた。

この〈療養所等で書かれた詩〉に注目するのは特別新奇な視点ではなく、例えば坂本明子著『岡山の現代詩』（一九七三年）ではすでに「昭和の詩（後期）」の一項目として「療養所の詩」のページがもうけられており、長島愛生園・邑久光明園という県内にある二つの国立ライ療養所で書かれた詩、および同県都窪郡にある国立結核療養所で書かれた詩について紹介されている。また、本誌「柵」九八〜一一一号で「詩壇展望」を連載した森田進が一〇一号で〈魂の癒しという最大の主題〉というタイトルで、戦前から現在までの時空における「ライ文学」の歴史とその位置づけに関して考証を加えている。森田の記述中から特徴的な箇所を引いておく。

●「ライ文学」という文学史上の概念が市民権を持っているか否か。まだ一般化してはいないだろう。しかし、確実に存在し、すでに六十年以上の歴史を持っている。
●ライの詩人たちの多くは、今なおかれらの病名を〈ハンセン氏病〉となかなか言いたがらない。ことにかれらの文学を「ハンセン氏病文学」とは言わない。何故だろう。一般社会の偏見と差別に封じ込められ、しかも国家政策によって隔離されてきた六十年以上の歴史の中で成立し積み重ねられた文学営為の重さが消失させられてしまうからである。

●私は、「ライ文学」は三期に分けられると考えている。第一期は、戦前であり、暗黒と絶望の中からの衝撃的な発現である。第二期は、戦後一九七〇年代頃までで、国家意志との戦いの表現である。第三期は、それ以降であり、再生と復活の表現である。

最近、森田進によってプロデュースされた「ライ文学」詩人の詩集二冊を読むことができたので紹介しておきたい。

まずは桜井哲夫詩集『タイの蝶々』。桜井哲夫は一九二四年に青森県北津軽郡に生まれ、一九四一年に発病して以来、療養所生活を余儀なくされ、現在は国立療養所草津楽泉園に住んでいる。病気のために一九五三年に失明し、両手両足の指もほとんど奪われ、皮膚感覚も臍の周辺にしか残っていないという。彼が頭のなかで完成させた詩をボランティアが書き取っていく。収録された三十篇に接して感じることは、やはり私などは想像も及ばない苦悩と辛苦を作者が潜ってきているということであり、療養所における治療の痛感や在日罹病者の悲愁などが、個人的記録から普遍的な社会批判へと突き抜けている。作者の脳裏に浮かぶ津軽で過ごした日々の情景や、自分の罹病に起因した家族の言動や身の処し方など、経験した者でなければ絶対に感知し得ないものであり、そこには現代社会の歪点が浮き彫りにされ、逆照射され、思いもよらなかった視点にハッとさせられる。しかし、どの作品も陰湿ではなくポジティヴな陽性の印象を伴い、細やかな情愛に溢れている。巻末の森田進の跋文は「ときにはおじぎ草になり、風倒木になるが、じつは天使である哲っちゃんが飛翔している」と結ばれているが、しごく愛らしい林立人の装幀とマッチして詩人の相貌を内面から描出しており、このうえないはなむけとなっている。巻頭作品を引いておく。

夏空を震わせて
白樺の幹に鳴く蟬に
おじぎ草がおじぎする

包帯を巻いた指で
おじぎ草に触れると
おじぎ草がおじぎする

指を奪った「らい」に
指のない手を合わせ
おじぎ草のようにおじぎした

（「おじぎ草」全行）

また小林弘明詩集『リンゴの唄』は一九二五年に生まれ、一九四三年の発病によって療養所へ入り、一九九九年十一月に逝去した詩人の遺稿詩集である。収録された三十篇に接して、罹病や療養所という視点を透かして見えてくるこの国の制度や因習・価値観などといった闇部の抱える種々の矛盾点へ、思考の蔓先が絡まりついていく触感を覚える。辛く孤独なはずの療養と老いの日々を、実にバイタリティーに溢れ、気骨とともに生きる様子が判読できて驚かされる。勢い余ってどこか辻褄の合わないセンテンス等もあるが、しかしそれが反対に詩趣としてのシュール性・諧謔性を醸し出す結果になっており、この〈味〉は長年の詩作から会得されたツボであろう。全体に通底する気骨と諧謔性・反逆性などは罹病の日々を送った作者固有のスタンスであり、同時に生を支えるポジションだった。何ともユーモラスでほのぼのとした詩句が散見され、全体に深みを与えている。ここでも森田進の跋文が作品の出来や存在感等について秀抜に綴いていて「お会いする度に、豊かな諧謔を混じえて、〝えっへへ〟と笑った弘明さんが、今ありありと浮かび上がってくる」と故人の生前を伝えている。

読書を始めると頭を掻く癖が出る
掻くとグレーの毛が一本二本と

頁の上に落ちてくる
かつてはトンボの目玉のように
ポマードを塗りつけて歩いたものだが
それはそれとして
ほれそれ
トンボの目玉よ
数年前
丹田呼吸法の指導に訪れた坊さんが
ふと見た股間の白毛に驚いて
呆然と見入った話に花を咲かせたが
それはそれとして
ほれそれ
後の祭よ

（「ほれそれ」冒頭部）

サナトリウムやライ療養所で書かれた詩について触れたが、他にも様々な疾病との闘病下で書かれた詩、身体障害者という状況で書かれた詩などをあげることができよう。それらの詩は少数派ではあるが、健常者が思いも及ばない深い次元へ到達し、生命の淵を描きだしているものが少なくない。たとえば森田進が指摘している「魂の癒し」といったテーマなど、それは文学として不可欠な、個的なものから普遍的なものへ突き抜けていく衝迫力を内蔵している。

「もう一つの日本語」を受容することで見えてくる世界

日本現代詩文庫33『崔華國詩集』（土曜美術社）に併録されている荒川洋治の「アジア・アンサンブル」と題された解説は「崔華國の詩にはかなわない」という出だしから始まって「〈日本の詩〉であるかぎり、（崔華國の詩に）負けていくのではないか」「崔華國の詩が日本の詩を呑み込んでいる」「これはいでたち、ものごしなのだ。あたまで考え、知恵でおこなったものではないのだ」「崔華國は、いうならば七色のことばだ」などと評した後、その七色の綾を分析してみせた十七枚ほど論稿だが、この韓国と日本との間を往来する青年期を過ごし、以後、日本にあって詩を書きつづけた在日詩人の言語的特質を示した一文として印象深いものの一つだとずっと感じてきた。しかし、荒川の一文から十五年後、彼の文章中にも出てこない、在日の人々の詩文の特質を端的に言いあらわしたフレーズに出会うことができた。それは「もう一つの日本語」という形容句である。

『金時鐘の詩　もう一つの日本語』（もず工房）は在日する朝鮮の詩人・金時鐘《キム・シジョン》の第六詩集『化石の夏』をとりあげ、昨年（一九九九年）六月二十六日に開催された「言葉のある場所／『化石の夏』を読むために」と銘うった梁石日《ヤン・ソギル》・鵜飼哲・瀧克則・細見和之をパネラーにすえたシンポジウムでの発言と、当日の金時鐘の講演等を中心にまとめられた一冊である。「もう一つの日本語」という認識と、そのことがもたらす新しい視界とがこのシンポジウムを企画し、本著を編集した野口豊子によって、次のように明確に捕捉されている。

・不幸な必然から異国語を表現手段とせざるを得なかった氏の日本語は、「もう一つの日本語」であるとも言えるだろう。

・今回のシンポジウムは「もう一つの日本語」を世界的な視野から見つめ直す試みとして、企画された。つまり、亡命、流浪の中で、異国語で表現活動を続けている世界の作家、詩人たちをも視野に取り込んだところからのディスカッションを通じて、金時鐘の「もう一つの日本語」を見つめ直す試みであるのだ。

・私たちが「もう一つの日本語」を身内に持つことで、世界が変わる、と予感している。シンポジウムの会場に足を運ぶことで、自身が母国語であると信じている言葉の中に「もう一つの日本語」を見つける作業の第一歩が始まる、そう確信している。

右記は本シンポジウムを企画するに際して野口が取りまとめた項目のなかから、拙稿に関係ある部分のみを私が抜粋したものである。また、彼女は金時鐘の集成詩集『原野の詩』（一九五五〜一九八八年）に付された「金時鐘の年譜」の作成者でもあるが、その当時をふりかえって「金時鐘の詩集は一般的な意味での日本語では書かれていない。金時鐘の日本語は日本人である私の日本語とは異なる言葉であるといつの頃からか、私は考えるようになっていた。金時鐘の日本語は日本人である私にとって、決して居心地の良い言葉とは言えなかった。私はその居心地の悪さがとても気になっていた」と本著に実直に記している。

金時鐘は一九二九年に朝鮮・元山市に生まれた。当時の朝鮮は日本の植民地であり、日本は朝鮮人から民族の名前と言葉を奪い、自国の教育を徹底的に叩き込んだ。金時鐘もそうした教育を受けて育った世代の一人である。日本の敗戦後、つまり朝鮮が解放されたあとの金時鐘の動向を金吉浩《キム・ギルホ》が本著中で次のように語っている。

先生は済州四・三事件当時、末端組織の連絡員であったが、生命の危険が身に及ぶようになって日本に渡った。その後、詩を書きながら〈在日本朝鮮統一民主主義統一戦線〉の文化面の組織幹部として活動したが一九五五年五月〈在日本朝鮮人総連合会（略称・朝総連）〉に改編されて路線転換した時から先生に対する朝総連の批判と攻撃が強まる。それまで規制されていた文筆活動を意を決して再開し、一九七〇年朝総連の一切の統制から離脱した。この時、先生は朝総連の矛盾と金日成の捏造された歪曲史を鋭く批判し、双方の攻防戦は非常に熾烈だったという。


あまり朝総連活動家・金時鐘という強面のイメージばかりが先行するのは本意ではないが「ヂンダレ」「カリオン」といったサークル誌に盛んに執筆したのもこの頃であった。先ほど野田豊子が「居心地の悪さ」として直観的に感じとったものとは、日本人が朝鮮に対して行った搾取・収奪の果て、彼らの運命を不当に歪め、在日という存在を生みだした史実に対する日本人としての罪悪感に他ならない。

「金時鐘にとって日本語は植民地人として肉体の深部に刷り込まれた敵性の言葉である。その敵性の言葉を表現手段にしている矛盾に引き裂かれているのだが、その引き裂かれた深刻の闇からこみあげてくるもう一つの日本語がある。隠された言葉・歴史の闇に埋もれて呻吟しているもう一つの日本語は在日朝鮮人の苦悩と重なるのだ。たとえ敵性の言葉であろうと、言葉の力は普遍性を持っており、逆説的にいえば在日朝鮮人の自己表現は日本語でなければ自を証明できない言葉なのである」という梁石日の言及が、同じ在日という立場から金時鐘の所在をよく語っている。

また一九六二年生まれの細見和之は、「金時鐘の日本語」をユダヤ人の両親を殺戮した敵の言葉であるドイツ語を終生、表現手段として用い続けた「パウル・ツェランのドイツ語」と並置して、「いま、金時鐘の表現を世界的な視野で見つめる作業が、ぼくらにはぜひとも必要だ」と発言している。このように金時鐘の詩、ひいては在日の人々が書いた詩が、新視野を引き寄せる作動は野口豊子にも明確に自覚されており、本著は彼女の「〈もう一つの日本語を身内に持つ〉という作業は紛れもなく、私たちの二十一世紀の仕事の一つだと私は思う」という言葉で結ばれている。

私は疲弊・終焉・萎靡などといった負的語句で評されることの多い現代詩が再生していく要素として、たとえばこの金時鐘のような在日の人々が日本語で書いた詩文をいかに受容し、体内に取り込んでいけるかといったことがバロメーターの一つになるといった実感をつよく抱いている。せっかくなので『化石の夏』から一篇引いておきたい。

今年もまた賀状は書かずじまいだ
あらたまる間もなく年は来るので
あいさつはそのまま
国を離れた時のままであるからだ

いつしか言葉までが衣更えをしてしまった

基数詞でさえ行李の底で樟脳づけだし
あいさつ一つこちらではもはや装うことでしか交せない
だから親しい友ほど言葉がないのだ

朽ち葉に憩う大地のように
うず堆《たか》い賀状の底で眠っているのは私の祝福だ
押しやられてひそんだ母語であり
置いてきた言葉へのひそかな私の回帰でもある

凍てついた木肌の熱い息吹は
とうていあぶく言葉では語れない

（「祝福」全行）

最近は詩集や詩誌等においても、在日の人々の作品に接することがとみに多くなってきた。戦後五十五年を経て、価値観の多様化、既成表現の枯渇化などといった事情と相俟って、在日の人々の表現が、そこから垣間見えてくる異質の地平・歴史等とともにようやく日本固有の価値観として認められ始めた気がしている。李承淳《イ・スンスン》詩集『耳をすまして聞いてみて』（土曜美術社出版販売）は韓国で生まれ、ソウル大学ピアノ科を卒業し、その後、武蔵野音楽大学で学び、日本に居を構え、音楽家として韓国現代歌曲集のＣＤ制作などと並行して、詩作や詩朗読などの活動をおこなっている詩人の一冊である。収録された二十六篇を読んでいると、しかし日本人（人間）を愛そうとする彼女の善良・純朴な本能と、彼女を取り巻く現実との間には幾重ものギャップが存在しており、その現実からの醜く酷い仕打ちを受けながら、それを超克し、なおも前向きに生きて行こうとする姿が伝わってくる。マッカーサーは敗戦当時の日本人の精神年齢を十二歳程度と評したが、昨今の政治・治安・刑事事件等の下劣きわまりない惨状を鑑みるにつけ、彼女らのような存在を十分受容できないでいる現代日本人の精神年齢も「与えられた民主主義を盲信する」内実が、「与えられた民主主義に血迷う」内実に変わっただけであって、精神年齢から来るキャパシティーに未だ大差ないのではないかなどと、腑甲斐なく思われてしまう。せっかくなので当詩集から、二篇（部分）引いておく。

東京奥沢の　ある薄暗い裏道で
息子は　血を流して倒れていた
意識も言葉もなく
うつ伏せに倒れた息子の頭を
休みなく踏みつけた

友達でもない同級生の奴の蹴り足で
踏み潰された顔半分が
血だらけで歪んでいた

（「謝罪」）

夫が病室で寝ているとき
二人は　休暇に出かける健康な家族を
羨ましく思った

寝ている夫も
もういないのに
私は休暇に出かけられない

（「ただいま　寂しさを癒す　練習中」）

洪三奎《コウ・サンケイ》と南邦和の編集発行になる詩誌「ほすあび」三号に訳出された具常《グ・サン》の詩が、人間が他者に対して平等に認識しなければならない自由の基本的条件を示している。具常は一九一九年にソウル特別市に生まれ、日本大学哲学科を卒業。高度なメタファや多彩な言語を駆使して紡ぎ出されるその詩は、深淵な思索の稔実として高い評価を得ている。一篇左記しておく。

　この〈死の島〉を守っている看守の鋭い目つきにつきまとわされながらオレたちの大きな監房の荒々しい無頼漢らとつきあいながらオレに任された二百頭の豚を飼っているのがこの世の他の生活より良くも悪くもないのを知ってしまったのさ。

　パピヨン！　だからキミが追い求めて出発する自由もオレには束縛に見えるのさ。この世には見えても見えなくても格子と鎖のない所はなく、ただ、狭くても広くてもこの囲いの中を自分の生の領土として何本かの縄を自分の道具に変質させる自由だけがあると言うことさ。

（「ドレフュスのベンチにて」権宅明訳）

戦後詩に深い陰影を刻み込むクレオールたちの屈折

昨年（一九九九年）、「詩と思想」編集委員会から私方へ「九州で「詩と思想」の座談会を開いてくれないか」という依頼があった際、東京中心に完結しがちな編集が、さらに広域に目を向けようとしていることを嬉しく感じ、なにがしかの新しさを吹込む一助になれればと考えて協力を約束したのだったが、それではどんなテーマ、どんな人選でいけば〈九州らしさ〉を強調できるのかと相応に思案した。これまでの自分自身の経験等を振り返って、やはり地理的・歴史的・文化的に朝鮮半島や中国大陸・南西諸島・台湾・東南アジア諸国にもっとも近く、それらの地方や諸国との関係ぬきには考えられない九州の独自性ということにあらためて思い至り、そんなアウトラインの中から自然と宮崎の南邦和にはぜひ参加してもらいたいと考えるようになった。

彼は一九三三年に北朝鮮に生まれ、敗戦後、父親の故郷である日南市に引揚げてきた経験を持つが、一九八八年秋にソウルで開催された〈第五二回国際ペン大会〉へ出席のため、じつに四十二年ぶりに朝鮮半島の地を踏んだことを契機に、その後、堰が切れたように彼《か》の地をたびたび訪れ、一九九五年に日韓交流文芸誌「ほすあび」（注・韓国語で「かかし」の意）を創刊、一九九六年には縁あって定住することになった九州・宮崎と幼少年期を過ごした朝鮮半島への思いを綴った詩集『原郷』（「原郷」という言葉は日本にはなく、朝鮮のみに固有の言葉である）を発行している。すでに当日の座談会の模様は「詩と思想」二〇〇〇年十二月号に掲載されているが、彼の発言のなかから印象深いものを幾つか左に再録しておきたい。

・私の中には「詩を書く者同士、関係は対等」という意識が強くあって、さらに言えば宮崎とか九州などといった帰属意識が非常に希薄でして、それは〈引揚げ者〉という自分の体験や立場がそうさせるのかも知れません。（中略）私の中では北も南もない、朝鮮半島全体としてとらえる視点があるのみです。それはコロン（植民地）意識とでも呼べるものです。（中略）これまでデラシネ（根なし草）を自認してきた私ですが、ここに来て宮崎との縁を強く感じるようになりました。

・私はね、正直いって日本の詩人とつきあうよりも韓国の詩人たちとつきあっている方が気が楽なんです。三年前に交通事故で亡くなった李潤守《イ・ユンス》氏や、具常先生などに接していると人間としての幅の広さを感じますし、権威主義や序列意識などからくる堅苦しさがなく、たいへん気さくです。

当日、南は持病の痛風が足に出て、歩くのも辛そうに見えたが、いざ座談会に入ってみると当方の意図を速やかに理解してくれ、多くの有意義な発言・提言を披露してくれた。今回の座談会は南邦和という〈核〉を得て成功できたと自己評価している。右の南の「コロン（植民地）意識」「デラシネ（根なし草）」等といった発言を反芻しながら今あらためて思うことは、この国には南と同様、かつての日本の植民地で生まれ、幼年期・少年少女期をすごし、日本の敗戦とともに日本人というだけの理由で否応なしに見知らぬ国へ引揚げて来ざるを得なかった人々がいて、わが国の戦後詩界はそういった詩人たちの屈折した心情を巻き込みながら形成されてきた側面があるということである。

一八七六年の日韓修好条規（江華島条約）によって朝鮮を開国させて以来、日本は絶えず朝鮮へ進出しつづけ、日清戦争によって清国を、日露戦争によってロシアを退けて以降は、その独占的地位を決定的にした。下関条約（一八九五年）によって清国から台湾の譲渡を、ポーツマス条約（一九〇五年）によって北緯五〇度以南の樺太島および旅順・大連の譲渡を受けた。そして一九一〇（明治四十三）年の日韓併合条約によって、朝鮮に関するいっさいの統治権を獲得するにいたった。一九三一年九月、日本軍は中国東北地方（満州）の権利を確保するために、列車爆破事件を発端に中国東北地方全域へと侵略を拡大した。東北地方を占領した日本軍は翌年三月、清朝最後の皇帝溥儀を執政にすえた日本の傀儡政権である「満州国」をつくり上げた。

クレオールというとラフカディオ・ハーン（小泉八雲）が日本に来る以前、新大陸アメリカや仏領西インド諸島を訪れ、当地の人々との交流や民話、植民地体験等を感性豊かな文章で書き残した集成『クレオール物語』を想起する方もいらっしゃると思うが、そもそもクレオールとは「植民地生まれ（の白人）」を指す。古俣裕介が「國文學」一九九六年十一月号で、当時日本が植民地化していた満州・朝鮮・台湾で書かれた詩や、彼《か》の地における詩壇状況をクレオールという用語を援用しつつ論述していたのを思い出す。古俣の論旨はたとえば「大陸へ渡った日本人達が、母国の日本語と外地・植民地の言語、あるいは異国の風土・習慣・文化などを吸収することによって〈クレオール〉が生じた」という文章のように、植民地で生まれた人間だけではなく、彼の地に渡った人間までもクレオールの範疇に含めるものだったが、私としてはその語源に立ち返って植民地で生まれ育った群像に限定して考えたいと思う。彼らをクレオールとして一括りにしてしまうことが一種の差別化につながることを恐れる気持ちがあるが、ここでは便宜上あえてそう呼称させてもらうことにする。

おもいつくまま幾人かの詩人名を書きあげてみよう。すぐ脳裏に思い浮かぶのは一九二二年に大連に生まれ幼少年期を過ごし、そこで同じ大連生まれの女性と結婚もした清岡卓行である。芥川賞を受賞した彼の『アカシアの大連』には大連と日本という二つの磁場に引き裂かれて苦悩し続ける収拾のつかないクレオールの問題が山積み状態のまま提示されている。ほかにも一九一二年に朝鮮平安南道徳川に生まれた秋野さち子、一九一八年に朝鮮咸鏡北道に生まれた滝口雅子、一九二四年に中国東北部長春に生まれた犬塚堯、一九二六年に中国旅順に生まれた井上光晴、一九二七年に朝鮮慶尚北道大邱府で生まれた森崎和江、一九二八年に朝鮮全羅北道群山府に生まれた大野新、一九三〇年に朝鮮春川邑に生まれた関口篤、一九三一年に朝鮮平安北道に生まれた三木英治など挙げだしたらきりがない。いかにこの国の戦後詩界にクレオールたちの苦悩が刻み込まれているかということが分かってもらえるのではないか。

齋藤怘詩集『漢江の青い空』は、一九二四年に朝鮮京城府（現・ソウル特別市）に生まれ、清津・大連などで育ち、敗戦の年まで彼の地で暮らしていた著者の第七詩集である。Ⅰ（十篇）、Ⅱ（七篇）、Ⅲ（八篇）が収録されているが、Ⅰはソウルで開かれた、かつての著者の母校・龍山小学校（現在はない）の同窓会に出席した折りの感慨が直接の契機になって生まれた作品群である。かつて日本の一部としてあった彼の地に生まれ、二十年間も暮らしていれば当人にとってどこが〈故郷〉であるかは歴然としている。しかし、そのことを安易に許し認めようとしない現代社会の変節と捻れ、大きな認識の乖離……。クラス会で酒杯を重ねるごとに沸き起ってくるのは、懐かしさとともに腸がねじれかえるような望郷の念と、いかんともしがたい空疎感だったのではないか。作者の脳裏に盛んに去来する戦前・戦中の彼の地での出来事、彼の地に歿した父親の面影……。そんな記憶の渦のなかから照射されてくるのは「多大な犠牲を払って自分たちが築きたかったのはこんな社会なのか？ こんな刹那的消費社会だったのか？」といった疑義に起因した現代批評である。

過ちは繰り返しませんと刻まれた原爆の碑
博多港に無言で立つ日韓両民族引揚の記念碑
村や町に立つ青春の碑 悲しみの碑 誓いの碑
私にも碑の除幕に捧げた痛恨の歌がある

アジアの鉄路を結ぶ文明に命を懸けて
父は勅任技師の使命ごと大陸に骨を埋めた
死んでくれと頼まれた男達の遺骨は帰らず
束の間の経済大国はどこへ舵を切るのだろう

学級崩壊の町にチンジャラの音が響き
顔グロ子ギャルはブランド品に命をかける
雨の日に分列行列した学徒たちは既に老いて

暴走する車の音で今夜も寝床に目覚めている

（Ⅰから「世紀を送る」）

Ⅱも自分の〈朝鮮半島〉という定点を基軸に、その同心円上にある同根の史実を確認しつづける意識の羇旅といった実感を覚える作品群だ。またⅢは現実の生活のなかからすくい取られた作品群であり、「生還」や「国立がんセンター」といった生命の危機を経験した後に書かれた諸作の端々から、クレオールというデラシネの生い立ちをもつ作者の現在を支えつづける気骨や矜持などが垣間見える。

また、一九三五年に中国東北部長春に生まれた羽生康二が、羽生槙子と発行している詩誌「想像」に連載中の「昭和詩史の試み」を毎回楽しみにしているが、九〇号は「田木繁と『機械詩集』」だった。田木については、羽生の「田木繁の『機械詩集』は昭和前半期のプロレタリア詩の、もっともすぐれた成果のひとつである。「戦旗」に発表した「拷問に耐える歌」によって戦闘的なプロレタリア詩人として出発した田木繁が、抵抗の戦いを前面に打ちだす詩から、機械の美しさ、機械と格闘する人間の姿を表現する詩へと変化していった過程は、プロレタリア詩が、国家権力からの弾圧に押しつぶされそうになりながらも、成熟し深化していったひとつの例である」という簡潔で明晰な文章に端的に説明されているが、そんな究明性とともに私は彼の〈詩人の戦争協力〉といった側面からの言及にも注目している。田木についても『辻詩集』所載「島々動く」と『大東亜』所載「視線について」を検証した上で「田木繁は大筋として戦争に協力していない、と考えていいのではないか……」と述べている。当時の特異な時代環境を経験したこともない私などに詩人の戦争責任を云々する資格などないが、それでも当誌八六〜八七号で羽生が村野四郎や江間章子らが書いた戦争協力詩について触れつつ詩人の戦争責任について論及した次のような件りが、私と意思を同じくしている。私には、彼のこの種のこだわりもクレオールとしての発露の一態であるように思えてならない。

この問題でわたしが重要だと思うのは、「書いた」ということそのものよりも、「のちになって自分が書いた戦争協力詩にどう対処したか」である。十五年戦争期の状況を考えれば、戦争協力詩を一編も書かずに切り抜けるのはかなりむずかしかっただろう、ということは理解できる。が、強制されたにせよ追いこまれて書いたにせよ、書いたという事実は消せない。そのことに対しては責任がある。

（八七号から「『春への招待』の詩人・江間章子」）

ヒューマニズム詩の種子としてのプロレタリアの詩脈

日本に「プロレタリア文学」と呼ばれる、とても真摯な文芸ジャンルがあった。あった、と過去形で書いてしまうのは悲しいが、そうするしかないだろう。その証拠に、現役作家のうちで、自分はプロレタリア作家だ、と主張する人はいないように見える。だいいち、プロレタリアートという用語自体、どうにも印象の薄いことばになってしまった。共産主義とか労働者階級といった政治的な用語がそうであるように、日本人一般がもはや放蕩に慣れてしまった現代日本の実情を、正確に反映できないことばとなった。

紙幅の都合で改行を省いての引用となったが、右の文章は荒俣宏著『プロレタリア文学はものすごい』（平凡社）の冒頭部分である。荒俣の本著は、作品執筆当時、テーマや文体の差異こそあれ、近代化という国策・国謀の陰でまるで牛馬と等しい、あるいはそれ以下の労働条件下で不当に搾取・酷使され続けていた労働者の声を代弁する形で、文学をとおして直接国家権力と対峙するという〈理念〉のもとに執筆された作品群を、当時と比して庶民感情的にもライフスタイル的にも随分かけ離れてしまった現在において、その〈理念〉をあえて骨抜きにして単に当文学を〈物語〉として読むことを提唱した異色の一冊である。もちろん荒俣にもプロレタリア文学に対して「貧しい人々、虐げられた人々が生命がけでつづった文学を、単に娯楽作品として読み捨てることは、プロレタリア作家の意志や志を無にするも同然の行為といえる」という認識はあるのだが、反面「プロレタリア文学の担い手と読み手自体も消滅してしまった時代にあっては、この分野が存在する理由をみつけられなくなる。つまり、崇高な目的だの思潮だのメッセージだのを除外したのちにも、裸のプロレタリア文学は単純に〈おもしろい物語〉としての価値を再発見されなければならない」と主張し、例えば小林多喜二の『蟹工船』や黒島伝治の『二銭銅貨』・岩藤雪夫の『二つの心臓』などをスプラッターホラー小説として、葉山嘉樹の『セメント樽の中の手紙』を探偵推理小説として、平林たい子の『施療室にて』『夜風』を露悪ポルノ小説として、貴司山治の『忍術武勇伝』をチャンバラ大衆小説として、宮嶋資夫の『坑夫』を無軌道自滅小説として、バルビュスの『クラルテ』をセックス小説として読む視点を披露している。

当文学の既成概念に対する挑発とも思える彼の発言について異義を唱えるむきもあろ

うが、沈黙を続けているように見えるプロレタリア文学を見るにつけ、当文学の志をふたたび活性化させ、甦らせる一策としてはこんな荒療治も一薬かと考えて、あえて紹介した。確かにプロレタリア文学を現代から疎遠にしている幾つかの要因というものがある気がする。複数の参照資料から得たウンチクの結果として、思いつくまま左記してみよう。

（1）宮嶋資夫の『坑夫』（一九一六年）あたりにまで遡ることができるプロレタリア文学が、政治運動・経済運動につぐ第三戦線（文化運動）としての自覚を初めて持ったのは文芸誌「種蒔く人」（二一年）創刊以後のことだが、関東大震災（二三年）のショックを通過したのち、主なものだけ列記しても「文芸戦線」（二四年）、「プロレタリア芸術」「農民」（二七年）、「前衛」「左翼芸術」「第一線」「戦旗」（二八年）、「ナップ」「プロレタリア詩」（三〇年）、「プロレタリア文化」（三一年）、「プロレタリア文学」「レフト」（三二年）、「労農文学」（三三年）、「詩精神」「新文戦」（三四年）、「文学案内」（三五年）、「詩人」（三六年）といったようにコミュニズム派とアナーキズム派の対立分離に始まって、マルクス主義や極左まであらゆる左翼的なものが目まぐるしく分裂・合流を繰り返した経緯や実態を整序して把握・理解することは容易ではない。さらに、それら雑誌を発行した日本プロレタリア文芸連盟や日本プロレタリア芸術連盟、日本無産派文芸連盟、労農芸術家連盟、前衛芸術家同盟、左翼芸術同盟、全日本無産者芸術連盟（ナップ）、プロレタリア作家クラブ、全日本無産者芸術団体協議会、日本プロレタリア作家同盟、日本プロレタリア文化連盟（コップ）、プロレタリア詩人会等の団体と、そこに出入りした作家・詩人たちの動静を結びつけて理解することはなおさら困難である。
（2）一九三〇年頃に隆盛のピークを示したプロレタリア文学だが、その後の日本の戦争への傾斜とともにプロレタリア文学団体の組織機能が失効し、廃刊が相次いだ。当局の執拗な弾圧によってプロレタリア作家・詩人たちは沈黙を強いられ、あるいは転向し、戦時下には愛国詩を書く者まで出るなど、プロレタリア文学運動じたいが自身の末期を曖昧にしたまま自己解体的に衰退した。
（3）プロレタリア詩はその発生期においては、既存の「民衆詩派」のような自然発生的な民衆讃歌・自由平等の精神に依拠した詩に対して、大正末期から昭和初期にかけての社会情勢の激変の渦中、プロレタリア階級の解放という明確な目的意識を掲げて力を示したが、多くは願望・理念・理想といったものの観念的な叫び、煽動に終始した感が強く、概して、同時代に生きた大衆の内面的必然や情況分析を行うまでには至っていない。
（4）初期の思想上の内部分裂から政府の弾圧にともなう結束抗争へと転換を見せつつ、労働闘争から反帝国主義運動、労働者や農民に対する組織化への働きかけ、さらに反戦運動へと、熾烈な闘争を繰り広げていった日本のプロレタリア文学運動史そのものが当時の日本の革命運動史と密着しており、その革命運動史が、つまりは当時の非合法下の日本共産党を中心とする〈命がけの闘争史〉に集約されるという事情からして、その評価等が積極的に行われにくいというこの国独自の障壁がある。

（5）無産階級・労働者階級を意味するプロレタリアートという言葉じたいが、大衆の生活レベルの変化・向上や多様化、労働運動の退潮化等にともなってもはや死語化しており、庶民の現状を総称する言葉ではなくなっている。現在、私的財産をもたない〈無産者〉はほとんど見当らず、主に肉体労働者を指した〈労働者〉の内実も知能労働と肉体労働に二極分化しており、さらには規制緩和・自由化等の波をうけて労働者と経営者の棲み分けも曖昧になっている。

しかし私自身、いまだプロレタリア文学が志し、浚渫し、実現しようとした問題点や展望は依然、地脈として現代に燻り続けていると考えている。なぜなら、いつの世にも、どの世界にも個人の人権や人間の尊厳を脅かす重大な抑圧や差別、不当な虐待や搾取などは厳然として存在し、告発され、是正されるべきものとしてあるからである。いうなれば、それは人類の歴史が始まって以来の普遍的テーマに他ならず、プロレタリア文学はその種子だと考えて良いのではないか。それは無産階級や労働者階級に奉仕する文学という狭隘なアレゴリーを脱皮して、もっとヒューマニスティックな内実を闊達に描写する文学だと感じられる。

たしかに、かつてのプロレタリア文学（詩）はさっきも触れたように「願望・理想といったものの観念的な叫び、煽動に終始した」感が強く玉石混淆といった印象は払拭できないが、それでも中野重治や小熊秀雄・壺井繁治・田木繁・ぬやまひろし・槇村浩《まきむらこう》などの作品は人間の普遍的な生命力を内蔵し、活写している。特に私はそういった志を戦後時空へ引き継いだ例として、壺井繁治を中心に評することができると考えている。壺井は戦後、新日本文学会の創立に参加し、一九六三年に「詩人会議」を創刊し、民主主義詩運動の発展に貢献したが、当誌にプロレタリア文学（詩）の志は脈々と引き継がれている。「詩人会議」は現在、北海道詩人会議・新潟詩人会議・群馬詩人会議・山形詩人会議・千葉詩人会議・武蔵野詩人会議・愛知詩人会議・福井詩人会議・詩人会議かなざわ・岐阜詩人会議・滋賀詩人会議・京都詩人会議・大阪詩人会議・神戸詩人会議・岡山詩人会議・福岡詩人会議・佐賀詩人会議・沖縄詩人会議といったぐあいに全国各地に支部を持ち、あわせて各詩誌も随時発行している。詩人としてこのような組織制を忌み嫌う向きもあると思うが、事実を事実として書けば、このような広範なネットワークを有した詩団体は他に例を見ないのではないか？

最後に、プロレタリア文学の精神から繁茂してきた現代の成果を幾つか拾っておこう。「新日本文学」六二〇号（一・二月合併号）は「詩人群像44　新世紀第一声」を特集しているが、その中から一篇。

疎開いびりのヒト科のオスに復讐の殺意を研いだ十三の日々も／米軍兵士に加えられた恥辱に報復の刃を向ける筈の十四の夏も／記憶の彼方に押しやって暮らした半世紀を背負い／六十年を／チョコレート板の上のアンテナ基地に登らせ／竜ケ台小学校の少女殺害現場に誘い／首を置いた暗い谷間の池の茂みに／夏と冬の二度も誘い込んだものは／一体何だったのか／谷間の闇の奥から／得も言われぬ音色が響いてきて／渡嘉敷島ンナガーラ／集団自決という名の虐殺現場で聞いた死者の呻きと重なってくる／瘴気が立ちのぼり／眩暈を起こさせ／六十少年の足を釘づけにする

（黒羽英二「メドゥサの首を斬り取りに」部分）

抜粋ではよく分からないかも知れないが、酒鬼薔薇聖斗の斬首事件などに代表される最近の少年犯罪の低年齢化・凶悪化と、敗戦時の荒廃した市井の模様とをダブらせて書かれた九十五行だ。モンタージュ手法を想起させるシュールな叙事性がプロレタリア詩と呼応している。

また詩誌「軸」六八号（大阪詩人会議）の佐相憲一の作品は夕暮れ時の情景のなかで、いまこのときも世界の各地で息づいている見知らぬ人々へ温かい思念を馳せている。

夕暮れ時が好きだ／街に夕食が香るから／ホモ・サピエンスが現れ／疲れた満員電車にも平和な共存が見えるから／／太陽は落ちたりしない、沈まない／旅をするのはこの地球　円を描いて／海の夕陽　大地の夕陽　山の夕陽　街の夕陽／アフリカ・サバンナの夕陽　ノシャップ岬の夕陽／横浜・港南台の夕陽　東京・西早稲田の夕陽／ソウル駅の夕陽　ビルマ・パカンの大地の夕陽／ベルリン・アレキサンダー広場の夕陽／大阪港の夕陽　京都・桂川の夕陽／雨上りの夕陽　快晴日の夕陽／めぐる季節それぞれのこころ

（「赤いくれよんの時間」）

以前からプロレタリア詩について言及したいと思っていたが、私自身、本文中に（1）～（5）として列記した事情等に阻まれてなかなか実現できないでいた。今回、どこまで近づけたか分からないが、日本の詩史の一シーンとしてプロレタリア詩の有意性はいわずもがなの事実である。

〈被爆〉を原点に自らの思想を体系化していく批評の眼

太平洋戦争末期、アメリカの「マンハッタン計画」では、原爆投下の候補地として広島・小倉・長崎・新潟の四地点が最終的に絞りこまれ、あとは気象条件等によって任意に投下地点が選択されることになっていた。

八月九日午前三時四十九分（日本時間午前二時四十九分）、原爆を搭載したB29（通称ボックス・カー号）はマリアナ諸島にあるテニアン基地を、広島に次ぐ第二目標である小倉に向けて飛び立った。しかし目標点であった小倉造兵廠へあと一マイルにまで接近したとき、突然、視界不良となり、目視照準によって原爆を投下せよという至上命令が実行不可能となった――上空を旋回しながら投下のタイミングを待ったが、日本軍の高射砲弾による迎撃などもあって諦めた――ため、やむなく第三目標であった長崎へ機首をむけ、十一時二分にプルトニウム原爆を投下した。投下は、軍需工場を狙ったものが少し北に流れて浦上天主堂のほぼ正面・上空五〇〇メートルで炸裂し、二二キロトン、摂氏三〇万度もの熱火球と放射能の猛威が長崎市街および老若男女の区別なく襲いかかり、異形なキノコ雲の下に瓦礫の焦土と七万四千人もの焼死体と七万五千人の重軽傷を負った人々の呻き声が渦巻く〈地獄〉を一瞬にして出現させた。

広島・長崎という二つの被爆都市はよく「怒りのヒロシマ」「祈りのナガサキ」といった形容で対比されることが多いが、この「祈りのナガサキ」という形容句は、じつは、被爆し、一九五一年に没するまでに『ロザリオの鎖』『この子を残して』『亡びぬものを』『長崎の鐘』『いとし子よ』『生命の河』『花咲く丘』といった著述を精力的に書きつづけ、「浦上の聖者」「原子野の光」などと称された永井隆（医学博士・長崎医大教授）のイメージが色濃く反映しているのではないか？　永井は『長崎の鐘』の中で、次のように長崎被爆を咀嚼している。

投下時に雲と風とのために軍需工場を狙ったのが少し北方に偏って天主堂の正面に流れ落ちたのだという話をききました。もしもこれが事実であれば、米軍の飛行士は浦上を狙ったのではなく、神の摂理によって爆弾がこの地点にもち来らされたものと解釈されないこともありますまい。終戦と浦上壊滅との間に深い関係がありはしないか。世界大戦争という人間の罪悪の償いとして、日本唯一の聖地浦上が犠牲の祭壇に屠られ燃やされるべき潔き羔《こひつじ》として選ばれたのではないでしょうか。（中略）然るに浦上が屠られた瞬間、初めて神はこれを受け納め給い、人類の詫びをきき、忽ち天皇陛下に天啓を垂れ、終戦の聖断を下させ給うたのであります。

また、産業奨励館（原爆ドーム）というモニュメントを人類の負の遺産として永久保存している広島に比較して、現在の長崎にはそのようなモニュメントは存在しない。実際には長崎被爆の唯一の象徴として旧浦上天主堂があったのであるが、戦後十三年目に撤去されてしまい、同地点に新天主堂が再建されている。

山田かんは一九三〇年に長崎市のプロテスタントの家系に生まれ、時局柄、敵性宗教を奉じる「耶蘇《ヤソ》」としてあからさまな差別を経験し、十四歳で被爆。身内や知人に多数の被爆死傷者を抱え、敗戦という転換点によって世の中が百八十度変貌する様を目撃し、「芽だち」や「地人」「橋」「炮氓」「草土」「カサブランカ」といった詩誌等を通じて戦後の反戦・反核運動に関わり続けてきた詩人である。

今回出版された山田かん著『長崎原爆・論集』（本多企画）は、山田が一九七〇年以後に書いた「長崎原爆」に関わる五十二篇の論稿を集成したものであるが、自らの原点に〈被爆〉を据え、そこに、蘭都・長崎、キリシタン迫害史、帝国・植民地主義、強制連行、在日問題、ヒロシマ、基地の街サセボ、戦後文学、旧浦上天主堂、詩人の戦争責任、死の灰詩集などの事項を肉づけしながら自己の思想・思潮を重層的に体系化していく様子が判読できる。そういった意味で、一人の人間がいかに未曽有な出来事を〈核〉にして考察を積み上げ、構築し、思想化していったかという証左となっている。

徹底した反中央的位置から繰り出され、繰り返される四百四十ページ余りの言説を通じて、特徴的な思潮として私が感じた項目を列記すれば、（1）「浦上の聖者」などと称され、爆心地・浦上の象徴的存在であった永井隆博士の感傷過多の宗教摂理的解釈に対する批判（2）広島・小倉・長崎・新潟といった複数地点の中から広島と長崎に原爆が投下された経緯の現実的直視（3）例えば「耶蘇」という差別から逃れるために十四歳の少年（当時の山田自身）に飛行兵受験を決意させるこの国の非情さ（4）敗戦を機軸に百八十度の大転換を見せたこの国の無責任さ・主体性のなさに対する不信感（5）被爆地・広島と並置して見られる宿命下、旧浦上天主堂を撤去するなど目先の価値観に囚われつねに後塵を拝する長崎への忿懣（6）以上のような事項を帰納法的に止揚した反戦・反核思潮の模索、等があると感じる。いずれの文章も一庶民としての存在理論に貫かれ、批評家としてのラディカルな視座を蔵したものである。彼の言説の背後からは、原爆で非業の死を遂げた数多の被爆者の声が、江戸時代の禁教令発令後、二百五十年間ものあいだ迫害を受け続けた浦上キリシタン信徒らの呻き声が聞こえる。強く印象に残った叙述をごく一部だが左記したい。原稿冒頭の「彼」とは永井隆のこと。

彼は「聖者」としてカトリック信仰を文面にちりばめることで、被爆の実態を歪曲し、あたかも、原爆は信仰教理を確かめるがために落とされたというような荒唐無稽な感想を書きちらした。しかもジャーナリズムはそれらを厚顔にももてはやすという、まさにアメリカ占領軍の意を体したかのごとき活動を行いつづけたのである。（中略）原爆を落とされて幸せであったとする永井ら信者の信仰形態は、一般の民衆の理解の域を超えるはずのものであるが、長崎においては、これへの反応は未だに見られることなく、他者の教義上のこととして見すごされてきたのである。一種のタブー視であろう。

（「聖者・招かざる代弁者」部分）

一九五一年九月一日の地元新聞には、「浦上天主堂存廃是か非か」という見出しで、信者代表、司教、神父、区裁判長らの出席で座談会が催されているが、被爆六年にして早くもこのような議論が俎上にのぼるところに、浦上カトリック信徒の祈りの聖域を再建するという問題以外のところで、原爆が遺した傷痕を早く忘れたい、原爆による遺構は平和を訴えるよりか、かえって憎しみを誘い出すというような俗流の理論が、一定の共通意識として動いていたことは否めない。

（「被爆象徴としての旧浦上天主堂」部分）

山田の文章は、風景や情景・会話などの描写叙述をふんだんに織り込み、小説の手法を連想させ、瑞々しい抒情性を湛えているが、反面、そこに告発吐露されている内容の重厚さ・シリアス性・リアリティーが深遠であり、好対照をなして読み手の内奥にグイグイ迫ってくる。全体を通して〈山田かん〉という詩人を中心に配したドキュメンタリーのような読感を覚える。また、巻末の「初出誌紙一覧」に目を通すと、一九七〇年代の著者がいかに充実した仕事をしていたかが分かる。ほかにも本著に併録された「戦争・ナガサキ・サセボ」「詩精神は向きあえたか」「原爆とキリシタン」「幻覚惰淫の中の夏」「呪われてある街・長崎」「長崎被爆・五十年の原点について」「原爆と占領軍と」「証言　われらの原点とは……」「証言運動の基底にあるもの」「わが風土への怨み」「長崎原爆と文学の系譜」「わたしの戦後」などに盛られた論旨にうなずく箇所や新事実が多数散見される。〈紙碑〉という言葉が出てくるページがあるが、本著も多くの被爆者の、キリスト教信徒の、長崎市民の、日本人の〈紙碑〉となるに相違ない。戦後、すでに半世紀以上の時間が経ち、人々の戦争や被爆に関する記憶も遠のき、風化する一途だが、平時のつっかい棒を取り払われ、一皮剝いたときに日本人（大和民族）のＤＮＡがいったいどんな狂相を示すのか、過去にどんな狂相を示したことが史実としてあったのかということを、本著は身をもって語ってくれる希少な《証言集》でもある。

山田の詩作品も幾篇か併録されている。左は、一九八五年五月八日、ドイツ敗戦四十周年に当たって、当時のドイツ連邦共和国（西ドイツ）のヴァイツゼッカー大統領が連邦議会でおこなった「ドイツ民族全体としてヒトラーとナチスを許容したことによって、アウシュビッツにおけるユダヤ人大量虐殺、戦場になった諸国市民の死、ジプシーたち、レジスタンスの運動で処刑された人たちや労働組合員や共産主義者たちの死に繋がっていったことへの、過去、現在へと歴史的視線を拡げた深刻な哲学的、そして未来を見つめた反省」（山田かん）を述べた演説に触れた論稿「民族の痛みと〈痛惜〉」に再録されていた詩。戦後五十六年、いまだ日本は右のような自己省察からほど遠い……。

金さん／名前も知らぬ／誠孝院《じょうこういん》に永代預けのままの汚染《よご》れた布に／包まれて箱の中／燈明もない暗みの棚に積みこまれ／どれが岸壁に爆死した金なのか／金天満か　金佑隆か　金邦欝か　金光造か／金鳳祚か　金東吉か　金仁平か　金在久か／金城永か　金鐘根か　金仲根か　金五峰か／金順泰か　金喜徳か　金明哲か　金直行か／金卜式か　金載植か　金信愛か　金達次か／金徳保か　無数の金本　金山　金光か／みんなこの倭国への強制連行／爆死した金なのだ／朝鮮へ帰る話だけを／うわ言のように　ポール盤の切削油の／青い煙の向うからいいつづけた／痛いキリコの鉄屑を皮膚に光らせながら／朝鮮の土の赭さ／最後に見た垣根のレンギョウを／引き裂かれた者らへの愛しい苦しみ／いいつづけて或る日還ってこなかった／どれも

が金だ／消えた

（「消えた」第二連）

ところで少々話題がずれるが、『長崎原爆・論集』のなかに太平洋戦争中に詩人たちが時局の尻馬に乗って、国民の戦意を煽り、戦地へ駆り立てるプロパガンダの片棒を担いだ所謂〈詩人の戦争責任〉に言及した山田の「詩精神は向きあえたか」という文章がある。一部を左記する。

昭和十六年十二月八日、太平洋戦争に突入するとともに、詩人たちの多くの文章は転向することで、心情的日本主義に走りはじめ、戦争讃美の好戦的な詩が書かれていくのである。詩人たちの無惨ともいえる遺産は昭和十八年十月、「日本文学報国会」（代表・久米正雄）の編で刊行された「辻詩集」に集中的に顕現されたのであった。詩ともいえぬ次元以下のものが詩の名によって当時の有名詩人たちにより書き散らされた。

右のように記し、その作例として神保光太郎の詩「イギリスの男」を掲げている。さらに後半には、一九五四年に刊行された『死の灰詩集』についても「昭和三十年五月、鮎川信夫が『「死の灰詩集」の本質』と題するエッセイで、詩人の内在律の不確かさを含めてその姿勢を鋭く衝いたのは、先にふれたような戦中の背景の事情が、疑いもなく持ち越されていく果てに、再び一斉に声をそろえる心象のなさけなさに、真の思想としての詩が不在であることを問いつめようとしたことにほかならないであろう」といったごとく、詩人という人種が、常日頃から省察のフィードバックを行っていなければ安直に同じ過失を繰り返しやすいことを示唆している。常々、随分とヒステリックだったはずの当時の情況を実際この眼で見たこともない私などが〈詩人の戦争責任問題〉について安易に私見を述べることなど許されないと思っている。ただし、当時を生きた人々が書いた諸々の文章や、自分のこれまでの経験等を踏まえた上でどんな態度が望ましいかという察しはつく。

一九三五年生まれの羽生康二は、自分が発行している詩誌「想像」に断続的に「昭和詩史の試み」を連載しているが、本連載には羽生の〈詩人の戦争責任〉を問う姿勢が色濃く底流し、謙虚な姿勢のなかに当時の時局を俯瞰する深い洞察眼が感じられて私のよりどころになっている。左記の文章は本誌一七〇号「詩界展望」でも引用したものだが、あえて再引させてもらう。

この問題でわたしが重要だと思うのは、「書いた」ということそのものよりも、「のちになって自分が書いた戦争協力詩にどう対処したか」である。十五年戦争期の状況を考えれば、戦争協力詩を一編も書かずに切り抜けるのはかなりむずかしかっただろう、ということは理解できる。が、強制されたにせよ追いこまれて書いたにせよ、書いたという事実は消せない。そのことに対しては責任がある。

（八七号から「『春への招待』の詩人・江間章子」部分）

羽生康二の文章を再掲したのにはじつは訳がある。最近、〈詩人の戦争責任〉に関して看過できない奇妙な文章に接したからだ。「詩と思想」二〇〇一年七月号の特集〈「四季」派再発見〉に鈴木比佐雄が寄稿した「『四季』の硬質な叙情性　『四季』派と戦争責任」と題された論稿中に、次のような筆者の良識を疑いたくなるような、メロメロの感傷に堕した箇所がある。

ただ言えることは多く「四季」派の詩人は戦争詩を書いたが、だからといってその詩人たちの書いたその他の詩に対して先入観をもってはならないということだ。伊東静雄は全詩集を出すことを持ちかけられたとき詩集「春のいそぎ」に収録した「海戦想望」など戦争詩七篇を削ることを条件にそれを了承したと言われている。それは隠すというよりも、死んだ友人ら戦死者たちへの恥と罪の意識からだったと私には思える。その意味で伊東静雄なりに戦争詩を書いた「戦争責任」を自らに課していたのではないだろうか。

甘い！　ここには伊東静雄の「父の残した莫大な負債を背負い」ながらも「故郷や旧友を大切にし時代の中で誠実に懸命に生きた詩人」に対する鈴木の盲目的な思い込みばかりが先行した、考証によってアリバイを示すという論述の基本が骨抜きにされた、根拠のない筆者の感性的記述のみが繰り出されている。鈴木にすれば前段として「海戦想望」に関して「戦争に荷担していく心情だけでなく、地上を離れた天上から、人間の狂気ともいえる行為をどこか冷徹に眺めている視線」と言及したことでアリバイを示した気だったかも知れないが、そんな感性論には信憑性の欠片もない。これでは「戦後、詩人の戦争責任問題が鋭く追及され始めていた風圧を避けるために、伊東静雄は全詩集のなかから戦争詩を削除し、事実を隠匿しようとしたのだ」という通説に対して、何ひとつ具体的な反論に値する状況証拠を提示できていない。いや、時局の情報操作等いかんにかかわらず、国の難局に際して大した疑念も抱かず戦争に荷担していった当時の日本人の典型、真摯であればあるほど自分が生きる時代の位相に進んで搦めとられていった近代知識人の脆さといった伊東静雄のもつ負のイメージと、鈴木の琴線とが非常に相似したものとさえ思われてくる。鈴木が論稿冒頭部に置いた「その詩人が書き残した詩はその詩人の責任において評価されるべきだ」という言葉を逆手に取るならば、伊東は後世に向けて評価の対象物を自ら改竄しようとしたのであり、それは人間として不遜極まりない態度なのであり、鈴木の言葉にしても詭弁にすぎない。

そもそも一九五四年生まれで、私と同じ戦争を知らない世代に属する鈴木はいったいどんな経緯で「死んだ友人ら戦死者たちへの恥と罪の意識からだったと私には思える」とか「戦争詩を書いた〈戦争責任〉を自らに課していたのではないだろうか」といった羽生康二も書かないような大それた（事実誤認の）感慨を抱くに至ったのか？　鈴木の想像力のたくましさに呆れてばかりはいられない……。わずか半世紀ほど前に詩人の自由な想像力を統制する時代があり、そんな時代に対してこともあろうに詩人が自発的に迎合した時代があった。その行きつく結果として、いかに一個の人間が分裂し、無惨に自己解体したかという事実は、事実として次世代へ伝えられなければならない。そこからしか真の展望は拓けない。日本の戦前回帰が内外から云々されている現在、これは、鈴木のような実証性の希薄な感性論などが介入する余地がない問題である。前稿「わが街、福岡に現代詩の老人ホームができる？」では、鈴木比佐雄のあり方を肯定する文章を書いたが、今回は否定的な文章になった。良い点は認めるが、そうでない点ははっきり違うと言うのが、私のスタンスである。

新しい価値体系を表わすキーワードとしての「クレオール」

本誌「柵」十月号（一七八号）所載、亥能春人の「クレオールについての考察」を読んだが、その論旨の大半がクレオールを〈言語レベルの事象〉として扱った一面的なものであることに少々不満が残った。

私は本誌一七〇号「詩界展望」に「戦後詩に深い陰影を刻み込むクレオールたちの屈折」という評文を書き、戦前・戦中にかけて日本が植民地として領有した満州・朝鮮・台湾などで生まれ、日本の敗戦とともに見知らぬ〈祖国〉へ引き揚げてきた数多の詩人たちについて触れたことがあった。私がその小稿で援用した古俣裕介の文章（「國文學」一九九六年十一月号所載「満州・朝鮮・台湾——植民地とクレオール」）は次のような〈クレオールとは何か〉というクレオールの解説から起筆されているが、限られた紙幅中でクレオールに関する過不足のない説明だと思う。

「クレオール」という語は、内容や使用法によっても多義的な語であるが、本来は「植民地生まれ（の白人）」を指す語である。特にフランスに限定していえば、「アメリカ、カリブ海を囲むアンティル諸島の二つの島、グドループ島とマルティニク島、それに南米大陸北岸のフランス領ギアナ」他熱帯に属する元植民地で、それは「海外県」とか「海外領」と呼ばれる「カリブ海地域の旧フランス植民地」を意味していた。そこでは在来の住民の言語にフランス語が重なり、さらに労働力として人身売買で強制移住させられた奴隷達の持つ、アフリカ各地の原住民の様々な言語が重層され、別の新しい言語が生み出されるという歴史が生じた。そのような「混種」現象が広義に解釈され、人には限定せず、言語、文化、物にいたるまで植民地で生まれたすべてのものを「クレオール」と呼ぶようになった。さらに単純平明に解釈すれば、それは異文化の混淆から生じた偶発的な文化状況でもある。日本の租借地及び植民地であった満州や朝鮮、台湾にも同様の現象が生じたと見ることも可能であろう。

以下、古俣は「大陸へ渡った日本人達が、母国の日本語と外地・植民地の言語、あるいは異国の風土・習慣・文化などを吸収することによって〈クレオール〉が生じた」と評しながら、満州における安西冬衛・北川冬彦・滝口武士らの詩誌「亞」、朝鮮において『朝鮮冬物語』に収録された許南麒の詩「京釜線」、台湾において「文芸台湾」を編集発行した西川満などの内実について叙述している。
今回、亥能はラフカディオ・ハーンや石塚道子がクレオールを説明した文章を引用しているが、それははからずも亥能の思考を占有している言語レベルの事象にとどまらず、ひろく植民地に派生した人間・習慣・事物・文化・思想・言語など全般を包含していると読める。あえて亥能の文章のなかから引用してみよう。

本来は植民地で生まれたヨーロッパ人の血をひいた子を意味し、入植者が土民やアフリカ人の奴隷女に生ませた子孫とは、はっきり区別しているのである。であるから、「有色のクリーオール人」ということばは、語義の上からいうと、まるで正反対なことになるわけだが、ただ一般には、ラテン系の胤の有色人とフランス人やスペイン人の血を全然ひかない、そしてクリーオール語も全然解しない、普通の「アメリカ有色人種」と区別するのに便利なことばとして、かなり広く用いられている。
（「ラフカディオ・ハーンの文章」）

ポルトガル語起源であるクレオールは、まず新大陸生まれのアフリカ人奴隷を指す語として使用され、ついでカリブ海地域生まれの白人、黒人を指す語となり、さらには物や習慣についての形容詞としても使用されるようになった。文化人類学上クレオールは、環カリブ海地域の言語・文化複合の総称として使用される。言語学上クレオールは、相異なる言語集団の接触において共通語となった第3の言語（ピジン）が、それらの人々の母語となった場合を言う。

（「石塚道子の文章」）

ハーンや石塚道子も、クレオールという言葉がまずは人種の相違を指す言葉だと言っており、亥能のクレオールという言葉の適用範囲が言語学上のごく狭い範疇でしかないことがおのずと逆照射されてくる。「本来、言語に敏感なはずの詩人が、そして国文学者が、何故クレオールという言葉をあえて立ちあげたか」云々という彼の弁からすると「詩人や国文学者のはしくれであれば言語学上で勝負しろ！」と言っているのかも知れないが、私はそんな狭苦しい範疇のみを相手にする気は毛頭ない。

日本は植民地支配のために〈皇民化運動〉として、彼《か》の国の人々に対し、自分たちの言語使用を禁じ、日本語を強要し、寺廟の廃止と神社参拝の奨励、日本名への改名の強制、徴兵の義務などを課した。そのおかげで彼の地に渡った日本人たちは日本語で日常会話をおこない、日本風の住居で暮らし、比較的、内地に準じた環境を保持した形で生活することができたと推察されるが、それでも長い歴史をもった彼の地の異なった気候・風土・習慣・文化に接し、感化され、摂取する事象も多々あったことは想像に難くない。クレオールは、当時の欧米列強の帝国主義・植民地主義の副産物という言い方もできる訳であり、カリブ海域に限らずひろく世界各地で形成されていったと見た方が自然であり、当然、その形態や内実などが一様とはいえない。カリブ海域から遠く離れた当時の〈大東亜共栄圏〉にも相応のクレオール現象が発生したことは確かである。事実、亥能が引用した安部公房でさえ「世界各地で独自に形成されたはずのクレオール」云々と言及している事実がある。日本から彼の地に渡った大和民族、彼の地で生まれ育った大和民族（二世）もクレオールの範疇に入るのだ。もちろん、彼の地でいわれのない侵略や掠奪・虐待などの屈辱を受け、生来の言語や氏名を取り上げられ、カタコトの日本語を話し、慣れぬ日本の習慣等を強要された彼の地の人々の方こそがクレオール化の度合いが激しかったはずであるが、本誌一七〇号以来の私の論旨は植民地を舞台にした大和民族、しかも植民地で生まれ育ち、日本の敗戦とともに否応なしに馴じみ薄い〈祖国〉へ引き揚げて来ざるをえなかった大和民族の二世詩人たちが、戦後、国内詩界において書いた詩の存在や表情を掘り起こそうとするものであり、混乱を避けるために、被支配側のクレオール化についてはあえて今回は言及しない。本件については、いずれ別稿を持ちたいと思う。

本誌一七〇号所載の小稿を再読してもらえれば分かることだが、私が触れているのは清岡卓行や齋藤怘、南邦和、羽生康二をはじめ秋野さち子、滝口雅子、犬塚堯、井上光晴、森崎和江、大野新など、いずれも外地で生まれ育ち、敗戦とともに〈祖国〉へ引き揚げてきた詩人ばかりである。なぜ私があえて彼らに「クレオール」という言葉を用いたかと言えば、やはりこの国の詩界にはそれら多くの詩人たち独特の悲哀・辛苦等が脈うっていると感じるからであり、しかしその詩脈は時間の経過とともに遠く忘れ去られようとしている現実がある。カリブ海域に奴隷として連れて来られた黒人たちは、アフリカ大陸における祖来のアイデンティティーを全部奪われてしまったが、彼ら引き揚げ詩人たちも敗戦とともに自分が生まれ育った土地から是非もなく引き離され、見知らぬ〈祖国〉で生きていくことを強いられた人々である。私がクレオールという言葉のインパクトを借りて伝えたかったことはそのようなことであり、まだまだ一般的には古俣裕介の文章中にあったように「植民地生まれ（の白人）」を指すと受け取られがちな「クレオール」を基調に、詩的想像力を膨らませて「クレオール」を咀嚼しようとしているのである。この意図は心ある読み手には十分伝わっていると感じている。

　今回は論述ばかりでなかなか詩作品の引用ができない。一九三二年に北朝鮮に生まれ、敗戦後、父親の故郷である日南市に引き揚げてきた経験をもつ南邦和の詩集『原郷』（一九九六年）から、南が抱える「デラシネ（根なし草）」意識がよく表われた表題作「原郷」（部分）を読みたい。敗戦から五十年、本詩集は長い彼の詩業のなかでも一つのエポックを形成している。南はこの頃から〈自分さがし〉の旅に出たと評すことができる。その「原郷」の風景がいまだ自由な往来の道が閉ざされている北朝鮮にあるぶん、より重たい屈折として浮彫りになっていると感じる。

〈内地〉は
はるか遠くにかがやいていた
霜焼けの手で水を汲み薪を運び
小さな通訳者として将校官舎をめぐった
あのひと冬が
おれの生涯で一番の〈学校〉だった
おれは　おびただしい同胞の死を見た
軍服を脱いだ臆病な男たちや
異国兵に追われる女たちを見た
木樵に変身した逞しい父の手や
洗濯女になった母の荒い息遣いを見た
ひりひりと舌にしみたのは唐辛子ではない
敗者の屈辱の悲哀だ

たちまちふくれあがってくる
涙腺の中の風景がある

木槿のゆれる田舎道
臨海学校の白いテント
松茸狩りをした山の乾いた風
幼い日の車窓に見た白銀の峰々
橋の袂の白い民族服の男たち
その背後にマンセーの歓呼が湧きあがる
あそこが　おれの〈原郷〉
玄界灘をゆく引揚船のデッキで
苦い嘔吐をくりかえしながら
おれは　すでに他者の国である
その土地を　激しくおもっていた。

私が本誌一七〇号所載の小稿（「戦後詩に深い陰影を刻み込むクレオールたちの屈折」）を書いたのは昨年（二〇〇〇年）十一月のことだが、その後、クレオールに関して得ることができた感慨をせっかくの機会なので記しておきたい。

このところ私は東京圏／非東京圏や中央圏／非中央圏といった対立項で、この国の詩界を読み解くことが多かったが、実はこのクレオール（化）という言葉の内に、グローバル（化）と対峙する新しい価値観を見出し、詩界の再構築をうながすための重要な可能性が胚胎されているという実感を覚えはじめている。それは、これまで〈力〉の文明によって全世界を席捲してきた欧米先進諸国――原水爆という最終兵器を開発したあたりから「自分たちが造り出した途方もない〈力〉によって、いずれ自分たちが滅ぼされてしまうのではないのか」という自滅のシナリオに怯え、疲弊し、長い沈滞期に入ってひさしい訳である――が、帝国主義・植民地主義によって世界の後進圏・辺境圏を蹂躙し、わが世の繁栄を謳歌した近・現代史は周知のとおりである。この〈力〉の文明を支えていたものは経験主義・原理万能主義・マルクス主義・セクト主義・ナショナリズム等のシステム的合理概念であった。一神教や単一民族などに根をもったグローバリゼーションである。これら既存の価値体系に対抗する新思潮として、このクレオール化（クレオーリゼーション）というものが急浮上してきつつあると感じている。乗り物やコミュニケーション手段の発達、市場経済や地球環境意識の共有化などに連動して、今後、異質なもの同士が多様な必然性によって偶発的に某地で出会い、結合し、新しい価値体系を創造していくという機会はますます増加していくと考えられる。地球という尺度は相対的にますます小さくなっていき、複数のアイデンティティーの偶発的な遭遇は増えていくだろう。その土地に集った人々の肌の色も宗教も、価値観もモノの考え方も、習慣も嗜好もまちまちなのだが「お互いに交流しあい、妥協点を見出だしながら共存していく」という共通認識でつながっている共同体イメージの醸成ニーズが現実問題として急浮上してきている。それは既存の中央集権的ヒエラルキーの根拠が内・外部から侵食を受け、空洞化しはじめたこと等と連動した現象である。例えば、それは〈人種の坩堝〉と評されるアメリカのような巨大なカオスではなく、銀河のなかの島宇宙のようにもっと小規模な蠢きであり、しかもその数は膨大である。クレオールという概念のなかでは、大和民族もウチナンチュウもアイヌ民族もイヌイットも朝鮮民族も漢民族などの差異も解体し、融合していってしまう。先に触れた旧植民地から見知らぬ〈祖国〉へ引き揚げてきた詩人たちが、彼《か》の地の風土に培われた精神性を日本人（大和民族）という外殻ですっぽりと被われつつ、それでも「私はね、正直いって日本の詩人とつきあうよりも韓国の詩人たちとつきあっている方が気が楽なんです」（南邦和／「詩と思想」二〇〇〇年十二月号より）といった心情を半世紀以上も持ち続け、引摺りながら生きてきた事実など、典型的なクレオーリゼーションの例だという実感がする。

近代日本は、これまで皇国史観など単一ルーツ型のナショナリズムによって国家を築いてきたといえるが、今日のように交通機関や情報網等が発達し、どこへ行っても〈ミニ東京〉的な似た景観が広がる段階に達した状況を鑑みた場合、果たしてこの文明という〈意識〉は、今後どんな風に増殖を続けていけるのかと懐疑的になってしまう。事実、この景観はその翼下に新興宗教の痴気や錯乱、テロの温床、バーチャル化によるリアリティーの錯綜、凶悪犯罪の低年齢化、幼児虐待、衝動殺人、老人の孤独死、メガ失業、ホームレスの急増といった根深い疲弊症・閉塞性・終末感にさいなまれた病巣を懐深く抱え込んでいる。これらを癒し、希望を与える一つの切札としてクレオール化を位置づけることができると考える次第である。クレオール化をもっと平たく言えば〈雑種化〉と称して良いかもしれない。旧来の共同体や伝統などに依存しないモノどうしが新しい価値観を築きあげていく思潮・形態である。明治期以来、中央集権的な価値体系に寄りかかって命脈を保ってきたこの国の一部の詩界が百余年のサイクルを閉じ、ますます混沌の度合いを強めていくと予想されるいま、前途への展望を見失い、踏み迷っている現状を乗り越え、それを新たに再生させていく活力源として〈クレオール化／雑種化〉は有効な理念であり、キーワードの一つだと実感される。

一九九二年度のノーベル文学賞は、カリブ海地域（西インド諸島）の島国・セントルシア出身でトリニダード＝トバゴの詩人、デレック・ウォルコットに授与されたが、本例などは西欧文明圏が、本来、植民地化・奴隷化によって文化などが育つ余地がないと思われた《無》の環境を超克し、自分たちの文化とアイデンティティーを創り出してきたクレオーリゼーションのなかに、人類が生きていく上で不可欠な生命力および有意性を認めたことの証左だと感じうる好例であろう。古今東西の事象が縦横無尽に駆使されるウォルコットの詩に〈雑種〉の根強さをあらためて思い知る。

ジェット機は銀色大魚のように雲の巻物に孔を穿つ――
雲は僕らがいま通過した場所など記録しないだろう
海の鏡も　自分の培養に忙しい珊瑚も同じことだ。
雲は溶解する石の扉ではなく
ばらばらになる湿った文化にある頁だ。
それで　雲の羊皮紙に穴が開き　すると突然
陽光の広大な遺棄の中に　あの島が現われる――
旅行者トロロプや仲間の旅行者フルードにとっては
何も創らなかったことで知られた島　国民でさえなかった人たちの場所
ジェット機の影は緑のジャングルの上に漣を立てて行く
小魚がすいすいと海草を走り抜けるように、僕らの陽の光は　ヨシフよ
ローマと君の白紙は共有するものだ。ここでも
他のどんな場所でも　時代は一つだ。都市でも
泥の集落でも　光を画する時代などなかった。

（デレック・ウォルコット「真夏」冒頭部分／徳永暢三訳）

ニューヨークと〈中央〉中心の詩観に捧げるレクィエム

米国同時多発テロ事件後、ユタ州都ソルトレークシティーで開催された冬季オリンピックの警戒体制は、米国という超大国の威信をかけたぶん常軌を逸したと評してもよいものだった。自動小銃の把手をにぎったままの迷彩服の兵士、ベレー帽をかぶった特殊部隊、複数の登録証を首からさげた民間のセキュリティー職員、スキーをはいたパークレンジャーたちまで、ありとあらゆる保安機構と防護システムが動員・導入されて、もしもそこにカラフルなスキーウェアを着た選手団がいなければ、戒厳令を敷かれた一地方都市のいかめしい表情以外のなにものでもなかった。

そんなソルトレークシティーの様子をテレビで観ながら、私は三十年前の札幌オリンピックのことを関連的におもいだしていた。当時、中学生だった私はボブスレーやリュージュ、バイアスロン、ノルディックなどといった聞き馴れない競技種目をとおして、一年の大半を雪と氷に深々とおおわれる国々があり、当地に生きる人々がこれら冬の競技を生み出した歴史の必然性といったものにおもいをはせる初めての経験をもった。

　札幌オリンピックといえばトワ・エ・モアが歌った「虹と雪のバラード」を思いだす。この歌の作詞者が札幌在住の詩人・河邨文一郎であることを知ったのはずいぶん後であり、またこの歌詞の一部に対してやや否定的意見があることなどを知ったのもずっと後になってからだった。ただし当時、苦渋の北海道開拓史も、先住民族アイヌの現実も遠い地方の問題として生きていた九州の中学生には、札幌オリンピックはトワ・エ・モアの若々しい歌声とともに、多くはプラス因子として取り込まれている。二〇〇〇年六月、大阪で日本詩人クラブ関西大会が催された際、札幌から河邨文一郎も参加していた。私は当時もいまも、東京（中央）を中心に語られることがほとんどである《日本の詩史》に、それ以外の地域にも「詩史」が存在し、独自の詩観を主張しており、それらと中央系の詩史をミックスした「詩史」こそがこの国の本当の「詩史」なのだという確信的な概観を抱いており、その事実をしめすための一例として《アイヌ民族が日本語で書いた詩文学》を調査・蒐集しはじめていた頃だったこともあって、アイヌ・モシリ（北海道）から来阪していた河邨に初対面ながら臆面もなくその類のお話をうかがったりした。その際、「虹と雪のバラード」についても話題がおよび、私も私と同年の妻もこの歌が好きだというと「楽譜がありますので今度お送りしましょう」という厚情を頂戴した。後日、贈ってもらったサイン入りの楽譜はいつのまにか妻の宝物になっている。

河邨文一郎詩集『ニューヨーク詩集』（思潮社）は一九五九年から六〇年にかけて初めてニューヨークへ医学研修生として留学した経験をベースに、昨年（二〇〇一年）九月十一日の米国同時多発テロにともなう多大な犠牲と、その惨劇の背後に潜んでいる途方もない〈憎悪〉のメッセージを感受したことに端を発し、陽の目をみた一冊だといってよい。表紙の、うっすらとスモッグをかぶってマンハッタン島にそびえ立つありし日の貿易センタービルを写した航空写真と、内表紙の、テロによって瓦礫の山と化した当ビルの対照的なスナップ写真が、現在の詩人の困惑と心傷をよく表弁している気がする。一九五九年〜二〇〇一年のあいだに書かれた序詩、第一部（詩十篇）、第二部（詩四篇）、第三部（エッセイ四篇）を収録した本集は、半世紀にわたって作者の人生観につねに批評と刺戟とをあたえつづけてきたニューヨークというカオスに対する一種の〈レクィエム集〉である。ギンズバーグばりのビート詩のタッチを意識的に終始つらぬき、殺伐とかわいた当地の風土を荒々しく活写しようとする呼吸が、本集を本邦のほかの多くの湿潤な抒情性からきわだって特徴づけている。刹那的で生きる本能に満ちてアダルトなニューヨークの酸素をとりこむことで、饒舌に、闊達になっていく詩人の脳細胞の様を想起する。

ニューヨークが毀《こわ》れた！／自ら潰れるかたちで崩れおちた！／その脆さが僕らを悲しませる、／あの壮麗な摩天楼の、ささら立った折れ口から／破水した水道管の水さながら／高く高く噴出し、かぎりも知らず噴出し／澄み切った秋空の高さをめざす／大群衆の／幻が。／まちがいなく、この地点だ、／かつて《さまよえる》移民たちを魅惑したのは。／未開の十七世紀、／一枚岩の島マンハッタンの上陸点、鋭い鍬を打ちこむや、／斜め北へ袈裟懸けに／一気にえぐりとったブロード・ウェイの／発端だ。／その切れ味は男たちを／女たちも酔わせる、いまも。（「ブロード・ウェイ」冒頭部）

ところで、この『ニューヨーク詩集』は東京の思潮社から出版されている。現在、思潮社など在京の出版社から詩集をだす地方在住の詩人の意識には、大別して三つのパターンがあるような気がしている。ひとつは、中央という大樹に寄りそい、その萎びた沽券へいまさら盲信的に百パーセント依存しようとするもの。これをかりにAパターンと呼ぶ。ふたつめは、閉塞感や萎靡感を自覚しつつもみずからの沽券にからめとられて身動きがとれないでいる中央へ〈喝〉をいれるためにあえて当該出版社を選ぶもの。Aパータンに比べれば意思的戦略的にみえる、これをBパターンとする。さいごは、この両方からのメリット享受をねらったものであり、これをCパターンとしておこう。

Bパターンは、Aパターンを経過したはてに全国の詩人たちの内部に自然発芽したアップツーデイトな意識だろうが、これとて全国の詩人が〈中央〉を意識することなく自作を取りまとめ、出版するようになる次段階（これをいちおうDパターンとしておこう）への過渡期の形態であることに違いはない。地元の出版社であれば三百部、六十～八十万円でできる詩集が、在京の出版社に依頼すれば八十～百万円かかってしまう。その割増し分が当出版社員の給料に化けたり、「現代詩文庫」など商業出版の企画に充当されたりしているのだ。Bパターンといえども在京出版社の体質延命を助長している側面は払拭できないのではないか……。このほど第一七回梓会出版文化賞・特別賞を受けた思潮社の小田久郎代表（七十歳）は、受賞に際して「最初から売れるとわかっているものは出しません。まだ評価されていないものを評価づけしたい」と述べているが、このいっけん陽のあたらない才能を発掘し、そのことを本分とするような高潔な言い回しとは裏腹に、じつは産業・経済・文化・情報などあらゆる面で東京を頂点とするこの国のヒエラルキー構造に便乗するかたちで、東京の某大学あたりの文系修士課程をおえた〈新人〉などを中心に自社の商業誌上に論陣を張らせ、付け焼き刃の舶来思想や語法などを好きなように垂れ流させる編集態度などがあったことがあらためて思い返される。彼らは（小田のマネジメントによって）売れるとわかっている有価パーソンなのだ。このような評価づけの態度が、はたして高潔といえるだろうか？　東京中心のヒエラルキー構造、舶来思想の垂れ流しなど、その手口は日本人の潜在意識のなかにいやおうなしに入り込んでくる盲信気質が利用されているのだ。このヒエラルキー構造に依拠していれば、通常であれば売れないものを相手にしてもあるていど食いっぱぐれない商策システムなのである。さらに売れないものを相手にするというのであれば、自分たちが売り出した荒地や言語派やプアプア詩などを専売していれば良いものを、どうも最近は詩の潮流がこれまで自分たちがさかんに価値づけてきた路線とは異なるローカリティーやマイノリティー、クレオーリゼーションなどといった新思潮に移りつつあり、これらが商業ベースにのるという金銭感覚はたらくのであろう、例えばドル箱である「現代詩文庫」に村上昭夫（岩手）、広部英一（福井）、倉橋健一（大阪）など、すこしまえであれば一顧だにせず収録など考えられなかったような人選がおこなわれはじめているのも、さきの小田のコメントと矛盾する奇異な点である。

河邨の『ニューヨーク詩集』が先のA～Dパターンのどれに分類されるかといえば、現状ではやはりBパターンだろう。私などが思潮社あたりにいくら苦言を呈しても事態はいっこうに好転するわけではなく、もういい加減やめにして、貴重な誌面をもっと有意義な記述につかおうといつも思っているのだが、いちど触れると日頃の不満・鬱屈の堰がドッと切れて、つい際限なく書きつらねてしまう。話題をもどそう——。

河邨文一郎は、その詩作品が羅興典編訳『精選・河邨文一郎詩集』（中国語）、『河邨文一郎　日露対訳選詩集　無名戦士の墓』（ロシア語）、洪潤基編訳『河邨文一郎精選詩集』（韓国語）、熊谷ユリア編訳『河邨文一郎英訳詩集　物質の真昼』（英語）などに訳出され、広く海外へ紹介されている詩人の一人である。この点、英語、スペイン語、中国語をはじめ約三十カ国語にその作品が訳出紹介され、昨年十二月、それらの詩業が認められてスペインのグラン・カナリア国際詩祭においてアトランチダ賞を受けた有馬敲（京都）と似通っている。もしこのさき、日本の詩人がノーベル文学賞を受賞する可能性があるとすれば、河邨や有馬は最右翼のポジションにあると評してよい。ノーベル賞ばかりが価値観のすべてでもないが、ノーベル賞というエポックを経過して、この国の詩界がどのような反応を見せるか興味がある。そのためには河邨や有馬のように東京圏在住ではない詩人に、そのような栄誉が与えられた方がこの国の詩壇によりよい刺戟がもたらされるだろうし、詩壇の活性化も進むと考えるしだいである。

最後に若い人々が気軽に詩集を愛読し、いつの日か自分の詩集を出すという夢を阻害している要因の一つとして、日本のハードカバー付き上製本（ときに函入り）といった詩集造本の慣行が不必要に豪華すぎて、結果的に詩集の単価を不実に高騰させている側面があるのではないか。一冊あたり二千〜三千円という詩集の頒価はけっして安いものではない。具体的にはこの半額以下が望ましいと思う。また、これに関連した話として、通常の製作費に三十〜五十万円をうわづみして有名画家に自分の表紙絵を描いてもらい（もちろんその画家は当詩集に収録予定の作品すべてに目を通したうえで絵を描くわけだが）結局、その原画は費用負担する当の詩人には引き渡されず、その画家の所有物に帰するといった事例を聞いたことがあり、私はどうして詩人がそれほどまで美術家に対して卑屈にならなければならないのかと呆れてしまった記憶がある。

たとえば、ときおり書店の洋書コーナーをのぞくことがあるが、この、カバーもない並製・ノリ綴じ程度でも十分なのだと思う。日本でも……。まずこのレベルで発行し、読み手の反応におうじて豪華な装幀などを付加していくというのが順当な考え方ではないのか。いつか自分でもそんな廉価な詩集を出す仕事がしてみたいと思うことがある。以前はそんな気骨のある出版社が全国に複数あったのだが、高齢化や他界等の理由でいつの間にか姿を消してしまった。日本の詩文化の成熟の度合い（？）が、詩集の装幀と単価のトレンドからも読みとれる気がする。

沖縄——悠久の古代から苦渋の現代にまでいたる息吹

本誌「柵」主宰である志賀英夫著『戦前の詩誌・半世紀の年譜』は、大正末期から昭和にかけて活躍した詩人・吉沢独陽が所有していた詩誌を独陽の子息から引き継いだもの（約千冊）を核に、志賀が各地の図書館や文学館などをたずねまわり独力で収集したものを補充するかたちで一九九六年七月号から九八年二月号まで「柵」誌上に連載したものに、その後収集した資料を加え、大幅改訂した貴重な労作である。戦前、わが国で発行された約二千冊もの詩誌が収録されているが、もちろん当時発行されたすべてが収録されている訳ではない。それこそ星の数ほどあり、現われては消える同人詩誌の全てを収録することなど到底一個人がなせる作業ではなかろう。まして帝国植民地主義によって日本の国境が台湾、南樺太、旅順・大連、朝鮮半島ともっとも膨らんでいた時代を含み、いったいどこまでを日本と規定するかといった問題もある。関東大震災や太平洋戦争などの禍火によって灰燼に帰した詩誌・資料も多い。そうした概況は志賀にも重々承知されており〝まだまだそろえたい資料もある。(中略)詩と同人誌を愛する一人として、残る人生をその研究に費やしたいと思っている〟(「日本経済新聞 二〇〇二年三月六日」)と結んでいる。この気が遠くなるような作業に志賀をあえて向かわせるのは、かつて軍国主義や全体主義、言論統制、思想弾圧などといった不幸な時局下にあって詩という表現様式に自分の思いの丈を託し、詩誌という感性の砦を命がけで守りつづけた、有名無名の詩人たちに対する共感と情愛であろう。

この『戦前の詩誌・半世紀の年譜』は全国を視野に入れ、全国で発行された詩誌の収集を企図しているが、じつは沖縄で当時発行されていた詩誌が一冊も収録されていない。沖縄にも山之口貘のように戦前から知られた詩人が輩出しており、また「文学界」「明星」「スバル」といった当時、中央から出されていた文芸誌には沖縄在住・出身の詩人たちの作品を多く読むことができ、沖縄でも詩誌が発行されていたことは想像に難くない。今年二月に大阪でおこなわれた〈日本現代詩人会・西日本ゼミナール〉に出席した際、志賀と話す機会があって、私はその件について本人に確認してみたのだが、彼の返事は「たしかに沖縄で発行された詩誌が抜けています。方々手を尽くしてみましたがダメでした……」ということだった。沖縄の詩誌が確認できないことには実は理由がある。太平洋戦争末期、地上戦によってほとんどすべてのものが烏有《うゆう》に帰してしまい、その類の資料が一切焼失してしまっているのである。そのため『沖縄近代詩史研究』(一九八六年)という労作を著わした仲程昌徳なども「国会図書館に残されていた、沖縄で刊行されていた新聞『琉球新報』と『沖縄毎日新聞』の複写によって、資料の作成を始めたのである。しかし、両新聞とも完全な揃いがあったわけではない。（中略）幸いなことに八重山石垣で刊行されていた『八重山新報』『先嶋新聞』が現地に残っていたことによって、ある程度それで基本資料をうめていくことができるようになった」とその苦労を「あとがき」に記している。この『沖縄近代詩史研究』の「明治後期」には「小雑誌刊行と球陽文庫」と題した文章が収められており、仲程が確認できた戦前、沖縄で発行されていた二冊の同人誌が次のように紹介されている。

鳥江が、「あふひ会同人」として「動物園の獏の歌」を発表した翌二日、『沖縄毎日新聞』に、次のような一文が掲載される。

詩友鳥江君等アフヒ会にて此度「雑艸園」てふ一小雑誌を毎月刊行すると云ふ球陽詩壇、イヤ文壇の為め大いに嘉みすべきことなる哉

（中略）

『雑草園』について、三月四日に亘生の次のような紹介が『沖縄毎日新聞』にあらわれる。

アフヒ会の回覧雑誌「雑草園」第一号印刷がすむと鳥江君から見て呉れと渡され

八頁の微々たる雑誌であるが紙は鳥子紙地方雑誌ではハイカラ過ぎて居る。「沈黙と饒舌」外は長詩と短歌で埋めてある

＊

七月二日には、小橋川南村の「みどりを許す」というのがあらわれる。南村は「新派」論争をまき起こした勢理客宗男の別名であるが、そこで「新潮会の狂浪君からみどり第一号を寄送された」として、『みどり』に掲載された短歌をとりあげ評している。南村は、亘生が『雑草園』を紹介したようなかたちをとってない。そのため、『みどり』がどういう体裁のものであったか、また短歌の他にも作品があったのかどうか不明であるが、『雑草園』とそれほど違うものではなかったのではないかと思われる。

右記した二つの記事から、一九一〇（明治四十三）年に「雑草園」「みどり」という二つの同人誌があいつぎ創刊されたことが分かる。「もしや……」と考えて四百ページ近い本著の他のページにも目を通してみたが、残念ながらこれ以外には見当らなかった。以上については、二月中に資料のコピーを添えて志賀へ情報提供させてもらったが、今後〈増補版〉などを計画するときの参考にしてもらえたら嬉しい。

今年は沖縄が本土復帰をはたして三十年目にあたる。しかし、在日米軍の専用施設の七五パーセントが国土面積の〇・六パーセントにすぎない沖縄県に集中し、いまだレイプ事件などアメリカ兵による凶悪犯罪の多発や、米軍演習にともなう対人・対物被害、米軍機による爆音禍害など基地問題は「沖縄問題」の中核になり続けている。さらに経済的には、八・四パーセント（二〇〇一年）という国内最高の失業率、全国平均の七一・九パーセントという最低の所得水準、七七・一パーセントという全国最高の依存財源比率（全国平均は五〇・八パーセント）などといった慢性的な破綻状況をいかにして改善するかという課題も深刻だ。

元来、琉球国として独自の国家・文化圏を形成してきた〈沖縄〉。明《みん》からの冊封支配を受け、同時に、一六〇九年の薩摩藩の琉球征討以後、島津氏を通じて日本にも服属するという二重の支配下におかれ続けてきた歴史を持つ〈沖縄〉。太平洋戦争末期、本土防衛のための捨て石にされ、九万四千人もの一般住民が戦禍にまきこまれ、犠牲となった〈沖縄〉。米国の極東戦略と日本の国体護持のために戦後二十七年間も米国統治下におかれていた〈沖縄〉。種子島・屋久島、奄美大島、徳之島、沖縄島、宮古島、石垣・西表島などからなる琉球弧ゆえか〈九州・沖縄〉などと束ねて呼称されることがあるが、現在、九州と沖縄との人・物・金・情報・文化など各方面における交流の様は残念ながら緊密な状態にあるとは言いがたい。ひとつには右記した史実に起因した沖縄側の九州に対する懐疑心・警戒心があるように感じられるし、また市場としての魅力といった経済面に起因した九州側の沖縄に対する評価などという現実が横たわっているように感じられる。

毎年盛夏、九州各県の詩人会・詩人団体などが持ち回りで〈九州詩人祭〉を開催しているが、この詩人祭にも沖縄からの参加者はほとんどないのが実情である。むしろ山口県や関西、関東、あるいは韓国からの参加者の方が多いくらいであるが、私はここにも九州・沖縄間のいかんともしがたいハードルを想起する。いや、もっと多角的にいえば、日本に取りこまれながら、日本を相対視する沖縄の人々の自分たちのアイデンティティーに根ざした価値観の隆起を感じるのである。アイヌ民族に稀有な叙事詩ユーカラがあるように、沖縄にも「おもろ」や「琉歌」がある。このことについて詩誌「やぽねしあ」六号（一九七三年一月）所載の犬塚昭夫の論稿「日本文学再考　叙事詩をもたなかった文化」に簡潔に説明した文章があったので一部引用しておきたい。

記紀歌謡と万葉集以後の短歌の関係は、沖縄における「おもろ」と「琉歌」の関係にきわめて類似している。沖縄の古謡であり神歌でもある「おもろそうし」全二十二巻が完成したのは一六二三年、その第一巻の編集は一五三二年であった。

この、沖縄王朝第二尚氏の時代に成立した「おもろそうし」は、沖縄の「万葉集」ともいわれる素朴な力強い歌集であって、六・八音を基調としながらも、自由律詩である。（中略）沖縄の古代歌謡「おもろ」が自由律詩であったことに対して、琉歌は、八八八六調の定型詩であり、三十音からなるところを、和歌の三十一音と比較して論じられる場合が多く（中略）明るくのびやかで、力強い古代の「おもろ」に対して、琉歌は「悲愁やるかたない琉歌のむせび」と評されるように、宿命の沖縄の歴史をうたいあげてきたといえるであろう。

ほかにも沖縄には御嶽《ウタキ》信仰やノロ信仰、ニライカナイ信仰といった独特の古代信仰観が現代まで息づき、また宮廷舞踊をはじめカチャーシーやクイチャーなどの踊り、琉球歌劇・芝居、琉球音楽・民謡などがあり、それらは琉球王国としての独特の歴史・伝統をもち、亜熱帯に位置し、日本本土とは異なった民俗が方々に散見される。だが、その一方では日本の古語・古俗が豊富に残存していることも早くから認められ、注目をあつめてきた。

安里英子著『ハベル［蝶］の詩　沖縄のたましい』は沖縄に生い育ち、琉球弧の島々を巡りながらリゾート開発に関するルポルタージュや島々に残る御嶽や遺跡を訪ねての記事をあらわしている著者が、沖縄が抱える悠久の古代史から苦渋の近代史までを踏まえつつ、島で出会った詩や古謡を紹介するなどして、誌上に一陣の爽風が吹き渡る印象を覚える一冊だった。

雨たぶれー／天がなし／あり（囃子）／雨ふさぬーるねがやびる

「どうか雨を下さい、天の神様。雨が欲しくてこうしてお願い申し上げています」といった意味。久高島に伝わる雨乞いの歌だが、著者は「ラジオから、地の底からわき出るような歌が突然流れてきた」と、この老婆が唄った歌を非常に感銘ぶかく書き留めている。川がない離島の暮らしにおいて、旱魃は小規模なものでも島民の生死を左右するほど切実なものだった。

星雅彦詩集『パナリ幻想』のパナリとは「離れの意で転じて離島」という注があるとおり、濃密な亜熱帯の風土と風俗が印象的だが、やはりここにも沖縄戦やその後の〈琉球処分〉を通じて日本を決して許さない逆《さか》らいの血を感じた。

島の隆起が死者の顔になっている／たしかに島は死んでいる／人の顔がくっきりと
形よく／海に沈みかけている／／石灰岩がその昔――／こなごなになって／焼かれ／
石粉の道ができた／／アダンの藪を通り抜けると／深く深海まで続き／ぎゅっと締め
上げられて／人魚が波にもだえていた

（「パナリ幻想　シュールな風景」冒頭）

「日本語で書かれたアイヌ民族の詩歌文学史」概観

これまで本誌「柵」や「岩礁」「ガーネット」といった詩誌、および私の個人詩誌「気圧配置」などに断続的に「日本語で書かれたアイヌ民族の詩歌」に関した文章を書き継いできた。旧来の〈中央〉中心の詩壇通史のほかに、この国には〈中央〉から捨象されつつも自分たちの存在や価値観を主張しつづけてきた多数の〈詩史〉が各地に併存しているという事実を例示するために、これまでまったく顧みられることがなかったアイヌ民族の詩史を浮かびあがらせることを企図してきた訳であるが、私の文章に触れて、工藤正広が「ここ〝静かな大地〟の詩史を省察する場合、言語的にもアイヌ民族詩人の（近・現代の）詩脈が特筆される鉱脈であることが判然とする」（「北海道新聞」夕刊　二〇〇一年八月二十七日）と評してくれたり、石原武が「アイヌの問題も、政治家はとっくに同化したなんて言っていますが、同化なんかしてないんで、厳然とアイヌの詩は残っていかなきゃいけないし、また発展していかなきゃいかんだろうと思う」（日本詩人クラブ編「詩界」二四〇号　二〇〇二年三月三十一日）と言及してくれるなど、この国において、確実に〈アイヌの詩歌〉の存在が認められはじめた手応えをおぼえて嬉しく思っている。

今回は「日本語で書かれたアイヌ民族の詩歌文学」について、現在、私が書ける範囲でその詩史の〈概観〉をまとめておきたいと思う。

・黎明期（一九〇〇～三〇年代）

元来、アイヌ民族は文字を持たず、自分たちの伝統文化はすべて親から子へ、子から孫へと口承によって語り伝えられてきた。一晩かかっても語り終わらないユーカラのような長大な叙事詩形式による物語もすべてそうやって命脈を継いできたのである。日本語によって表記されたアイヌ民族の詩歌が書かれ始めるのは、一八九九年に施行された「旧土人保護法」にもとづいて、一九〇一年に「北海道旧土人児童教育規程」が制定され、十カ年計画をもってアイヌ学齢児童三十名以上を有する部落には国費によって毎年三校ずつ土人学校を開校するという方針が具体化されはじめた一九〇一年以後ということになる。最終的に土人学校は道内に二十一校が設置された。これはアイヌ民族を同化させる政策の一環として実施されたのだが、しかし、ここで行われた特別教育が内容・待遇ともに同地区内にある和人児童対象の小学校との明らかな差別を前提として行われていたことは言うまでもない。

いま出てきた「旧土人」などというギョッとするような用語に注釈を加えておけば、もちろん土人というのはアイヌ民族のこと。「旧」がつくのは一八七八（明治十一）年に発布された「開拓使の達《たつし》」によって戸籍・土地・就労・教育など、ある程度、明治政府の管理下に入ったアイヌ民族に対して「もう土人ではない」という観点から用いられたもの。

一九〇一年は、一八八四年生まれの向井（後のバチェラー）八重子が十六〜七歳の多感な時期にあたっており、自分の内面を習いたての日本語によって吐露するような行為も当然あっただろう。また彼女は数え七歳の時、イギリス人で聖公会牧師のアイヌ研究家ジョン・バチェラーにより洗礼を受け、一九〇六年にはバチェラーの養女となっているが、聖書や賛美歌などを通じて韻文に関する素養が早くからやしなわれていただろうことは想像に難くない。私が〈黎明期〉のスタートを一九〇〇年代からとした理由は、以上のような事情を根拠にしている。

この時期、アイヌの人々の手になる詩作品は違星《いぼし》北斗や知里《ちり》幸恵《ゆきえ》といった当時、二十歳前後の若い書き手たちが例外的に書いた詩以外は見あたらない。むしろこの時期の特筆されるべき特徴は、バチェラー八重子や違星北斗らが日本文学独自の形式である短歌・俳句形式を用いてアイヌ民族の魂を表現しようとしたことである。強要された文字や表記法をようやく咀嚼し、さしあたっての表現の具として五七調があったということかも知れないが、しかし私などは、ここに避けがたく同化根絶のレールを敷かれた民族の悲惨な分裂の様を見る思いがする。いつ頃からバチェラー八重子が短歌を作りはじめたかは判然としないが、神の教えや心の平安などを讃える凡庸な布教歌・信仰歌などを書いていた前期から、しだいにアイヌ固有のアイデンティティーに目覚め、アイヌとしての喜怒哀楽を歌うようになった後期へと歌境が著しく伸長していくことが判る。アイヌ語を短歌に取りいれた歌風は彼女のオリジナルだが、彼女の口唇にのって虐げられ歪められてきたアイヌ民族の魂霊が浮上してくるような迫力があり、読む者に対する強烈なインパクトを蔵している。
今回は残念ながら紙幅的に作品を引用する余裕がない。しかしバチェラー八重子の短歌だけは、どうしても一首紹介しておきたい。一読して、私をアイヌ民族の詩歌文学へ引きずり込んでしまった一首である。

ウタシパノ　仲良く暮さん　モヨヤッカ
ネイタパクノ　アウタリオピッタ

（注）ウタシパノ、相互に。モヨ、鮮少・稀。ヤッカ、なれど。ネイタパクノ、どこまでも。アウタリ、我が同族・同胞。オピッタ、皆々。
「今は残り少なになりはしたれど、相互に仲よく暮して行こうではないか、我が同族の皆々」

一九〇二年生まれの違星北斗は二十七年間の短い生涯のなかで病苦・生活苦と闘いなが

ら、アイヌとしてのアイデンティティーに目ざめ、同じアイヌの中里篤治とともにガリ版同人誌「コタン」を創刊したり、痔薬の行商をしながら道内のアイヌ同胞たちを叱咤激励してまわるなど、もっとも早い時期に自覚的な叙述による民族運動を展開したひとりである。抒情性よりも民族意識が優先する彼の短歌は社会派的であり自己省察的であるが、差別や偏見・虐待など、自分たちを取りまく理不尽な環境をふまえて民族の痛感を代弁する直情な意志に貫かれている。これらは、バチェラー学園の手伝いなどをするなかで、姉のように敬慕していたというバチェラー八重子の言動等におおきな影響を受けていると感じられる。

違星に、道内の同胞を訪ね行脚してまわる決意と力を与えたのが美しいユーカラの代表といわれる知里幸恵著『アイヌ神謡集』（一九二三年）である事実を考えたとき、人の心を揺り動かす言霊の力といったことをあらためて実感する。一九〇三年生まれの知里幸恵は違星よりもさらに短い十九年間の生涯のなかで、『アイヌ神謡集』の和訳という前人未到の天才的な仕事をやり遂げた。その彼女が記していた最晩年（東京の金田一京助宅で『アイヌ神謡集』の訳出に取りくんでいた時期）の日記のなかに、差別や無理解に苦悩しつづけてきた自分の一生を振り返りながら、赤裸々に内面告白した詩が残されている。彼女の没年にあたる一九二二年五〜九月という詩作年月は私が知るかぎり最も早い〈アイヌ民族による詩作例〉であり、完全な口語自由詩として書かれたそれは彼女の文才とともに驚きに値するものだ。知里幸恵の弟である知里真志保《ましほ》は一九〇九年生まれ。アイヌ民族で初めて旧制第一高等学校から東京帝国大学へというエリート・コースを歩んだ言語学者であるが、学生時代（一九二三〜二九年）に作った短歌と俳句が、藤本英夫著『知里真志保の生涯』に収録されている。

一九三〇〜三三年にかけては、初のアイヌ民族による詩歌集である違星北斗遺稿集『コタン』や、バチェラー八重子歌集『若き同胞《ウタリ》に』が陽の目を見たり、北海道アイヌ協会が設立されるなど、これまでにない大きな稔りを見た時節であった。「蝦夷の光」（北海道アイヌ協会）、「ウタリ乃光リ」（チン青年団）、「ウタリ之友」（ウタリ之友社）といった機関誌があいついで創刊され、そこにアイヌの人々が自己の思いの丈を綴った文章がおおく寄せられていじめ、「蝦夷の光」創刊号には「アイヌの詩人が当時の情景を詠んだものである」として三首の短歌が紹介され、第三号には山西忠太郎の短歌一首を確認することができる。また、この「蝦夷の光」には「蝦夷歌壇」「文芸」といったコーナーがもうけられており、バチェラー八重子などが〈新作〉を寄稿していて嬉しい。「ウタリ之光リ」を発行したチン青年団のチンとは勇払郡鵡川村（現・むかわ町）にあったアイヌが多く住んでいた集落名であるが、その創刊号に初代団長をつとめた辺泥《ペテ》和郎《ワロ》の作になると推察される「心」という七行のマニフェスト詩が掲載されている。

一九一三年生まれの伏根《ふしね》シン子は資料によって没年がまちまちだが、一九三七年に四〜

六行×九連からなる「保護法の成立感懐を詠う詩」という力作を発表している。これは様々な問題点を抱えつつ「北海道旧土人保護法」の改正案が施行されたことを受けて複数のアイヌ人の各々の述懐を詩にしたものである。

・揺籃期（一九三〇～六〇年代）

一九三七年に刊行された森竹竹市詩集『若きアイヌの詩集　原始林』（白老ピリカ詩社）には十九篇の詩篇と百五首の短歌が収録されている。このとき森竹、三十五歳。ここに収められた十九篇の詩篇こそ、私が〈アイヌ民族の詩〉を調査蒐集しはじめた当初、もっともめぐり逢いたいと切望していた類のものである。この『原始林』はアイヌ民族によって編まれた最初の詩集である。刻々と軍事色を強めつつあった当時の日本にあって、アイヌ民族の復興を唱えることなど許される情況ではなかったが、抑制の効いた詠嘆のなかで、民族への情愛、民族としての誇りといったものが沸々とたぎっている様が判読できる。

戦後、一九四六年にはいちはやくアイヌ問題研究所から「アイヌ新聞」が創刊されており、同年九号には止伏《とぶせ》寒二の詩「アイヌ可愛や」などが掲載されている。また、一九四八年にバチェラー八重子が発表した「農地改革に関わる詩」は十三連九十一行に及び、一部を除いて一連七行および藤村ばりの七五調の定型で書かれているが、そこに盛られた批評性・告発性・叙事性は、その完成度とともに当時の社会派詩の秀作である。

さきの「蝦夷の光」「ウタリ之友」や、この「アイヌ新聞」には、ほかにもアイヌの作か和人の作か判然としない詩歌作品が収録されており、今後、時間をかけて調査すればさらにアイヌの作品数が増える可能性をはらんだ宝庫だと評せる。

当初、黎明期と揺籃期のあいだには明確な区分を引きたかったのだが、森竹の『原始林』、バチェラーの『若き同胞に』や「農地改革に関わる詩」などの発表状況等を考慮し、一九三〇年代の十年間に関してはオーバーラップ域として取り扱った方がベターと判断した次第である。

一九三〇年生まれの鳩沢佐美夫《はとざわさみお》は「証しの空文」「遠い足音」「対談〈アイヌ〉」などで知られる小説家だが、三十六歳という夭折と言える短い生涯のなか、二十一歳のときにつけていた日記のなかに詩五篇が残されている。当初から発表することなどまったく念頭になかった詩作であるが、そもそも詩とは、対自核との葛藤・対話のなかから孤独に生成されるものであり、そうであれば「日記を改行したものに過ぎない」と酷評されようとも鳩沢のペンが刻んだものはまさしく〈詩〉にほかならない。こうした調査を続けていけば、文学者以外にも詩というものが案外広く自己の内面を吐露する手段としてアイヌの人々の中に受け入れられていただろうことが推測されてくる。また、すぐ後でふれるが『コタンの痕跡』（旭川人権擁護委員連合会編）には一九〇六年頃、M子というアイヌ女児が学校の作文に記した詩が採録されており、今後こういった調査・蒐集の方法もあると考えられる。

一九〇四年生まれの山本多助と、一九一三年生まれの伊賀ふでは兄妹である。戦後、アイヌ民族の権利回復運動やアイヌ文化の紹介などに多大な功績を残した山本はユーカラの訳出や評論・エッセイの執筆のあい間に短い詩を書いている。伊賀ふでは夫を事故で亡くし、病弱ながら五男一女を育て、貧しい家計を切り盛りする暮らしにあって歌や踊りなどアイヌの伝統芸能を愛し、アイヌ文様刺繡などに勤しむなか、一九六九年に他界するまでに日記や大学ノートに詩や文章を多数書き残している。かれら二人の詩は後年、伊賀ふでの娘であるチカップ美恵子によってその著書中にたびたび紹介されている。

・現代（一九七〇年代以降）

一九七一年に旭川人権擁護委員連合会から『コタンの痕跡―アイヌ人権史の一断面』が刊行され、また一九七二年に谷川健一編『近代民衆の記録5　アイヌ』（新人物往来社）が発行されているが、〈地元〉と〈東京〉であいついでこのような重厚かつ充実した資料集が陽の目を見たことは、アイヌ問題やアイヌの価値観などが長い抑圧の時間域を経過して新しいべつの局面をむかえつつあるといったような印象を抱かせる。

一九七四年に江口カナメ歌集『アウタリ』（新泉社）が上梓されているが、ここには半世紀ちかい時空を経てバチェラー八重子や違星北斗らの歌魂が忽然と現代に再来したような鮮烈な印象を読者に抱かせるものだ。

一九七六年には砂澤ビッキ詩集『青い砂丘にて』（ビッキ・アーツ）が刊行されている。一九三一年生まれの砂澤はすぐれて個性的なアイヌ彫刻家として名を馳せているが、この唯一の連作散文詩集は一九六四～七三年にかけて書かれており、性の倒錯感が横溢したシュールな幻想物語性は、アイヌ民族が受け続けてこなければならなかった理不尽な抑圧に対する斥力のバリエーションの一態と感じられるものだ。また、一九八一年には戸塚美波子詩集『一九七三年ある日ある時に』（創映出版）が出版されている。アイヌであることに絶望して自死した兄の姿にショックを受け、火がついたアイデンティティーが成さしめた一冊である。これは自分自身や兄、家族、アイヌ同胞をとことん苦しめ、追い込んでくる和人・日本にたいする抗議と告発の書である。

詩作の傾向こそことなるものの、砂澤や戸塚の内奥にわきおこった感慨は詩という表現様式でなければ描出不可能なものであり、半世紀前、バチェラー八重子や違星北斗らが窮屈な五七調に自己表出をゆだねるしかなかったことを考えるとき、砂澤・戸塚の自由奔放な筆致と比較して隔世の感を覚える。あらためてアイヌ民族における詩筆の進展のさまを感じる。

一九八八年、東京で不審死を遂げたアイヌ活動家・酒井衛の追悼文集である『イフンケ〔子守歌〕あるアイヌの死』（一九九一年・彩流社）に沢井アクが「ケウタンケ」（ケウタンケは「あぁ、この亡骸よ」という意味）というアイヌ語を多用した詩を書き、さらに、ユーカラをテーマとする木彫で第一人者と称される床《とこ》ヌブリが、その四十二年間の木彫人生における代表作品をおさめた写真集『カムイ・ミンタラ　神々の遊びの庭』（一九九五年・求龍堂）の余白に自作の短詩を数篇併載していることも補完的に紹介しておきたい。

伊賀（後のチカップ）美恵子は、一九四八年に伊賀ふでの一人娘として生まれているが、よく母の資質を受けついでアイヌ文様刺繍に、エッセイや詩などの執筆に豊かな才能を開花させている。詩集こそないものの『風のめぐみ』や『アイヌ・モシリの風』といった著書に挿入されている彼女の詩からは、北の大地を吹き渡るたおやかでかつ凜とした抒情性が伝わってくる。さらに、和人によるながい抑圧の歴史を正面からとらえる視座をも蔵しているが、これらは彼女が経験した「アイヌ肖像権裁判」（一九八五〜八八年）の争議のなかでいっそう錬磨されたものと感じられる。現在、彼女ほど質・量ともに恵まれた詩の書き手は見当らず、いつの日かささやかなもので良いので詩集としてまとめてくれたら「アイヌ民族の詩歌」の詩脈をいっそう確固たるものにすることができると思うのだが……。*

アイヌの思潮や価値観などは、そのアニミズムをベースとする宗教観に最も特徴的にあらわれている。アイヌ民族は自然界に存在するもの、生起するものすべてを神として崇めた。もともと神と人間は同根種のものであり、ときとして人間の世界を訪ねたくなった神は、人間への贈り物・手土産として、動物や植物などに自分の姿を変えて地上へ姿を現わす。したがって人間はその贈り物に対して、感謝の念とともに精一杯のもてなしをし、その霊魂に返礼として多くの手土産をもたせて丁重にあの世（神の世界）へ送り返してあげなければならない。

このように、つねに神と隣あった意識というのはアイヌをはじめとする多くの狩猟・採集民族に共通して見られるものだ。一九九三年、国連は「国際先住民年」を宣言した。二十一世紀に突入した現代社会・現代文明が、地球環境問題や経済クライシス、殺伐とした対人関係などに苦悩し続けてひさしい現在、自然界とともに生き、外界と調和しながら厳しい北の風土で生き続けてきた日本の先住民族アイヌの伝統的な処世術・価値観などが、現代が再生を果たすために不可欠な要素であることを提言する内容の論稿等に接することが、最近徐々に多くなってきたように感じている。このことが、閉塞状況や終焉状況に陥ってひさしいと揶揄されてきた〈現代詩〉においても有効なカンフル剤として作働することは明らかであろう。

冒頭にも記したとおり、拙稿の目的は〈日本語によって書かれたアイヌ民族の詩歌史〉を二十一世紀の詩界に浮上させ、新しい希少な価値観として席をあたえることである。既述したとおり百年余りの時間域にすぎない――そもそも中央詩壇にしても『新体詩抄』（一八八二年）以後、百二十年ほどの時間域を有しているにすぎない――が、そこには既成詩壇と完全に絶縁しながら、和人によってもたらされた苦痛・苦悩ゆえに、和人以上に激動の近・現代を生きぬき、確固たる詩流として命脈をたもってきたものだと実感されるが、いかがであろうか?

＊　チカップ美恵子（一九四八〜二〇一〇年）の詩作品については、二〇一一年に『チカップ美恵子の世界―アイヌ文様刺繍と詩作品集』（北海道新聞社）が出版されており、そこでまとめて詩作品を読むことができる。

今回は紙幅の都合で各人の作品を紹介することができなかった。いずれ別稿にて、作品に触れる機会を作りたいと思っている。

かつての不完全燃焼をいまいちど燃やしつくす熱い情念

Ａ　今回は本誌「柵」二〇〇号記念ということで、いつもと少しばかり趣向を変えて、ひさしぶりに鼎談形式によって「柵」やそれに関連したことがらについて、紙幅の許す限り述べあってみたいと思います。

◎「柵」という詩誌

Ｂ　月刊で二〇〇号を迎えるということは、単純計算すると十六年余りの誌歴ということになるわけだよね。

Ａ　はい。日本詩人クラブ編『「日本の詩」一〇〇年』所載の「明治から現代までの代表詩誌選」のなかで中原道夫が「柵」について解説していますが、それによると現在の「柵」はじつは第二次であって、そもそも第一次は《一九四六年二月に創刊された「草原」が、翌年一月「柵」と改題され、津根元潮、菱井清、森下陶工、山本信雄、志賀英夫らが中心になって四八年まで十六号を発行した》と記されています。第二次「柵」は一九八六年十二月に復刊され、以来月刊を一号も欠かすことなく現在に至ったという訳です。

C　いまの話によると、第一次の休刊から第二次の復刊まで、じつに三十八年もの空白期間があるんですね。

A　中原道夫も《志賀英夫の執念にも似た情熱》で復刊されたと『「日本の詩」一〇〇年』で評しています。

B　志賀英夫は一九二五年生まれだから、第一次「柵」に書いていた頃は二十歳代前半だ。それも敗戦直後、明日の食料にもことかく時期だけれども、理不尽な兵役を経験し、からくも生き延びた戦中派の心情として、きっと衣食住と引き替えにしても手離しがたい文学や芸術などへの渇望感があったんだろうね。一九八六年に二次を復刊したとき、志賀は六十一歳。長年勤めた電信電話公社を退職して、念願だった詩誌発行に全力を注ぐことができるようになったという経緯が見えてくる気がするな。

C　新たに自分の手で詩誌を発行するに当り、おそらく彼の念頭には、自分が若い頃に情熱を注いだ「柵」という誌名しか思い浮かばなかったんでしょうね。不完全燃焼のままに終わった熱情を、あらためて燃焼しつくすために。

A　このとき志賀は詩画工房を設立し、そこから「柵」以外に、依頼を受けて詩集や詩誌、エッセイ集、諸々の小冊子類などを出版することも手懸け始めています。

Ｂ　これは僕の推察なんだけれど、詩誌を出すのであればバックにしっかりとした出版社を構えなければダメだというのは、第一次「柵」を資金面で休刊せざるを得なかった彼のにがい経験が生かされていると思う。詩誌の運営というのは、どうしても同人の出入りや原稿の集まりぐあいなどの影響を受けがちで、同人費の納金状況も不安定だが、同人や同人以外の出版物を請け負えば、その利潤を詩誌の穴埋めに一部注入することも可能だ。

Ｃ　それって現在、商業詩誌といわれている「現代詩手帖」「詩と思想」「詩学」などが使っている経営手段と同じですよね。「現代詩手帖」には思潮社があるし、「詩と思想」には土曜美術社出版販売、「詩学」には詩学社がついている。みんな雑誌を表看板にして衆目を集めておいて、詩書出版で収支の辻褄をあわせているといった台所事情でしょう。

◎最近の詩界事情の一端

Ａ　近ごろはその商業三誌以外にも、詩誌発行と詩書出版を併行してやる動きが増えてきましたね。たとえば「詩と創造」の書肆青樹社、「GANYMEDE」の銅林社、「ＰＯ」の竹林館、「地球」の地球社、「潮流詩派」の潮流出版社、「漉林」の漉林書房、「新・現代詩」の知加書房など。

Ｃ　一口に詩誌といっても、いまは実に多様化していて二、三人の仲間内でワープロ印字したものをホッチキスで止めた程度の簡素なものから、さっきＡさんが挙げたような詩誌は装丁もしっかりしていて、内容も詩・詩時評・エッセイ・訳詩・投稿欄といったように充実しており、商業詩誌と比べても遜色ない。

Ｂ　本誌「柵」だってバックに詩画工房があって、邦人や韓国の画家の絵をカラー刷りの表紙に用いているけれど、もちろんその範疇に入るものだと思うね。

Ｃ　毎号、百四十ページ以上のものを月刊で出すんですから、考えたら大変な労力ですよね。そのほかに詩画工房として請け負った出版物の制作もあるんでしょう……。

Ｂ　志賀はずっと電信電話公社という、いうなれば情報処理技術の最先端の職場にいたわけで、電子化された情報の取り扱いなどには長けていた事情があると思う。同人にも極力、MS-DOS仕様によるワープロ原稿を要望しているでしょう。あれでやると、原稿用紙の枚数には無関係にスピーディーに版下ができちゃう。あとは若干、一行の字数調整などが必要なだけだ。いちいちオペレーターに外注して手書き原稿を再入力していたんじゃ、時間も金もかかって仕方がない。

Ａ　いまのお二人の話を聞きながら気づいたんですが、詩画工房が設立された一九八六年、もっと大括りにいえば一九八〇年代後半というのは、職場にワープロやパソコンなどがどんどん導入されだしてＯＡ化が急速に進んだ時期なんですね。また、詩史的に見ると「現代詩手帖」などが、自分たちが一方的につくりあげてきた言語派中心の詩観に限界が見えだしてきて、さかんに、ヒステリックに〈現代詩の終焉〉などと言いだした頃と重なっているんです。

C　そうそう、我々は「そんなことないのに変だなぁ」って当時思っていた。一部、中央の詩人たちの口ぐるまに便乗して悲観的な発言をしていた人間もいたけれど、彼らもいまでは「現代詩が終わった」なんて言っちゃいない。

B　一九八〇年代末頃から、マイノリティーやローカリズム、クレオール、身心的ハンディキャップ、少年少女詩、定型詩、訳詩、謡曲詩、インターネット詩、社会派リアリズムといったように、既存の商業詩誌のキャパに入りきれないほど詩の裾野が豊かに広がり、様々な価値観をもった詩が多様に開花するようになった。交通網の発達によって各地間の距離が縮まり、通信ネットワークの高速大容量化にともなって情報の共有化が著しく進み、それらが詩界をおおいに活性化させ、その成熟に寄与したと見ることもできる。

C　「柵」も韓国の詩誌「竹筍」との交流をはじめ美術界との連携性を示すなど、一詩誌としては珍しい、国際的、融合的な視野をもっていますよね。

A　広い視野ということで言えば、志賀英夫が二〇〇二年一月に上梓した『戦前の詩誌・半世紀の年譜』は、大正末期から昭和にかけて活躍した詩人・吉沢独陽が所有していた詩誌を核に、志賀が各地の図書館や文学館などをたずねまわり独力で収集したものを都度補塡するかたちで、一九九六年七月号から九八年二月号まで本誌に連載し、その後収集した資料を加え、大幅改訂した希少な労作といえます。志賀は本誌一九一号から「落穂拾い」

と題して、再び追補の筆を執っているけれど、詩誌なんて〈三号雑誌〉っていう揶揄表現もあるように、生まれては消え、消えては生まれるといった按配でそれこそ星の数ほどもあるわけでしょう。そんな気が遠くなるような作業に彼をあえてむかわせる根底には、かつて軍国主義や全体主義、言論統制、思想弾圧などといった不幸な時局下にあって詩という表現様式に自分の思いの丈を託し、詩誌という感性の砦を命がけで守りつづけた有名無名の詩人たちに対する無限の共感と情愛といったものがある気がします。

C　現在、志賀は「戦後の詩誌」執筆も視野に入れているみたいだけど、おそらく戦前と比較して数倍の量の詩誌が出てくると思う。僕は戦後五年間、あるいは十年間の詩誌の創刊状況を検証するだけでも、戦後の復興状況とオーバーラップして貴重な資料になると思っています。

◎詩人賞の功罪

A　志賀の『戦前の詩誌・半世紀の年譜』は今年度の第三回日本詩人クラブ詩界賞の候補の一冊だったけれども、詩界賞は「該当作なし」でしたね。

C　日本詩人クラブ新人賞も「該当作なし」でした。

B　なんか違和感が残るよね。年間数千冊もの詩集・詩書が発行されているにもかかわらず、一冊の該当作もないだなんて、本当かなって……。一定のレベルというものがあるのかも知れないけれど、その基準レベルをクリアしたからこそ候補になったわけでしょう。選考委員の意見が収束しなかったから「該当作なし」というのでは、長時間討議したのかも知れないけれど、せっかく全国から集まって「あなたがた、仕事してませんよ」と責められても仕方がないんじゃないのかな？　決選投票でもなんでもして決めりゃいいじゃないの、そのために集まったんだから。

C　賞の贈呈式がおこなわれる日本詩人クラブ大会は、当日の花である三賞表彰のうち二つがないわけだから、きっとしらけた物寂しいものになったでしょうね……。

B　現在、日本現代詩人会や日本詩人クラブが設けている詩人賞のほかに、丸山薫賞（豊橋市）、中原中也賞（山口市）、小熊秀雄賞（旭川市）、富田砕花賞（芦屋市）、丸山豊記念現代詩賞（久留米市）などのように各自治体が運営する詩人賞がかなり増えたでしょう。僕は詩人賞の乱発・増発に対して危惧する意見なども見聞きするけれど、少々逆説めいた見解だけど、当面どしどし詩人賞を、特に地方在住の詩人たちに与えてもらいたいと思ってるんだ。

A　それはまたどうして？　むしろBさんは詩人賞の現状に対して否定的だと思ってました。

B　地方在住の詩人がたまたままぐれでＨ氏賞などを受賞したりするでしょう。すると途端に高飛車な態度へ豹変してしまい「自分はもうあなた方とは違うのよ」みたいな高慢ちきな言動が多くなって、弊害ばかりが顕在化してくる。受賞が日常化してくれば、そんな情けない事象も幾分かは緩和されると思うんだ。詩人賞なんて、お年玉つき年賀葉書の一等に当たるようなものなのにね……。目的や役目は、年賀状を出した時点でほぼ完了しているはずでしょう。

C　毒をもって毒を制するってやつの一種ですね、それ。

◎大阪のパワー

A　紙幅も残り少なくなりましたが、ほかに何か意見などはありませんか?

B　「柵」は大阪から発行されている詩誌だけれど、大阪にはほかにも「イリプス」「交野が原」「ぎんなん」「陽」「樂市」「すきっぷ現詩人」「異郷」「Lylic Jungle」などがあって、既存の価値観にとらわれない新しいパワーを生みだすポエジーのカオスが渦巻いている感触を覚える。

C　明治維新で首都を東京にもっていかれてしまったけれど、古代から中世にいたるまで、大阪はずっと日本の政治・経済・文化・情報の中心地だったという根強い自負と歴史・風土性がありますからね。

B　中央権力に対峙できる底力を有する筆頭はやっぱり大阪だろうね。その根っこには、いまCさんが言った大阪独自の自負と風土性がある。そういったローカリズムを徹底していくなかからしか既存のヒエラルキー構造を打ち破ることはできないし、多極化の構図は生まれてこないと思う。

Ａ 「柵」もその一翼を担うことができるはずですよね。二〇〇号を一つのステップに、これからも詩の新しい可能性を求め続けていってほしいと思います。今日はどうも有り難うございました。

〈祈りのナガサキ〉に対する〈怒り〉の典型として

長崎の被爆詩人・山田かんが二〇〇三年六月八日に死去したことを知ったのは、会社の残業を終えて帰宅し、遅い夕食をとりながら広げた六月九日の夕刊だった。四年ほど前から全身を癌禍でやられ、体調がすぐれず寝たり起きたりの生活をおくっていることは知っていたので「とうとう来るべきときがきたか……」といった実感を覚えたが、これまでの彼の、自分の被爆体験を原点に据えた反戦・反核思想や、平和への祈り、高慢な意識に対する怒りなどを込めたおおくの詩作や評論などの筆業をおもい返しながら、ナガサキに占めていた彼の存在感と、それが抜け落ちた欠乏感をあらためて思わずにはいられなかった。

告別式は六月十日午後一時からと記されている。「死んでしまったものはしかたがない……」という意識が先行して、普段から詩人の死去に際し、弔電を打つようなことはほとんどしたことがなかったのだが、山田かんの訃報に際してはめずらしく弔電でも打たなければこちらの気がすまない気がして、二十三時頃、一一五番をコールしたのだが、私はいつからか電報という媒体が原則として八〜二十二時の時間しか業務を受けつけないようになっていることを初めて知った。それ以外の時間帯では緊急連絡用としてＮＴＴで用意した定文を用いての電報になるということであったが、定文などで当方の思いは到底伝わらない。しかたなく翌日、出張途中のＪＲ車中から携帯電話で電文を打とうとしたのだが、ここでもドコモ以外の携帯からは電報が打てないことを初めて知り、せっかく案文を作成していた左記のような私の弔電はついに陽の目を見る機会を逸してしまった。山田は、時間遅れとともにこんなところに掲示された弔電に接して、音沙汰なしだった私の非礼を許してくれるだろうか？

　ご逝去の報に接し、痛恨の念を禁じ得ません。ご自分の被爆体験を原点に据え、おのれの反戦・平和思想をこめた一連の詩や評論は、矛盾に満ちた戦後社会を生き抜くために自らの思潮を体系化していく、得難い批評精神の航跡そのものでした。これからも、そちらからこの世の高慢さ・エゴイズムに向かって怒りつづけて下さい。

私をこのような気持ちにかりたてた要因は、もちろん生前の山田の体験主義に即したラディカルな言動に当方がそれなりの影響・感化を受けていることに起因しているわけだが、もっと具体的に言えば〈怒りのヒロシマ／祈りのナガサキ〉という常套句がいまもってまかりとおっている事実に対する無念さにほかならない。ヒロシマは被爆後、いちはやく井伏鱒二・原民喜・峠三吉・栗原貞子・御庄博美など、すぐれた作家や詩人たちによって、人間が人類にあたえた最大の冒瀆たる原爆に対する怒りが文学として記録されているが、ナガサキは「浦上の聖者」「原子野の光」などと称された永井隆（医学博士・長崎医大教授）の著書である『ロザリオの鎖』『この子を残して』『長崎の鐘』『花咲く丘』等に代表されるごとく、どこかあいまいなロマンチシズムによって原爆に対する怒りに蓋をし、究明的なスタンスで原爆という事実に対峙することをタブー視する側面があることを否めない。ナガサキにも林京子・井上光晴・福田須磨子・渡辺千恵子といった民衆の側から見た原爆文学があることはあるが、その数はヒロシマに比べてあまりにも僅少である。山田かんの存在は、そんな脆弱な〈怒りのナガサキ〉を徹頭徹尾、一人の被爆者として、原爆で家族を失った者として、原爆を目のあたりにした人間として、体現するものであった。

また、山田が二〇〇一年三月に出版した『長崎原爆・論集』などを読むと、山田の怒りの矛先が前出の永井隆以外に、平和祈念像を制作した彫刻家・北村西望、ヒロシマの原爆ドームに匹敵する惨劇の証言物になるはずであった浦上天主堂を取り壊してしまった長崎市当局など、原爆に対する〈怒り〉を中和・緩衝させるあらゆる《俗物》たちに向けられていたことが分かる。山田の死去後、地元新聞紙上でいくつかの追悼文が掲載されたが

「頑固一徹であり、思いやりがありシャイ。徒党を組むのが嫌いで、かつ寂しがり屋でもあった」という田中俊廣の文章が、対象の内外面をみつめる視座が、故人の〈書くこと〉の必然性まで浚渫していて良かった。田中の文章のなかから山田のプロフィール紹介を兼ねた箇所を左記する。

この厳しさと優しさは、その生育や時代環境がもたらしたものであろう。まず、最大の受難は、旧制中学三年、十四歳の折、上西山町の自宅での被爆である。原爆投下の轟音と閃光を浴び、死の恐怖と地獄絵図のような惨状を体験する。そして、父の死後、家計を支えるため、高校を三年で退学し長崎県立図書館に就職。この頃から詩作と共産党活動を始めるが、最愛の妹の自死に遭遇。妹の苦悩に気づかず、心の奥に寄り添えなかったことに自責の念を強く抱く。

これらのことが、山田かんの詩や批評精神の基盤を形成し、反原爆や平和への希求を深めていく。

山田の妹も被爆者だった。癌禍に冒された自分の体力と競うかのように、最後の数年における山田かんの詩筆活動は驚異的だった。一九九七年に主宰詩誌「カサブランカ」を一二号で終刊した後、ぷっつりと音信を断っていた感があった山田は、二〇〇一年三月に、三十年にわたる反原爆思想を集大成した四百四十ページ余の『長崎原爆・論集』（本多企画）によって、圧倒的存在感とともに〈復活〉を果たした。つづいて、二〇〇一年十一月に詩二十八篇・エッセイ八篇を収めた詩集『長與ながよ』（草土詩舎）を上梓。同年十二月、じつに十年ぶりに個人詩誌「草土」二七号発行。二〇〇二年四月に二百四十ページ、百八十篇近い作品を収録した詩集『長崎碇泊所にて』（駕ら寿屋）を上梓。二〇〇三年二月に、最後となった詩誌「草土」二八号発行。

詩集『長與ながよ』は、山田が一九六七～九〇年まで二十三年間暮らした町に対する情愛と思い出をこめて取りまとめられたものである。山田というとどうしても反原爆・反戦の論旨が先行する感があって、重たいイメージがつきまとうが、本集には、たまたま抽選で当たった住宅団地に対する格別の思い入れが全篇に通底していて、既知の社会派の詩風とは次元を異にした市井人としての山田の素顔に接することができる。本集は、山田かんという詩人に興味を覚える者にとって一服のオアシスのような印象を与えてくれる。さらに言えば、最晩年の山田かんの詩筆の特徴の一つに、日常生活の身辺にある事象を題材に、情愛や優しさに溢れる作品を多く書いていることがあげられる。

詩集『長崎碇泊所にて』は前述したように二百四十ページ、百八十篇近い作品を二段組でびっしりと収録しており、通常の詩集の数倍ものボリュームがあり、大変読み応えがある。この読み応えという意味は単に作品数のみを指すのではなく、作品中に込められた作者の思念や感慨、物語性などを含めているのは勿論のこと。収録された作品群は二十年余の時間域を蔵しているが、日常性のなかでの事件や出来事、記憶の深淵をめぐる徒渉、歴史や通念等といった反戦・反原爆の座標軸を中心として紡ぎ出されている。さらに、夢や理想郷などはこの世で叶うべきもないといった一種の諦観が基底に深くあり、しかしながら現実のなかのささやかな希望は決して手放すまいとする精神の蠕動が感じられる。ごく自然に方言を挿入したり、ブラックユーモアを交えたりと、詩の書法的にはすでにゆるぎない〈山田話法〉が展開されている。「長崎碇泊所」とは、自分自身を船に喩えた山田の精神の在処を示している。一篇引く。

あの昼ちかくのことは覚えている／午前十一時二分だったということは／のちの軍事検証の結果である／時間のことなどどうでもよかった／二分だったのか三分だったのか／知識としての理解はいつか模糊となる／だからあの昼ちかくのことは覚えていても／柱時計をたしかめたわけではなく／それは吹っ飛んで破砕されていて／腕時計をもっていたわけでなく／だから今になって／二分だったのか三分だったのか／曖昧な知識としての理解とは／あの昼ちかくのことは腹を空かせていて／それは毎日のことで満たされることはなく／煽ぐ七輪の火のうえのフライパン／はじける椰子油の匂い／麦粉を練ってながしこんだドラ焼きのこと／妹にまだかぐずぐず

すんな、とばかり／喚きちらしていた覚え／この利己のみの卑怯さ加減を覚えている／二分だったのか三分だったのか驚天動地／十数万人の慟哭のきはみの時刻に／なんと罪ぶかいことだろう／おのれの身のかわいさだけを抱えて／他のいっさいなどは忘れはて／破壊された家から這うはうと逃げた／／あの昼ちかくのおれの恥辱のことは／九年を経ても戦後はつづいており／妹はあの日のことは一言も揶揄しなかった／一九五四年一月八日、彼女は溶けるように消えた／ひとの魂のいろあいとはあれだ／おれは五十年間を執着し妄りに老けて／いまさらにあらゆる思念のありようは問へぬ

（「覚えている」全行）

三十四行すべてを引用してしまった。最初は一部抜粋にしようと思ったができなかった。半世紀を経てもなお、詩人の内奥に燻りつづけている悔恨と懺悔、嫌悪感、怒りなどの情炎が如実に伝わってくる。そして、これは山田固有の特殊な感情ではないのだ。このようなことを考えたとき、山田かんの死によってナガサキがいかに貴重な思想精神の拠り所、希有の表現者を失ったかが明らかになってくる。

本稿の最後に、山田が死の三カ月ほど前に発行した詩誌「草土」二八号を読む。本誌は「編集あとがき」に「病床で記した一年間の詩作品を気儘に並べることにした」とあるように、山田の俳句二十首と詩十四篇が一挙に掲載されており、彼のさいごの心境をうかが

い知ることができる。日に日に衰えていく肉体と体力を自覚しながら、おそらく自分の死というものが不可避なものとして彼自身にも実感されていたと思われるが、ここには、自宅の書斎にあっても、病院の診察台の上にあっても、すでにすべてを泰然として受け入れる境地のようなものが支配している。山田は敬虔だったかどうかは別問題にして代々のクリスチャン（プロテスタント）であり、その非仏教者という疎外感が彼の思想形成上に大きな影響を及ぼしたことは疑いようがない。その二八号から一篇引いておく。

家人は教会礼拝で／賛美歌を唱っているところだ／あれはいい、神さまがいるようだ／透きとおった神さまがどの曲想にも／映しこまれており／教会堂は幻想の聖と変る／だが世界は憎しみと聖なるものと／どちらも正義をいいつのって止まぬが／唱う人は讃美するものを抱き／そのことだけで全てが許されてあるか

（「負け狂いと聖と」終連）

Ⅲ　「詩界」「詩と思想」から

「〈現代〉を越えた詩文学」待望の弁

「現代詩への提言」というテーマで執筆依頼を頂いたので、日頃から思っていることを自由に書いて良いのだと思う。

のっけから申し訳ないのだが私はこの〈現代詩〉という、どこかうさん臭さがつきまとう呼称が嫌いである。なぜ単に〈詩〉ではなくて〈現代詩〉なのか？　現代において書かれる詩という定義であれば〈戦後詩／昭和詩／二十世紀詩〉などと本来区分されて然るべき過去の作品をいまだに「現代詩アンソロジー」などとして蒐集したがるこの国の詩界の通例は筋が通らないのではないか？　第二次世界大戦以後、現在まで半世紀以上の時空を〈現代〉としてかしこみいただくむきもあるが〈現代〉として遡及が許される年数はせいぜい十〜二十年程度ではないのか？

私はじつはこの〈現代〉という冠詞が、いまだ敗戦後の〈発展途上〉という日本人の甘えや照れを隠匿させたもののように思われて仕方がないのである。欧米に遅れること二十五年、戦後ようやくT・S・エリオットの「荒地」的精神風土に到達し、マッカーサーには「日本は十二歳の少年……」などと揶揄されながら、これから本格的に民主主義を、平和思想を、欧米詩の思潮やテクニック等を学んでいきます、といった青臭い自卑・自戒が端緒としてこもったことがらではなかったのか？ 初心を忘れないことは大切だが、周囲を見渡せば自衛隊はPKO・PKFという立派な軍隊として海外派遣を常習化させ、過半数の国民が反意や憂慮の念を抱いていたにもかかわらず「日の丸・君が代」が国旗・国歌として法制化され、有事には日本をアメリカの防波堤にするガイドラインが成立し、国家の都合による盗聴を正当化する法案までが陽の目を見てしまった昨今である。国の内外から日本の戦前回帰が憂慮・指摘されている。詩もそろそろ〈初心＋α〉が必要なのではないか？ 独善的な〈甘え〉を捨てて、羊水のぬるま湯から這いあがり自立する決心が必要なのではないか？ 「現代詩＝戦後詩・昭和詩」などという安直な公式でくくれる時代はとうに過ぎた。詩が〈現代〉などという卵の殻のような隠れ蓑を脱ぎ捨てて、世界の詩と伍していかねばならない時代がすでに訪れているという感慨を「現代詩への提言」という今回の趣旨に接してまず思った次第である。

二十世紀後半以後、地球は本当に小さくなってしまった。一九六一年、ソ連はヴォストーク1号を打ち上げ、人類最初の有人宇宙飛行に成功した。ガガーリンの「地球は青かった」は人類が所有した最初のユニバーサルな博愛的認識だった。また、一九六九年に米国のアポロ11号は月面着陸に成功し、人類は初めて地球以外の天体に降り立った。それら宇宙開発競争の背景には米ソの冷戦構造があったにせよ、宇宙から送られてくる青い地球をうつしだした映像は、地上に〈地球人類〉という共通認識を植えつける効果をもたらした。今後、火星や木星探査が進み、そこに地球外生命等が発見された場合――バクテリア類ならばきっといるかも知れない――、人類は新たな次段階の認識に到達することになる。それらが、人間の詩精神を揺さぶらないはずがない。

別の視点から、世界の人口は一七〇〇年が六億二千万人、一八〇〇年が九億一千万人、一九〇〇年が十六億二千万人というように前の百年と比べて一・五～一・八倍程度の伸びを示してきた。しかし二十世紀に入って世界人口の総計は医療や生活レベルの向上等に伴って〈人口の爆発現象〉と称される状況を示し、二十世紀末にはついに六十億人を突破した。最低限の衣食住を満たしながら地球が養うことができると言われている人口はせいぜい五十億人程度であるので、このペースで人口増加が続けば、間もなく世界各地で生きるための争奪が深刻になってくることは火を見るよりも明らかである。

それに関連して、電灯や電信電話・ラジオ・テレビ・自動車・飛行機・ロボット・コンピューターなど人間の生活様式の変化に伴って熱エネルギーや機械動力といった形で石油や石炭など化石燃料の消費量が急増し、それに比例して二酸化炭素などの地球温暖化ガスの発生量が増大し、各地に砂漠化や旱魃、洪水、海面上昇、熱帯雨林や珊瑚礁の消滅、極地の氷解などといった環境破壊をもたらしている。ほかにも南極のオゾンホールの拡大や、酸性雨による森林の白骨化など、その被害レポートはますます深刻さを増す一途である。

これら人口爆発や地球環境破壊といった事象を列記しながらあらためて思うことは、遠くはなれた地球上のローカルなニュースが居ながらにして日本の隅々にまで瞬時に入ってくることである。一九九一年の湾岸戦争時におけるハイテク戦の戦況を我々はTV画面を通じて逐一見ることができたし、ゴルバチョフの登場〜ベルリンの壁の崩壊〜東西ドイツの統一〜ソ連邦崩壊という歴史的出来事を目のあたりにしたのも、ついこの前のことである。アメリカ大リーグでの日本人選手の活躍の様を毎日リアルタイムで楽しむことができるし、パソコン通信網によってニューヨークやEU等の株式市場を昼夜を問わずトレンド分析することだって可能だ。そういった意味で、この半世紀の間に地球は本当に小さくなった。

日本も、主島すべてが海底トンネルや巨大橋によってつながり、新幹線や飛行機などによって物理的距離も飛躍的に縮まった（その割りには人間の価値観・先入観といったものは容易に古い殻を抜け切れない印象があるが……）。その波及結果としての地方都市のミニ東京化に対しては種々の意見があるが、各都市はますますミニ東京化によって経済的体力を蓄え、次段階として独自のカラーを押し出すことを目論んでいるように見受けられる。そのとき各地にあって、自己の思想と存在を主張し続けている〈詩人〉が自ずと重要な役割を果たすようになるべきではないかと考える。また情報網の発達等に伴って、現在の関東語をベースに作られた標準語の中にあらためて各地の方言が組み込まれていく現象などが想像される。札幌で、仙台で、新潟で、富山で、広島で、高知で、宮崎で、那覇で《詩の公器／文化の公器》が発現・発信されていいし、そんなことが十分可能な時代になったのである。さらには翻訳ソフトの開発普及によって、世界各地のすぐれた詩や、詩に関する評論などに、インターネットを介してリアルタイムで接することができるようになるのもそう遠い話ではない。もう東京の特定の出版社に色目を使ったり、中央系／非中央系などという障壁を気にする必要もなくなるのだ。中央系の詩の正体というのは、人間が詩を書くという本能的な行為に寄生した、恣意的・人為的・商業的に作られた厚顔で偏向した価値体系に過ぎない。我々はいま、一九八〇年代末まで続いた中央支配構造の詩圏から脱却する端緒に立っている。もう詩を書く者の出自や生い立ち、経歴、思潮などとは無関係に、言語美ばかりを尊ぶような底の浅い詩作からは卒業しようではないか！

山口市が主催する第六回中原中也賞が東京在住のアメリカ人、アーサー・ビナード詩集『釣り上げては』に決まったというニュースに接して、私はようやく日本の詩界も日本人であるとか、日本国籍を有しているなどという表面上の体裁等にとらわれることなく、日本語で書かれた詩作品であれば許容し、受領する価値観へ到達したか……という感想を抱いた。彼は日本に住んで十一年、うち三年間は早稲田大学大学院の研究生として中世和歌を学んでいるが、同賞の選考委員である佐々木幹郎が雑誌「ユリイカ」（二〇〇一年四月号）で彼を「日本語人」と評しているのが特に目にとまった。その形容句が在日朝鮮詩人・金時鐘を論じた野口豊子編『金時鐘の詩　もう一つの日本語』の副題である〈もう一つの日本語〉という呼称を私に想起させたからである。野田は特徴ある金時鐘の日本語の詩を〈もう一つの日本語〉と形容しているが、そもそも日本語で書かれた詩であれば積極的に評価の対象として取り上げる気風というのは、じつは一九八五年に崔華國が詩集『猫談義』で第三五回H氏賞を受賞した頃から顕在化したものである。「日本語人」や「もう一つの日本語」までを評価対象とする現段階というものは、国の内外で書かれたあらゆる言語・人種・民族による詩を等しく評価するという段階への一ステップにすぎないのかも知れないが、とりあえず日本の詩界の認識はここまで来た……。

一九八六年当時、中曽根首相は「日本は単一民族国家……」云々と発言し、世界の顰蹙をかったが、彼の認識下には明らかに沖縄やアイヌ、朝鮮、中国、台湾、東南アジア諸国に根を持つ人々の存在を無視した、不遜で傍若無人なエゴと無知が剝出しにされていた。歯止めのかからない少子化現象や、総額の三分の一を借金で賄うという国家予算の実態などを鑑みる場合、これらの皺寄せが自分たちの子供の双肩に振りかかってくることを考えれば、現在、門戸を閉ざしている外国人就労希望者に対しても、早晩うけ入れ体制を整備し、スウェーデンやノルウェー、オランダ等のような負担の一部をになってもらえるようなシステムを選択していかざるを得ないと考える。必然的に婚姻や帰化などが進み、日本は多国籍化・多民族化の道を進むことになるだろう。これからの日本はいま以上に多くの人種・民族の人々とこの列島の内外で共存して行かなければならないことは自明であり、確固としたポリシーをもって様々な価値観・風俗風習などに臨機応変に対応していく必要が生じてくる。そのような状況下で、人間の本能に属するポエジーに関する無二の表現様式である〈詩〉も書かれ続けていく訳であるが、私はむしろこの国にこれまで容易に〈詩〉が根づかないと言われつづけてきた貧しい一面が、この多国籍化・多民族化によってダイナミックに改善・活性化されていくような予感がしている。そのような無国籍化のカオスのなかから新芽を吹いてくる詩は、ちまちまとした四畳半的な身辺雑記詩や、時間潰しの独善的言葉遊びの詩などではなく、価値観も思想も経歴も隔たった隣人・知人へ呼び掛け、意志を通わせあうことができる詩だと考える。

二十世紀の世界の詩は、二度の世界大戦を経験しながらダダイズムやシュールレアリズム、象徴主義、表現主義、新即物主義、未来派、イマジズム、ビートジェネレーションといったように、多くの○○派や○○主義を生んだ。多数の詩人たちは新しいイズムの創出に明け暮れていた印象さえする。私は戦争による悲痛や慟哭、主義・流派に費やした二十世紀の時間やエネルギーを無駄にしたくないと思う。二十一世紀の詩界は、二十世紀で開発・開拓された主義・イズムという器に〈人間〉という内実を盛る世紀になるという予感〈期待〉がある。それはつまり、詩はその発生起源からして全ての文学の源泉であり、文学とは結局〈人間〉を物語るものだからである。

目をこらすと先ほどの○○主義や○○イズムの外にあって、独自の詩境を示した優れた詩人たちの群像があることに気づく。たとえばフランスのシュペルヴィエル、ミショー、ドイツのヘッセ、カロッサ、イタリアのウンガレッティ、クワジーモド、ソ連のエセーニン、パステルナーク、イギリスのイェーツ、ロレンス、トマス、スペインのヒメーネス、ロルカ、チリのネルーダ、ミストラル、メキシコのパス、セントルシアのウォルコット、韓国の金芝河などなど……。彼らは自分の故国の風景や歴史、風俗風習、身の回りにおこった様々な〈事件〉などを自作へ織り込み、それを人類共通の普遍性をもった領域にまで昇華する詩の道を明示したが、二十一世紀のこの国の詩界がそんな豊穣な実りに彩られたものであって欲しいと切に願っている。

（注）本稿には、詩誌『岩礁』一〇六〜一〇八号に執筆した論稿と重複する内容があります。

戦後詩界の二重構造性

今回の総タイトル「日本の現代詩の課題―七十年その先へ」というのは、当然のことながら日本詩人クラブ創立七十周年に由来している。一般的に知られていることだが、日本詩人クラブの創立は一九四八（昭和二十三）年であり、発起人には日夏耿之介、西条八十、柳沢健、正富汪洋、豊田実、山宮充などの名前が見える。敗戦から三年。その年、早くも金子光晴詩集『蛾』、吉田一穂詩集『未来者』、草野心平詩集『日本沙漠』などが出版されている。

この七十年にとどまらず、戦前、さらに遡って明治十五（一八八二）年刊の『新体詩抄』以後、わが国では各地で詩が書かれてきた。志賀英夫の労作『戦前の詩誌・半世紀の年譜』（二〇〇二年）を手に取ると、明治、大正、昭和を通じて全国各地で多くの人々が詩を書いていたことを知ることができる。さらに、北海道詩人協会編『資料・北海道詩史　明治・大正・昭和』（一九九三年）、かおすの会編『長野県現代詩史　一九五五～一九八九』（一九九〇年）、福中都生子・犬塚昭夫編『座談　関西戦後詩史・大阪篇』（一九七五年）、有馬敲・伊藤公成編『年表・京都現代詩史』（一九九一年）、田村のり子著『出雲・石見地方詩史五十年』（一九七二年）、徳島現代詩協会編『徳島の現代詩史　一九四五～一九九三』（一九九八年）、黒田達也著『現代九州詩史』（一九六四年）、金丸桝一著『宮崎の詩・戦後篇〈上・下巻〉』（一九七九年）、大城貞俊著『沖縄戦後詩史』（一九八八年）など各地の詩史を取りまとめた重厚な資料が残されており、その存在を証言している。この詩脈は今日まで継続している。この詩脈の特徴を概していえば、郷土の風土や歴史などに深く根ざし、近代化の軋轢の中で、一個の人間として自己意識を確立させるべく、叙事と抒情を併用して紡ぎ出された〈克己の精神史〉だと評せよう。

一九五〇年代後半、一つの特異な詩脈が誕生した。それは小田久郎が一九五六年に思潮社を創業して、詩集出版を開始したことに始まるもの。思潮社は一九五九年に「現代詩手帖」を創刊、さらに一九六六年に「現代詩文庫」シリーズの刊行を始めた。この詩脈の特徴は、戦後の復興期に東京という首都の存在感を援用しながら、自社を日本の詩界の中心（最高権威）にすべく、巧みにヒエラルキー体制を構築し、衆目の操作に務めたこと。内実的には、詩誌「荒地」の土壌に西欧と米国の詩を移植したものである。西欧詩はボードレール、ランボー、ヴェルレーヌ、マラルメなどのフランス象徴詩、およびツァラ、アラゴン、ブルトンなどのダダ・シュールレアリズム。米国詩はギンズバーグ、スナイダーなどのビート派に代表されるもの。それらに関連する邦人詩人を発掘し、スター詩人として売り出し、フルに発表の場を与えた。詩を商品として位置づけ、複数の付加価値をつけて売り出す手法は従来の詩界にはなかったものだ。やがてその動きがマスメディアと結びつき、当系の詩は、全国の詩に良くも悪くも強い影響力を持つようになった。そして衆目も「思潮社は日本の現代詩を代表する」と認知するようになり、主要な詩集賞も思潮社から出版される詩集が席巻するのが日常的になった。

私は思潮社系の詩が、戦後詩界に一石を投じ、モダニズムや欧米詩、思想詩、象徴詩などへ領域を広げた功績は認める。もし思潮社系の詩がなければ、日本の戦後詩はもっと地味で表情に乏しいものだっただろう。しかし、自分たちの詩を最高・最上だと自負して憚らなかったり、日本の詩壇を代表して唯一無二だといった発言はやりすぎであり、先行していた詩脈に失礼極まりないものだった。

当時は、思潮社（およびその衛星出版社と称せる在京出版社。たとえば青土社、書肆山田、七月堂、花神社、砂子屋書房、れんが書房新社など）から発行された詩集や詩論集、エッセイ集などばかりで詩が論じられ、この国の詩界が形成されていた。地方で出版された詩書などの存在価値はゼロ。地方で詩を書いている人々は〈詩人〉ではなかった。あえて言えば、地方にあって思潮社系の詩人を論評できる書き手のみが辛うじて〈詩人〉としての扱いを受けるという実態だった。

一九七七年・石原吉郎没、一九八〇年・黒田三郎没、一九八三年・中桐雅夫没、一九八六年・鮎川信夫没、一九八八年・山本太郎没、一九九〇年・吉岡実／会田綱雄没、一九九二年・北村太郎／三好豊一郎没。一九七〇年代末から一九九〇年代初めにかけて思潮社が発掘し、売り出してきた詩人たちが相次いで他界する事態を迎えた。それを受けて、こともあろうに思潮社は「現代詩は死んだ」と言い始めた。この国に存在するもう一つの詩脈のことなどまったく意に介さずにである。そんな唯我独尊的発言で、詩界を混乱に陥れてしまった。混乱とは、現代詩のことなどほとんど知らない人々が「そうかぁ、日本の詩は死んでしまったんだ。思潮社がそう言うのだから間違いない」と思ってしまったのである。事実、一九九〇年代以後、新聞やテレビなどが現代詩に対して割くスペースは随分減った。このような事態を招いてしまった思潮社の自己批評はいまだなされていない。自身がそう言うのだから、思潮社の詩は死んだのだろう。だが、もう一つの詩脈は各地で滾々《こんこん》と生き続けている。いや、詩という文芸は人間の本能に直結したもの。詩は人間が生き続けている限り、続いて行く性格のものなのだ。

ここに興味深い一例がある。詩界の芥川賞と称されるH氏賞は、長く首都圏在住の詩人に独占されてきた。しかし、一九八九年から一九九四年まで藤本直規『別れの準備』（滋賀県）、高階杞一『キリンの洗濯』（兵庫県）、杉谷昭人『人間の生活』（宮崎県）、本多寿『果樹園』（宮崎県）、以倉紘平『地球の水辺』（兵庫県）、高塚かず子『生きる水』（長崎県）と六年間続けて首都圏以外の詩人の詩集に授与された時期がある。この時期はちょうど思潮社が「現代詩は死んだ」と言っていた時期と重なり、いかに思潮社系の詩の死が詩界にとって深刻なものだったか、さらには非思潮社系の詩が持つ〈商業ベースの詩語ではない言葉の力〉が、八方塞がり状況から脱出し、思潮社系の詩を再生させる根源的な力として受け取られていたかが推量できる。この頃は思潮社系の詩の凋落を受けて、全国各地で書かれている詩が再び浮上して来た時期に当たる。

一九八九年四月から小海永二が「詩と思想」の編集長に就任。編集委員長、編集顧問、購読会員からなる新制度を導入した。特に、詩壇の公器として、東京に偏らない公平な視点にもとづく地方との連携や、既成の詩壇ジャーナリズムにとらわれない詩史の書き直し、さらにはマイノリティー詩の掘り起こしなどに注力した。この方向性が二十一世紀における望ましい、あるべき現代詩の方向性と合致して今日に至っている。思潮社の「現代詩文庫」シリーズにも、従来であれば網羅されなかっただろう地方在住の有力な詩人達——彼らは思潮社が発掘し、売り出した詩人達ではない——がラインナップに加わり始めた。そうすることが自社の存続のために不可欠であると判断された結果だろう。
一九九〇年代を経過して、国内では思潮社系に偏らない、広く全国に眼を向けた視座が整ったと言える。海外詩でも欧米ばかりに偏らず、南米、東アジア（中国、韓国、台湾など）、中近東、アフリカなどなど、よりローカルな視座・視点が現れるようになった。また、方言詩、少年詩、定型詩などにも視点が集まるようになり、新しい詩の活力源として評価されるようになった。

今回の拙稿の役目は、右記した内容によって概ね完了したと感じている。つまり、わが国には明治期以来、詩を書く人々が全国にいた。一九五〇年代後半から九〇年代初めまで在京の思潮社が詩界を席巻した時期があった。このため国内に二つの詩脈が併存し、明らかに二重構造という状況を呈した。しかし、それも終焉し、再び全国で書かれている詩脈の存在感が高まってきている。この方向性が二十一世紀の日本の詩のベクトルに間違いなくなって行く。以上のことを明らかにするのが最大の目的だった。現在、福岡在住の私の周りにも詩を書く人々が複数いて、日本の詩界の低迷状況などを漠然と感じながら、自分達が置かれているマイナーな位置に不満を覚えつつも「どうしようもない」といった諦観とともに詩筆を執っている現状がある。私のようにこの国の詩史をひもといて、構造論的に言及する人々はいない。というか、言及する糸口さえ見つからないといったところが正直な印象だ。少し種明かしをすれば、私は一九八〇年代後半に社業の関係で東京勤務を経験したことがあり、それに事寄せて都内でおこなわれる詩の会合などにも盛んに出席していた。そして、そのことなどから、今回論述した〈日本の詩界の二重構造性〉といったことに気づいた次第である。

最後に、当企画「現代詩の課題」的な内容に若干触れて本稿を締め括りたいと思う。先述したH氏賞について言えば、今世紀にはいって十九冊の詩集が決まっており、そのうち十二冊は思潮社から出版されたものだ。至近の十年に注視すれば、実に九冊が思潮社刊。かたや日本詩人クラブ新人賞では、今世紀に入って二十冊に新人賞が授与されており、そのうち七冊が思潮社刊。だが、これら思潮社刊の詩集にも「荒地」、フランス象徴詩、ダダ・シュールレアリズム、ビート派といった文脈はすでに見受けられない。単に自己の内的欲求にもとづいて言語派的な詩筆を執っているに過ぎない印象。そして旧来からの知名度に誘われて「現代詩手帖」新人欄に投稿し、その延長として思潮社から詩集を上梓している状況が伺える。若者たちは意外と狭い世界で詩を書いているのだ。彼らが思潮社系の詩の空疎な実態性に気づいて、例えば地元詩界の中に、自己のアイデンティティー等を再発見するようなことがあればよいと願っている。

今、書店へ行けば俳句、短歌の雑誌はあっても詩の雑誌はほぼない。NHK教育TVでも俳句や短歌のレギュラー番組はあっても詩はない。このハンディーは大きい。詩の普及・促進のためにマスメディアを援用するというのは大きな力になるはずである。日本詩人クラブなどが団体としてNHKに対して「詩のレギュラー番組を新設して欲しい」と陳情することはできないだろうか？　また、インターネットの世界には「詩人たちの小部屋」「自作詩・ブログ村」「みんなの詩」など実に様々なサイトがある。さらに、地方新聞の詩の投稿欄に熱心に自作を寄せ続けている若者もいる。詩は、今も若い世代に書かれ続けている。その点で悲観する必要はない。問題はいかに、彼らとコンタクトを取りながらやって行くかである。各県には○県詩人会という組織があるが、若い世代はほとんど入って来ないのが現状である。○県詩人会のことを知らないのか、興味がないのか、自分達とは別の世界と思っているのか？　日本詩人クラブなどの会員数が漸減しているというのも同根的な事象のはず。ここでも言えることは、彼らといかにコンタクトを取るか、そして相互理解を図るかが課題だということ。

無理に迎合する必要はない。詩は人間のポエジーという本能に直結した文芸。滅ぶことはない。そのことを念頭に置いて、こつこつと自分の筆耕に徹していれば、それに共感する若者がおのずと出てくるはず。詩人がウジャウジャいる状況こそ、逆にあり得ないのだ。少数精鋭で良い。書くことが好き、書かなければ生きていけない、そんな新人を探し続けていきたいと思っている。

新しい思想《こころ》の潮流

1　東京ルポ

「先進国の大都市は人口も都市機能も相対的に衰退している中で、東京だけが今なお巨大化している」と、大薗友和は『東京「新地図」の読み方』（日本実業出版社）の中で、その特異な現象を指摘している。

その収束を知らぬバイタリティーの源が、江戸時代末期に鎖国制度を撤廃し、欧米諸国と外交・貿易を再開し、僅か百三十年の間に一人当りの国民所得がアメリカを抜いてナンバーワンの位置に立ったという微分式の突出性によるものか、かつての幕藩体制（会社は現代の藩、行政府は幕府という）に酷似した会社制度（終身雇用・年功序列などの慣行、企業内福祉と企業内教育という西欧にはないシステム）の利点にあるのか、四方を海という不可侵の城壁に囲まれ、外国の侵略から擁護されてきた民族の島国根性に由来するものなのか、いろいろな理由があげられようが、ともかく現在、経済ベースで国際機能の九割、情報供給機能《マスメディア》の九割、本社（管理）機能・研究開発機能・金融機能（銀行預金残高）の五割、日本の人口の三割、大学の四割が、神奈川・千葉・埼玉を含めた半径六〇キロメートル余の〈東京圏〉に集中していることは事実である。

　これまで日本が信奉してきた西欧資本主義は、かつての理想とかけ離れ、危機と荒廃の落日の中にある。マネーゲーム、ドル暴落、株暴落、地価暴騰、労働組合の弱体化、メガ失業……。われわれは死に瀕した資本主義の断末魔に直面しているのかも知れない。

　空間の絶対量に比較して超巨大化し、行政・経済、衣食住などの各方面でドンづまり状態に陥ってしまった東京の構造や機能を見直し、改善する計画が進められ、それに伴うシンポジウム等も盛況だ。しかし東京湾埋立論、新副都心リンク構想、（大深度の地下鉄による）第二山手線計画など、そのプロジェクトには瞠目させられる。遷都論、展都論、改都論、分都論などという体《てい》のいいキャッチフレーズは、カネ余りを背景にした不動産への投機の脅威に翻弄されている。政府のくりだす再開発計画も、かつての〝列島改造〟のソフトウエア的な側面のみを焼き増ししただけの泥沼のイメージをどうしても拭いきれない。半年もたたぬ内にビルが建て替り、いききする人々の顔ぶれは刷新され、街は季節のように新旧の様相をこともなげに入れかえていく。東京は破壊《スクラップ》と建設《ビルド》を繰り返してきた都市だ。吉本隆明の『ハイ・イメージ論』や日野啓三の小説『夢の島』にあらわされているように、東京はもはやそれらを構築せしめた人間の思惟を離れて勝手な意志を有し、周辺へ極限へとあたかもアメーバのごとき生命体として自己増殖しはじめたかのようにも見受けられる。

関東地方にこんど大地震がくるのはいつだろう? 雨後のタケノコのごとき超高層ビル群も、二段・三段に重なりあって這っていく高速道路も、マグニチュード7〜9といった直下型大地震で壊滅してしまうという地獄絵巻《パニック》を想像することは、今日ではすでに身に即した戦慄感に通じていかない。きっと慣れてしまったのだろう……。街中で肩をぶつけて意に介さずの道徳観や、路上で眠っているのか死んでいるのかわからない人間の傍を素通りしていく無関心さや、常識では納得しかねる住宅事情を見るにつけ、太平洋プレートを日本列島にすり寄せてくるマントルの脅威さえ、いつかはこの麻痺状態が更生のために甘受しなければならない禊《みそぎ》だという気がしてくるのは、地方からの流入者である私の妄信だろうか?

「東京」という「夢(ゴミ)の島」を、地震という自然の手であっさり焼却してもらったほうが、せいせいするだろう。(中略)そうしたら、明治百十年になって、はじめて人間中心の「近代都市」がつくれるかも知れぬ。

(田村隆一『ぼくの中の都市』より)

いま、一九二三年九月一日に東京・横浜を襲った関東大地震の逸史を思い出して身震いがする。

地震による交通・通信の途絶状態による大衆の不安につけこむ形で、「朝鮮人が暴動を起こしている。毒を井戸の中に投げこんでいる」などのデマが官憲などによってバラまかれ、大衆は自らの不安の意識を朝鮮人に排外主義的に転嫁するかたちで、無抵抗の朝鮮人に対する大虐殺を行った。その数は数千人にのぼると言われている。

（中井清美著『沖縄ＴＯＤＡＹ』より）

日曜日の午後、山手線原宿駅で下車してじんぐう橋をわたり代々木公園の方へ歩いていくと、ときならぬ音響《サウンド》の大洪水に圧倒される。電気楽器やブラスバンド、スケボーや大道芸や、雑多なパフォーマンスがおもいおもいの陣立てで行われている。奇抜なコスチュームをまとった若者たちが、猛りくるったようにロックやフュージョンを演奏している。それをまた同年代の若者がうっとりとあるいは好奇の面持ちで聴きいっている。なかには周囲の視線も気にせず髪ふり乱して踊りだすシンパもいる。演ずる側も観る側も、それはそれで鬱屈したフラストレーションを発散させ、意義あることなのかも知れない。咎めだてする警備員がいる訳でもなく、まったくの野放し状態だ。

だがちょっと視覚を変えてみるがいい。このフリー・コミュニケーションの光景のもつ歪《ひずみ》が露呈してくるのだ。勝手放題に音量をあげたい、好きなだけアクションしたい、という欲求はとどまるところを知らず隣陣とボリューム競いをエスカレートさせていく。また夕暮れ、若者たちが去っていった後、辺り一帯のゴミの散らかりぶりはどうだ。休日の午後、代々木一帯にうずまく喧騒に聴取されるものは、「自分さえよければいい」という、エゴの見本版ではないのか。ここにあるものは音量にせよ、動員数にせよ、〝多勢に無勢〟方式の旧来の力関係だけだ。ひ弱なもの、のりおくれたものは早晩泣きをみるしかないという動物的テリトリー意識だけである。

私は戦闘を連想させる音響場にあって、歴史とは無縁の世代の刹那的フェスタを見ながら、一九二三年と同様の排外劇がこの脆薄な世代によって再現されるのではないかという危惧を(自分の年齢も顧みずに)感じていた。それはこの自己完結的な慰安行為こそ、機会あるごとに日常の端々に顔をのぞかせる、都会の持つデフォルメされた生理感の突出であるように窺えたからだ。

2　学習する都市国家《メガロポリス》

人・物・カネ・情報のすべてを吸収しながら、グロテスクな肥満に喘ぐ東京には〈地方〉がまるで見えていないのではないか。なにもかも摂取してしまう巨大な胃袋《ブラックホール》の中で、人々は〈中央〉という一エリアばかりに囚われ固執しているように思われてならない。

書籍や雑誌・新聞など、各種の刊行物の状況を見ても中央ジャーナリズム主導型の〝統轄〟というものを如実に感じてしまう（感性的な口上を繰り返すばかりだが）。中央ジャーナリズムと言うのであるから、もっと総体的な視野に立ち、文化・歴史・経済振興等について広汎に比較検証するぐらいの気概が欲しいと思う。だが実態は〈東京圏〉をネタに調理された偏向きわまりない内容が大半である。執筆者の顔ぶれも東京在住のメンバーが多勢を占め、あたかも首都圏中心の同人制のごとき様相を呈している。購読者密度の低い〈地方〉を流通の対象としてフォローするよりも、人口が密集し、購買力に富んだ〈東京〉を念頭に据えて営業活動を行った方が、より能率的・合理的であり、収益面でも高いメリットをあげることができるというマネージメント・サイドの実情もわからぬではないが、そうした目先の収支ばかりに囚われてきたために、東京圏ばかりが異国化すると言う突出現象を招来し、今日のパンク寸前の醜態をさらしているのではないか。

日本には〈東京〉と〈地方〉という二つの国がある——これは竹下首相が海外向けインタビューに応えた発言の一部だ。神奈川都民、千葉都民、埼玉都民と言われるように日本の僅か三パーセントの面積に三千万人が住み、三分の一の収入（生産）をあげている（一九八八年現在）。これは一人あたりのGNPに換算すれば、一ドル＝百五十円としてもスイスを抜き世界のトップである。周囲を次々と東京化し、交通体系・情報網・金融窓口を併合し、その形態からしてもはや〈東京圏〉は〈東京国〉という一つの都市国家《メガロポリス》を体現していると言える。騒音とスモッグと理不尽なバイタリティーの空の下、人々は明日の東京のことばかりを考えている。むしろ地方在住の衆目の方が〈東京〉も取り込んで広汎に、フレキシブルで豊かな視野を具えている（少なくとも可能性を孕んでいる）と感じることが多くなった。

詩の世界に眼を移せば、『億万のかがやく太陽——中国現代詩集』（財部鳥子、穆広菊編訳・書肆山田）や『スオミの詩・フィンランド現代詩選集』（大倉純一郎訳編・花神社）、『世界現代詩文庫』（土曜美術社）シリーズの発行等から窺えるように、また文革の暴風に揺れ動いた中国現代史を赤裸々に描いた映画「芙蓉鎮」（一九八七年）が、先進諸国から多大な支持を獲得した例に見るように、いま文学・芸術などの各方面で、地味ではあるが確かな世界規模の変化が浸透しつつあることを感じる。行きづまり状態にはまりこんでしまった西欧文明が、アジアやラテンアメリカ諸国といった、これまで世界の辺境とみなされてきた〈地方〉の持つ、想像力・野性・巫術性などを摂取し、再生への活力源として学ぼうとしているのだ。

これまで外国の訳詩というのは欧州先進国（英・仏・独）が中心であり、当初日本の口語自由詩はそれらの国の〝開発された詩学〟に多くのことを学んだ。しかし「パックス・ブリタニカ」の時代は半世紀前の露と消え、雑誌「詩学」誌上から〈イギリス詩の今日〉〈ドイツ詩の今日〉〈フランス詩の今日〉と言うコラムが廃棄されて久しく、商業詩誌・同人雑誌誌上でも多様な言語圏の翻訳詩を読む機会がとみに増えてきた。たとえば金芝河《キム・ジハ》（韓国）、李敏勇（台湾）、北島《ベイ・ダオ》（中国）、ラビンドラナート・タゴール（インド）、マジシ・クネーネ（南アフリカ）、ホルヘ・ルイス・ボルヘス（アルゼンチン）、パブロ・ネルーダ（チリ）などの作品は、各誌の特集・アンソロジー等でも組まれることが多い。おもえば欧州の田舎と言われるスペインに生まれたフェデリコ・ガルシア・ロルカが、自分の生い育ったアンダルシア地方の民謡・歴史・伝承・自然を自作の中で再生させることで、最も現代的・普遍的だという評価を受け、また欧州として見ればやはり辺地であるギリシャの詩人ヨルゴス・セフェリスが一九六三年度ノーベル文学賞を受賞したことを鑑みるにつけ、なるほどその時分から西欧先進国の再生を企図した学習は始まっていたのかと得心することになる。

日本ではいまのところ、そうしたエスニックな企画に取りあげられる詩人は、日本の詩人の交際・出張範囲に限定されている向きがあり、でなければ「初物の紹介」の域を出ないといった感触に止《とど》まっている。しかし良識ある編集者らの尽力によって、日本の現代詩に新たな息吹がふきこまれることを期待したいし、さらには既存の〈中央〉的価値観と、新興としての〈地方〉的価値観がミックスされ、これまでになかった豊饒な新境地が開拓されることを願いたい。

私の眼のとどく範囲で国内の具体的な胎動の例をあげれば、小海永二が編集にあたり全都道府県から四百五十名以上の詩人を網羅《ピックアップ》したアンソロジー『郷土の名詩（東日本編・西日本編）』（大和書房）、昭和詩の万葉びとと言う副題をもち、「週刊ポスト」の誌面を借りて〝草の根〟的な採集を続けている『男の詩』『続・男の詩』（芸風書院）、もうひとつの現代詩を！と言うスローガンを掲げて着実な発行を続けている『日本現代詩文庫』シリーズ（土曜美術社）、大阪を拠点に全国の地方詩人を集めた『日本詩人叢書』シリーズ（近文社）の試みなどがあげられよう。前三者については発行所の籍は東京にあるものの、取りあげる詩人・編者・解説者が、従来の〈中央〉中心から、よりラジアル（放射状）な視座へスライドしているのが特色といえる。こうした〈中央〉が、〈地方〉と〈読者〉の仲人役をかってでること自体、既存の詩壇ジャーナリズムでは考えられなかった動きであり、寿《ことほ》ぐべき進展と思う。

詩書レベルで考えてみよう。『詩集おおさか』（ＶＡＮ書房）、『佐賀詩集87』（佐賀詩人協会）、『全電通詩集87』（全電通詩人集団）、『おんなの詩』（信濃毎日新聞社）など、ここ数年で読むことのできたアンソロジーは決して少なくはなかった。ただ、作品数・同人数・発行回数をギネスブック的に競い合うのではなく、地理的・歴史的に〈中央〉を相対化し客観視し、〈中央〉との対峙関係に自らを置き、独自のアイデンティティーを創出していく思想《こころ》を構築するために、〈地方〉在住の多数の書き手が詩作や発刊に向うのであれば、この活況を祝福したい。

3　地方を結ぶネットワーク

ＮＨＫ特集「土地は誰のものか」は討論会形式で大きな反響を呼んだ。一九八〇年代後半にはいって、東京都心部を震源にまたたく間に日本列島を席捲した異常な地価高騰（七〇年代の列島改造ブームを遥かに凌ぐ）の津波のなかで、人々はいま本気で〝土地は誰のものか〟と自問しはじめている。

東西南北の地方で過疎化し空洞化した町や村では、職を失った人びとや倒産者たちが、家を売って転出したくても買い手がつかない窮状にある反面で、東京都心区とその周辺では、億万長者が随所で日々簇出しているのである。しかし、長者になったたはずの、かつての小市民も、相続税に追われて、親ゆずりの家を棄てざるをえないのであり、かれがもしその土地を実際に売り渡さなければ、今までどおりのしがない零細地所の所有者でしかないのである。

（平田清明「土地は誰のものか」／『いまマルクスが面白い』（有斐閣新書）より）

実際には都心区において〝今までどおりのしがない零細地所の所有者〟でいることなど不可能と言える。不動産業者のローラー作戦擬《もどき》の買い叩きは〝猫の額〟ほどの遊地の雑草も見逃さず、脅迫的な圧力となり、土地所有者を異常心理にまで陥れている。土地はいまや、日常生活や経済活動のいきた基盤であることから疎外され、先物取引まがいの投機標的に化している。

（平田清明・同右）

その地価高騰の煽りを受け、明治時代さながらの中央依存型の旧体質から脱却できずにいる〈地方〉にも、これまでにない急速な断絶と解体現象が顕在化しはじめている。それは残念ながら地方の独自性を強調するというものではなく、〈東京〉を自身の遺伝子の中に移植し、東京のミニチュア化を意図したもののように思われる。

ここまできて〈地方〉の現状にもいちど目を通しておく必要性を痛感する。資料として、一九八八年五月二十二日〜二十八日に朝日新聞紙上に連載されたレポート「地方よ」を参照し、いくつかを砕《くだ》いて左記したい。

（1）明治二年に開拓使が置かれ、平城京や平安京と同様の整然とした都市計画のもとに建設された札幌は、百二十年後の現在百六十一万人の人口を抱え、これは東日本では東京に次いで二番目の多さである。さらに北海道の総人口のうち三割強が札幌に集中しており、図式的には完全なミニ東京である。最近ではビール・たばこなど新製品のテスト販売に利用され、札幌のデータをモデルに全国販売の戦略が練られるという。

（2）日本の経済の中心はつねに大阪だった。政治の中心が藤原・平城・平安・鎌倉・室町・江戸と移っても、大阪はわが国の米のすべてを集荷し「天下の富、七分は難波にあり」と謳《うた》われてきた。だが戦前、政府が国家総動員法によって生産のウエイトを軍需中心にしてから大阪の経済拠点としてのバランスが崩れた。その後のドルショック・石油ショックで加速した関西地区の地盤沈下で、高度成長期には西日本一円から流入していた若い労働力が、大阪を素通りして〈首都圏〉へと流れ始めた。人口が減って、大阪はいま「独居老人日本一」の街になっている。

（3）京都は一九九四年に建都千二百年を迎える。日本の歴史の上で京都はつねに東北・関東・九州はもちろん、海を隔てた中国大陸・朝鮮半島からも人々が集まってくるブラックホールだった。今日でもその伝統は命脈を保持していて異国人や外来文化に対して意外なほど寛容性を示す都市だ。「奈良化」という言葉がある。これには同じ古都ではあるが経済・産業規模は比較にならないとの京都府民の誇りと差別意識が籠っている。しかし着物離れが進むなか、西陣織業者の廃業・休業が続出し、また土地が狭いうえ〝古都〟として建築規制が厳しいために老朽校舎の改築もままならず、大学の郊外流出が頻発し、文教都市としての空洞化が進行している。

（4）古来、大陸との外交・軍事の要衝として大和朝廷が「大宰府」を置いた福岡は、その管轄した博多港から遣隋使・遣唐使が出航して行ったごとく釜山《プサン》とは二〇〇キロしか離れてはいない（東京都からは一〇〇〇キロの距離がある）。防人《さきもり》たちの配属に始まるように今も福岡は〈中央〉からすれば遠方赴任の地である。大手企業の福岡支店・九州支社の設置に伴い博《はか》チョンと呼ばれる単身赴任者たちが、この街の経済を支えているとも言えよう。しかしこの福岡も熊本・大分・南九州各県のテクノポリス誘致に見られるような分散化で、〝九州の雄〟としての地位に翳りが見え始めてきた。

以上、数例を引いた。仙台・名古屋・広島などの都市が洩れたが紙幅の都合で割愛せざるを得なかった（ただミニ東京化はいずれの都市でも地価高騰・地域格差・人口流出などの病状として露顕してきており、特に仙台・名古屋など新幹線で二時間というエリアは、完璧に東京の衛星都市《ベッドタウン》化している。そこでは食事はファーストフード店で、洗濯はコインランドリーで、友達とのお喋りは喫茶店でという風に、生活場は個々の住居を飛び出して画一化しつつある)。概して悲観的な記述ばかりに終始した印象を持つ。この中で幾分かでも〈地方〉の新展開が読み取れたものは福岡だった。要は全体としてのテンションが高まって行くことが肝要であり、その観点から評せることなのだが、次第に福岡が凋落していくのに逆行して、その周辺部が福岡に比肩しうる地力をつけ始めている。そして地方と地方とを結ぶネットワークの磁場を形成しつつあると評価できるのではないか。

三千万人もの人口を擁する〈東京圏〉は、それだけ企業の求人も就職口も多い。情報や人が集中し、文化・経済・レジャー設備に溢れた大都市は、好奇と生気に満ちた若者たちにとって魅力に富んだ場所であるに違いない。だが見逃してならないのは、「人口移動報告」によれば、東京都では昭和四十二年以降転出者が転入者を上回る統計が顕われている事実だ。世界一高い物価、狂騰する地価、鰻登りの家賃、複雑な人間関係など、色々な理由による希望と現実のズレの発露であろうか。

〈東京〉という都市の特徴は、江戸時代から明治・昭和までの都市の系統と歴史が重層化して、その中に行政・経済・生産・観楽《レジャー》機能などが一極集中しているところにある。米国でも政都(ワシントン)、商都(ニューヨーク)、工都(シカゴ他)という風に分離している。かつての大阪と江戸の関係もそうだった。例えばスイス(政都ベルン、商都チューリッヒ、外交の中心ジュネーブ、国際機関を抱えるローザンヌ)やオランダ(航空路と金融はアムステルダム、行政はハーグ、港湾と商業はロッテルダム）などのように当初、機能を分散させるための先見的な都市計画の青写真を作ろうとしなかった日本にとって、今日の爆発状態は時《とき》すでに遅しの感さえある。

〈東京〉は自身のことで手がいっぱいなのだ。旧態然とした中央権力に諂《へつら》い、一律にミニ東京化を競うのではなく、あるいは〝アンチ東京〟〝格差是正〟などのスローガンを掲げて一円でも多額の国庫補助を獲得するというのではなく、自らの独自性《アイデンティティー》を自覚し、〈中央〉に比肩しうる新しい自治態を創出して行かねばならない時代《とき》であることを切に感じている。そのための文化を模索して行きたい。

これからの詩界を支える四つのキーワード

今年度（二〇〇三年）前期の本欄「現代詩時評」を担当することになった。三〜七月号と来年一・二月合併号の計六回を通して、主に〈詩〉の未来や可能性などといったことがらに関し、最近の詩界の動きのなかから興味を覚えるものなどをピックアップしながら自分なりに考えてみたいと思っている。

私は、一九九七年度の本誌「詩誌評」を担当させてもらった経験があるが、そのときは全国から毎日送られてくる多数の詩誌に目を通したうえで、現在ならではと思える特徴的な事象を抽出して紹介する執筆作業のなかで、いかに評者として詩に対する自分の意見を還流させることができるかといったことに腐心した記憶があるが、「展望」というのは日々洪水のように発行されている詩集や詩論集・エッセイ集・詩誌などの読みをベースにしつつ、要は、筆者たる私の識見や思潮等がどれほど詩界全体を俯瞰したうえで記されたものであるかという点が問われる訳であり、カバーすべき域圏が広い反面、詩集評や詩誌評にくらべてこちらの主体性を認めてもらっているという前提要素が濃いぶん、いくらか気が楽な感はある。これは決して不遜な物言いではなくて……。

大井康暢著『黒田三郎の死—静岡県詩史の片隅から—』（漉林書房）は公と私の視線を重層化させながら静岡県の戦後詩史について論じたユニークな一冊だが、そのなかの「『狼』と『城』以後——詩人を組織できるか？（一）」と題された文章に日頃、私が〈詩〉の未来を考えるうえでキーワードと感じている事項にふれた一節があったので、まず左記したい。

現在の詩壇で問題となっている負の、弱者としての詩のテーマは、ローカルとマイノリティ、つまり地方性と少数者の問題である。つまり差別であった筈である。

ローカルとマイノリティー。さらに、私はこれにクレオールとハンディキャップを加えたいと思う。

ご存じのように「現代詩手帖」等を中心として戦後、わが国の詩壇を支配・席捲しつづけてきた中央詩壇ジャーナリズムというものは、一九八〇年代末までに完全に終息・終焉したといって良い。伊藤比呂美やねじめ正一などは、その最後の断末魔であった。「荒地」や「凶区」「白鯨　詩と思想」「麒麟」等といった東京圏に発行所を構えた一連の詩誌は「現代詩手帖」に密着し、「手帖」が商品として価値づける言語派系の詩を掲載し、「手帖」への詩の供給源として存在していた側面がつよくあった。それが一九七〇年代後半からの女性詩の台頭や詩界の国際化、在日詩人の発見、定型詩への再接近、郷土詩観の高揚などといった価値観の多様化のウェーブと相俟って、もはや商業詩誌一冊の存在のみによってこの国の詩の流れを代弁することなど困難となってしまった。私に言わせれば詩は終息や終焉などしていない。ただ「現代詩手帖」が標榜してきた詩観だけではこの国の詩観の全体像について語れないほど詩界が成熟し、繁茂し、広い裾野を有するようになったということなのだ。「手帖」は、自社市場の縮小化をヒステリックに終息や終焉などと形容したにすぎない。

一九九〇年代は、そんな「手帖」的な詩観が退潮化し、新たな詩の可能性をもとめて全国レベルでそれまでになかった詩の動きが顕在化しはじめた〈蠕動期〉であったといえる。たとえば杉谷昭人（宮崎）、本多寿（同）、以倉紘平（兵庫）、高塚かず子（長崎）などのあいつぐH氏賞受賞、または川崎洋編『日本方言詩集』の発行、あるいは「伊東静雄賞」（諫早市）、「丸山豊記念現代詩賞」（久留米市）、「萩原朔太郎賞」（前橋市）、「丸山薫賞」（豊橋市）、「中原中也賞」（山口市）といった各詩人賞の新設、さらには秋吉久紀夫（北九州市）訳編「現代中国の詩人」シリーズ（全十巻）や片瀬博子（福岡市）訳編『現代イスラエル詩選集』、真辺博章（丸亀市）のオクタビオ・パス作品群の訳出、有馬敲（京都市）の『非公用語圏詩人の手記』や『替歌研究』など地方に定住する詩人たちのすぐれた実績がすぐ頭に思い浮かぶ。すこしまえであれば地方在住と言う理由だけで、これらのトピックスなど頭から無視され、話題にも上らなかった。しかし、いまでは各地における数々の有意義な詩業が全国レベルで評価云々されている。

これらの変化を運動体として組織し、後押ししたものが、一九八九年以降、現在の編集体制となった本誌「詩と思想」であることは見落とすことができない。「詩と思想」の思潮・活動の根底には「〈中央〉詩壇ばかりが光を浴びるのではなく、地方で書かれている優れた詩や詩論等にも等しく光を当てるべきだ」といった一つの確たる信条が通底している。そもそも「詩と思想」は先行した「列島」「現代詩」といった詩誌の内容を受け継ぐことで独自の存在を主張する方向性をもって一九七二年十月に創刊され、七五年にいったん終刊。七九年に第二次として復刊され、すでに三十余年の誌歴を有している。だが、それが直ちに全国レベルの詩の運動をあらたに誘発したというようなことはなかった。やはり一九八〇年代末まで、時流のタイミングを待つ必要があったのである。

今後、ますます詩は多様化の様相を深め、言葉の壁などもろともせずにインターネットや翻訳システムといったハイテクと連携したかたちで世界へ裾野を広げていくだろう。こういった時代の到来をまぢかにひかえながら詩の麓野を広げ、大衆の間に詩が浸透していく方途として、さきに記したローカル、マイノリティー、クレオール、ハンディキャップなどのキーワードがあると常日頃考えている。

ローカル（ローカリズム）についてはすでに述べた。その潮流は当面、疲弊し、終焉情況に陥っていると言われつづけてひさしい詩の一派に、再生に必要なビタミンを注入するための主たる流れでありつづけるだろう。

マイノリティーについては、例えば石原武著『遠いうた』（詩画工房）にレポートされ、現在も詩誌「柵」に「続・遠いうた」として連載中である論稿に代表されるように、世界各地に生きる少数民族や先住民族が保有しつづけている、現代文明社会がいつの間にか見失ってしまった巫術や呪術などのプリミティヴな始源性をいま一度再発見し、詩作に応用しようという流れである。私自身、四年ほど前から日本列島の先住民であるアイヌ民族が明治期以後、日本語で書いた詩歌文学を蒐集しているが、p音やt音などの破裂音の多用や子音で終わる語彙の頻繁さなどアイヌ語の特徴に触れ、ユーカラなどの口承叙事詩に接しながら、アイヌ民族が受けてこなければならなかった和人による執拗な差別や虐待などの史実を踏まえつつ、アイヌ民族がかろうじて現代にまで伝承してきた信仰や生活様式などを学ぶことで、従来の狭苦しい詩歌の価値観から脱皮できる予感を強く覚えている。

クレオールという言葉はもともと「植民地生まれ（の白人）」を指すフランス語であり、カリブ海を囲むアンティル諸島のグドループ島やマルティニク島などにおいて、在来民と征服者としてのフランス人、さらには労働力として人身売買で強制移住させられたアフリカ人奴隷たちの言語が複雑に重層化し、混種の人種・言語・文化・物などが生み出されるに至ったそのことを意味するものであるが、もっと広義に解釈すればそれは異文化の混淆から生じた偶発的な文化状況全般を指すものであるといえる。かつて、日本が領有した満州や朝鮮、台湾、南洋諸島などにも同様の現象が派生していた。事実、清岡卓行・秋野さち子・犬塚堯・齋藤怘・井上光晴・森崎和江・大野新・関口篤・南邦和・三木英治・坂井信夫など列挙しだしたら切りがないほどの詩人たちが彼《か》の地で生まれ育ち、日本の敗戦とともに見知らぬ〈祖国〉へ引揚げてきており、余人には到底理解できない違和感に満ちた境遇のなかで生きていくことを強いられ、それを詩作品に表出している事実がある。また戦時下、日本に強制連行され、敗戦後も祖国へ帰ることがかなわず、好むと好まざるとに係わりなく日本に住みつづけなければならなかった〈在日〉の人々の歴史と、彼らが日本語で書く詩というのも、日本の詩界に新しい視野と価値観・史観をもたらしてくれるものだと感じている。「〈テニヲハ〉にいたるまで一度解体され、再構築された……文節が脱臼したような……もう一つの日本語」などと評されることが多い崔華國や金時鐘、梁石日、李承淳、李美子など在日詩人たちが日本語で書く詩の〈存在感〉が既存の詩観を鞭撻する。

マイノリティーやクレオールは、ローカリズムをさらにラディカルに深化した視線下から見えてくるものと言えるだろう。最後にハンディキャップ、つまり〈身体的障害〉に触れる。たとえばハンセン病については約九十年におよぶ隔離政策に対して二〇〇一年五月の熊本地裁の違憲判決以後、政府の控訴断念や補償措置法の成立など劇的な進展を見たが、しかしどれほどの人々が元患者やその家族が受けた差別や偏見、断種手術などの肉体的虐待による苦痛・苦悩を理解できているだろう。失明や耳鼻の喪失、指の切断など……。それはともかく、現在、桜井哲夫や田中梅吉・小林弘明・中山秋夫・韓億洙といった元患者たちの詩集があいついで陽の目をみてる現状は、晩年をむかえた彼らが、隔離後も自分が生きてきたという証しとして読むことが可能だ。我々は彼らの哀しく、憤怒のかたまりであり、超然の心境をしめした作品に接し、そのような過酷な状況下で書かれた詩の実存性とその背後にひろがる逸史を噛みしめるべきであろう。また、大江健三郎が書く小説の重要なテーマの一つに障害をもって生まれた長男に動機を得て書かれた〈障害者との共生〉作品がある。たとえば佐賀で文芸同人誌「ペン人」を編集発行している中島虎彦（一九五三年生まれ）は、大学生のとき、器械体操時の事故で頸髄を損傷し以後、車椅子生活を余儀なくされているが、一九九七年に出版された評論集『障害者の文学』（明石書店）は古今東西の様々な障害をもった文学者たちが書き綴った文学作品を俎上にとりあげ、分析し、体系化し、過去・現在・未来にわたって「障害者の文学」論を展開した労作である。中島の叙述にふれて、それまで気づかなかった車椅子や寝たきりといった視座が、あるいは自分がこの世に生きる意味を見つめつづける座標が、我々の日常に隣接したかたちで併存しているということに初めて思いいたる。そんな彼の視線は、これからの新しい詩歌文学の可能性を胚胎していると感じられる。さらに、一歳のときに小児麻痺のため車椅子生活を余儀なくされた岡山の坂本明子の半世紀にわたる詩業が『新・日本現代詩文庫2 坂本明子詩集』（土曜美術社出版販売）として出たが、本集のなかにも身体的ハンディーを負ったコンプレックスが、しかし作者の大らかな海容さゆえに受領され、超克されていく様を読みとることができる。半世紀近くも詩誌「裸足」を発行しつづけている本人にすればハンディキャップ例として取り上げられることは不本意であり、詩の成否のみで評価して欲しいと思われるかも知れないが、詩は文学の一ジャンルであり、文学とは〈人間〉を描出するものであるという当方の信条をもって、とりあえず今回は第四のキーワード中で触れさせてもらった。

一九八〇年代末以後、各地でわきおこってきた多様な詩の価値観に対して、これら四つのキーワードが、従来とは随分異なった視界と可能性を具現しようとしていると感じられる。それはヒューマニズムという普遍的地平にたった確固たる展望である。

詩の未来（可能性）に関する中項目的事項

前回、今後の詩界をささえる四つのキーワードとして私なりにローカルとマイノリティー、クレオール、ハンディキャップについて触れたが、このほかにも詩界にビタミンを注入する効能を、可能性として有していると感じる中項目的事項として少年少女詩、童謡詩、定型詩、詩朗読、インターネット詩、社会派リアリズムといったものがある。

現在、少年少女詩を標榜して発行されている詩誌はかなり多い。「海さち山さち」（鹿児島）、「まんなか」（三重）、「かもめ号」（神奈川）、「みみずく」（東京）などがすぐ頭に思い浮かぶ。また、最近では一般の同人詩誌のなかでも少年少女詩を発表する書き手が増えてきた。『現代少年詩集』や「ジュニア・ポエム双書」シリーズなど詩集や詞華集の発行も盛んである。また、畑島喜久生著『少年詩とは何か』（国土社）や佐藤光一著『日本の少年詩・少女詩』（大空社）、菊永謙著『現代少年詩論』（教育出版センター）など少年少女詩に関する詩論集も出版点数が多い。少年少女詩とは文字どおり「大人によって書かれた少年少女を対象読者とした詩」である。例えば次の作品を読んで頂きたい。

虫の声は／流れる水よりも／つめたくなり／／ますます　するどく／きいろくなる／／
月の光と　きそいあって
（「九月」全行）

西田純詩集『木の声　水の声』（ジュニア・ポエム双書155）から引いたが、子供にもわかる平易な言葉で書かれ、短詩ながら読者の胸中に深々と浸みとおっていく当詩の特質が理解されると思う。この〝浸みとおっていく〟ものこそ〈ポエジー〉に他ならない。小さな眼に仮託することによって初めて見えてくる〈発見〉がある。少年少女詩の〝ポエジーを鷲づかみにする特性〟といったものが修辞の難解さ、思想の独善性、語彙の疲弊などという現代詩が抱える閉塞感・問題点に新たなビタミンを注入してくれる要素だと感じる。

童謡詩についても〝ポエジーを鷲づかみにする特性〟を蔵するといった観点で注目して良い。メロディーにのって人口に膾炙するという一種の制約性が詩に浄化のベクトルをあたえ、ポエジーとしてのきらめきを付与する。わが国における童謡詩というのは北原白秋・西条八十・野口雨情などの近代詩人に端を発し、現代のまど・みちお、阪田寛夫、みずかみかずよらへとつづく確かな軌跡をもっている。昨今、ブームとなっている金子みすゞなど、大正から昭和にかけてごく短期間詩を書き、長く埋もれていたところを新たに発掘された書き手である。児童文学誌・詩誌では水上平吉主宰の「小さい旗」、島田陽子主宰の「ぎんなん」などがコンスタントに存在感を放っている。

なお、少年少女詩については「新・現代詩」六号が「子どもと詩」という特集を組み、また童謡詩については本誌「詩と思想」が昨年（二〇〇二年）十一月号で「子守歌と童謡」という特集を組み、いずれも詩史的認識のもと体系を明確化させていてアップツーデイトな企画だった。

さきほど童謡詩において、メロディーにのるための一種の制約と述べたが、そういった意味で定型詩も口語自由詩全盛の時代にあって、あえて自らに定型という枠組みを課すことによって口語自由詩がはまりこんでしまった腐乱・頽廃の底無し沼から詩を救出しようとする試みのように感じている。現在、日本において定型詩追究の牙城となっているのは——一九九一年に飯島耕一・稲葉三千男・梅本健三・松本恭輔といった詩人たちが九鬼周造著「日本詩の押韻」（一九三一年）等を主なよりどころとして、押韻（それも主に脚韻）定型詩を当面の方向性として位置づけ、日本定型詩協会を設立し、当会から発行されている——詩誌「中庭」であろう。世界に目を向ければ、詩は押韻・脚韻を踏むものがほとんどであり、日本のように無韻口語自由詩をもっぱらとする国の方がむしろ稀である。アルファベットという表音文字によるか、漢字という表意文字によるかという差異はあるにせよ、押韻定型詩に関してたとえば「中庭」一二三号に記されていた「自然に読めて、詩情豊かで、気が付いたら、そうか押韻定型詩だったのかというあたりが理想じゃないでしょうか」（松本恭輔）という発言にこの定型詩運動の目指すべきところが示されている。「日本語は押韻定型詩に向かない」という外野の声が根づよくあるなかで押韻定型詩を追い求める過程において、必然的に海外詩に目がいき、広い視野が養われるという効果が期待できるだろう。また、文語から口語へ移ってきた日本の近・現代詩史や、長歌や短歌・俳句などの日本古来の発語の制度性、欧米などの押韻定型詩と日本の無韻自由詩の比較検証等といった格好な洗い出しの機会となることも特筆される。これらの動きの中から松本恭輔詩集『響きの逢い引き』や津坂治男詩集『太陽の街』などの押韻定型詩集が生まれ、稔実し、新しい存在感を主張しはじめている。

現在、日本現代詩人会や日本詩人クラブの催事、各地詩人祭などに出席すると講演やパネルディスカッションなどとともに必ずといってよいほど自作・他作にかぎらず詩朗読コーナーが設けられている。白石かずこや吉増剛造・鈴木東海子・田川紀久雄・坂井のぶこなど詩朗読・詩語りの名手と称される詩人たちがいるが、彼らが肉声にかける気概は、詩を活字という死に体から蘇らせ、黙読という呪縛から解き放ち、個室という牢獄から飛翔させる企図を孕んでいたはずである。個人的なことを言うと、私はずっと詩が活字を離れて肉声を持とうと欲するのであれば、詩はわれわれの話し言葉、すなわち方言で書かれなければならないと考えてきた。朗読者が宮沢賢治や石川啄木、中原中也らの詩を朗読するのは自由である。しかし、そこに書かれた詩作品を声に変換する場合、必要条件として花巻弁・岩手弁・山口弁などを念頭においたうえで朗読する覚悟が欲しいと思いつづけてきた。たしかに彼らは標準語で詩を書いている。しかし、地方で生い育った者が発する標準語は純粋ではなく、捻れている。それは、詩にたずさわる者が鈍感でいられるはずのない、この日本という国が言葉に強いつづけた抑圧そのものである。その意識こそが、疲弊し、閉塞状態におちいっていると揶揄される現代詩に再生の活力を与えるものなのである。そのことに余りに無自覚であるがために、詩朗読の普及度に反して、詩朗読の現場から詩が蘇ったという報告を聞くことは少ないし、詩朗読がファッションの一部になり下がっていると思われるようなシーンにであうこともある。そういう面から言えば、詩朗読は、吉田啄子（津軽弁）や片岡文雄（高知弁）、門田照子（豊後弁）などの例のように方言詩による発語というのが手っとりばやく詩人の血が通う感がある。急いで付言しておくが、私は、方言や古語といった言葉の伝統からあえて離脱し、標準語による詩朗読において、作者固有の発語体系を創出しようとする試みがあることを認めている。理屈としてそういう詩朗読も成立するからである。むしろ、現代詩人の自作詩朗読はおおむねこの範疇に入るものであろう。

　詩朗読の新しい流れの一つとして、楠かつのりが米国から日本へ移入した「詩のボクシング」がある。当初、ねじめ正一や阿賀猥・谷川俊太郎など現代詩人たちを〈選手〉にして行われていた本大会もいまではずいぶん知名度があがり、無名の、日頃は現代詩など読まないし、書きもしないといった〈選手〉が地方大会を勝ち抜き、全国大会へ駒を進めるといった傾向が顕著になりつつある。当初、本イヴェントには詩を活字の密室から解放し、即興の肉声によって詩のリアリティーを回復するといった理念があり、それは現在も血脈として受けつがれていると思われる。しかし、さっき書いた当イヴェントの現状を考えてみた場合、しだいに現代詩のメインストリームから離反し「詩のボクシング」という興行としての面が強調されてきている感もあり、このままでは詩界の外野にその定位置ができてしまいそうな気がする……。今後の現代詩との位置関係の推移を注視していきたい。

詩界の外野という意味ではインターネット詩についても、現在のところ同様である。従来、愛好者の概数から、短歌／三百万人、俳句／三十万人、詩／三万人などといわれてきたわけであるが、現在、インターネット上に登録されている詩のサイト数は二十万とも三十万とも言われている。それも、これまで現代詩など見向きもしなかった十〜二十歳代の書き手が多いという。これだけ見ればパソコン・ネットワークというツールの普及に連動して詩の将来は洋々たるものといった感触を覚えるが、ことはそれほど安直に看過できるものでもないというのが実感だ。彼らがサイトに掲載している自作詩たるや、レトリックもメタファーもアレゴリーもへったくれもない、安手の恋愛感情・衝迫に支配された、ポエムや歌詞以下の甘っちょろいものがほとんどであって、これから詩を書きつづけていくのかどうかさえも疑わしい。もし書きつづけていくのであれば一皮も二皮も剝けてもらわないとダメだと感じられるものが大半である。

ただし個人的には今後、インターネットを媒介とした詩のネットワークというものは年々充実していくと推察しており、近未来的には自動翻訳システムなどを搭載することによって、リアルタイムで全世界のあらゆる詩界とリンクしていくことができると感じている。そうなれば世界各国の優れた詩や詩論などを、全世界の詩に携わる人々が同時に共有することが可能になる。インターネットが、そんな期待を抱かせるツールであることも間違いない。先のインターネットに掲載されている詩の比較的良質の成果を島秀生が『ネットの中の詩人たち1』『同2』として紹介している。

最後に、これまでとはちょっと異質で硬派な社会派リアリズムに触れておきたい。ここで私の念頭にあるのは例えば全国に支部組織を置き「道標」(岡山)、「軸」(大阪)、「滋賀詩人」(滋賀)、「沃野」(愛知)、「澪」(千葉)、「夜明け」(群馬)などの詩誌を発行している詩人会議であり、社会派リアリズムに風刺や笑いのエッセンスを導入した村田正夫が主宰する「潮流詩派」であり、現在、針生一郎がひきいる「新日本文学」に掲載される詩作品である。また、一九九五年一月にわれわれは一瞬にして六千四百名をこえる死者を出した阪神淡路大震災を経験したが、この罹災を契機として生まれた『詩集・阪神淡路大震災』第一～三集によって、現在最もストレートにかつリアルに人々の情調にフィットする詩のスタイルというものがいったいどんなものかということを学んだはずである。それは言語派でもなく抒情派でもなく、社会派リアリズムの詩にほかならなかった。

二十一世紀に入って、米国同時多発テロ（9・11）という新しい憎悪の顕在化に直面し、その後の報復戦の袋小路入りを経て、火種はイラク・インドネシア・ロシアなど各国へ飛び火し、さらに拡大の様相をあらわにしている。あるいは世界恐慌直前のような経済活動の低迷の様も気になる。民衆詩やプロレタリア詩などの事例のように時代が大きな変節を迎えようとするとき、社会派リアリズム詩は隆盛を示す。いま世界が直面している困難を民衆レベルで刻し、共有できるのは社会派リアリズム詩なのかも知れない。かつて詩誌「列島」の創刊にたちあい、発行人をつとめた出海溪也が二〇〇一年に詩誌「新・現代詩」を立ち上げた。さらに出海は《新・現代詩叢書&論集》の発行所としてかつて「列島」を発行していた知加書房を復活させた。これらはいずれも彼の詩にかける意気込みを示すものだが、一九五四年～六四年にかけて全百二十冊・別冊一冊が発行された詩誌「現代詩」の精神が、複雑に混迷する現代においてどんな軌跡をあらたに刻むのか、注目していきたい。

各地の伝説・歴史・自然などに取材すること

　本誌三月号以来、ずっと詩の未来や詩の可能性といった観点から、現在、私が着目している事項に関して記述させてもらっているが、今回は各地に残る伝説・歴史・自然などに取材し、その悠久の世界観を基底にあたらしいオリジナルを創出し、そこに現代に生きる自分の存在根拠を求めるといった詩の生成について、知りうる範囲で触れてみたい。ふりかえってみればこの書法は、F・G・ロルカが自分が生まれ育ったスペイン・アンダルシア地方の民謡・伝承・歴史・自然などを自作詩のなかで再構成することでもっとも現代的、普遍的だという評価を得た事象などにあい通じるものである。

　少々ふるい事例で恐縮だが、新谷行《しんやぎょう》は一九三二年に北海道留萌郡に生まれ、五七年に中央大学法学部を卒業後、出版社勤務を経て、詩人・評論家として活躍したが、七九年に四十七歳の若さで病死。幼い頃からつねにアイヌ民族と接する境遇のなかで育った彼には「シャクシャインの歌」や「ノッカマプの丘に火燃えよ」などアイヌのユーカラ形式を借りて綴られた個性的な長編叙事詩がある。これは一篇だけで優に一冊の詩集を成してしまうほど長大なものだ。

ああ　わが手に／ポンヤウンべの／憑き神／真に宿り／真にポンヤウンべの／いくさ神／わが魂に憑きて／わが眼に触れるシャモを／ことごとく／刺し殺し／刺し殺し／けものといわばいえ／魔神といえばいえ／わたしは　ただ／神の怒りを怒るのみ／地の怒りを怒るのみ／炎よ／深き罪の流るる／わが地の　炎よ／燃えて／燃えて／わが肉のほろぶまで／わが魂の焼きつくるまで／燃えつづけよ
（「シャクシャインの歌」部分）

ユーカラは文字を持たなかったアイヌ民族の膨大な量の口承文学のなかで歌謡文学に類別される詞曲であり、アイヌ文学の中核をなし、天上から地獄までをロケーションとして神々と人間とがクロスしあう様を描いた世界に誇るべき叙事詩である。新谷の長詩はこのユーカラの様式を援用しながら、大化の改新以後、延々と狩猟・漁撈の場を、居住する場所を、民族としての尊厳を、自由を、家族を、生命を、和人によって奪われ続けてきたアイヌ民族の怨恨を表弁したものだ。たびかさなる和人の侵略や迫害などによって、現在、アイヌ民族はわずか二万人弱にまで落ち込んでいる。

現在、質・量的にもっともすぐれた詩の達成度を示しているアイヌの書き手はチカップ美恵子であろう。両親をアイヌに持ち、母（伊賀ふで）も文芸をこよなく愛し、伯父・山本多助はアイヌ民族の文化振興に多大な功績を残した。北の大地を吹き渡るたおやかでかつ凜とした抒情性が伝わってくる彼女の詩に接するたびに、いつの日かささやかなもので良いので自作詩集をまとめてくれたら……と、私は密かに熱望している。

西岡寿美子詩集『むかさり絵馬』（二人発行所）は、彼岸と此岸との中間点に自分を置きながら〈とうに他界した人々／過ぎ去っていった時間〉にむかって紡ぎ出された《供養集》といった読後感を強く覚える。身内や知人、行きずりの〈死〉までも自分の方へ引き寄せ、感性を全開にして憑依する……。心根がしなやかで怜悧でなければ黄泉国のことや、幽霊幽鬼の話などは書けないだろう。あの世・この世の垣根を取りはらった現在の彼女の詩魂がよく伝わってくる作品集である。「むかさり絵馬」は、真壁仁に案内されて山形県の立石寺を訪れたときに見知った、当地の慣習にもとづく無数の絵馬に取材した作品である。

　これは過ぎた昭和の大戦で／征旅から帰らなかった子のために／親が挙げさせた仮
　の婚礼絵馬なのだそうだ／幽霊の子に嫁を迎えるという趣向も思えば奇怪だが／そ
　れにもまして／睦まじげに寄り添う花嫁が／許嫁でもなければ訳ありの娘でもない
　／絵師の創り出した架空の花嫁であると聞けば／誰が始めたとも知れぬこの哀しい

虚構の計らいに／胸を衝かれて言葉が凍ってしまう　（「むかさり絵馬」部分）

われわれの身の内奥にはつねに大和朝廷、江戸幕府、明治政府などといった〈中央〉が強要してきたヒエラルキー体制とは異質の、そこからズレていくＤＮＡの血が脈うっている。『新体詩抄』以後、百年余りつづいたこの国の最初の詩（それは主に〈中央〉系の詩に関してであるが）のサイクルは一九八〇年代末まででいったん終息し、〈中央〉の詩はながねん自分たちが外野へ遠ざけ、無視してきた〈ローカル圏〉にいまだ残存している呪術・巫術といったプリミティヴな野性に自己再生のビタミンを見出すしか活路がなくなってしまった。さきほど真壁仁の名前がでたが、彼を一つの糸口にして、更科源蔵・渋谷定輔・黒田喜夫・上野英信・石牟礼道子、さらには松永伍一著『日本農民詩史』などに連なる全国各地の詩魂の沃野が垣間見えてくる。

高橋睦郎は一九九五年に、自分の故郷・北九州市に近い福岡県宗像地方にいまも息づく宗像三姫神の神話と、自己の家族史を重層化させた詩集『姉の島』を上梓したが、これなど時代の変節にいちはやく感応した作例であろう。それは『鍵束』『王国の構造』『分光器』『兎の庭』といった一連の作品を書いてきた彼のエクリチュールと一線を画す感があり、その叙述は例外的に詩人の温血を感じさせる好ましい印象のものだった。

会田綱雄（一九一四〜九〇年）は、一九四〇年から敗戦後の四六年まで中国大陸にて過ごし、その経験に根ざした作品を収録した詩集『鹹湖』ほかで知られるが、今日的認識に立ちつつも寓話・説話の要素と語り口をもち、非情さと優しさ、グロテスクとユーモアの融合した割り切れない人間の悲しい生死を独自の慈眼でもって描き出し、戦後詩に豊饒な一分野を確立したといってよい。

徳永民平詩集『浄空遊』（私家版）のなかに「さまよう者の手紙　会田綱雄師への詩簡」という四百行ちかい長詩が収録されていて、会田綱雄という存在がひとりの詩人の実存を強烈にインスパイアしつづけている引力圏といったものをあらためて考えさせられた。対峙者の内奥を想像力や幻視性の地下茎によって励起してくる「伝承・伝説」は、詩人にとっても希少な霊感が宿るところだといえる。左記はその一部。

あなたが居なくなって　七年／百済観音様が／お酒を買いに走ってくれます／そして／毎夜／亡くなったひとびとを／一人一人呼びにゆき／亡霊たちと　にぎやかに／御飯を共に食するのです

「聖書」は旧約・新約をとおして、その個性的で魅力的な英雄譚、数々の奇蹟、三位一体の法悦境、神託・預言をめぐるあまたの解釈など、多層で重厚な固有世界を形作っている。これも伝承・歴史などに依拠した詩の話法の一路だといえよう。わが国にも日本キリスト教詩人会があって、混迷する現代と教義のはざまから固有の信仰告白としての作品が精力的に発表されている。しかしこのような生成の様はべつに「聖書」に限ったことではなく「仏典」「コーラン」「ヴェーダ／ウパニシャッド」等についても同様のことが言える。要は、それらの世界からいかに当世に生きる自分自身の表現をすくいあげることができるかである。最近、読むことができたこの種の収穫として中村不二夫詩集『使徒』（土曜美術社出版販売）や川中子義勝詩集『ときの薫りに』（同上）、『新・日本現代詩文庫10　柴崎聰詩集』（同上）などを挙げることができる。川中子詩集から一部引いておく。

親父は湯屋の床屋だった／その職の誇りだけは生涯手放さぬ／わが再批判の浴槽は／受難木曜日の主に倣って／いかなる思想や思いつきであれ／生まれたままの姿にかえし／そのすべての足を洗う／汚れた所などありませぬと／当世流行の／啓蒙家たちは宣うか／卑しき一物と見れば／おのが身すら去勢して憚らぬ

（「北方の博士」部分）

さきほど取りあげた『新・日本現代詩文庫10　柴崎聰詩集』に併録されている「年譜」に目をやると、一九七二年一月に「森田進に会う。石原吉郎の詩を紹介され、以後熱心に詩集やエッセイ集を読むようになる」とある。その石原吉郎（一九一五〜七七年）も敗戦とともに諜報容疑で重労働二十五年の最高刑を受けてシベリアへ抑留され、スターリンの死去にともなう特赦によって十三年間の拘禁生活から解放され、帰国を果たすという過酷きわまりない体験を経過して、すぐれて抽象的な現状把握の詩法によって固有の世界を構築しており、さきの会田綱雄と同様に、現代詩に一つの確たるポジションを占めている。それは戦後半世紀以上を経て、すでに各人の戦争体験とクロスしあって一種の〈伝承〉といってもよい森厳さに包まれ始めている。

このラーゲリ体験を扱った最近の作品として和田文雄詩集『失われたのちのことば』（土曜美術社出版販売）中に収録された「シベリアのひとかた」が忘れられない。和田の本詩集は、作者自身が「あの戦争のとき遺言を残すことの出来なかった人たち、遺言すらも受けとれなかった人たちの無念を〈のちのことば〉としたいと思いまとめたものであります」と「あとがき」に記されていることからも自明であるが、ここには一見、他者の不遇さ・無念さなどに題材をとっていると見えつつも封建的な軍国主義社会に生い育ち、戦禍をくぐりぬけ、さらには敗戦の焦土のなかで百八十度の価値観の転換を目撃し、重度の戦後後遺症のなかで再起をはたしてきた一九二八年生まれの作者の険しい認識がふかく底流していることを見逃してはならない。

広島に原子爆弾が投下された翌々日の八月八日、日ソ中立条約を一方的に破棄してソ連が日本へ宣戦布告。八月十五日終戦。ソ連軍は北緯三八度線以北の朝鮮にいた日本軍将兵をはじめ、満州・樺太・千島の民間人男子まで含めて、彼らを約千名単位の作業大隊として組織し、列車で続々とソ連領内へ送りこんだ。その数、六十万人以上。彼らは極寒の環境下、つねに生命の危険、死の恐怖と背中あわせの状態で鉄道・道路建設、森林伐採、鉱山労働などに従事させられたのである。スターリン特赦などによって念願の帰国を果たした彼らを待っていたものは、しかし歓待や労いなどではなく、共産主義思想に対する偏見と差別であった。この「シベリアのひとかた」には、そういった史実を踏まえてひた隠しに隠し続けてきた〈事実〉を、永年の怨恨とともに吐き出す衝迫力がある。

鈴木比佐雄が自身の個人詩誌「COAL SACK」三五号から連載している高炯烈の長篇詩「リトルボーイ」（韓成禮・訳）や、九歳のときに経験した横浜大空襲――戦争を隠れ蓑にした人間の憎悪・差別意識の本能が最大限にまで増幅された無差別大量虐殺という地獄絵図――を描いた北村愛子詩集『証言』（ブラザー商会）、二〇〇一年十一月に逝去した詩人の死後、雑多な本箱のなかから発見され陽の目をみた真尾倍弘詩集『遺稿　戦争抄』（鮫の会）など、いまなお半世紀以上まえの戦争に取材した作品が、詩集や詩誌上でも後をたたない。先の大戦を今回の論旨である〈伝説・伝承〉の範疇にくみいれてしまうことにはまだまだ抵抗があるが、9・11のアメリカ同時多発テロ事件以後、世界はそれまでとはずいぶん異なった構図のなかで戦々恐々としなければならなくなった。さらにアフガニスタンの火種はイラクへ、インドネシアへ、ロシアへ、北朝鮮へと拡大の様相をあらわにしている。

今回は各地に残っている伝説・歴史・自然などに端を発して、そのような精神性が誤って引き寄せてしまった先の大戦の話にまでペンが及んでしまった。しかし、こういう不穏な情況下であればこそ半世紀前のこの国の憂情をふまえて、われわれは生活に、詩作にむかうことが肝要なのではないかと考える。

無意識下にひびく詩的エコールを訳出する

詩の可能性に関する叙述がつづいている。今回は、夢（無意識）、訳詩、各種詩派のエコールについて述べてみたい。

まず夢は、すべての人が眠っている状態において経験する特異な知覚体験だといえる。夢を見ている〈私〉は〈私〉でありながら、現実の〈私〉との間に明らかな〝断絶〟があることを特徴とする。自他の垣根をとりはらった非論理的な思考性、すなわち覚醒時の論理等には関係なく時間的・空間的・人称的な制約をいっさい受けない合理的根拠を欠いた奇怪きわまりないものが当人の大脳内に数々あらわれる。〈融合〉〈おきかえ〉〈象徴〉〈形象化〉といった機制によって当の本人にさえその発現理由に関しておもいあたるふしがないために、その内容を持て余し、いよいよもって不可解と感じられるのが夢だ。

詩人のなかには、自分が就床時にみた夢を自作の主要モチーフにしている書き手が少なくない。『天城への道』『雨を降らせる蛇』『失われた風景』など終始一貫、詩集全篇を自分がみた夢を題材にした作品でまとめあげている宮田登美子。自分が主宰する詩誌「ペッパーランド」において断続的に「夢送り」「夢の輪」「夢巡り」「夢のタペストリー」と夢をテーマにした特集企画をおこなっている水野るり子。おなじく主宰誌「山陰詩人」に〈夢夜〉シリーズとして自分が見た夢に取材して小話風の作品を書いている田村のり子。作品集『終わりなく始まりもなく』において自分の詩的源泉を夢のなかに見極めようとした進一男など。

古来、人間にとって夢は極めて不可思議な現象であった。特に夢のなかで、通常であれば到底眺望できない遠方のものを見たり、遠方の人々や故人と逢い、相互に意思伝達ができることが不思議であった。洋の東西を問わず、夢占いという土俗の信仰形式がほとんどすべての民族に見出される。そこから夢見において霊魂がさまよいでるという解釈が派生してきた。この解釈は原始社会の当時から広く一般的な解釈だった。夢に予言的な性質を認め、その意味や、そこに孕まれている吉凶の相を判断し、自分の未来を占おうとする夢占儀式の基底には、そんな原始社会からの霊魂信仰が脈うっている。二十世紀に入って、フロイトが人間の精神の深層部に〈無意識〉という巨大な大陸を発見してからすでに百年余りがたったが、この〈無意識〉は幼児体験や性欲・物欲・被抑圧的トラウマなどといった感傷的外傷からもたらされる差異によって個々人の思潮や価値観などに無数のバリエーションをもたらす因子になっており、当人の思想や言動、芸術、文学を繙く重要な糸口だと評すことができる興味のつきないフィールドである。ここでいう〈無意識〉とは、知覚作用と記憶作用とが認められず、従って追想不可能な精神現象あるいは精神状態をいう。心理学では〈無意識〉を〈潜在意識〉として取り扱っている。

催眠術や夢判断、自動記述法などはいまだ〈無意識〉が明確に特定されていなかった比較的初期から〈そこ〉へ進入していくための手段として多用されてきたものだが、これらの方法は現在においても個々のパーソナリティに新たな認識の領土をもたらす力を内蔵している。それは当然、詩においても再生や萌芽、蔓延といったポジティヴなベクトルを賦活してくれる要素である。この人間の〈無意識〉を描出する思想・手法として派生してきたシュールレアリズムは、本質的な部分でロマン主義的な意義を深く胚胎しており、閉塞的な既成概念などから人間を解き放つ新ルネッサンスのような性格を併せもっていた。合理的な精神にもとづいて創りだされる現代科学、そのうえに築かれた近代文明社会に対する反逆的発露の一種として、シュールレアリズムは生まれてきた。

詩集『わたつみ　三部作』によって自らが経過してきた戦中・戦後の時空を〈歴史的時空〉としてとらえ直し、コラージュ手法によって帰納意識の中から〈思想〉を抽出しようと試みた辻井喬。既刊・未刊の八詩集を収録（一部抄出）した『葵生川玲詩集成』からも分かるように、三十年以上、社会派の詩を書きつづけ、現代社会の歪点・諸問題にするどくコミットしていく作品のなかに、おなじくコラージュやフロッタージュの手法によって無数の詩想のフラグメントを有機的に結合させ、まるでアリバイ崩しのように訴求すべきテーマを隆起させる葵生川玲。『天上のあるるかん』『カイロスの風』『うふじゅふ』といった詩集に表われているように、自分の内奥に浮かんだ事象を描出すべく彷徨する、そのプロセスがそのまま詩趣・詩形として航跡を描いた触感を覚える原田道子などが私の脳裏に、現代において、自作のなかでシュールレアリズムの手法を効果的に駆使しながら詩を書いている書き手たちとして直ちに浮かびあがってくる。

フロイトの影響下にあって、独自の精神分析論を発展させたユングはそれまでの〈個人的無意識〉のほかに〈集団的無意識〉という非常に興味深い〈無意識〉を提唱した。これは我々の祖先が経験したもの、祖先が考えていた解釈、神霊や魔性、瘴気などがＤＮＡレベルで遺伝されてきていると考えるものであって、たとえば同じ血をひく人間、同じ信仰を持つ人間等にすべて共通で、集団的に潜んでいるというものである。これは〈種族的・宗教的な無意識〉と呼べるものであり、こちらも〈個人的無意識〉と同様に〈知覚域〉に影響を及ぼし、各人が見る夢のなかにも現出する。〈集団的無意識〉は〈個人的無意識〉よりもさらに広大で模糊としていて、根深く、創造的な領域をたたえている。

農民詩を基底にすえ「風土のロマンティシズムと自然の心象的寓意の先験性の世界」（黒田喜夫）によって〈土着の表現者〉として独自の詩境をきり拓いた真壁仁。京都という重畳した歴史性・風土性のなかから、いにしえから現代にいたる時空のなかでうごめき、呻いた人間の息吹を視座の低い抒情の眼で描出しつづけている相馬大。北海道開拓民の苦渋をみずからの幼時体験として踏まえ、現在は高知にあって土俗的・フォークロア的視点でもって重厚な詩篇を紡ぎつづけている西岡寿美子など。そのほか更科源蔵、原子修、小坂太郎、松永伍一、田中国男、片岡文雄、高良勉など現在の〈ポスト現代詩〉の主潮流になっていると評してもよい詩人たちの名前が系譜としていくらでも列挙できる。

最近、この〈集団的無意識〉と照合して読むことができた事例として宮城隆尋（一九八〇年沖縄生まれ）の第三詩集『idol』があった。周知のように沖縄はその地理的位置ゆえに、明《みん》による冊封支配、薩摩藩の琉球征伐、太平洋戦争末期の沖縄戦、米国の統治支配といったごとく常に他国から侵略・支配され、凌辱されつづけてきた歴史をもつが、そんな悲憤の歴史性がこの若い作者にも確実に受け継がれていることを、被支配・被差別者の側に立ち、あえて生き難い困難なポジションを選びとる自覚が漲る詩行から実感される。夢と潜在意識の間でうごめく〈無意識〉の世界。その世界の探求が始まってすでに一世紀が経ったが、いまだその詩趣的容積は無尽蔵のまま残されている。我々は、いま一度〈無意識〉の可能性に詩の未来を託しても良い。

夢（無意識）に関する記述に半分以上の紙幅を使ってしまった。私には訳詩に関して肯定する部分と悲観的になってしまう部分の両面が、正直いってある。悲観的な内情についてまず記せば、一篇の詩を日本語に訳す場合、訳者は直訳と意訳を使いわけ、一個の単語を翻訳する場合にも口語調にするか漢語調にするかがあり、それは訳者個人の琴線や好み・想像力などに起因した固有の事項であり、そういった意味で一篇の訳詩はすでにその訳者の作品へ限りなく近づいている。したがって一つの原詩を訳した場合、その結果は訳者によって百人百様であり、当然それから受ける印象もずいぶん異なっている。読み手はいったい誰の訳出を信頼して良いのか判断に迷うという事態に陥ってしまう。私はこうした場合、訳者の経歴を信じる以外にないように感じる。つまり、原作者と同じ国に長く暮らした経験があるとか、原作者に対して深淵な造詣を有しているとか、原作者に対してある種の宿命的な絆を有しているとか……。

もちろん訳詩の効能として明治期以後、日本の近代詩が『於母影』『海潮音』『月下の一群』『珊瑚集』といったすぐれた訳詩集に多大な影響を受け、その詩想と詩形を深化させてきたことは周知の事実である。

『オクタビオ・パス詩集』『続オクタビオ・パス詩集』『インドの薄明』など一連のパス作品を他界する寸前まで訳出しつづけた真辺博章。『現代アメリカ黒人女性詩集』『現代アメリカアジア詩集』などマイノリティーたちの詩を共感と執着の狭間から業のように訳出している水崎野里子。〈現代中国の詩人〉シリーズ全十巻をはじめ『現代シルクロード詩集』『現代中国少数民族詩集』など、大戦や内戦・文革の苦難を味わわねばならなかった当地の詩人たちの血涙に憑依した感のある秋吉久紀夫。ほかに尹東柱詩集『天と風と星と詩』

の編訳をはじめ韓国詩人の紹介をおこなっている上野潤。張香華詩集『愛する人は火焼島に』など多くの現代中国詩人の作品を訳出している今辻和典。長い南米勤務の経験を踏まえて、ペドロ・シモセやホセ・ワタナベなどの作品を各誌に根気よく訳出しつづけている細野豊など、彼らの翻訳作業は当該詩人や当該詩人が生まれ育った風土などに深く傾斜する中から、まるで一心同体化を図るような精神の肉迫を感じる。また「GANYMEDE」「貝の火」「地球」「舟」「日本未来派」「詩と創造」「解纜」など多くの詩誌で、最近は世界各地の詩の訳出を読むことができるようになったが、そんななかにあって水橋晋が主宰する詩誌「Quel」は訳詩の専門誌であり、毎号、訳者の主体性に引き寄せた作品が掲載されていて一味違う存在感を放っている。

最後に、エコールとしての〝詩派〟という要素が詩に及ぼすビタミンというものについて触れておきたい。現在、発行されている詩誌のなかには過去に一時代を築き、独自の主張によって一時代を画し、ピークは去ったものの依然としてそのエコールを保持しながら、当磁場において今を生きる詩人たちに対して詩作へむかうモチベーションを賦活しつづけているものがある。たとえば、福田正夫・白鳥省吾・百田宗治・富田砕花といった民衆詩派の流れをくむ詩誌「焰」。堀辰雄・三好達治・丸山薫らが第一～四次にわたって発行しつづけた詩誌「四季」の流れをくむ「朔」「季」「東京四季」などの詩誌。高田敏子が二十三年間にわたって発行しつづけた詩誌「野火」が掲げた〈誰にでもわかる平易な詩／

詩と生活を結ぶ〉といった精神を継承する詩誌がいまも全国で二十誌ちかく発行されている。さらに本誌「詩と思想」も広く全国へ目をむけ、各地の詩人たちとネットワークを構築するといった形態からは、詩誌「現代詩」、「列島」の意思を継いでいるという見方も可能だろう。

また詩人単位でもそうしたエコールの指摘ができる。宮沢賢治や小熊秀雄、井上靖、黒田三郎、渋谷定輔、関根弘、永瀬清子、西脇順三郎、鳴海英吉といった国内の詩人、あるいはリルケ、オーデン、ロルカ、T・S・エリオット、パウル・ツェラン、エズラ・パウンドといった海外の詩人なども、その特異な生涯やすぐれて個性的な詩風などによって、今日でもあまたの詩人たちを惹きつけている。これら詩界の引力・斥力にエネルギーを得ながら詩を書くことも、自分の詩土を豊饒にする一途だと感じられる。

（注）本稿の前半部には、詩誌「柵」一八四・一九七号に掲載した拙稿を参照した箇所があります。

暗澹《あんたん》とした世紀末的世情を超えるために

米英軍の圧倒的軍事力によって二十四年間つづいたフセイン政権がひと月もたずに崩壊し、イラク戦争の主眼は戦後復興の諸問題へ移っている。唯一の超大国アメリカの鉾先はアフガニスタン、イラク、シリア、北朝鮮……と人間の生血を求めてとどまるところを知らないように見える。9・11以後、アメリカはテロ勢力の殲滅という大義のためであれば国連安保理の総意を無視し、国際世論の分裂をおしきってでも自国の正義を貫こうとする頑なな姿勢を鮮明にしている。イラク戦争の場合、イラクがテロリストに大量破壊兵器を提供し、再びアメリカがテロの標的になることを未然に防ぐという表向きの目的があったが、そこには従来の国連による調停システムが介在する余地はなかった。有事に際して日米安保条項に拠るしか手段をもたない日本は、そんなアメリカに追従するしかすべを持たない。9・11以後、アメリカの価値観は大きく変わった。同時多発テロによる死者は約三千人。真珠湾攻撃時の犠牲者が二千三百余名だったことを考えれば、アメリカ本土を襲った今回のテロが米国民の心に残した傷と恐怖がいかほどのものだったのか容易に察しがつく。アメリカは「国連やＮＡＴＯ（北大西洋条約機構）は二十一世紀の脅威に対処できない」として、今後各々の脅威に応じた合従連衡による対応を行っていくとのスタンスを打ち出している。第二次世界大戦以後、約六十年間つづいた国連を中心とした平和維持の枠組みがいま崩れ去ろうとしている。時間枠だけは二十一世紀に入ったというのに、出口がみえず長びく構造不況とともに何やら「いまが世紀末ではないか？」と思いたくなるような暗澹とした世界情勢である。

このような終幕的な世界情勢に反応するかたちで、現在、発行される詩集やアンソロジー・詩誌などで、いま反戦・反米・反テロなどを主題とした詩やエッセイなどを多数読むことができる。アフガニスタンへの空爆開始に際しては新日本文学会が「文学キャバレー〝報復戦争ノン〟」という詩朗読のイベントを主催していたことを思い出す。今般もアメリカのイラク攻撃に抗議するかたちで石川逸子・木島始・甲田四郎・佐川亜紀が呼びかけ人となって「反戦詩集」の編出を急遽、詩人たちに働きかけた。石川たちは集まった詩を日本政府宛てに送り、インターネット上の反戦詩サイト「Poets Against War」へ送付すると表明していた。詩誌「新・現代詩」九号において、出海渓也も〈イラク戦争反対の詩の束〉という緊急特集を組んだ。このような時局にタイムリーにコミットしていく姿勢は商業詩誌には望むべくもなく、沽券などとは無縁に小回りのきく同人誌ならではの発露だと実感された。

非常時にいったいどのような詩が書かれ、同時代の人々の心情にフィットしていくのかということを考えた場合（本誌四月号でも別項でとりあげたが）、私は一九九五年一月十七日に発生した阪神・淡路大震災と、それを契機に書かれた被災詩のことに思いがいく。この罹災を契機に、たかとう匡子詩集『神戸・一月一七日未明』や同『ユンボの爪』、直原弘道詩集『断層地帯』、安水稔和詩集『生きているということ』などの詩集が出版された。また『詩集・阪神淡路大地震』第一～三集という詞華集が陽の目をみた。当時、この『詩集・阪神淡路大地震』に関する書評等を読んでいて特徴的に思われたことが数点あった。一つは避難所生活や仮設住宅での暮らしを通して、それを第二次世界大戦時のアウシュヴィッツやヒロシマ・ナガサキの悲劇などにまで思いを馳せた詩人たちが少なからずいたということ。そして、そのような状況下で自分が〈詩を書く〉ということをかつてなかったほど真摯に見つめ直し、重く渋る筆を遅々と進めつつも作品を紡ぎだし、結果的によりダイナミックで深遠な表現のスケールを獲得するにいたった経緯が判読できた。さらに「現代詩が持たざるを得なかった難解性を越えて平明性を獲得した」という『詩集・阪神淡路大地震』に寄せられた伊勢田史郎の言葉のように、明治期以降百余年（戦後五十年）を経て、現在もっともストレートかつリアルタイムに人々の情調にフィットする詩とはいったいどんなものかということを明示したと言える。そういった意味では現在、たとえば詩誌「詩人会議」および各県詩人会議から発行されている詩誌などに掲載されているような詩作品は（もっと修辞的に洗練されていく必要性を痛感する作品もあるが）時代のニーズに受け入れられていく可能性を蔵している。

これらの詩に総じて要望したいことがある。反戦でも、反テロでも、反核でも、「〇〇反対！　△△反対！」というシュプレヒコールを連呼するのは個人の自由だ。しかし「もし武力に訴えず、食物も衣服も住居もない国民・難民たちを解放・救済するにはどんな手段があるのか？」「支援者たちからテロリストへ武器が供与されていることが分かっているのに、どうすればそれを未然に防げるのか？」「発電量の四割以上を占める原子力発電所をすべて停止した場合、いまの生活水準を維持したまま電気料金と二酸化炭素排出量の上昇を抑えるにはどうすれば良いのか？」といった問題にたいして具体的な対案を示して欲しいということだ。対案を示せないまでも、その努力はして欲しい。「そんなことは政治家に任せておけば良い。それを考えるのが政治家の仕事だ」という物言いはあまりに身勝手ではないのか？　私は詩（詩人）に、事象の本質を鋭くみぬく眼力は当然のこととして、あえてそこまで切望したい。私の経験上、言いっ放しのシュプレヒコールは信用できない。

詩と詩論は両輪の関係にある。原始時代、驚きや喜び、怒り、悲しみの直情な表現としておそらく〈詩〉が先行しただろうが、間髪を容れず直ちに〈詩論〉が誕生したはずである。いらい詩は詩論を豊かにし、詩論は詩をたえず刺戟するという関係を保ってきた。

日本詩人クラブが二〇〇〇年に制定した「詩界賞」は、その年度に刊行された詩の研究書、評論集、訳詩集のなかから優れたものを表彰し、ひろく社会に推奨することを目的とするものである。また、最近の例として第三回小野十三郎賞に北川透の評論集『詩論の現在I〜III』が、第二回現代詩平和賞に寺島洋一の評論集『雲雀と少年／峠三吉論』がそれぞれ決まったが、これらから感じられることは、従来、詩集に比較して二次的位置しか与えられてこなかった詩論集・評論集・エッセイ集といったジャンルに関して、詩作品のレベルを底上げし、詩界を支えるもう一つの車輪としての役割や有効性にようやく陽があたり、相応の席が与えられるようになったということである。詩がレトリックやメタファーなどの技術を使って、言葉を日常レベルから昇華した固有の別次元へととき放つ文芸であり、しかしその昇華の様が一般庶民から見ればやはり難解・不可解であり、とっつきにくいものとして映るのであれば、そこに何らかの手掛かりは必要であり、そのギャップを埋めるものとして詩論やエッセイなどの存在意義は大きいといえる。

右記に関連して記せば〈世紀がわり〉という過渡期に関連してだろうか、伊勢田史郎著『神戸の詩人たち』、和田英子著『行きかう詩人たちの系譜』、杉山平一著『戦後関西詩壇回想』、秋山基夫・岡隆夫・坂本明子・三沢浩二編著『岡山の詩一〇〇年』、近江詩人会編『近江詩人会50年』などのように、各地の詩史を語り、詩史をまとめた著作に触れる機会がおおくあった。遡及すれば黒田達也著『現代九州詩史』、田村のり子著『出雲・石見地方詩史五十年』、大城貞俊著『沖縄戦後詩史』、富田正一著『名寄地方詩史』、横田重明著『愛媛の詩史』、金丸桝一著『宮崎の詩・戦後篇』、天野隆一編『京都詩壇百年』、東延江著『旭川詩壇史』、福中都生子編著『大阪戦後詩史年表』などのように自分たちの身辺で書かれてきた詩を再検証し、スポットライトをあてていこうとする動きはけっして声高ではなかったにしろ確実に命脈をたもってきたといえる。これらの動きは、戦後復興の主導権を中央集権的ヒエラルキー構造ににぎられつづけ、中央中心の価値観に浸食されつづけてきたローカル圏の詩に自覚と自負を萌芽させる作働を内蔵しており、札幌的ヒエラルキー、仙台的ヒエラルキー、名古屋的ヒエラルキー、大阪的ヒエラルキー、福岡的ヒエラルキー、宮崎的ヒエラルキー、沖縄的ヒエラルキーといった複眼的価値観を隆起させる、詩におけるローカリズムの根拠の一つになりうる。

ただし、苦言をひとつ呈しておきたい。一九八〇年代末に至り、ながらく日本の表看板として君臨してきた中央系の詩はみずからが持っていた言葉の命脈をあらかた使い切ってしまい、枯渇化し、明らかな閉塞・終焉情況に陥ってしまった。もはや、中央系の詩は、これまでずっと外野に遠ざけ、蔑ろにしてきたローカル圏の詩がいまだに温存している巫術性・呪術性・祈禱性といった原始的でプリミティヴな生命力を、自分の再生エネルギーとして取り込むしか、再生する方途がないところまで追いこまれている。こう書けば、今後はローカル圏の詩の時代が到来し、従来の詩観に代わってローカリズムが台頭すると思われるかも知れないが、ことはそう単純ではない。現在、ローカル圏が中央へ提供できるエレメントというのは、じつは古代から中世にかけて、いまだ〈ムラ〉がもっぱら農業・林業・漁業などに携わっている人々へ有効的に働きかけができていた頃の遺制・遺構に依拠したものであり、近年とかく窮屈になってきたムラの実態等を超克した上で新たに創出されたものではないのだ……。〈ムラ〉側も襟を正す覚悟が必要だ。

詩人が書く散文や、詩人が係わっている様々な活動が、偏食がちな詩界へ異種交配のDNAを注入し、タフな生命力をもたらすという効能がある。たとえば清岡卓行・三木卓・森禮子・池澤夏樹・ねじめ正一・梁石日・辻井喬・町田康・松浦寿輝らが小説界において芥川賞、直木賞、山本周五郎賞、谷崎潤一郎賞など著名な賞を受賞したことは、その都度、詩人たちに相応の刺戟を提供してきた。

また、有馬敲は一九六〇~七〇年代、秋山基夫・片桐ユズル・中山容らとともに関西フォークソング運動と連携した詩朗読キャラバンの活動に情熱を燃やし、かたや童唄の採集や「替歌研究」の執筆などの面でも精力的な実績を多く残している。犬塚昭夫は、一九八二年に全小腸摘出という大手術を受けた後、前人未到の身体性を生きる境遇に屈することなく反戦詩篇等を紡ぎだし、また出身地・長崎県五島の「からゆき」の史実をレポートするなどしている。さらに彼の製作する鳥類や花火・風景などを描いた貼絵は玄人はだしだ。

そのほかにも、宗左近の縄文文化・縄文芸術に対する造詣の深さ。森崎和江の女性解放運動につらなるノンフィクション作品。高良留美子・しまようこらのフェミニズム論の展開。金時鐘・梁石日らの在日朝鮮人解放闘争にかかわる苦渋の記述。山田かんのみずからの被爆体験をベースとした論述。森田進の桜井哲夫・小林弘明・田中梅吉・韓億洙《ハン・オクス》といった元ハンセン病患者との交流レポート。中村光行の阿修羅的執念がそのまま露見した感をおぼえる鬼の研究。河邨文一郎・谷口謙・竹元隆洋らの現役医師としての発言。由良恵介詩集『さっちゃんの日記』に綴られた里親体験や介護医療現場からの報告。水口洋治の大阪フィルハーモニー交響楽団との交歓の様子。福田万里子の日本画への尽きない熱情。小川英晴の美術や舞踏など芸術全般への接近。藤本真理子著『愛の破片』に披露された繊細な映画評。春木吉彦の創作オペラへの愛着など、列挙しだしたらきりがない。仮にそこに千人の詩人がいれば千様の話題が提供されるだろう。そのような領界のクロスオーバー化も、詩の沃野をいま以上に豊かにしてくれる可能性をおおいに有している。

三月号から、詩の可能性や未来に関係あるとおもわれる事象を自分流にとりあげてきたが、紙幅が尽きた。来年一・二月合併号でいま一度お会いすることになっている。

9・11を経過した後の詩の可能性と未来

この「展望」欄を書くのは半年ぶりである。三〜七月号本欄では、その時点その時点で、私が見渡せる範囲で〈詩〉の未来や可能性に関することがらを書き述べたが、七月号の原稿を投函する際、半年後のこの総括を書くまでにどのような詩書類に出会うことができて、どんな詩的情況変化があり、それにともなって私自身の考えがどのように変化しているか楽しみに思う気持ちがあった。

私のなかにはローカリズムが、疲弊し、閉塞感にさいなまれている現代詩のある部分に有効なビタミンを注入してくれるという期待感があるが、しかしそのローカリズムというものが、古代から中世にかけて農耕や漁撈・樵採などに携わっていたムラが、おのずとつくりだした慣習や風俗・制度などに内実的に依拠し続けるものであり、生活形態の激変によって、近年とかく窮屈になってきたそれらムラの遺制・遺構を超克し、それらを踏まえて新たに創出されたものが見うけられないことに対する根深い不満があわせてある。

私が詩にもとめる新たなローカリズムとは（たとえば音楽で例示した方がわかりやすい気がするのだが）りんけんバンド、喜納昌吉&チャンプルーズ、ネーネーズ、彩風、ビギン、元ちとせ、普天間かおり、夏川りみといった奄美・沖縄などの〈島唄〉をベースにした音楽。あるいは、上妻宏光、渋谷和生、木下伸市、吉田兄弟などの津軽三味線をベースにした音楽。さらには東北の風土・伝承などの深部に由来した姫神のシンセサイザー音楽などなど、アップツーデイトな形式でローカリズムを現代に発信しているようなものである。

しかし詩界を見回した場合、公認度合いでは敵わないものの、そのようなライン上で評価できると考えうるいくつかの例がある。有馬敲詩集『浮世京草子』は京都弁で書かれた三十九篇を収録しているが、紛争や環境破壊などに明け暮れる現代世相を痛快に風刺した内容は、安直に〈詩集〉と呼んだのではつまらない、まさしく改行詩の形式を借りて書かれた〈浮世京草子〉というジャンルと称した方がよい実感を伴っている。原子修詩集『受苦の木』は北海道にあって形而上的に高度な結晶をみせる詩風の作者が、テロや虐待などの憎悪におののく現代人の心象を、立ちつづける一本の樹木に投影させて描出した鎮魂たる詩群を収録している。金堀則夫詩集『かななのほいさ』は自分の姓と出自にこだわり、太古から現代にいたる一本の血の逸史を遡及する本能が紡ぎだした、自分のルーツ探しとでも評しうる連作集であり、固有名詞の小宇宙に漂っている無数の名もない人々の喜怒哀楽をすくいあげるフォークロア的意図性を通脈させている。

最近は録音技術の進歩にともなって自作の朗読や歌曲等を自主制作CDにして発表する詩人たちが増えてきたが、製作・複写が容易なCDという媒体は今後、活字への依存率が突出して高かった詩人たちの表現領域・コミュニケーションの新しいツールになっていく可能性を胚胎している。そんななかで、たとえば門田照子方言詩集『巡礼』は、義母から聞き覚えた大分地方の方言で書かれた方言詩十六篇を収録しているが、作者自身の艶やかな声による朗読に耳を傾けながら、明治以後の時空を生きてきた一女性に憑依した作者の希な琴線をとおして、堪え忍ぶことがおおかった女性側から見たこの国の逸史というものが垣間見える。また、岡崎葉の『和歌山の海の歌』は全篇を身近な和歌山県の海に題材を採った作品集であり、「天の羊」というデュオグループが岡崎の詩にメロディーを付して歌っている。全体から、都市化の波をかぶり変貌を遂げつつある臨海地域の情景などが脳裏に浮かんでくるが、当地で生まれ、恋をし、子供を生み育て、年老いていく人間の無窮の暮らしぶり、あるいは古代からひねもす紀州の海にむかい、しばし深呼吸をする現代人の姿が想起される。作者は日頃から、故郷にこだわり、和歌山の風土・紀行・歴史などから詩を紡ぎだすというマニフェストを掲げているが、それを一歩一歩実践していく姿勢は注目に値する。

さきほど門田照子の箇所で方言詩が出てきたが、ローカリズムの潮流の端的な例として方言詩の隆盛という現象は無視できない。島田陽子著『方言詩の世界』は本人が十一歳まで東京で生まれ育ったことに起因した大阪弁に対する違和感が本著誕生の源泉にあるあたりに特徴があり、方言に対して地理的・歴史的にずいぶん広範な認識を蔵していて、方言を体系的に識別する認識、様々な事例の引用から導きだされる立証性などが向日的な文体とあいまって印象に残る。一節を左記しておく。

現在、方言はアイデンティティに関わるものとして人びとに見直されている。〈開かれた方言詩〉が、詩の潜在読者と出会える可能性は大きい。いま出来ることをつみ重ねていくこと、それがひいては現代詩を開かれたものに、という願いに通じることではないだろうか。

（「あとがきに代えて」部分）

崔龍源詩集『遊行』は韓国人を父に、日本人を母にもった環境下からもたらされた二十五篇を収めるが、自分に流れている朝鮮の血に対する宿命的自覚と、そこから派生してくる父祖の地へのこだわりを核に、社会事象・現代思潮等にたいする認識、思慮、感慨等を描出するメタファーの確かさが印象に残る。身内にある在日という現実、そこからわきおこってくるやり場のない悲憤、戦後の時空間などが主調音をなすが、それらを真正面から受けとめる自覚と、それら対象を慈眼のなかでとらえる懐の広さが感じられて、思潮と自己史と抒情性とが融合しあった手応えがある。さらにそうした個的感慨がついには〈永劫の価値観への旅立ち〉といったものをベクトルしている。このような境地に到達するまでに作者の内部でいかに長い葛藤・自問の時間があったかを思うとき、私はこの彼のようなプロセスが、疲弊した日本の詩界におよぼす再生力をも胚胎していると実感する。概して、マイノリティーの効能というものであろう。七月に出版された『新・日本現代詩文庫16　星雅彦詩集』は既刊四冊の詩集抄からなっているが、この一九三二年沖縄生まれの作者の、特に前半生の無頼でデラシネ的な生き方が反映した、固有の風土・歴史と社会告発性をミックスした詩風に接するにつけ、あらためてオキナワをめぐる戦前・中・後の激越な時空間をとらえる振幅の巨きな琴線というものが実感されるのだが、これはローカリズムというよりも、それをさらに尖鋭化した〝マイノリティーの稔実〟の一部として受けとるべきと感じた。

森田進著『詩とハンセン病』は、二十年以上も栗生楽泉園（草津）の詩話会と関わりをもち続けている著者の長年の文学的営為から、いつか上梓されるべき一冊であったという読後感を抱くものだ。本著によって、初めてライ文学〈詩〉の過去から現代に至る空白域がようやく埋まり、体系的にまとまったといってよい。全国をまたにかけたフィールドワークと文献考証が紡ぎだす論旨、作者の内奥の〈痛点・疼き〉を代弁する憑依性と洞察力に富んだ各詩人評、詩集評、韓国の〈ハンセン病詩〉と日本のそれとの比較論など、その裾野の広さと奥行の深さは特筆に値する。二〇〇一年五月の熊本地裁の違憲判決以後、劇的な進展を経て、やっと陽の目を見はじめたライ詩人たちの作品が、しかし実作面では高齢化に伴って終息期を迎えているという事実は複雑な気持ちに駆られるが、我々はライ詩人たちが療養所という限られた環境下から書き続けてきた詩歌を、日本の史実の一つとして語り継いでいかなければならない。ライというハンディキャップを負った志樹逸馬・塔和子・香山末子・越一人・小林弘明・田中梅吉といった詩人たちの作品群が、健常者が思いも及ばない生命の深淵への到達を示し、生き迷う我々の日常をはげしく問うてくる。ライによって両眼、指、大部分の皮膚感覚を奪われている桜井哲夫の第五詩集『鵲の家』から一篇引く。

詩を導いてくれた村松武司からも何度も聞いた／日韓併合は侵略であった　と／そして二十六歳で死んだ妻の真佐子からも／「侵略者の娘を抱いたあなたも侵略者よ」と／真佐子は／平壌の街で父が買ってくれたというチマチョゴリには一度も手を通さなかった／チマチョゴリは棺の中に入れてやった／韓国の旅から帰ってきたら行ってこよう　千鳥ケ淵の霊園に／そして謝罪してこよう／韓国の旅をあの世で真佐子が知ったら／喜んで棺のチマチョゴリに手を通してくれるだろう（「謝罪の旅」終二連）

最後にすこし視点を変えて、今後の詩界の動静の一端を占ってみたいと思う。今回、私が着目するのは詩書を出版している出版社の動きであるが、従来からある思潮社・詩学社・書肆山田・花神社・沖積舎・国文社・青土社・七月堂などの出版地図のなかに、一九九〇年代初めから土曜美術社（出版販売）が存在感の一角をしめるようになった。そして、ここ十年余りその地図に大きな変化はなかった。だが、ここにきて拙宅へ送ってきていただく詩書の傾向等を見ていると、編集工房ノア・書肆青樹社・視点社・竹林館・詩画工房・銅林社・本多企画・ひまわり書房といった出版社からの出版点数が確実に増えてきており、東京二十三区に限定されない所在地という点やローカル色の濃さ、テーマの多彩さなど、従来以上に個性溢れる詩界の様相をうかがい知ることができる。出版社はその時々の詩の潮流を形成するが、そうした出版社の多極化・分散化傾向は、詩界の価値観の多様化に連動するものと考えられ、新たな詩の磁場を形成する兆しとして期待している。

もう少し詳しく見てみたい。一九八〇年代前半頃まで、詩界には「現代詩手帖」「詩学」という二つの大きな勢力があった。それは東京をヒエラルキーの頂点においたわが国の政治・経済・産業・文化・情報構造とリンクする形で頑として存在していた。思潮社は「現代詩手帖」、詩学社は「詩学」という看板雑誌を掲げながら詩書出版を営み、ほか在京の出版社はその衛星出版社的あり方を示していた。ところが八〇年代後半、バブル市場経済の疲弊・破綻とタイミングを同じくする形で、それまで東京中心であった詩の価値観が閉塞感・終焉情況に見舞われるようになった。そのような情況下、本誌「詩と思想」を掲げる土曜美術社（出版販売）が、全国各地で書かれている詩と広く連携することで、新たな詩のあり方と可能性とをいち早く先どりしてきた。

先ほど触れた〈新しい出版社〉も、編集工房ノアは「海鳴り」を、書肆青樹社は「詩と創造」を、視点社は「飛揚」を、竹林館は「PO」を、詩画工房は「柵」を、銅林社は「GANYMEDE」を、本多企画は「禾」を、ひまわり書房は「陽」をそれぞれ自社の看板雑誌としてかかげ、各々の主張をおこなっている。自分たちの主張や活動をより強固なものにするためには詩誌発行だけではなく、出版社というインフラを兼備しなければならないという自立心の顕在化も、新しい詩界の特徴のひとつだと感じている。これらの出版社や雑誌等の動きを見ていると、9・11以後の世界情勢に「ノー」を唱える反戦の訴えや、第三世界で書かれている優れた詩作品の訳出など、既存の出版社と異なって、固定観念に縛られず、新しい書き手を登用することなどによって、ずいぶんと爽やかで自由の風が吹き渡っていると感じられる。今後、詩界の良質なエッセンスの多くは、こういった出版社から発信されていくのではないだろうか。

詩が言語派や思想詩など、東京の偏った出版傾向で占拠される時代はとっくに終わっている。様々な詩の精華、詩の公器が各地にあって良い。インターネットや編集・翻訳・印刷システムなどを駆使することによって、自分たちの自覚ひとつで、それが手軽に実現できる時代がもはやそこまで来ている。

八五パーセントの地平から一五パーセントの未来へ

ひとつの資料として見た場合、詩と思想編集委員会編『詩と思想詩人集二〇一八』(土曜美術社出版販売)には、約四百名の詩人が作品を寄せている。当アンソロジーの作品収録は生年月日順なので、ベテランから新人の順に作品を読むことになる。一四ページから四一三ページにかけて各自の作品が一人一ページで収録されている。今年六十歳になった私の作品は三五四ページに掲載されている。詳しい生年月日は伏せられているので不明だが、私よりも前に三百三十九作品、私よりも後に五十八作品がある勘定になる。全体の八五パーセントを六十歳以上が占めている。これも詩界の現実の一端であろう。しかし残り一五パーセントの顔ぶれを見ると、自分で詩誌を主宰したり、詩誌の編集同人の一人として活発に活動している書き手がいる。戦後、昭和四十年代に『日本詩人全集』(新潮社)の刊行を契機として数年間詩ブームが続いたが、そんな詩ブームを体験した年代の人々が相次いで他界するなか、自分の意志や篤縁などによって詩を書き続ける、いや書かずにはいられない、そんな生来の属性を有した書き手の時代になってきたと言えるだろう。やや大仰な言い方をすれば、この一五パーセントの詩人たちの双肩に詩界の未来がかかっている。

それにしても昨年（二〇一八年）は天災が多かった。六月の大阪府北部地震、七月の西日本豪雨、夏季の記録的猛暑、台風一二号や台風二〇～二四号の相次ぐ上陸、九月の北海道胆振東部地震など例年に増して天災による被害が各地で見られた。天災に伴う風評被害や経済的損失など、その後の人災も甚大。思い起こせば一九九五年の阪神淡路大震災、二〇一一年の東日本大震災などでも多数の死傷者が出て、多くの物理的・精神的瑕疵が生じた。そして、それらの記憶を風化させまいという意図で、各種アンソロジーや個人詩集などが上梓された。どうも、事件・事故が詩人の魂に火をつけ、忘れがたい著物をなす一面はいつの世にもある。詩誌「ネビューラ」六二号所載、田尻文子の詩「夏の花」は、西日本豪雨被害によって作者が住む町内の河川が決壊し、多大な被害をこうむった様子が綴られているが、本例のように今年の罹災が契機となって、追悼の意を盛った詩が書かれることは多々あるはず。詩が被災者の傷心に寄り添い、慰撫することを願いたい。

本多寿著『詩をして語らしむ』（本多企画）は、朝日新聞宮崎版に三年間に亘って毎週連載されたエッセイを集成した一冊であり、詩を中心に文学、芸術、政治、音楽、幼少時の記憶、生活、自然の移ろいなど広汎な題材が採られていて、その中から本多寿という詩人の全体像が自ずと浮かびあがってくる印象がある。その中の「夢見つづける生涯とは」と題された一文は、著者よりも十五歳年長であり一九八九年に五十六歳で死んだ兄・本多利通について書かれている。著者が二十四歳の時、すでにそれなりに名を知られる詩人になっていた利通が、詩を書き始めた弟に対して「生涯を棒に振る覚悟があるか」と問うたというのである。その問いの背景には「詩の道は果てしなく遠い」という意味の他に、それまでの自分の経験を通して費用対効果の面、知名度の面、詩的修養の面などにおいて、地方で詩を書くことの困難さを諭す意図もあったようだ。一九六〇年代～七〇年代前半当時、日本の詩界はそんな状況だったということを再認識する良い例だと思った。

その頃のこと。一九六八年に思潮社から「現代詩文庫」が刊行され始めた。これによって、当文庫シリーズに収録されることが詩人たちの大きな目標、かつステイタスになったと評せる。当文庫に収録されたか否かで詩人の価値が問われるようになった。振りかえれば一九五九年に「現代詩手帖」が創刊され、この国の首都・東京に拠点を置き、中央集権国家体制にもとづく支配体系を準用することで、全国の詩人たちに対して物理的・精神的操作を潜在的に繰りかえす結果となり、ついには「日本の詩の頂点＝思潮社」というヒエラルキー体系をつくりあげることに成功した。その功労者（？）である小田久郎の著書『戦後詩壇私史』（一九九五年）を読むと、その頃の彼のフットワークの良い仕事ぶりがよく分かる。とにかく、自分の周辺域に詩壇の権威や価値などを集中させ、ヒエラルキーを具現することにひたすら尽力している。これも一つの才覚・才能には違いない。しかし、その結果として、思潮社や現代詩文庫から篩に掛けられ、執拗に無視される詩人たちが生まれた。そして、その対象は主に地方だった。このようなことから地方の詩人たちにとっては、例えば本多利通のように、どれだけ良い詩を書いても容易に陽が当たらない、屈辱と苦渋に満ちた暗いトンネルの時代が始まったと言える。

沖縄県宜野湾市にある米軍の普天間基地を名護市辺野古へ移設するという問題は、昨年八月八日に翁長雄志知事が病死し、彼の遺志は二人の副知事へ引き継がれた。辺野古の埋め立て承認の撤回という新たな局面を迎え、九月末に実施された県知事選を経て、今後の動きが注視される。そんな日本の最前線の一つと言える辺野古に在住し、詩を書き続けている網谷厚子のエッセイ集『陽をあびて歩く』（待望社）が、平易な語り口で辺野古の現状を伝えてくれていて興味深かった。網谷が仕事の関係で辺野古に移住してちょうど十年。沖縄（琉球）の歴史・風土、辺野古の現在、職場である沖縄高専の様子、沖縄に来る前に赴任していた小笠原諸島父島のこと、高齢となった両親のことなどが平易な文章で繰り返し綴られている。そのなかに「沖縄の詩はなぜ輝くか」という文章があり、次のような箇所が心に残った。

私の隅々に行き渡っている病のように蝕み続ける〈羨望〉は「中央志向」であった。どうしたら中央の詩壇に認められるか、文学の仲間たちと激論を交わし合った。〈中央〉は、選ばれた人々が輝く眩しい場所であった。それがいつの頃からであろうか。〈中央〉はまるで消えてなくなったかのような感じがしている。燦然と輝く〈スター〉不在、〈地方の都市化〉が原因ではないだろうか。それと同時に初めから「中央を全く向かない」文学が、今まで以上に輝きを増しているように思う。

私は右の文章に触れて、再び思潮社のことを思った。自分たちが発掘した東京圏の詩人をスターとして重用し、その流れに乗ってくる詩人のみを受け入れて、乗らない詩人を徹底的に無視する。その操作を繰り返すことで、自らの権威づけをおこなってきた思潮社（「現代詩手帖」）。日本人の特質だろうか、悲しいことに〈中央集権国家の中心〉にあるというだけで〈地方〉の胸奥には、それを盲目的に信奉する心理が生じてしまう。しかし一九八〇〜九〇年代、思潮社がスターとして売り出した詩人たちが次々に他界し、それを受けて「詩は死んだ」などと盛んに言い募り、世間に対してとんでもない誤解を広めてしまった。死んだのは思潮社系の詩だけなのに、あたかも日本全国の詩が死んでしまったという誤解を与えてしまったのだ。新聞も文芸雑誌も「死んでしまった詩」に対して、もう紙幅やページを割かなくなった。一九九〇年代以後、思潮社に洗脳されていた詩界の衰退ぶりは目をおおうばかりだ。しかし、そうなってしまったことに対する同社の自己批判は、いまだなされていない。かたや前述したように、日本には、思潮社に相手にされなくても、自分達が信じる詩をずっと書き続けてきた優れた詩人達が外野・地方・ローカル圏に健在している。そんな詩人たちが蔵しているバイタルな力が、現在、詩を推進する力として強く認識されている。

もう一つ別の視点から指摘しておきたい。現在、戦後詩人篇・現代詩人篇として二百三十冊余りが刊行されている思潮社の「現代詩文庫」に、従来であれば絶対入らないだろう地方在住の詩人達のものが、最近よく入るようになった。これなど思潮社の生き残りをかけた試みだと私は見ている。しかし、思潮社の中央集権的本質はなんら変わっていない。当文庫に収録された詩人のラインナップを見た場合、わが国の詩界を切り拓き、エポックを築いた詩人達も確かにいる。しかし「なぜこんな詩人が収録されているのか？」と首をかしげる詩人がいることも確か。さらにありていに言わせてもらえば、Xデーが訪れた時、思潮社はふたたび「詩は死んだ」などと言い出しかねないと私は危惧している。そうならないように、それを平然と受容、却下できるように、今から我々は準備しておく必要がある。こんなことを書くと「エゲツナイなぁ、こいつ」と思う方もおられるだろうが、誰もが思っていることを私が代弁しているまでのこと。前後して恐縮だが、本文の文責は当然全て私にある。ＩＴツールの普及などで日本は全国どこにいても瞬時につながることができる時代になった。もう東京を価値観の中心に据えて尊大に振る舞う時代は終わったのである。先に引用した網谷厚子の文章も、詩界の変化を睨んで、その理由を「地方の都市化」と感度良く分析している。さらに「初めから「中央を全く向かない」文学が、今まで以上に輝きを増しているように思う」と沖縄の立場等を踏まえて鋭く言及している。網谷の発言は正鵠を射ている。

本誌「詩と思想」の強みは、何といっても地方と強いパイプを持っていること。これまで以上にその点を強調してやって頂きたい。昨年から編集長が一色真理から中村不二夫へ替わった。中村は、一九八九年に小海永二によって現在の「詩と思想」体制が発足した時の主幹メンバーであり、当時の情況や詩界のニーズなどを深く理解している人物である。その新体制による最初の成果が「詩と思想」九月号の特集〈「野火」とサークル詩〉だと受け取っている。「野火」は高田敏子主宰のもと、一九六六年から八九年にかけて、全国に八百名を超える会員を擁し、「野火」の関連詩誌も全国に（雨後の）筍のように誕生。そして、複数の詩誌が現在もその命脈を保っている。スター詩人を輩出することはなかったが、詩を愛し、詩作を生活の一部にするという〈詩的本質〉を備えた詩誌だった。このように全国規模で、まんべんなく平等に詩をフォローアップしていく姿勢こそが今の詩界に最も求められていることであり、忘れてはならないことだ。座談会、対話、評論、エッセイ、アンケート、資料など、その準備には多大な時間と労力を要したと推察されるが、それだけに大変有意義な特集であった。年に数回、このような骨のある特集を組んでもらえれば、おのずと詩の裾野も広がっていくはず。「詩と思想」はサロン誌ではなく運動誌だと常々私は考えている。これまで培って来た全国レベルのネットワークをフル活用して、運動誌ならではの発掘、支援、新しい潮流の創出など目配りの効いた活動を期待したい。当誌の誌面で当誌を語ることは本来おかしいことかも知れないが、これからのこの国の詩界について考える時、「詩と思想」ぬきでは考えられないことも事実。

日本現代詩人会と日本詩人クラブは、二〇二〇年にともに創立七十周年を迎える。両団体とも長い団体歴のなかで詩人の言論や表現、出版の自由を擁護し、詩界の興隆に努め、詩の国際交流などに貢献してきた。最新の会員数は日本現代詩人会が千五十一名（名誉会員含む）、日本詩人クラブが九百四名（会友含む）となっている。創立七十周年に際し、両会とも色々なイヴェントが趣向を凝らして催されることと思うが、少子高齢化の時代を反映しつつ、未来につながる企画を立案して欲しいと思っている。さらに東京など大都市を中心とした催しばかりではなく、全国各地と連携した内容の方が望ましい。詩は都市圏のみにあるのではなく、空洞化に悩む市街地にも、南海の小離島にも、限界集落にも人がいる限り、詩はある。いや、そのような土地で書かれている詩こそ、辺野古のように最先端の時代の実相を映している一面がある。

書店の文学雑誌コーナーへ行けば「NHK短歌」「短歌現代」「短歌研究」「歌壇」「NHK俳句」「俳壇」「俳句朝日」「俳句界」などはあっても詩の雑誌はほぼない。NHK教育テレビに「NHK詩の楽しみ」（仮題）などといったレギュラー番組が新設され、その関連雑誌が発行されるようになれば、少しは詩の愛好者も増えるのではないか？　日本現代詩人会や日本詩人クラブは、公的団体の立場から、詩の普及発展のためにそういった方向性でマス・メディアへ働きかけてみるのも一策ではないか？　あと数カ月で平成が終わり、新しい元号の世がスタートする。もう元号に左右される時代ではないかも知れないが。停滞したと言われて久しい詩界の気分転換の一材料にはきっとなるだろう。

同じ論旨で三十年以上書きつづけてきた

考えてみればもう三十年以上も、私は同じ論旨の散文を一つ覚えのように書きつづけてきた。それは「この国にはびこっている東京の思潮社中心の詩界に異議を唱え、地方にあっても佳い詩は良いと評価されるフェアな詩界を構築して行くべき」いう主旨のものだ。

一九八六～一九八九年にかけて、私は勤務していた会社の異動で在京の関連組織へ出向になった。当時、私は福岡の黒田達也主宰の雑誌「ALMÉE」に所属していたが、私の東京転勤を自分のことのように黒田が喜んでくれたことが今でも忘れられない。彼が亡くなってすでに十二年経つ。そろそろ話しても良いだろうと思って書くのだが、その時、黒田は私に「日本の詩の中心は東京だ。東京で色々な詩人と出会って、色々な経験をすることは、ずっと福岡にいるよりも数倍、あなたの今後に役立つ」と激励してくれた。今思えば当時、福岡県詩界、いや九州詩界のリーダー的存在だった黒田でさえ「詩人の地域格差／中央詩壇への偏向」といった詩界の現実を忌々しく感じていたのだと理解できる。

上京してほどなくして私は縁あって当時、雨宮慶子や中村不二夫等が編集スタッフとして活動していた本誌「詩と思想」の書評員を務めたり、協力メンバーとして編集の雑務を手伝うようになった。また当時、まだ嵯峨信之が存命で編集長だった「詩学」の会合に参加したり、東京で親しくなった詩人が主宰する詩誌に詩やエッセイを寄稿するようになった。三年間はあっという間に過ぎたが、私に在京詩界の内実、この国の詩界の実態、ひいてはこの国の詩界が孕んでいる矛盾点といったものを強く印象づけてくれるものとなった。一例を挙げれば、本誌一九八八年十二月・翌年一月合併号所載の評論「新しい思想《こころ》の潮流」は自分の在京経験を踏まえて、私が体得した詩観を叙述した最初の散文である。

ふたたび福岡へ戻って一九九四年九月から、私は詩誌「ALMÉE」に評論「新しい詩の時代の到来」を連載開始した。内容は思潮社中心の詩界に異を唱えるもの。この連載は福岡でちょっとした騒動を巻き起こした。当初は私の論説を「応援します」と言ってくれていた黒田も「古賀の評論はおかしいから止めさせろ！」といった同人達の声に抗しきれずに「少し休んではどうか？」と言ってきた。当時、「ALMÉE」には思潮社から詩集を刊行した同人が複数おり、同社シンパの彼らにとって、私の連載は看過できないものだったのだ。それは、私が出勤した不在時を狙って、妻に「最近、古賀が書くものはおかしいから、あなたが本人に注意しなさい！」と匿名電話をかけてくる者がいたほど執拗なものだった。東京や思潮社等と何らかの縁を有していることが、福岡というローカル圏で詩を書いている彼らのステイタスだったのだ。夜、帰宅した私に妻が「今日、恐い電話があったよ」と言うので、何かと思ったらそんなことだった。だが確信犯的な気持ちにかられていた私は「ALMÉE」を退会し、大阪の詩誌「柵」に連載の場を求めた。大阪を選んだ理由は、反東京の精神に富む風土であったから。当方の意図を汲んで「柵」を発表の場とすることを許容してくれた主宰・志賀英夫には今でも感謝している。

その頃、私の論立ての構図は「東京圏VS.非東京圏」だった。東京圏に発行所がある詩界はすべて非東京圏と対峙するもののように見えていたのである。一九九九年一月に私は自分の書いたものを『新しい詩の時代の到来　反撃の詩論Ⅰ』として取りまとめて出版した。副題を「反撃の詩論Ⅰ」としたのは、当時の戦闘的心情がそのまま表に出たものだ。それからさらに「東京圏の中にある非東京圏」が見えるようになった。そして現在は「思潮社圏VS.非思潮社圏」という構図に整理、先鋭化して俯瞰できるようになった。今年（二〇二〇年）四月発行の日本詩人クラブ編「詩界」二六七号の特集「日本の現代詩の課題―七〇年その先へ」に私は評論「戦後詩界の二重構造性」を書いたが、要は、一九五〇年代後半から九〇年代初めまで思潮社が日本の詩界を席捲した時期があった。しかし、それも終焉し、〈明治期以後、脈々とつづいてきた全国各地の詩脈にフェアに光があたる時代〉がようやく到来したといった内容の論述である。この評論に対して複数の（全国の）詩人達から「良かった。溜飲が下がった」といった音信を頂戴した。「ALMÉE」に「新しい詩の時代の到来」を連載していた当時、「こんなことを書くと、もうこの国では詩を書けなくなるのではないか……」と密かに脅える自分がいたが、今回、賛同の音信をもらって「時代は変わった」と実感した次第。

「反撃の詩論Ⅰ」を出してからもう二十年以上が経つ。「Ⅰ」を出した手前、いずれ「Ⅱ」を出すべきだろう。求めに応じて書いてきた詩論もたまっているが、どれも似たりよったりというのがイマイチである（苦笑）。

あとがき

本著は一九九九年一月に発刊した詩論集『新しい詩の時代の到来　反撃の詩論Ⅰ』(気圧配置編集室)の続編である。『Ⅰ』は詩誌「柵」一一三〜一三二号(一九九六年五月〜一九九七年十二月)に連載した「新しい詩のサイクルの始まり1〜20」と「詩と思想」詩誌評(一九九七年三月号〜一九九八年一・二月合併号)、および各誌に掲載した論稿からなるものだった。今著はそれ以後、詩誌「岩礁」「柵」、さらに「詩界」「詩と思想」に掲載した論稿の中から収録した。唯一例外は一九八八年執筆の「新しい思想《こころ》の潮流」である。これは私にとって出発点とも言える思い出ぶかい論稿なので、あえて今回収録した。当稿を書いてからすでに三十年余りが経っている。にもかかわらず内容的には、その後ずっと書き続けることになる論旨をすでにしっかり包含していること気づく。ついつい「進歩していないのかも……」などと苦笑してしまう。この論稿を端緒に、思潮社によってもたらされた〝戦後詩界の二重構造性〟を明らかにし、その功罪をただす。同時に、疲弊してしまった詩界の部分に活力を取りもどし、詩の前途を切り開く。そのための論述を自分なりに続けてきた。

ほかに詩誌「ALMÉE」「気圧配置」「燎原」「詩と創造」「ネフド」などに書いた論稿があるが、論旨およびページ数の関係などで後の機会に回すことにした。概して、二十余年間に亘って書き継いできた詩論の自選集になった。自分なりに詩を愛した結果がこの一冊に凝縮していると思っている。論稿を書いた時間域が広いのですでに通用しない論述もあるかも知れないが、多くはまだ十分使える論法だと思っている。『I』を発刊した当時、反撃を試みた対象が、いまだに無類の威勢を誇っているかと言えばそうではなく、すでに随分遜色・凋落化している感は否めない。二十余年の時間の流れを感じるが、しかし、まだまだ手を抜くわけにはいかない。これは、対象を見定める当方の自覚や意識等にも深く係わる問題なのだ。

巻末の「同じ論旨で三十年以上書き続けてきた」は「詩と思想」二〇二〇年九月号に寄せた〈巻頭言〉だが、じつは本著の「あとがき」のつもりで書いた。従って、その旨で読んで頂けたら有り難い。いま、あらためて思うことは「詩に携わったことで嬉しいことも嫌なことも色々あったが、私の表現手段は詩。多分、死ぬまで詩を書き続けるだろうし、居心地の良い詩界を求め続けるだろうな!」ということ。

最後に本著を編むにあたって、土曜美術社出版販売の高木祐子社主には並々ならぬご理解とご協力を頂戴した。ここに篤く御礼申し上げる。

二〇二一年盛夏　太宰府にて

古賀博文

■初出一覧

Ⅰ「岩礁」から

私が考える詩の可能性と未来について　「岩礁」九九号　一九九九年六月
「詩史」の行間から垣間見える百年余の流れ　「岩礁」一〇五号　二〇〇〇年十二月
八〇年代という詩の分岐点・分水嶺　「岩礁」一〇六号　二〇〇一年三月
新たなサイクルに向けた詩の蠕動――九〇年代の詩界について　「岩礁」一〇七号　二〇〇一年六月
二十一世紀における詩の展望　「岩礁」一〇八号　二〇〇一年九月

Ⅱ「柵」から

わが街、福岡に現代詩の老人ホームができる？　「柵」一四六号　一九九九年二月
詩の向こう岸へ「スッケンギョーできゃー渡れ！」　「柵」一五六号　一九九九年十二月
「隅の席」に座っていれば何かが保証される時代は終わった　「柵」一五七号　二〇〇〇年一月
隆盛の様を示す少年少女詩、その必然性と可能性　「柵」一五八号　二〇〇〇年二月
在日という欠落部分をちゃんと補わなければならない　「柵」一六〇号　二〇〇〇年四月
詩と詩論は詩界をまわす不可分な両輪である　「柵」一六一号　二〇〇〇年五月

生活と詩をつなぐ「野火」の精神が次世紀へ手渡すもの　「柵」一六三号　二〇〇〇年七月
朗読詩は〈話し言葉〉で表現されなければならない　「柵」一六四号　二〇〇〇年八月
九州に住む私が北海道やアイヌについて考えるということ　「柵」一六五号　二〇〇〇年九月
隔離された条件下から放たれる「魂の癒し」という主題　「柵」一六六号　二〇〇〇年十月
「もう一つの日本語」を受容することで見えてくる世界　「柵」一六八号　二〇〇〇年十二月
戦後詩に深い陰影を刻み込むクレオールたちの屈折　「柵」一七〇号　二〇〇一年二月
ヒューマニズム詩の種子としてのプロレタリアの詩脈　「柵」一七二号　二〇〇一年四月
〈被爆〉を原点に自らの思想を体系化していく批評の眼　「柵」一七九号　二〇〇一年十一月
新しい価値体系を表わすキーワードとしての「クレオール」　「柵」一八一号　二〇〇二年一月
ニューヨークと〈中央〉中心の詩観に捧げるレクィエム　「柵」一八六号　二〇〇二年六月
沖縄――悠久の古代から苦渋の現代にまでいたる息吹　「柵」一八八号　二〇〇二年八月
「日本語で書かれたアイヌ民族の詩歌文学史」概観　「柵」一八九号　二〇〇二年九月
かつての不完全燃焼をいまいちど燃やしつくす熱い情念　「柵」二〇〇号　二〇〇三年八月
〈祈りのナガサキ〉に対する〈怒り〉の典型として　「柵」二〇二号　二〇〇三年十月

Ⅲ　「詩界」「詩と思想」から

「〈現代〉を越えた詩文学」待望の弁　「詩界」二三九号　二〇〇一年九月

戦後詩界の二重構造性　「詩界」二六七号　二〇二〇年四月

新しい思想《こころ》の潮流　「詩と思想」一九八八年十二月・一月号

これからの詩界を支える四つのキーワード　「詩と思想」二〇〇三年三月号

詩の未来（可能性）に関する中項目的事項　「詩と思想」二〇〇三年四月号

各地の伝説・歴史・自然などに取材すること　「詩と思想」二〇〇三年五月号

無意識下にひびく詩的エコールを訳出する　「詩と思想」二〇〇三年六月号

暗澹《あんたん》とした世紀末的世情を超えるために　「詩と思想」二〇〇三年七月号

9・11を経過した後の詩の可能性と未来　「詩と思想」二〇〇三年十二月・四年一月合併号

八五パーセントの地平から一五パーセントの未来へ　「詩と思想」二〇一九年一月・二月合併号

同じ論旨で三十年以上書きつづけてきた　「詩と思想」二〇二〇年九月号

著者略歴

古賀博文（こが・ひろふみ）

一九五七年　佐賀県生まれ
日本現代詩人会会員、日本詩人クラブ会員、福岡県詩人会会員（幹事）、熊本県詩人会会員
雑誌「詩と思想」編集参与、詩誌「青い花　第四次」編集同人

著書
詩集『犬のまま』（一九八四年）
詩集『西高東低』（一九八九年）第二一回「福岡市文学賞」受賞
詩集『トモ、ねんね』（一九九二年）
詩集『ポセイドンの夜』（一九九四年）
詩集『人魚のくる町』（二〇〇二年）第二回「詩と創造賞」受賞
詩集『王墓の春』（二〇一〇年）第四四回「福岡県詩人賞」受賞
詩集『たまゆら』（二〇一八年）
詩論集『新しい詩の時代の到来　反撃の詩論Ⅰ』（一九九九年）

現住所　〒八一八—〇一〇三　福岡県太宰府市朱雀四丁目八—三三—二〇二

[新]詩論・エッセイ文庫 15

戦後《せんご》詩《し》界《かい》二重《にじゅう》構造《こうぞう》論《ろん》—反撃《はんげき》の詩論《しろん》Ⅱ

発　行　二〇二一年十月二十日

著　者　古賀博文
装　丁　高島鯉水子
発行者　高木祐子
発行所　土曜美術社出版販売
〒162-0813　東京都新宿区東五軒町三—一〇
電　話　〇三—五二二九—〇七三〇
FAX　〇三—五二二九—〇七三二
振　替　〇〇一六〇—九—七五六九〇九
印刷・製本　モリモト印刷
ISBN978-4-8120-2643-4　C0195